I0762455

LA REINA ROJA

GRANTRAVESÍA

VICTORIA AVEYARD

LA REINA ROJA

EL PODER ES UN JUEGO PELIGROSO

GRANTRAVESÍA

La Reina Roja

Título original: *Red Queen*

Publicado según acuerdo con New Leaf Literary & Media Inc., a través de International Editors' Co.

Traducción: Enrique Mercado
Ilustración y diseño de portada: lookatcia

D.R. © 2025 Editorial Océano, S.L.U.
C/ Calabria, 168-174 - Escalera B - Entlo. 2ª
08015 Barcelona, España
www.oceano.com

D.R. © 2025, Editorial Océano de México, S.A. de C.V.
Guillermo Barroso 17-5, Col. Industrial Las Armas
Tlalnepantla de Baz, 54080, Estado de México
info@oceano.com.mx

Edición especial limitada: junio, 2025

ISBN: 978-607-557-991-7

Impresión y encuadernación: Impregráfica Digital, S.A. de C.V.

IMPRESO EN MÉXICO / *PRINTED IN MEXICO*

A mamá, papá y Morgan, que querían saber qué pasó después, a pesar de que ni siquiera yo lo sabía.

UNO

Odio el Primer Viernes. La aldea se llena de gente, y ahora, en pleno calor del verano, eso es lo último que uno necesita. Desde el lugar donde estoy sentada en la sombra, la cosa no es tan grave aunque el mal olor de los cuerpos, sudorosos por el trabajo de la mañana, basta para horrorizar a cualquiera. El aire vibra de calor y humedad, y hasta los charcos de la tormenta de ayer están calientes, con remolinos veteados de aceite y grasa.

El mercado se vacía; todo el mundo cierra su puesto por hoy. Los comerciantes están abrumados y distraídos, y a mí me resulta fácil robar todas las mercancías que quiera. Para cuando termino, mis bolsillos están repletos de baratijas y tengo una manzana para el camino. Nada mal para unos minutos de trabajo. Mientras la multitud prosigue, yo me dejo llevar por la corriente humana. Mis manos vuelan como flechas, siempre en movimientos rápidos y fugaces. Unos billetes de la bolsa de un hombre, una pulsera de la mano de una mujer: nada muy llamativo. Los lugareños están demasiado ocupados arrastrando los pies para notar que hay una carterista entre ellos.

Las construcciones altas y espigadas a las que la aldea debe su nombre (Los Pilotes, qué original) se elevan a nuestro alrededor, tres metros por encima del terreno lodoso. En la primavera los bajíos se cubren de agua pero estamos en agosto, cuando la insolación y la deshidratación arrasan con el pueblo. Casi todos esperan anhelantes el Primer Viernes, día en el que las clases y el trabajo terminan temprano. Pero yo no. Preferiría estar en la escuela, sin aprender nada, en un salón lleno de jóvenes.

Esto no quiere decir que vaya a estar mucho tiempo ahí. Estoy a punto de cumplir dieciocho años y cuando eso ocurra tendré que alistarme. No soy aprendiz ni tengo trabajo, así que me mandarán a la guerra, como a los demás *holgazanes*. No es de sorprender que no haya empleo; todo hombre, mujer y niño quiere evitar el ejército.

Mis hermanos partieron a la guerra cuando cumplieron dieciocho, y los tres fueron enviados a combatir a los Lacustres. Sólo Shade sabe escribir medianamente bien y me manda cartas cuando puede. De los otros dos, Bree y Tramy, no he sabido nada desde hace más de un año. Pero no recibir noticias es una buena señal. Las familias pueden pasarse años sin saber nada y un día hallar a sus hijos e hijas esperando en la puerta, con un permiso para quedarse, o felizmente dados de baja. Aunque lo común es recibir una carta en papel grueso con el sello real debajo de un agradecimiento escueto por haber entregado la vida de tu hijo. A veces hasta se reciben botones de su uniforme roto y desgarrado.

Yo tenía trece años cuando Bree se fue. Me besó en la mejilla y me regaló unos aretes para que los compartiera con mi hermana menor, Gisa. Eran unas cuentas de vidrio del tenue color rosa del atardecer. Nosotras mismas nos agujereamos las orejas esa noche. Tramy y Shade siguieron la tradición al marcharse. Ahora Gisa y yo tenemos engastadas en una oreja tres piedras que nos recuerdan que nuestros hermanos combaten en algún lugar. Yo no creí que tuvieran que irse hasta que apareció el legionario con su brillante armadura y se los llevó, uno tras otro. Este otoño vendrá por mí. Ya empecé a ahorrar (y a robar) para poder comprar unos aretes para Gisa cuando me vaya.

"No pienses en eso". Esto es lo que mamá dice siempre, sobre el ejército, sobre mis hermanos, sobre cualquier cosa: *Qué buen consejo, mamá.*

Calle abajo, en el cruce de las veredas del Molino y el Caminante, la muchedumbre aumenta y más vecinos se suman a la marcha. Un grupo de chiquillos, ladrones en ciernes, revolotean entre el gentío con dedos pegajosos y escrutadores. Son demasiado jóvenes para ser buenos en esto, y los agentes de seguridad intervienen en el acto.

Una leve presión en la cintura me hace voltear, por instinto. Atrapo la mano lo bastante torpe para querer robarme, y la aprieto para que el diablillo no pueda huir. Pero en vez de un chico escuálido, veo frente a mí un rostro con una sonrisita de suficiencia.

Kilorn Warren: aprendiz de pescador, huérfano de guerra y tal vez mi único amigo de verdad. De niños nos molíamos a palos, pero ahora que somos mayores (y que él es treinta centímetros más alto que yo) trato de evitar peleas. Supongo que él puede serme útil. Para alcanzar repisas elevadas, por ejemplo.

—Eres cada vez más rápida —me dice riendo, mientras se libra de mi mano.

—O tú más lento.

Entorna los ojos y me arrebata la manzana.

—¿Esperamos a Gisa? —pregunta y muerde el fruto.

—No, ella tiene permiso para trabajar hoy.

—En marcha entonces, o nos perderemos el espectáculo.

—¡Y eso sí que sería una tragedia!

—¡Ya, ya, Mare...! —dice, y sacude frente a mí su dedo—. Se supone que esto es para divertirnos.

—Se *supone* que es para intimidarnos, bobo.

Pero él parte a grandes zancadas, lo que casi me obliga a trotar para seguirle el paso. Camina en zigzag, tambaleante. "Piernas de marinero", las llama, aunque nunca ha estado en el mar. Pero largas horas en el bote de su maestro, incluso en el río, deben haberle servido para algo.

Igual que mi papá, el de Kilorn fue enviado a la guerra, pero mientras que el mío volvió sin una pierna y un pulmón, el señor Warren regresó en una caja de zapatos. La madre de Kilorn desapareció entonces, dejando que su hijo se las arreglara como pudiera. Él estuvo a punto de morir de hambre, pero seguía buscándome para pelear conmigo. Yo le daba de comer, para no verme obligada a maltratar a un costal de huesos, y ahora, diez años más tarde, aquí sigue. Por lo menos es aprendiz y no tendrá que hacer frente a la guerra.

Llegamos al pie de la colina, donde la multitud es más numerosa, y empuja y da codazos por doquier. Asistir al Primer Viernes es obligatorio, salvo que, como mi hermana, seas un "trabajador esencial". Como si bordar seda fuera esencial. Pero los Plateados adoran su seda, ¿no? Hasta los agentes de seguridad, al menos unos cuantos, pueden ser sobornados con los paños que mi hermana confecciona, aunque yo no sé nada de ese negocio.

Las sombras en torno nuestro aumentan mientras ascendemos por los peldaños de piedra hacia la cumbre de la colina. Kilorn los sube de dos en dos, casi me deja atrás, pero se detiene a esperarme. Me mira con su sonrisa de suficiencia, y hace juguetear sus ojos color verde botella.

—A veces olvido que tienes piernas de niño.

—Eso es mejor que tener su cerebro —afirmo, y le doy una ligera bofetada al pasar.

Su risa me sigue escalones arriba.

—Estás más gruñona que de costumbre.

—Es que no soporto esta cosa.

—Lo sé —murmura, solemne esta vez.

Cuando llegamos a la plaza, el sol arde en lo alto. Construido hace diez años, este ruedo es posiblemente la estructura más grande de Los Pilotes. No es nada comparado con los descomunales recintos de las ciudades, pero los elevados arcos de acero, los miles de metros de concreto, bastan para dejar sin respiración a una aldeana.

Hay agentes de seguridad por todas partes; sus uniformes color negro y plata sobresalen entre el gentío. Hoy es el Primer Viernes y ellos ansían ver qué sucederá. Portan armas o pistolas pequeñas, aunque no las necesitan. Como siempre, son Plateados, y los Plateados no tienen nada que temer de nosotros, los Rojos. Todos lo sabemos. No somos iguales, aunque lo parezca. Lo único que nos distingue de ellos, al menos en principio, es que son muy altos. En cambio, nuestras espaldas están vencidas por el trabajo, la esperanza inútil y la desilusión inevitable por nuestra suerte en la vida.

En la plaza descubierta hace tanto calor como afuera y Kilorn, siempre vigilante, me lleva a la sombra. Aquí no hay asientos, sólo largas gradas de concreto, pero, arriba, los pocos Plateados nobles disfrutan de palcos frescos y confortables. Disponen de bebidas, comida, hielo, aun en pleno verano, sillas almohadilladas, luz eléctrica y otras comodidades de las que yo no disfrutaré nunca. Pero esto les tiene completamente sin cuidado y en cambio se quejan de las "malas condiciones". Yo les daría una mala condición si pudiera... A nosotros lo único que nos dan son bancas duras y ruidosas pantallas de video, con un brillo y un volumen casi insoportables.

—Te apuesto un día de salario a que hoy ganará otro coloso —dice Kilorn, y arroja al ruedo el corazón de la manzana.

—Nada de apuestas —replico en el acto. Muchos Rojos se juegan sus ingresos en las peleas a la espera de obtener algo que les ayude a pasar otra semana. Pero yo no, ni siquiera con Kilorn. Es más fácil rasgar la bolsa del corredor de apuestas que intentar conseguir dinero de esa forma—. No deberías malgastar tu salario.

—No lo malgasto si acierto. Un coloso *siempre* le da una paliza a alguien.

Los colosos suelen participar en, al menos, la mitad de las peleas, dueños de más habilidades para el combate que casi cualquier otro Plateado. Usar su fuerza sobrehumana para tratar a los demás como muñecos parece ser una diversión para ellos.

—¿Y el otro? —pienso en la gran variedad de Plateados que podría aparecer: telquis, raudos, ninfos, verdosos, caimanes, todos ellos de aspecto aterrador.

—No sé. Ojalá sea bueno. Un poco de distracción no me vendría nada mal.

En realidad Kilorn y yo no estamos de acuerdo en lo que llamo las Farsas Plateadas. A mí no me gusta ver a dos luchadores hacerse pedazos, pero a él le fascina. "Que se acaben entre ellos", dice. "No son de los nuestros".

No comprende el propósito de estos espectáculos. No son un mero entretenimiento para dar un respiro a los Rojos en su trabajo agotador. Son mensajes fríos y calculados. Sólo los Plateados pueden luchar en las plazas porque únicamente un Plateado puede *sobrevivir* a ellas. Combaten para exhibir su fuerza y su poder. "Ustedes no son dignos rivales. Nosotros somos mejores. Somos dioses". Esto está escrito en cada golpe sobrehumano que los luchadores asestan.

Y no les falta razón. El mes pasado vi a un raudo pelear contra un telqui, y aunque aquél era más rápido que el rayo, el telqui lo paró en seco. Con sólo el poder de su mente, lo elevó sobre el suelo. El raudo empezó a ahogarse; era como si el otro lo tuviera agarrado de la garganta con una mano invisible. Cuando la cara del raudo se amorató, pararon la pelea. Kilorn gritó de emoción; había apostado por el telqui.

—¡Damas y caballeros, Plateados y Rojos! Bienvenidos al Primer Viernes, la Gesta de Agosto.

La voz del locutor resuena en la plaza, amplificada por las paredes. Como de costumbre, parece aburrido, y no lo culpo.

Antes, las Gestas no eran combates sino ejecuciones. Prisioneros y enemigos del Estado eran llevados a Arcón, la capital, y eran ejecutados frente a una turba de Plateados. Supongo que esto les agrada, y fue así como se iniciaron las peleas. No para matar, sino para entretener. Más tarde se volvieron Gestas y se extendieron a otras ciudades, a diferentes plazas y audiencias. Luego se admitió a los Rojos, limitados a los peores asientos. Poco después, los Plateados construyeron plazas en todas partes, hasta en aldeas como Los Pilotes, y la asistencia, antes una dádiva, se volvió una condena. Mi hermano Shade dice que esto se debe a que las ciudades con plazas registraron una notoria reducción de fechorías y protestas Rojas, incluso de los pocos actos de rebeldía. Ahora los Plateados ya no tienen que usar la ejecución ni las legiones y ni siquiera la Seguridad para mantener el orden: dos luchadores pueden atemorizarnos con igual facilidad.

Hoy, los dos implicados honran a su gremio. Al primero en salir a la blanca arena se le anuncia como Cantos Carros, un Plateado de Harbor Bay, situado al este. Nadie tiene que decirme que es un coloso. La pantalla de video da una imagen clara del guerrero que tiene brazos como troncos: nudosos, nervudos, tensos. Cuando sonríe, veo que su dentadura está rota o perdida. Tal vez de niño tuvo problemas con el cepillo de dientes.

Junto a mí, Kilorn vitorea, y los demás lugareños rugen con él. Un agente de seguridad arroja un pan a los más escandalosos para que se lo disputen. A mi izquierda, otro le tiende una ficha amarilla a un niño vociferante. Fichas *lec*: raciones extra de electricidad. Todo para hacernos aplaudir, para hacernos gritar, para obligarnos a ver, incluso si no queremos hacerlo.

—¡No se oye! —el locutor arrastra las palabras e imprime en su voz todo el entusiasmo del que es capaz—. ¡Y aquí tenemos a su enemigo, llegado directamente de la capital, Sansón Merandus!

Éste bien podría ser el segundogénito de un segundogénito que trata de ganar renombre en la liza. Es pálido y enclenque junto a ese monumento de músculos en forma humana, pero su armadura de acero azul es fina y reluciente. Aunque debería tener miedo, luce extrañamente sereno.

Su apellido me suena familiar, pero eso no es raro. Muchos Plateados pertenecen a familias famosas, llamadas Casas, compuestas por docenas de miembros. La familia dominante en nuestra región, Valle Primordial, es la Casa de Welle, aunque yo no he visto jamás al gobernador Welle. No la visita más de una o dos veces al año y por ningún motivo se rebajaría a entrar en una aldea Roja como la mía. Una vez vi su navío, de líneas elegantes y banderas verdes y doradas. Él es un verdoso y cuando pasó, los árboles de la orilla crecieron y de la tierra brotaron flores. Esto me pareció bonito hasta que uno de los chicos mayores lanzó piedras contra su nave. Las piedras cayeron al río sin causar daño, pero el chico fue torturado en el cepo.

—Ganará el coloso.

Kilorn arruga la frente mientras contempla al luchador insignificante.

—Yo no estaría tan seguro. ¿Sabes cuál es la fortaleza de Sansón?

—Eso qué importa, de todas formas va a perder —replico con sorna y observo.

El llamado usual retumba en la plaza. Muchos se ponen de pie, ansiosos, pero yo permanezco sentada, en señal de muda protesta. Aunque parezco tranquila, ardo en cólera. En cólera y envidia. "Somos dioses": resuena una y otra vez en mi cabeza.

—¡Luchadores, a sus puestos!

Ellos obedecen y se plantan en extremos contrarios de la plaza. En estas peleas no se permiten armas de fuego, así que Cantos saca una espada corta y ancha; dudo que la necesite. Sansón no empuña arma alguna, sólo mueve nerviosamente los dedos a sus costados.

Una señal eléctrica, un zumbido grave, cruza el recinto. *Aborrezco esta parte*. El sonido vibra en mis dientes, en mis huesos, palpita hasta hacerme pensar que algo podría romperse. Termina abruptamente con un repiqueteo chirriante. *Allá vamos*. Exhalo.

De inmediato, esto parece un baño de sangre. Cantos embiste como un toro, levantando arena a su paso. Sansón intenta eludirlo, usa el hombro para esquivarlo, pero el coloso es ágil. Lo prende de una pierna y lo arroja por la plaza como si estuviera hecho de plumas. Los vítores acallan el rugido de dolor de Sansón al chocar contra la pared de cemento, pero es visible en su rostro. Antes de que pueda levantarse, Cantos ya está sobre él y lo lanza al cielo. Azota contra la arena un montón de lo que sólo pueden ser huesos rotos, pero Sansón se pone de pie nuevamente.

—¿Es un saco de boxeo? —pregunta Kilorn entre risas—. ¡Acaba con él, Cantos!

A Kilorn no le interesan unos minutos extra de diversión. No grita por eso. De veras quiere ver sangre, la sangre de un Plateado, *sangre plateada* que manche la plaza. No importa que esa sangre sea todo lo que nosotros no somos, todo lo que no podemos ser, todo lo que queremos. Él sólo necesita verla para creer que ellos son realmente humanos, que pueden ser lastimados y vencidos. Pero yo sé que no es así. Su sangre es una amenaza, una advertencia, un presagio. *No somos iguales, y no lo seremos nunca.*

No lo defraudan. Desde los palcos es posible ver el líquido metálico y tornasolado que mana de la boca de Sansón. El sol de verano se refleja en él como en un espejo de agua, y pinta un canal que baja por el cuello del campeón hasta su armadura.

Esto es lo que divide de verdad a Rojos y Plateados: el color de nuestra sangre. Por algún motivo, esta simple diferencia a ellos los vuelve más fuertes, más listos, *mejores* que nosotros.

Sansón escupe, proyecta en el ruedo un rayo de sangre plateada. A diez metros de él, Cantos empuña su espada y se dispone a terminar con esto.

—Pobre tonto —murmullo.

Parece que Kilorn está en lo cierto. *Un simple saco de boxeo.*

Cantos avanza pesadamente por la arena con la espada en alto y los ojos encendidos. Pero se congela a medio camino y su armadura suena debido a la súbita pausa. Desde el centro del ruedo, el guerrero sangrante le arroja una mirada que cimbra.

Sansón truena los dedos y Cantos camina, en sincronía perfecta con los movimientos del alfeñique. Anda boquiabierto, como si se hubiese vuelto torpe o bruto. *Como si hubiera perdido la razón.*

Yo no puedo creer lo que ven mis ojos.

Un silencio de muerte recorre la plaza mientras miramos sin comprender la escena que se desarrolla bajo nosotros. Ni siquiera Kilorn habla.

—Un susurro… —suelto yo.

Nunca había visto uno en la plaza; dudo que alguien lo haya hecho. Los susurros son raros, peligrosos y efectivos, incluso entre los Plateados, incluso en la *capital*. Los rumores sobre ellos varían, pero todo se reduce a algo simple y estremecedor: pueden entrar en tu cabeza, leer tus pensamientos y *controlar tu mente*. Y eso es justo lo que Sansón hace en este instante, se abre paso con sus murmuraciones a través de la armadura y los músculos de Cantos hasta su indefenso cerebro.

Cantos alza la espada con mano temblorosa. Intenta resistirse al poder de Sansón. Pero fuerte como es, su mente no puede luchar contra el enemigo.

Otro giro de la mano de Sansón y la sangre plateada salpica la arena justo cuando, atravesando su propia armadura, Cantos hunde la espada en su propio vientre. Pese a que estoy en los asientos más altos, puedo oír el horrible chapoteo del metal que traspasa la carne.

Mientras la sangre de Cantos mana a borbotones, resuenan exclamaciones en el ruedo. Nunca habíamos visto tanta sangre en este lugar.

Se encienden luces azules que bañan la plaza con un brillo fantasmal y señalan el final del encuentro. Varios sanadores Plateados atraviesan la plaza corriendo, y se precipitan sobre el caído Cantos. No está previsto que los Plateados mueran aquí. Se supone que deben pelear con valentía, hacer gala de sus habilidades y dar un buen espectáculo, pero no *morir*. Después de todo, no son Rojos.

Los agentes proceden con una rapidez inaudita. Algunos son raudos, y su figura imprecisa se agita de un lado a otro mientras nos sacan en manada. No quieren que estemos presentes si el vencido expira en la plaza. Entre tanto, Sansón abandona la plaza con aire resuelto, como un titán. Su mirada tropieza con el cuerpo de Cantos y yo espero que se muestre arrepentido. En cambio, exhibe un rostro indiferente, glacial, inexpresivo. Este combate no fue nada para él. Nosotros no somos nada para él.

En la escuela aprendimos acerca del mundo anterior a éste, el mundo de los ángeles y los dioses que vivían en el cielo y gobernaban la Tierra con amor y bondad. Algunos dicen que son sólo leyendas, pero yo no lo creo.

Los dioses aún nos dominan, han descendido de las estrellas y no les queda ni un ápice de bondad.

DOS

Nuestra casa es pequeña, incluso para los estándares de Los Pilotes, pero al menos tenemos una buena vista. Antes de que lo hirieran durante uno de sus permisos en el ejército, papá la construyó de tal forma que quedara en lo alto y pudiéramos ver el otro lado del río. Aun en medio de la neblina del verano es posible divisar los claros que antes fueron bosque, ahora relegados al olvido. Aunque semejan una epidemia, al norte y al oeste las colinas intactas son un recordatorio apaciguador. *Todavía queda mucho por explorar.* Más allá de lo nuestro, más allá de los Plateados, más allá de todo lo que conozco.

Subo las escaleras a casa, sobre madera gastada a la que las manos que por ella ascienden y descienden cada día han dado forma. Desde esta altura distingo algunas barcas río arriba que ondean con orgullo sus lustrosas banderas. *Plateados.* Ellos son los únicos lo bastante ricos para usar medios de transporte privados. Y mientras disfrutan de vehículos con ruedas, botes de recreo y hasta aviones a reacción que alcanzan grandes alturas, nosotros sólo tenemos nuestros pies, o una bicicleta si corremos con suerte.

Seguro que esas embarcaciones se dirigen a Summerton, la pequeña ciudad surgida en torno a la residencia de verano del rey. Gisa estuvo hoy ahí, con la costurera de la que es aprendiza. Ellas suelen ir al mercado cuando el rey está de visita, a vender sus productos a los comerciantes y nobles Plateados que siguen como patos a la familia real. El palacio se conoce como la Mansión del Sol, y dicen que es una maravilla, pero yo no lo he visto nunca. No sé por qué la familia real tiene otra casa, especialmente si el palacio de la capital es tan bello y elegante. Pero como los demás Plateados, tampoco ella actúa por necesidad. La mueve el deseo. Y consigue todo lo que se propone.

Antes de abrir la puerta al caos de siempre, le doy una palmada a la bandera que se agita en el zaguán. Tres estrellas rojas sobre tela amarillenta, una por cada uno de mis hermanos y con espacio para más. *Con espacio para mí.* Casi todas las Casas tienen banderas como ésta, algunas con cintas negras en lugar de estrellas, como mudo recordatorio de sus hijos muertos.

Dentro, mamá suda frente a la estufa, remueve un guiso mientras mi padre observa desde su silla de ruedas. Gisa borda en la mesa, hace algo hermoso y exquisito, y absolutamente incomprensible para mí.

—Ya llegué —digo, a nadie en particular.

Papá contesta agitando una mano, mamá inclinando la cabeza y Gisa sin dejar de ver su paño de seda.

Pongo junto a ella mi bolsa de cosas robadas, y hago sonar lo más posible las monedas.

—Creo que ya tengo suficiente para un buen pastel de cumpleaños para papá. Y para más baterías que duren hasta fin de mes.

Gisa mira la bolsa, frunce el ceño con desdén. Apenas tiene catorce años pero es muy lista para su edad.

—Un día vendrán a llevarse todo lo que tienes.

—La envidia no es digna de ti, Gisa —la regaño y le doy una palmada en la cabeza.

Sus manos vuelan hasta su brillante y perfecto cabello rojo, que recoge otra vez en un chongo esmerado.

Siempre he querido tener su cabello, aunque jamás se lo diría. Mientras que el suyo es como el fuego, el mío es lo que llamamos castaño cenizo. Oscuro en la raíz, opaco en las puntas, pues el pelo pierde su color con el estrés de la vida en Los Pilotes. La mayoría de las mujeres llevan el cabello corto para ocultar sus puntas grises, pero yo no. Me gusta tener el recordatorio de que hasta mi pelo sabe que la vida debería ser de otra manera.

—No es envidia —resopla y vuelve a su trabajo.

Borda flores hechas de fuego, cada cual es una linda flama de hilo contra la lustrosa seda negra.

—¡Qué bonito, Gee!

Dejo que mi mano recorra una de esas rosas, maravillada por la sensación de suavidad. Gisa voltea y sonríe dulcemente, dejando ver sus dientes uniformes. Aunque peleamos mucho, ella sabe que es mi pequeña estrella.

Y todos saben que la envidiosa soy yo, Gisa. No puedo hacer más que robar a quienes sí pueden hacer cosas.

Una vez que ella concluya su aprendizaje, podrá poner su taller. Los Plateados vendrán de todos los rincones a pagarle pañuelos, estandartes y prendas de vestir. Gisa logrará lo que pocos Rojos consiguen y vivirá bien. Mantendrá a nuestros padres, y a mis hermanos y a mí nos dará empleos modestos para que nos libremos de la guerra. Un día Gisa nos salvará sólo con aguja e hilo.

—Como el día y la noche, hijas mías —rezonga mamá.

No lo dice como ofensa, sino a modo de una verdad desagradable. Gisa es hábil, dulce y bonita. Yo soy un poco más tosca, como mamá explica amablemente. La oscuridad contra la luz de Gisa. Supongo que lo único que tenemos en común son los aretes en recuerdo de nuestros hermanos.

Papá resuella desde su esquina y se golpea el pecho con un puño. Esto es frecuente, ya que sólo tiene un pulmón de verdad. Por fortuna, la destreza de un médico Rojo lo salvó, al reemplazar el pulmón dañado por un artefacto capaz de respirar por él. No fue un invento plateado; ellos no necesitan esas cosas. Tienen a sus sanadores. Pero éstos no pierden el tiempo salvando Rojos, o manteniendo siquiera con vida a los soldados en el frente. La mayoría permanece en las ciudades, prolongando la vida de los Plateados viejos, remendando hígados destruidos por el alcohol y cosas por el estilo. Así, nosotros tenemos que consentir un mercado clandestino de tecnología e inventos que nos ayude a mejorar. Algunos son ridículos, la mayoría no funciona, pero un poco de metal acoplado salvó la vida de mi padre. Lo oigo funcionar a toda hora, una diminuta pulsación para que él pueda seguir respirando.

—No quiero pastel.

—¿Qué *quieres* entonces, papá? Un reloj nuevo o…

—No considero *nuevo* nada que tú arranques de la mano de nadie, Mare.

Antes de que estalle otra guerra en la casa de los Barrow, mamá retira el guiso de la estufa.

—La cena está lista.

La trae a la mesa y el vapor me envuelve.

—¡Huele rico, mamá! —miente Gisa.

Papá no es tan diplomático y hace una mueca frente al platillo.

No queriendo quedar en evidencia, trago a la fuerza un poco de estofado. Para mi sorpresa, no está tan mal como de costumbre.

—¿Le pusiste la pimienta que te traje?

En lugar de asentir, sonreír y agradecer que me haya dado cuenta, mamá se sonroja y no contesta. Sabe que la robé, igual que todo lo que yo regalo.

Gisa entorna los ojos sobre su caldo, sabe adónde va a ir a parar todo esto.

Se diría que a estas alturas yo ya debería estar habituada, pero la reprobación de todos me irrita.

Suspirando, mamá baja la cara hasta las manos.

—Tú sabes que te lo agradezco, Mare... Simplemente me gustaría que...

—¿Que fuera como Gisa? —termino por ella.

Mamá sacude la cabeza. Otra mentira.

—¡No, claro que no! No fue eso lo que quise decir.

—Está bien —mi resentimiento se alcanza a oír sin duda hasta el otro lado de la aldea. Hago cuanto puedo por evitar que la voz se me quiebre—. Es la única forma en que puedo ayudar antes... antes de que me vaya.

Mencionar la guerra es una forma rápida de silenciar la casa. Hasta el zumbido de papá se detiene. Mamá vuelve la cabeza con las mejillas rojas de ira. Bajo la mesa, la mano de Gisa se cierra sobre la mía.

—Sé que haces lo que puedes por proceder correctamente —murmura mamá.

Le cuesta mucho decir esto pero me consuela de todos modos.

Yo mantengo la boca cerrada y fuerzo una inclinación de cabeza.

Gisa salta entonces en su asiento como si algo le alarmara.

—¡Ay, casi lo olvido! Pasé por el correo al volver de Summerton. Había una carta de Shade.

Es como si explotara una bomba. Mamá y papá se abalanzan en pos del sobre sucio que Gisa extrae de su saco. Yo permito que vean la carta por encima, que examinen la hoja. Ninguno de los dos sabe leer, así que deducen en el papel lo que pueden.

Papá huele la carta para tratar de identificar el aroma.

—Pino. Nada de humo. Eso es bueno. Está lejos del Obturador.

Ante eso, todos soltamos un suspiro de alivio. El Obturador es la franja devastada entre Norta y la comarca de los Lagos, donde se libra la mayor parte de la guerra. Los soldados pasan ahí casi todo al tiempo, agazapados en trincheras condenadas a hacer explosión o lanzando ofensivas temerarias que acaban en una masacre. El resto de la frontera es principalmente un lago, que en el lejano norte se convierte en tundra, demasiado fría y desértica para combatir. Papá fue herido en el Obturador hace años, cuando una bomba cayó sobre su unidad. Ahora el Obturador está tan destruido por décadas de guerra que el humo de las explosiones es una niebla constante y nada puede crecer ahí. Es gris y tétrico, como el futuro de la guerra.

Al fin él me pasa la carta para que la lea, y yo la abro con gran expectación, al mismo tiempo impaciente y temerosa de saber qué dice Shade.

—"Querida familia: Estoy vivo. Obviamente".

Esto nos hace reír a papá y a mí, y sonreír a Gisa. A mamá no le causa mucha gracia, aunque Shade siempre empieza todas sus cartas igual.

—"Fuimos llamados del frente, como es probable que el sabueso de papá ya haya adivinado. Es bueno volver a estar en la base. Aquí es tan Rojo como el amanecer; casi ni se ven oficiales Plateados. Y sin el humo del Obturador, se puede ver salir el sol más radiante cada día. Pero no estaré mucho tiempo en este lugar. El alto mando planea redirigir nuestra unidad al combate acuático y se nos ha asignado a uno de los nuevos barcos de guerra. Me encontré con una doctora separada de su unidad que dice haber conocido a Tramy, y que está bien. Recibió algo de metralla en el repliegue del Obturador pero se recuperó satisfactoriamente. No tiene ningún daño permanente".

Mamá lanza un sonoro suspiro, sacude la cabeza.

—Ningún daño permanente —repite contenta.

—"Aún no sé nada de Bree, pero no me inquieta. Es el mejor de nosotros, y su permiso de cinco años está próximo. Pronto estará en casa, mamá, así que deja de preocuparte. No hay nada más que informar, al menos que yo pueda escribir en una carta. Gisa: no seas tan presumida, aunque te sobren razones. Mare: tú no seas tan malcriada todo el tiempo y deja de golpear a ese chico Warren. Papá: estoy orgulloso de ti. Los quiero mucho a todos. Su hijo y hermano favorito, Shade".

Como siempre, las palabras de Shade nos traspasan el alma. Casi puedo oír su voz si me esfuerzo lo suficiente. Las luces empiezan a chirriar de repente.

—¿Nadie llevó los papeles de racionamiento que traje ayer? —pregunto antes de que las luces se apaguen y nos sumerjan en la oscuridad.

Mientras mis ojos se adaptan, apenas alcanzo a ver a mamá que sacude la cabeza.

Gisa reclama:

—¿Ya van a empezar otra vez? —su silla rechina mientras se incorpora—. Me voy a dormir. Traten de no gritar.

Pero no gritamos. Mi mundo ya parece ser así: *estoy demasiado cansada para protestar*. Mamá y papá se marchan a su recámara y me dejan sola en la mesa. Normalmente yo saldría sin hacer ruido, pero hoy no hallo fuerzas para hacer otra cosa que irme a acostar.

Trepo otra escalera que lleva al ático, donde Gisa ya está roncando. Duerme como un tronco. Ella concilia el sueño en un minuto, mientras que, a veces, yo puedo tardar horas. Me acomodo en mi catre, contenta nada más de tenderme y aprieto la carta de Shade contra mi pecho. Como dijo papá, huele intensamente a pino.

El río parece sereno esta noche, tropieza contra las piedras en la ribera al tiempo que me arrulla. Ni siquiera el viejo refrigerador, un armatoste oxidado alimentado por baterías y que por lo general silba tanto que hace que me duela la cabeza, me molesta esta noche. Pero el canto de un ave me interrumpe justo cuando estoy a punto de caer dormida. Kilorn.

No. Márchate.

Otro reclamo, esta vez más fuerte. Gisa se mueve un poco, y se enrolla en su almohada.

Refunfuño para mí, maldigo a Kilorn, y me levanto y bajo la escalera en silencio. Una chica normal tropezaría entre tanto desorden en el cuarto principal, pero yo conservo el equilibrio gracias a tantos años escapando de la policía. Bajo en un segundo la escalera de los pilotes y me hundo en el lodo hasta los tobillos. Kilorn espera y sale de las sombras bajo la casa.

—Ojalá te gusten los ojos morados, porque así te los voy a poner por esta…

Ver su cara me para en seco.

Ha estado llorando. *Y Kilorn no llora nunca.* Los nudillos le sangran, y apuesto que en los alrededores hay una pared igual de maltrecha. Pese a lo avanzado de la hora, no puedo menos que sentirme preocupada, y hasta asustada por él.

—¿Qué ocurre? ¿Qué sucede? —tomo su mano en la mía sin pensar, siento su sangre bajo mis dedos—. ¿Pasó algo?

Él se da un momento para responder, trata de armarse de valor. Ahora estoy aterrada.

—Mi maestro... cayó. Murió. Ya no soy aprendiz.

Intento contener una exclamación, pero se me escapa de todos modos, como si se mofara de nosotros. Aunque él no tiene que hacerlo, aunque ya sé qué es lo que quiere decir, continúa.

—Ni siquiera había terminado mi instrucción, y ahora... —choca contra las palabras—. Tengo dieciocho años. A ningún pescador le falta un aprendiz. No tengo trabajo. No puedo *conseguir* ningún trabajo —lo que añade es como una daga en mi corazón. Kilorn apenas consigue hablar, y yo preferiría no tener que oírlo—. Me mandarán a la guerra.

TRES

Ha estado sucediendo durante la mayor parte de los últimos cien años. No creo que se le debiera seguir llamando siquiera guerra, pero no existe palabra para esta forma superior de destrucción. En la escuela nos dijeron que empezó por problemas de territorio. La comarca de los Lagos es plana y fértil, bordeada por lagos inmensos repletos de peces. No como las colinas rocosas y arboladas de Norta, donde las tierras de cultivo apenas pueden alimentarnos a la mitad de nosotros. Incluso los Plateados sintieron la presión, así que el rey declaró una guerra que nos involucró en un conflicto que en realidad ningún bando podía ganar.

El rey lacustre, Plateado también, respondió en la misma forma con el total apoyo de los miembros de su nobleza. Querían nuestros ríos, tener acceso a un mar que no estuviera congelado la mitad del año, y los molinos de agua que hay a todo lo largo del río Capital. Los molinos son lo que vuelve fuerte a nuestra región, ya que nos aportan electricidad suficiente para que incluso los Rojos podamos disponer un poco de ella. He oído rumores de ciudades que se hallan más al sur, cerca de Arcón, la capital, donde Rojos altamente cualificados fabrican máquinas incomprensibles para mí. Para transporte en tierra, agua y aire, o armas para desatar la destrucción dondequiera que los Plateados lo necesiten. Nuestro profesor nos dijo con orgullo que Norta era la luz del mundo, una nación grande por su tecnología y poder. El resto, como la comarca de los Lagos o las Tierras Bajas al sur, vive sumido en las tinieblas. Y nosotros tuvimos la suerte de nacer aquí. *La suerte*. Esta palabra hace que me den ganas de gritar.

Pero pese a nuestra electricidad, los alimentos de los lacustres, nuestras armas, sus números, ningún bando tiene mucha ventaja sobre el otro. Ambos cuentan con oficiales Plateados y soldados Rojos que combaten con poderes y armas y con el escudo de un millar de cuerpos Rojos. Una guerra que se suponía que iba a terminar hace un siglo, aún se mantiene. A mí siempre me hizo gracia que peleáramos por agua y comida. Incluso los sublimes y poderosos Plateados necesitan comer.

Pero eso ya no tiene gracia ahora, cuando Kilorn sea el siguiente al que yo tenga que decir adiós. Me pregunto si me regalará un arete para que lo recuerde después de que el refinado legionario haya venido por él.

—Una semana, Mare. Una semana y me habré ido —se le quiebra la voz, aunque tose para tratar de disimularlo—. ¡No lo permitiré! No… ellos no me llevarán.

Pero yo puedo ver que en sus ojos el espíritu de lucha se debilita.

—Tiene que haber algo que podamos hacer —dejo escapar yo.

—No hay nada que nadie pueda hacer. Nadie ha escapado del alistamiento y seguido con vida.

No necesita decírmelo. Todos los años alguien intenta huir. Y cada año se le arrastra hasta la plaza, donde es colgado.

—Nosotros encontraremos una manera.

Incluso ahora, Kilorn tiene fuerzas para sonreír.

—*¿Nosotros?*

El ardor en mis mejillas crece más rápido que una flama.

—Yo estoy tan condenada al ejército como tú, y a mí tampoco me van a llevar. Huyamos.

El ejército ha sido siempre mi destino, mi castigo, lo sé. Pero no el de Kilorn. A él ya le ha quitado demasiado.

—No podemos ir a ninguna parte —farfulla él, aunque al menos discute. Al menos no se ha rendido—. No sobreviviríamos al invierno del norte, al este está el mar, al oeste hay más guerra, al sur sólo contaminación y el resto está plagado de Plateados y agentes de seguridad.

Las palabras surgen de mí como un torrente:

—También la aldea está plagada de Plateados y agentes de seguridad. Aun así, siempre nos las hemos arreglado para robar en sus narices y salir ilesos.

Mi mente vuela, hace todo lo posible por hallar algo útil, lo que sea. Y es entonces como si un rayo me cayera encima.

—Los del mercado negro, que operan gracias a nosotros, contrabandean de todo, desde focos hasta cereales. ¿Quién dice que no pueden contrabandear personas?

Abre la boca para arrojar mil razones por las cuales eso no dará resultado. Pero en lugar de ello, sonríe y asiente.

A mí no me gusta meterme en asuntos ajenos. No tengo tiempo para eso. Pero aquí estoy, oyéndome decir cuatro palabras fatales:

—Déjamelo todo a mí.

Lo que no podemos venderles a los tenderos habituales, tenemos que llevárselo a Will Whistle. Es viejo, demasiado débil para trabajar, pero muy listo. Vende de todo en su mohoso carromato, desde café, de comercio muy restringido, hasta objetos exóticos de Arcón. Yo tenía nueve años y un puñado de botones robados cuando me arriesgué con él. Me pagó tres céntimos y no me hizo preguntas. Ahora soy su mejor clienta, y quizá la razón de que él pueda mantenerse a flote en un espacio tan reducido. En un buen día, incluso podría llamarlo amigo. Eso pasó años antes de que yo descubriera que Will forma parte de una gran organización. Algunos la llaman la resistencia, otros, mercado negro, pero a mí lo único que me importa es lo que pueda hacer. Tiene compañeros como Will en todos lados. Incluso en Arcón, por increíble que parezca. Transporta bienes ilegales por todo el país. Y ahora apuesto a que podría hacer una excepción y transportar a una persona.

—De ninguna manera.

En ocho años, Will nunca me ha dicho que no. Ahora, este viejo tonto y arrugado me cierra las puertas de su carromato prácticamente en las narices. Qué bueno que Kilorn no vino para ver cómo lo defraudo.

—¡*Por favor,* Will! Sé que tú lo puedes hacer…

Él sacude la cabeza meciendo su barba blanca.

—Aunque *pudiera,* soy un comerciante. La gente con la que trabajo no es de la que dedica su tiempo y esfuerzo a llevar de un lugar a otro a un mercader más. Ése no es nuestro oficio.

Siento que mi última esperanza, la única esperanza de Kilorn, se me escurre entre los dedos.

Seguro que Will ve la desesperación en mis ojos porque se ablanda, recargado en la puerta de su carromato. Tras lanzar un suspiro profundo, voltea hacia la oscuridad del carro. Un momento después se vuelve y me hace señas para que entre. Lo sigo gustosa.

—Gracias, Will —balbuceo—. No sabes cuánto significa esto para mí...

—Siéntate y cállate, niña —dice una voz aguda.

En medio de las sombras del carromato, casi invisible bajo la luz tenue de la vela azul de Will, una mujer se pone de pie. Una joven, debería decir, porque parece apenas mayor que yo. Pero es mucho más alta y porta el aire de un viejo guerrero. El arma que lleva en su cintura, metida en una banda roja que muestra soles grabados, es ilegal, sin duda. Ella es demasiado rubia y blanca para ser de Los Pilotes, y a juzgar por el ligero sudor que hay en su rostro, no está acostumbrada al calor ni a la humedad. Es una desconocida, una extranjera y una fugitiva. *Justo la persona a la que yo quiero ver.*

Me indica a señas que me acerque a la banca empotrada que hay en la pared del carro y ella vuelve a sentarse sólo una vez que lo he hecho yo. Will nos sigue, y casi se desploma en un sillón gastado, desde donde nos mira alternativamente a la joven y a mí.

—Mare Barrow, te presento a Farley —murmura, y ella aprieta el maxilar.

Posa en mí su mirada.

—Quieres transportar un cargamento.

—Un chico y yo...

Pero ella me interrumpe, alza una mano grande y encallecida:

—*Un cargamento* —dice otra vez, y me dirige una mirada elocuente. El corazón me salta en el pecho; esta tal Farley bien podría terminar siendo de las que ayudan—. ¿Y cuál es el destino?

Me devano los sesos tratando de pensar en un lugar seguro. El viejo mapa del salón de clases gira ante mis ojos, recorro las costas y los ríos, destaco ciudades y poblados y todo lo que existe entre ellos. De Harbor Bay al oeste hasta la comarca de los Lagos, de la tundra del norte a los desechos tóxicos de las Ruinas y el Wash, todo es terreno peligroso para nosotros.

—Cualquier lugar a salvo de los Plateados. Con eso basta.

Farley parpadea, sin cambiar de expresión.

—La seguridad tiene un precio, niña.

—Todo tiene un precio, *niña* —irritada, imito su tono—. Nadie lo sabe mejor que yo.

Un largo silencio se extiende por el carromato. Puedo sentir que la noche se acaba y se lleva unos minutos preciosos de la vida de Kilorn. Farley percibe sin duda mi malestar e impaciencia, pero no se apresura por hablar. Después de un rato que parece eterno, al fin abre la boca.

—La Guardia Escarlata acepta, Mare Barrow.

Tengo que reunir toda mi compostura para no saltar de alegría en mi asiento. Pero en ese momento algo me da un tirón e impide que una sonrisa cruce mi rostro.

—El pago será íntegro, por el equivalente a mil coronas —continúa Farley.

Esto me deja casi sin aliento. Hasta Will se muestra sorprendido, y la expresión en su rostro hace que sus esponjosas cejas blancas se oculten bajo su cabello.

—*¿Mil?* —consigo exhalar.

Nadie maneja esa cantidad de dinero, no en Los Pilotes. Eso alcanzaría para alimentar a mi familia durante un año. *Durante muchos años.*

Pero Farley no ha terminado aún. Tengo la impresión de que le gusta esto.

—Se puede pagar en billetes, tetrarcas o el equivalente en trueque. Por cabeza, desde luego.

Dos mil coronas. Una fortuna. Nuestra libertad vale una fortuna.

—Tu cargamento partirá pasado mañana. Deberás pagar entonces.

Apenas puedo respirar. Tengo menos de dos días para acumular más dinero del que he robado en toda mi vida. *Imposible*.

Pero ella no me da tiempo para protestar.

—¿Aceptas las condiciones?

—Necesito más tiempo.

Farley sacude un tanto la cabeza. Cuando se inclina sobre mí, me doy cuenta de que huele a pólvora.

—¿Aceptas las condiciones?

Es imposible. Es aberrante. *Es nuestra mejor oportunidad*.

—Sí, acepto.

Los siguientes minutos transcurren en forma confusa mientras marcho penosamente a casa a través de sombras turbias. Mi mente arde, busco el modo de hacerme de cualquier cosa que alcance una suma similar a la exigida por Farley. No hay nada así en Los Pilotes, de eso estoy segura.

Kilorn espera en la oscuridad, con la apariencia de un niño perdido. Supongo que lo es.

—¿Malas noticias? —la voz le tiembla, aunque intenta mantenerla firme.

—La resistencia puede sacarnos de aquí —por consideración a él conservo la calma mientras se lo explico. Dos mil coronas bien podría ser el valor del trono del rey, pero yo hago que parezca nada—. Si alguien puede hacer esto, somos nosotros. Nosotros *podemos*.

—Mare —la voz de Kilorn es fría, más fría que el invierno, pero el vacío de su mirada es peor aún—. Se acabó. Perdimos.

—Pero si apenas…

Él me toma de los hombros, me sostiene a una distancia prudente. No duele, pero me asusta.

—No me hagas esto, Mare. No me hagas creer que hay una forma de salir de esto. No me des esperanzas.

Tiene razón. Es cruel dar esperanzas cuando no hay ninguna. Únicamente produce rabia, rencor y desilusión, todas las cosas que vuelven esta vida más difícil de lo que ya es.

—Sólo deja que lo acepte. Tal vez… tal vez entonces pueda poner en orden mi cabeza, prepararme como se debe y tener una oportunidad allá.

Mis manos encuentran sus muñecas, y las aprieto con fuerza.

—Hablas como si ya estuvieras muerto.

—Quizá sea así.

—Mis hermanos…

—Tu padre se encargó de que ellos supieran a qué se enfrentaban mucho antes de que se marcharan. Y tienen la ventaja de ser enormes —fuerza una sonrisa que trata de contagiarme. Pero no lo logra—. Soy buen nadador y marinero. Me necesitarán en los lagos.

Hasta que él me envuelve y me estrecha entre sus brazos, no descubro que estoy temblando.

—Kilorn… —murmuro en su pecho y callo lo demás.

Debería ser yo. Pero mi momento se acerca a toda prisa. Sólo me cabe esperar que Kilorn sobreviva lo suficiente para volver a verlo, en el cuartel o en una trinchera. Quizás entonces encuentre las palabras correctas. Quizás entonces comprenda cómo me siento.

—Gracias, Mare. Por todo —él retrocede y me suelta demasiado rápido—. Si ahorras lo suficiente, podrás pagar cuando la legión venga por ti.

Asiento sólo por él, pero no tengo intención de dejar que combata y muera solo.

Para cuando me acurruco en mi catre, sé que esta noche no voy a dormir. Debe haber algo que pueda hacer, y aunque saberlo me lleve toda la noche, lo encontraré.

Gisa tose dormida, emite un ruido leve y discreto. Hasta inconsciente consigue ser elegante. No es de sorprender que encaje tan bien con los Plateados. Ella es todo lo que los Plateados aprecian de un Rojo: seria, complaciente y modesta. Es bueno que sea Gisa la que tenga que tratar con ellos, la que les ayude a esos tontos suprahumanos a elegir la seda y las finas telas con que confeccionarán las prendas que sólo se pondrán una vez. Ella dice que uno termina por habituarse a eso, a las sumas que ellos gastan en trivialidades. Y en el Huerto Magno, que es el mercado de Summerton, esas sumas son diez veces más altas. Con su maestra, Gisa cose encajes, sedas, pieles y hasta gemas para crear arte que pueda ser usado por la elite plateada que parece seguir a la realeza por doquier. El desfile, lo llama Gisa, una marcha incesante de pavos reales altivos, cada cual más orgulloso y ridículo que el anterior. Todos ellos Plateados, todos idiotas y todos obsesionados con su nivel social.

Esta noche los odio más que de costumbre. Las medias que ellos pierden tal vez alcanzarían para librarme de ser llamada a filas, junto con Kilorn y la mitad de Los Pilotes.

Por segunda ocasión esta noche, me cae un rayo encima.

—Despierta, Gisa —no hablo en voz baja porque esta niña duerme como un tronco—. ¡Gisa!

Ella se mueve y se queja desde su almohada.

—A veces quisiera matarte... —rezonga.

—¡Vaya, qué amable! *Despierta* —todavía tiene los ojos cerrados cuando salto sobre ella como un gato gigante. Antes de que pueda ponerse a gritar, quejarse y llamar a mi madre, le tapo la boca con una mano—. Escúchame, eso es todo. No hables, sólo escucha.

Ella resopla en mi palma, pero asiente al mismo tiempo.

—Kilorn…

La piel se le enciende con la sola mención de mi amigo. Y hasta ríe, algo que nunca hace. Pero yo no tengo tiempo para su historia de amor de colegiala, ahora no.

—¡Basta, Gisa! —le digo, con la respiración entrecortada—. Reclutarán a Kilorn —su risa desaparece entonces. El reclutamiento no es un chiste, al menos no para nosotras—. Ya tengo una manera de sacarlo de aquí, de librarlo de la guerra, pero necesito que me ayudes —me duele decirlo, pero las siguientes palabras escapan de mis labios de un modo u otro—. Te necesito, Gisa. ¿Me ayudarás?

Ella no vacila en responder y yo siento que el amor por mi hermana crece sin límite.

—Sí.

Qué bueno que soy de baja estatura o de lo contrario el uniforme extra de Gisa no me habría quedado bien. Es grueso y oscuro, totalmente impropio para el sol del verano, con botones y cierres que parecen cocerse bajo el calor. La mochila que cargo en la espalda no deja de moverse, y casi me aplasta con el peso de las telas y los utensilios de costura. Gisa porta su propia mochila y uniforme reglamentario pero nadie parece reparar en ella. Está acostumbrada a trabajar duro y a tener una vida difícil.

Recorremos en lancha casi todo el trayecto río arriba, apiñadas entre bushels de trigo en la barcaza de un agricultor bondadoso con quien Gisa hizo amistad hace años. Aquí la gente confía en ella, como nunca podrá hacerlo en mí. El agricultor nos deja bajar cuando aún nos falta un kilómetro y medio, cerca de la sinuosa fila de comerciantes en dirección a Summerton. Ahora arrastramos los pies junto a ellos, hacia lo que Gisa llama la Puerta del Huerto, aunque no se ven hortalizas por ningún lado. En realidad se trata de una puerta de cristal reluciente que nos deslumbra antes de que tengamos siquiera la oportunidad de traspasarla. El resto del muro parece estar hecho de lo mismo, aunque yo no puedo creer que el rey Plateado sea tan tonto para ocultarse detrás de paredes de vidrio.

—No es vidrio —me dice Gisa—. O al menos, no del todo. Los Plateados descubrieron una forma de calentar el diamante y mezclarlo con otros materiales. Es totalmente impenetrable. Ni siquiera una bomba podría atravesarlo.

Murallas de diamante.

—Eso parece algo necesario.

—¡Baja la cabeza! Déjame hablar a mí —musita ella.

Permanezco a su lado, con la mirada fija en el camino mientras éste pasa del asfalto negro y agrietado al pavimento de piedra blanca. Esta piedra es tan suave que estoy a punto de resbalar, pero Gisa me toma del brazo para evitarlo. Kilorn no tendría ningún problema para caminar sobre esto con sus piernas de marinero. Pero él nunca estaría aquí. Se ha dado por vencido. *Yo no lo haré.*

Al acercarnos a las puertas entrecierro los ojos para no deslumbrarme y poder distinguir lo que hay del otro lado. Aunque Summerton sólo cobra vida en este periodo y se vacía antes de que caiga la primera helada, es la ciudad más grande que yo haya visto jamás. Hay calles, tiendas, tabernas, casas y patios bulliciosos, orientados todos hacia la refulgente monstruosidad de mármol y cristal de diamante. Y ahora sé de dónde tomó ésta su nombre. La Mansión del Sol resplandece como una estrella, elevada treinta metros sobre el suelo en una masa ondulada de torreones y puentes. Parte de ella se oscurece aparentemente a voluntad, para dar privacidad a sus ocupantes. No se puede permitir que los campesinos vean al rey y su corte. El edificio es imponente, intimidatorio y espléndido, y es sólo la residencia *de verano*.

—¡Nombres! —escupe una voz áspera y Gisa se para en seco.

—Gisa Barrow. Ella es mi hermana, Mare Barrow. Me está ayudando a traer unas cosas para mi maestra.

No le tiembla la voz, la mantiene firme, casi monótona. El agente de Seguridad hace una seña con la cabeza y yo hago un show para quitarme la mochila. Gisa entrega nuestras tarjetas de identidad, ambas sucias, desgastadas y casi hechas pedazos, pero válidas al fin.

El hombre que nos examina debe conocer a mi hermana, porque apenas mira su identificación. Inspecciona la mía, y alterna entre mi cara y mi foto por espacio de un largo minuto. Me pregunto si él será un susurro y si podrá leer mi mente. Esto pondría rápido fin a mi pequeña excursión, y quizá me ganaría una soga alrededor del cuello.

—¡Las muñecas! —suspira, ya aburrido de nosotras.

Me siento confundida por un momento pero Gisa tiende la mano derecha sin pensar. Sigo su gesto y dirijo mi brazo al agente. Él rodea toscamente nuestras muñecas con un par de cintas rojas. El círculo se reduce hasta apretar como un grillete; no podremos quitarnos estas cosas sin su ayuda.

—¡Avancen! —dice el agente mientras hace un gesto perezoso con la mano.

Dos chicas no son una amenaza para él.

Gisa asiente agradecida, pero yo no. Este hombre no merece ni una pizca de reconocimiento de mi parte. Las puertas se abren a nuestro alrededor y las cruzamos. El corazón palpita en mis oídos, y ahoga los ruidos del Huerto Magno mientras entramos en un mundo distinto.

Es un mercado como jamás he visto antes, salpicado de flores, árboles y fuentes. Los Rojos son pocos y veloces, hacen diligencias y venden sus mercaderías, y están identificados por sus cintas rojas. Aunque los Plateados no portan cinta alguna, son fáciles de distinguir. Van cargados de gemas y metales preciosos, una fortuna que pende de cada uno de ellos. Con sólo deslizar la mano, yo podría irme a casa con todo lo que necesitaré para siempre. Todos son altos, bellos y fríos, y se mueven con una gracia acompasada que ningún Rojo podría reclamar. Nosotros no tenemos tiempo para movernos de esa manera.

Gisa me conduce frente a una panadería con pasteles exquisitamente espolvoreados, una tienda que exhibe frutas de vivos colores que yo no había visto nunca, y hasta una colección de animales salvajes que me son completamente desconocidos. Una niña, Plateada a juzgar por su ropa, da de comer pedacitos de manzana a una criatura con manchas parecida a un caballo, pero de cuello increíblemente largo. Unas calles más adelante, una joyería reluce con todos los colores del arcoíris. Tomo nota de ella, pero aquí es difícil alzar la cabeza. El aire parece palpitar, vibrante de vida.

Justo cuando creo que no puede haber nada más fantástico que este lugar, miro atentamente a los Plateados y recuerdo cómo son. Esa niña es una telqui, y hace levitar a tres metros de altura la manzana para dar de comer al animal de cuello largo. Un florista pasa las manos por una maceta de flores blancas y éstas crecen rápidamente, hasta enrollarse en sus codos. Es un verdoso, un manipulador de plantas y tierra. Un par de ninfos están sentados junto a la fuente, entreteniendo con parsimonia a unos pequeños con esferas flotantes de agua. Uno de los ninfos tiene cabello anaranjado y ojos malévolos, pese a que los chicos se arremolinan junto a él. En la plaza, Plateados de todo tipo se ocupan de su vida extraordinaria. Hay muchos, cada uno de ellos magnífico, espléndido e impactante, y muy lejos del mundo que yo conozco.

—Así es como vive la otra mitad —murmura Gisa, intuyendo mi pasmo—. Es suficiente como para ponerte enfermo.

La culpa me invade. Siempre he sentido envidia por Gisa, por su talento y todos los privilegios que le otorga, pero nunca había pensado en el costo que implica. Ella no pasó mucho tiempo en la escuela y tiene pocos amigos en Los Pilotes. Si fuera normal, tendría muchos. Sonreiría. En cambio, esta joven de catorce años va a todas partes con aguja e hilo, cargando sobre sus espaldas el futuro de su familia, sumida hasta el cuello en un mundo que detesta.

—Gracias, Gee —susurro en su oído.

Ella sabe que no me refiero sólo a hoy.

—Allá está el taller de Salla, el del toldo azul —señala a una calle lateral donde se encuentra un local diminuto apretujado entre dos cafeterías—. Ahí estaré si me necesitas.

—No voy a necesitarte —replico en el acto—. Aunque las cosas salieran mal, no te involucraré.

—Bueno —dice ella, y aprieta mi mano un segundo—. Cuídate. Hoy hay más gente que de costumbre.

—Y más lugares donde esconderse —sonrío.

—Pero también más agentes —concluye con voz grave.

Seguimos andando, nos acercamos a cada paso al momento en el que ella me dejará sola en este sitio desconocido.

El pánico se apodera de mí cuando ella retira con cuidado la mochila de mis hombros. Estamos frente a su taller.

Para calmarme, hago un repaso entre dientes:

—No hables con nadie. No establezcas contacto visual. No te detengas. Sal por el mismo punto por donde llegaste, la Puerta del Huerto. El agente te quitará la cinta y seguirás tu camino —Gisa asiente con sus ojos bien abiertos mientras hablo, cautelosa, y tal vez hasta esperanzada—. Son quince kilómetros hasta casa.

—Quince kilómetros hasta casa —repite.

Deseando con todas mis fuerzas poder acompañarla, la veo desaparecer bajo el toldo azul. Ella me trajo hasta aquí. Ahora es mi turno.

CUATRO

He hecho esto miles de veces, mirar al gentío como un lobo mira a un rebaño de ovejas. Busco al débil, al lento, al incauto. Sólo que esta vez la presa soy yo. Podría elegir a un raudo que me atrapara en medio segundo o, peor todavía, a un susurro que sintiera mi presencia a kilómetro y medio de distancia. Hasta la niña telqui podría vencerme si las cosas se pusieran difíciles. Así pues, debo ser más rápida y sagaz que nunca y, por si fuera poco, tener también *más suerte* que nunca. ¡Es enloquecedor! Por fortuna, nadie presta atención a una ayudante Roja más, a otro insecto que corretea a los pies de los dioses.

Me dirijo de nuevo a la plaza, con los brazos colgando a los lados, sueltos pero listos para entrar en acción. Mi danza consiste normalmente en esto, atravesar las partes más congestionadas de un tumulto y dejar que mis manos prendan bolsas y monederos como telarañas atrapando moscas. No soy tan tonta para intentarlo aquí. En cambio, sigo a la gente por la plaza. Mis fantásticos alrededores ya no me deslumbran, así que ahora veo más allá, las grietas en la piedra y los agentes de seguridad de uniforme negro que hay en cada sombra. El increíble mundo plateado adquiere entonces una forma más clara. Los Plateados apenas se miran, y *nunca* sonríen. La niña telqui parece aburrida mientras da de comer a su extraña criatura, y los comerciantes ni siquiera regatean. Sólo los Rojos parecen vivos, volando entre los lentos hombres y mujeres que disfrutan de una vida mejor. Pese al calor, el sol y los luminosos estandartes, yo nunca había visto un lugar tan frío.

Lo que más me preocupa son las negras cámaras de video ocultas en las copas de los árboles o en los callejones. En la aldea hay unas cuantas, en el puesto de Seguridad o en el ruedo, pero aquí cubren todo el mercado. Puedo oírlas zumbar, *como para recordarme que alguien vigila.*

La marea de la multitud me lleva por la avenida principal, frente a tabernas y cafeterías. Algunos Plateados están reunidos en un bar al aire libre, en donde miran pasar a la gente mientras disfrutan de sus bebidas matutinas. Un puñado de ellos ven pantallas fijas en las paredes u otras que cuelgan de los arcos. Cada una proyecta algo distinto, desde viejos combates hasta noticias y programas vistosos que yo no entiendo; todo se confunde en mi cabeza. El agudo silbido de las pantallas y el ruido distante de la energía estática zumba en mis oídos. No sé cómo pueden soportarlo. Pero los Plateados ni se inmutan, e ignoran los videos casi por completo.

La Mansión proyecta sobre mí una sombra tenue y me descubro mirándola otra vez con ridícula veneración. Justo en este instante, un zumbido me hace reaccionar. Al principio parece el timbre del ruedo, el que usan para dar por iniciada una Gesta, pero éste es diferente. Grave, y en cierto modo más sonoro. Sin pensarlo, me vuelvo hacia él.

En el bar que hay junto a mí, todas las pantallas pasan ahora el mismo programa. No es un discurso del rey, sino un anuncio informativo. Hasta los Plateados se detienen a mirar, en absorto silencio. Cuando el zumbido termina, comienza el reporte. Una mujer rubia y regordeta, Plateada sin duda, emerge en la pantalla. Lee un escrito y parece intranquila.

"Plateados de Norta, ofrecemos una disculpa por la interrupción. Hace trece minutos se produjo un ataque terrorista en la capital".

Los Plateados que me rodean lanzan exclamaciones que desencadenan murmullos de temor.

Yo sólo atino a parpadear, incrédula. ¿Un ataque terrorista? ¿Contra los Plateados?

¿Acaso es posible?

"Se trata de un ataque coordinado contra edificios gubernamentales en Arcón oeste. Según los primeros informes, se reportan daños en el Tribunal del Reino, en el Arca del Tesoro y en el Palacio del Fuego Blanco, aunque ni el Tribunal ni el Tesoro estaban en funciones esta mañana".

La locutora da paso a imágenes de un edificio en llamas. Agentes de seguridad desalojan a los ocupantes mientras ninfos combaten las llamas con agua. Sanadores, a los que se distingue por una cruz roja y negra en el brazo, corren para todos lados entre ellos.

"La familia real no se encontraba en su residencia de Fuego Blanco, y no se reportan víctimas hasta el momento. Se espera que el rey Tiberias dirija un mensaje a la nación en el curso de la próxima hora".

Un Plateado que está junto a mí aprieta el puño y golpea la barra; deja rajaduras como de telaraña en el tablero de roca sólida.

—¡Son los lacustres! ¡Están perdiendo en el norte y por eso bajan al sur a atemorizarnos!

Algunos se unen al comentario, maldicen a la comarca de los Lagos.

—¡Deberíamos acabar con ellos, y avanzar hasta las Praderas! —agrega otro.

Muchos expresan su acuerdo con aplausos. Yo tengo que hacer un esfuerzo para no poner en su sitio a estos cobardes, que nunca verán el frente ni enviarán a pelear a sus hijos. Su guerra plateada se paga con sangre roja.

Mientras las imágenes continúan mostrando el momento en que la fachada de mármol del Tribunal se hace añicos o cómo un muro de cristal de diamante resiste una bola de fuego, una parte de mí se siente contenta. Los Plateados no son invencibles. Tienen enemigos que pueden lastimarlos, y por una vez, no se esconden detrás de un escudo rojo.

La locutora regresa, más pálida que nunca. Alguien le indica algo fuera de pantalla, y ella revuelve sus apuntes con manos temblorosas.

"Parece que una organización se ha atribuido la responsabilidad del atentado en Arcón", tartamudea. Los alborotadores callan al instante, ansiosos de oír el mensaje en la pantalla. "Un grupo terrorista que se hace llamar la Guardia Escarlata dio a conocer hace unos momentos este video".

"¿La Guardia Escarlata?", "¿Quién diablos...?", "¿Es una broma...?" y otras preguntas de asombro surgen en la taberna. Nadie había oído hablar hasta ahora de la Guardia Escarlata.

Pero yo sí.

Así llamó Farley a su organización. Suya y de Will. Pero ellos son *contrabandistas*, los dos, no terroristas, dinamiteros ni cualquier otra cosa que la televisión pueda decir. *Es una coincidencia, no pueden ser ellos.*

La pantalla ofrece entonces una visión aterradora. Una mujer aparece frente a una cámara temblorosa, lleva la cara cubierta con una pañoleta escarlata que sólo deja ver sus vivaces ojos azules. En una mano sostiene un arma y en la otra, una raída bandera roja. En su pecho hay una insignia de bronce con la forma de un sol dividido.

"¡Somos la Guardia Escarlata y abogamos por la libertad e igualdad de todos los hombres...!", dice la mujer.

Reconozco su voz.

Farley.

"¡...comenzando por los Rojos!"

No necesito ser un genio para saber que un bar lleno de Plateados frenéticos y violentos es el último sitio en el que una chica Roja querría estar. Pero no puedo moverme. No puedo dejar de mirar la cara de Farley.

"¡Ustedes se creen los amos del universo, pero su imperio como reyes y dioses está llegando a su fin! Mientras no nos reconozcan como seres *humanos,* como sus *iguales,* la guerra estará en su puerta. No en un campo de batalla, sino en sus ciudades. En sus calles. En sus casas. Ustedes no nos ven, pero estamos en todas partes". Su voz resuena con autoridad y aplomo. "¡Y nos levantaremos, Rojos como el amanecer!"

Rojos como el amanecer.

Terminan las imágenes y la rubia retorna, boquiabierta. Los clamores ahogan el resto del programa mientras los Plateados que hay en el bar recuperan su voz. Berrean contra Farley, la llaman terrorista, asesina, diablo rojo. Antes de que sus miradas caigan sobre mí, salgo a la calle.

Pero a lo largo de la avenida, desde la plaza hasta la Mansión, desde cada bar y cada cafetería, hay Plateados iracundos que van saliendo. Yo intento arrancar la cinta roja de mi muñeca, pero la maldita cosa no cede. Los Rojos desaparecen entre los callejones y las entradas, en un intento por huir, y yo tengo la cordura de seguirlos. Justo cuando encuentro un callejón, se desata el vocerío.

Miro imprudentemente por encima del hombro y veo que agarran a un Rojo del cuello, que suplica a su atacante Plateado:

—¡Suélteme, no sé nada, yo no sé quiénes diablos son esas personas…!

—¿Qué es la Guardia Escarlata? —le vomita el Plateado de frente. Lo reconozco, es uno de los ninfos que jugaban con los pequeños hace menos de media hora—. ¿Quiénes son?

Antes de que el pobre Rojo pueda contestar, una cascada furiosa le da en la cara. El ninfo eleva una mano y el agua sube, moja al Rojo de nuevo. Otros Plateados rodean la escena, se burlan jubilosos, animan a su camarada. El Rojo escupe y jadea, en lo que trata de recuperar el aliento. Proclama su inocencia cada vez que puede, pero el agua no para. El ninfo, con ojos bien abiertos de odio, no da indicios de refrenarse. Saca agua de las fuentes, de cada vaso, la descarga sin límite.

Lo están ahogando.

El toldo azul es mi faro, y me guía por las calles colmadas de pánico mientras esquivo a Rojos y Plateados por igual. El caos suele ser mi mejor aliado y facilita mi trabajo como ladrona. Nadie nota que le falta el monedero mientras huye de una muchedumbre. Pero Kilorn y las dos mil coronas ya no son mi prioridad. Sólo pienso en recoger a Gisa y salir de la urbe, que sin duda se convertirá en una cárcel. *Si cierran las puertas…* No quiero ni pensar qué sucedería si quedara atascada aquí, atrapada detrás del cristal con la libertad justo fuera de mi alcance.

Los agentes corren en todas direcciones, sin saber qué hacer ni a quién proteger. Un grupo escaso rodea a unos Rojos, a los que obligan a ponerse de rodillas. Los Rojos tiemblan y ruegan, repiten sin cesar que no saben nada. Yo apostaría que soy la única en toda la ciudad que, antes de hoy, ya había *oído* hablar de la Guardia Escarlata.

Esto me hace estremecer de temor otra vez. Si me capturan, si les digo lo poco que sé, ¿qué le harán a mi familia? ¿A Kilorn? ¿A Los Pilotes?

No puedo permitir que me atrapen.

Uso los puestos del mercado para esconderme y corro lo más rápido que puedo. La calle principal es una zona de guerra, pero yo no quito la vista del frente, del toldo azul que hay más allá de la plaza. Paso por la joyería y bajo el ritmo. Una sola alhaja podría salvar a Kilorn. Pero durante el segundo que me lleva detenerme, un pedazo de vidrio me pasa rozando la cara. En la calle, un telqui tiene los ojos fijos en mí, y apunta de nuevo. No le doy la oportunidad de repetirlo y me largo, escabulléndome bajo cortinas, puestos y brazos extendidos hasta que regreso a la plaza. Antes de darme cuenta de lo que ocurre, el agua se agita a mis pies mientras atravieso la fuente a toda prisa.

Una espumosa ola azul me da de lado y me derriba en el agua revuelta. No es profunda, tan sólo sesenta centímetros, pero parece como si fuera plomo. No puedo moverme, no puedo nadar, *no puedo respirar*. Apenas puedo pensar. Lo único que mi mente consigue hacer es gritar *¡Ninfo!*, y recuerdo al pobre Rojo de la avenida, ahogándose de pie. Me golpeo la cabeza en la piedra del fondo y veo estrellas, *chispas*, antes de que mi vista se aclare. Cada palmo de mi piel se electriza. El agua cambia a mi alrededor, se vuelve normal otra vez y yo salgo a la superficie. Mis pulmones vuelven a llenarse de aire que quema mi nariz y mi garganta, pero no me importa. *Estoy viva*.

Unas manos pequeñas pero vigorosas me agarran del cuello y tratan de sacarme de la fuente. *Gisa*. Mis pies resbalan en el fondo y caemos juntas al suelo.

—¡Tenemos que irnos! —grito, y me paro apresuradamente.

Gisa ya corre delante de mí, hacia la Puerta del Huerto.

—¡Qué lista! —grita por encima del hombro.

No puedo evitar voltear a la plaza mientras la sigo. Una turba de Plateados llega en tropel, y busca entre los puestos como lobos hambrientos. Los pocos Rojos que quedan se encogen de miedo en el piso y piden compasión. Y en la fuente de la que acabo de huir, un hombre de cabello anaranjado flota bocabajo.

Mi cuerpo tiembla, cada nervio de mí se enciende en llamas conforme avanzamos a empujones hacia la puerta. Gisa me toma de la mano y abre paso para ambas entre la multitud.

—Quince kilómetros hasta casa —murmura—. ¿Lograste lo que querías?

El peso de la vergüenza me aplasta mientras sacudo la cabeza. No hubo tiempo. Apenas alcancé a marchar por la avenida antes de que empezaran las noticias. *No pude hacer nada*.

Gisa pone cara larga, que se dobla en una arruga diminuta.

—Ya se nos ocurrirá algo —dice, con un tono de voz tan desesperado como yo me siento.

Pero la puerta se eleva delante de nosotras, se acerca a cada segundo. Esto me llena de pavor. Una vez que la atraviese, una vez que abandone este lugar, es un hecho que Kilorn tendrá que irse.

Y creo que es por eso que ella lo hace.

Antes de que yo pueda detenerla, sujetarla o jalarla, la hábil manita de Gisa se escurre en la bolsa de alguien. Pero no de cualquiera, sino de un Plateado que busca ponerse a salvo. Un Plateado con ojos de plomo, nariz dura y hombros anchos que parecen gritar: "No te metas conmigo". Gisa podrá ser una artista con el hilo y la aguja, pero no es una carterista. Él tarda un segundo completo en darse cuenta de lo que ocurre. Y entonces alguien levanta a mi hermana de la superficie.

Es el mismo Plateado. Aunque ahora son *dos*. *¿Gemelos?*

—No es un buen momento para hurgar en los bolsillos de los Plateados —dicen al unísono.

Y luego son tres, cuatro, cinco, seis, los que nos rodean entre la gente. *Se multiplican. Este Plateado es un clonador.*

La cabeza me da vueltas.

—Ella no quiso hacer nada malo, es sólo una niña tonta...

—¡Soy sólo una niña tonta! —exclama Gisa, tratando de patear a su captor.

Ellos ríen, produciendo un ruido horripilante.

Yo me arrojo sobre Gisa, para ayudarla a zafarse, pero uno de ellos me tira al suelo de un empujón. La piedra dura del camino deja sin aire mis pulmones y yo jadeo, sin poder hacer nada mientras uno de los idénticos me pone un pie en el vientre para contenerme.

—¡Por favor! —exhalo, pero nadie me escucha ya.

El silbido en mi cabeza se acentúa cuando cada una de las cámaras gira para mirarnos. Me siento electrizada de nuevo, esta vez temo por mi hermana.

Un agente de Seguridad, el mismo que nos dejó entrar esta mañana, llega con aire decidido, arma en mano.

—¿Qué es todo esto? —aúlla, mientras mira a los Plateados idénticos.

Uno por uno, ellos vuelven a fundirse, hasta que solamente quedan dos: el que sujeta a Gisa y el que me tiene inmovilizada en el suelo.

—¡Es una ladrona! —dice uno, sacudiendo a mi hermana.

Hay que reconocer que ella no grita.

El agente la reconoce, y su rostro insensible se arruga durante una fracción de segundo.

—Conoces la ley, niña.

Gisa baja la cabeza.

—Sí, la conozco.

Yo hago todo lo posible por librarme, para impedir lo que viene a continuación. Un cristal se hace añicos en ese momento, cuando una pantalla cercana se rompe y chisporrotea a causa de los disturbios. Eso no distrae al agente, quien toma a mi hermana y la tira al piso.

Mi voz hace explosión y se une al barullo del caos.

—¡Fui yo! ¡Fue idea mía! ¡Castíguenme a mí!

Pero ellos no escuchan. No les importa.

Sólo puedo observar mientras el agente tiende a mi hermana a mi lado. Gisa me mira a los ojos al tiempo que él descarga en ella la cacha de su pistola, y le destroza los huesos de la mano con la que cose.

CINCO

Kilorn me encontrará dondequiera que yo intente esconderme, así que no me detengo. Corro como si pudiera dejar atrás lo que le causé a Gisa, la forma en que le fallé a Kilorn, cómo lo destruí todo. Pero ni siquiera pude escapar de la mirada de mi madre cuando llevé a Gisa hasta la puerta de nuestra casa. Vi la sombra de la desesperación en su rostro y corrí antes de que mi padre apareciera en su silla de ruedas. No habría podido enfrentarlos a ambos. *Soy una cobarde.*

Así que corro hasta que ya no puedo pensar, hasta que se desvanecen todos los malos recuerdos, hasta que sólo puedo sentir que los músculos me arden. Incluso me digo a mí misma que las lágrimas que corren por mis mejillas son gotas de lluvia.

Cuando al fin aminoro el paso para recuperar el aliento, estoy fuera de la aldea, y he avanzado un par de kilómetros por el terrible camino del norte. Las luces se filtran entre los árboles en una curva e iluminan una hostería, una de las muchas que hay en los viejos caminos. Está a reventar, como cada verano, llena de sirvientes y trabajadores estacionales que siguen a la corte real. Ellos no viven en Los Pilotes, no conocen mi cara, de manera que son presa fácil para el robo. Todos los veranos hago lo mismo, y Kilorn siempre me acompaña, sonriendo junto a una bebida mientras me mira trabajar. *Supongo que ya no veré su sonrisa mucho tiempo.*

Unos hombres salen de la hostería tropezando y soltando risotadas, borrachos y felices. Sus monederos tintinean, pesados con el salario del día. *Dinero plateado* por servir, sonreír e inclinarse ante monstruos vestidos como señores.

Yo causé mucho daño hoy, mucho dolor a quienes más quiero. Debería dar la vuelta e irme a casa, para al menos enfrentarme a ellos con un poco de valor. En cambio, me acomodo bajo las sombras de la hostería, contenta de permanecer en la oscuridad.

Supongo que para lo único que sirvo es para causar dolor.

No pasa mucho tiempo antes de que las bolsas de mi saco se llenen. Los borrachos salen cada pocos minutos y yo me apretujo contra ellos, exhibiendo una sonrisa enorme para ocultar mis manos. Nadie se da cuenta, a nadie le importa siquiera, cuando yo desaparezco de nuevo. Soy una sombra, y nadie recuerda a las sombras.

La medianoche llega y se va y yo sigo aquí, esperando. Arriba, la luna es un recordatorio brillante del tiempo, de que debería haberme ido hace mucho. *Un último bolsillo*, me digo. *Uno más y me marcharé*. Lo he estado diciendo durante la última hora.

No me lo pienso dos veces cuando sale el cliente siguiente. Mira al cielo y no me ve. Es demasiado fácil estirar la mano, demasiado fácil enganchar el cordón de su portamonedas con un dedo. Ya debería saber que aquí nada es fácil, pero los disturbios y la mirada vacía de Gisa me han atontado de dolor.

Su mano prende mi muñeca con puño firme e inusualmente caliente mientras me aleja de las sombras. Intento oponer resistencia, escurrirme y correr, pero es demasiado fuerte. Cuando voltea, el fuego en sus ojos despierta temor en mí, el mismo temor que sentí esta mañana. Pero aceptaré cualquier castigo que él pueda requerir. Me lo merezco.

—Ladrona —dice, con una rara sorpresa en la voz.

Yo parpadeo, conteniendo la risa. Ni siquiera tengo fuerzas para protestar.

—Obviamente.

Fija sus ojos en mí, lo examina todo, desde mi cara hasta mis gastadas botas, lo que hace que me muera de vergüenza. Tras un largo momento, suspira y retira el puño. Asombrada, lo único que puedo hacer es mirarlo. Cuando una moneda de plata gira en el aire, apenas estoy lo bastante alerta para atraparla. *Un tetrarca. Un tetrarca de plata vale una corona entera.* Mucho más que los centavos robados que llevo en las bolsas.

—Esto debería bastar para que te las arregles —dice él antes de que yo pueda reaccionar.

A la luz de la hostería, sus ojos despiden reflejos de oro rojizo, el color de la cordialidad. Los años que he pasado calando a la gente no me fallan, ni siquiera ahora. Su cabello negro es demasiado brillante, su piel demasiado pálida para que sea un simple sirviente. Pero su físico parece más el de un leñador, con hombros anchos y piernas fuertes. Es joven, un poco mayor que yo, aunque ni de cerca tan seguro como tendría que ser cualquier chico de diecinueve o veinte años de edad.

Debería besarle las botas por haberme soltado y haberme hecho ese regalo, aunque mi curiosidad puede más que yo. Siempre es así.

—¿Por qué?

La pregunta es cruel. Pero después de un día como hoy, ¿cómo podría comportarme de otra manera?

Desconcertado por mi interrogación, él se encoge de hombros.

—La necesitas más que yo.

Quiero arrojarle la moneda a la cara, decirle que puedo cuidarme sola, pero una parte de mí no es tan necia. *¿El día de hoy no te ha enseñado nada?*

—Gracias —suelto a regañadientes.

No sé por qué, él se ríe de mi renuente gratitud.

—No te ofendas —avanza, se acerca. *Es la persona más rara que he conocido*—. Vives en la aldea, ¿no?

—Sí —hago una mueca para mí.

Con mi cabello desteñido, mi ropa sucia y mi mirada de frustración, en qué otro lugar podría vivir. Él contrasta vivamente conmigo: camisa fina y limpia, zapatos de piel suave que emiten destellos. No se está quieto mientras lo miro, y juguetea con su cuello. Lo pongo nervioso.

Palidece a la luz de la luna con ojos traviesos.

—¿Te gusta? —me pregunta, para desviar la atención—. ¿Vivir allá?

Su pregunta casi me hace reír, pero parece que él no le ve la gracia.

—¿A alguien le podría gustar? —respondo al fin y me pregunto a qué diablos juega.

Pero en vez de contestar rápido, con una réplica ingeniosa como lo haría Kilorn, se queda callado y una mirada sombría asoma en su rostro.

—¿Ya te vas? —dice de pronto, mientras señala el camino.

—¿Por qué? ¿Te asusta la oscuridad? —inquiero intencionadamente, mientras cruzo los brazos sobre mi pecho, aunque en el fondo me pregunto si no debería tener miedo. *Él es fuerte, es rápido y tú estás sola aquí.*

Su sonrisa aparece de nuevo, lo cual me hace sentir perturbadoramente tranquila.

—No, pero quiero estar seguro de que tendrás las manos quietas el resto de la noche. No puedes exprimir a la mitad de la taberna, ¿no? Me llamo Cal, por cierto —me tiende la mano.

No se la tomo, pero recuerdo el calor abrasador de su piel. En cambio, echo a andar por el camino, a paso veloz y sigiloso.

—Mare Barrow —le digo por encima del hombro, aunque él no tarda en alcanzarme con sus largas piernas.

—¿Siempre eres así de agradable? —me espolea, me hace sentir como un experimento en observación. Pero la plata fría en mis manos me mantiene serena, me recuerda qué él tiene más en sus bolsillos. *Plata para Farley. Qué apropiado.*

—Los señores han de pagarte muy bien para que cargues coronas —replico, con intención de distraerlo. Funciona de maravilla; él cede.

—Dispongo de un buen trabajo —explica, como si tratara de restarle importancia.

—Eres afortunado.

—Pero tú ya tienes...

—Diecisiete —termino por él—. Aún me queda algo de tiempo antes de alistarme.

Frunce el ceño y tuerce los labios en una línea triste. Una nota grave que afila sus palabras se cuela en su voz.

—¿Cuánto tiempo?

—Menos cada día.

El solo hecho de decirlo en voz alta me revuelve el estómago. *Y Kilorn tiene aún menos que yo.*

Él no dice más y me mira otra vez, inspeccionándome mientras cruzamos el bosque. *Pensando.*

—Y no hay trabajo —refunfuña, más para sí que para mí—. No hay forma de que evites el reclutamiento.

Su confusión me deja atónita.

—Quizás en el lugar de donde tú eres las cosas son distintas.

—Por eso robas.

Yo robo.

—Es todo lo que puedo hacer —expulsan automáticamente mis labios. Recuerdo de nuevo que causar dolor es para lo único que sirvo—. Pero mi hermana sí tiene trabajo —esto se me escapa antes de acordarme: *No, no tiene. Ya no. Por tu culpa.*

Cal me ve batallar con las palabras, y me pregunto si debo corregirme o no. Pero esto es lo único que puedo hacer para no sonreír, para no desplomarme ante un perfecto desconocido. Aunque es seguro que él ve lo que trato de ocultar.

—¿Estuviste hoy en la Mansión? —creo que él ya sabe la respuesta—. Los disturbios fueron terribles.

—Así es —digo, y las palabras casi se me atoran.

—¿Tú...? —insiste él, en forma tranquila y discreta.

Es como hacer un agujero en un dique, y todo se desborda. Yo no podría contener las palabras aunque quisiera.

No menciono a Farley ni a la Guardia Escarlata, y ni siquiera a Kilorn. Sólo que mi hermana me metió disfrazada al Gran Huerto para que pudiera robar el dinero que necesitamos para sobrevivir. Luego vino el error de Gisa, su herida, lo que esto significó para nosotras. Lo que le hice a mi familia. Lo que he estado haciendo: decepcionar a mi madre, avergonzar a mi padre, robar a quienes llamo mi comunidad. Aquí, en el camino, rodeada solamente por la oscuridad, le revelo a un desconocido lo horrorosa que soy. Él no hace preguntas, a pesar de que lo que digo parezca poco razonable. Se limita a escuchar.

—Es todo lo que puedo hacer —digo de nuevo, antes de guardar silencio.

Veo entonces de reojo un brillo plateado. Él sostiene otra moneda. A la luz de la luna, lo único que distingo es el perfil de la llameante corona del rey grabada en el metal. Cuando la pone imperativamente en mi mano, supongo que sentiré otra vez su calor, pero ya se ha enfriado.

No quiero tu lástima, siento ganas de gritar, pero hacerlo sería una estupidez. Con esta moneda adquiriremos lo que Gisa ya no puede comprar.

—Lo lamento mucho, Mare. Las cosas no deberían ser así.

Yo ni siquiera puedo reunir fuerzas suficientes para fruncir el ceño.

—Podría ser peor. No me compadezcas.

Me acompaña hasta las afueras de la aldea y me deja atravesar sola las casas sobre los pilotes. Algo en el lodo y las sombras le molesta, y el sirviente desconocido desaparece antes de que yo pueda voltear para darle las gracias.

Mi casa está en silencio y a oscuras, tiemblo de miedo. La mañana de hoy parece haber quedado a cien años de distancia, parte de otra vida en la que yo era tonta y egoísta, y tal vez un poco feliz. Ahora no tengo otra cosa que un amigo llamado a filas y los huesos rotos de una hermana.

—Tu madre no debería preocuparte tanto —dice mi papá con una voz que retumba desde atrás de uno de los pilotes.

No lo he visto abajo desde hace más años de los que quisiera recordar.

Mi voz chilla de sorpresa y temor.

—¿Papá? ¿Qué haces? ¿Cómo...? —pero él se lleva un pulgar al hombro, apuntando a la polea que cuelga de la casa. Es la primera vez que la usa.

—Se fue la luz. Pensé en venir a echar un vistazo —explica, brusco como siempre.

Pasa a mi lado rodando en su silla y se detiene frente a la caja del switch, desde la que un tubo se introduce en el suelo. Cada casa tiene una para regular la carga eléctrica que mantiene encendidas las luces.

Papá resuella para sí, hace un chasquido con el pecho cada vez que inspira. Puede ser que Gisa esté como él ahora, con su mano convertida en un caos metálico, pensando atormentada y resentida en lo que pudo ser.

—¿Por qué no *usan* las fichas *lec* que les traigo?

En respuesta, papá saca de su camisa una ficha de racionamiento y la mete en la caja. Normalmente esta cosa se pondría en marcha echando chispas, pero nada sucede. *Está descompuesta*.

—No sirve —suspira y se recuesta en su silla.

Ambos miramos la caja de electricidad sin saber qué decir, sin querer movernos, sin el menor deseo de subir. Papá huyó como yo, incapaz de quedarse en casa, donde de seguro mamá se está lamentando por Gisa, llorando por los sueños perdidos, mientras mi hermana intenta no seguirla.

Sacude la caja, como si golpear esa maldita cosa pudiera devolvernos la luz, el afecto y la esperanza. Sus movimientos son cada vez más hostiles, más excesivos, hasta irradiar cólera. No contra mí ni contra Gisa, sino contra el mundo. Hace mucho tiempo nos llamó hormigas, hormigas rojas que arden bajo la luz de un sol plateado. Destruidos por la grandeza de otros, perdimos la batalla por nuestro derecho a existir debido a que no somos *especiales*. No evolucionamos como ellos, con facultades y fortalezas que vayan más allá de nuestra limitada imaginación. Seguimos siendo los mismos, estancados en nuestro cuerpo. *El mundo cambió a nuestro alrededor, pero nosotros seguimos siendo los mismos.*

De repente yo también me enojo y maldigo a Farley, a Kilorn, al alistamiento, y a cualquier cosa que se me viene a la mente. La caja de metal está fresca al tacto, ya que hace tiempo que ha perdido el calor de la electricidad. Pero en lo hondo del mecanismo aún hay vibraciones, a la espera de que se les vuelva a encender. Me concentro en la búsqueda de la energía eléctrica, en recuperarla para probar que aun algo tan pequeño puede marchar bien en un mundo que va tan mal. Mis dedos topan con algo afilado que hace que mi cuerpo se estremezca. Un alambre expuesto o un falso contacto, me digo. Lo siento como un alfilerazo, como una aguja que se me clavara en los nervios pero no duele.

Por encima de nosotros la luz del zaguán regresa con un zumbido.

—Bueno, ya era hora… —dice papá entre dientes.

Da vuelta en el lodo, avanza rodando de nuevo hacia la polea. Yo lo sigo en silencio, sin querer mencionar la razón de que ambos temamos permanecer en el sitio que llamamos hogar.

—Ya basta de huir —dice, y se engancha en el aparato.

—Ya basta de huir —confirmo, más para mí que para él.

El equipo rechina a causa de la presión y sube a mi padre al zaguán. Yo subo más rápido por las escaleras, así que lo espero arriba, donde, sin decir palabra, lo ayudo a zafarse.

—¡Vaya porquería! —rezonga cuando desprendemos por fin el último broche.

—A mamá le encantará saber que saliste de casa.

Él voltea a verme con dureza, me toma de la mano. Aunque ya casi no trabaja, reparando baratijas y tallando en madera para los chicos, sus manos siguen estando ásperas y encallecidas, como si acabara de regresar del frente. *La guerra no se va nunca.*

—No se lo digas a tu madre.

—Pero…

—Sé que parece una nadería, pero es mucho. Ella creerá que es un pequeño paso en un largo camino, ¿sabes? Primero salgo de casa en la noche, luego durante el día, más tarde voy al mercado con ella como hace veinte años. Después, las cosas vuelven a ser como antes —sus ojos se nublan al decir esto y se esfuerza por no dejar de hablar con voz baja y serena—. Nunca mejoraré, Mare. Jamás voy a *sentirme* mejor. No puedo darle esperanzas a tu madre, no cuando sé que nunca se cumplirán. ¿Entiendes?

Demasiado bien, papá.

Él sabe lo que la esperanza me ha hecho a mí, y se dulcifica.

—¡Cómo quisiera que las cosas fueran distintas!

—Todos querríamos que fuera así.

Pese a las sombras, puedo ver la mano fracturada de Gisa cuando subo al desván. Ella suele dormir hecha un ovillo, enrollada bajo una manta ligera, pero ahora está tendida bocarriba, con el brazo lesionado sobre un montón de ropa. Mamá la volvió a entablillar, lo que mejoró mi modesto intento de ayuda, y el vendaje está recién hecho. No necesito luz para saber que su pobre mano está llena de moretones. Duerme inquieta, se mueve en la cama, pero su brazo permanece inmóvil. Hasta dormida, le duele.

Quisiera tocarla, pero ¿cómo compensar los terribles sucesos de hoy?

Saco la carta de Shade de la cajita donde guardo su correspondencia. Al menos esto me calmará. Sus bromas, sus palabras, su voz atrapada en el papel me tranquilizan siempre. Pero mientras releo vagamente la carta, me invade una sensación de pavor.

"Rojo como el amanecer...", dice el mensaje. Ahí está, más claro que el agua. Las palabras de Farley en el video, el grito de guerra de la Guardia Escarlata de puño y letra de mi hermano. La frase es demasiado rara para ignorarla, demasiado peculiar para no hacerle caso. Y la oración que sigue: *ver salir el sol más radiante...* Mi hermano es listo, pero práctico. No le interesan las auroras ni los amaneceres, y menos aún las frases ingeniosas. *Nos levantaremos* resuena en mí; pero en lugar de oír la voz de Farley en mi cabeza, oigo la de mi hermano. *Nos levantaremos, Rojos como el amanecer.*

Por alguna razón, Shade lo sabía. Hace semanas, antes del atentado, antes del video de Farley, él ya sabía acerca de la Guardia Escarlata y trató de avisarnos. *¿Por qué?*

Porque es uno de ellos.

SEIS

Cuando la puerta se abre de golpe al amanecer, no tengo miedo. Los escrutinios de Seguridad son habituales, aunque por lo general sólo recibimos uno o dos al año. Éste será el tercero.

—Vamos, Gee —murmuro, mientras ayudo a mi hermana a dejar su catre y bajar las escaleras.

Ella se mueve con dificultad, apoyada en su mano fuerte, y mamá nos espera en la planta baja. Envuelve a Gisa en sus brazos, pero no me quita los ojos de encima. Para mi sorpresa, no parece molesta, y ni siquiera decepcionada de mí. Por el contrario, su mirada es dulce.

Dos agentes esperan junto a la puerta con el arma colgando al costado. Los reconozco, son del puesto de la aldea, pero hay alguien más con ellos, una joven vestida de rojo que porta una insignia en el pecho, una corona de tres colores. *Es una asistente real, una Roja al servicio del rey,* deduzco y empiezo a entender. Ésta no es una inspección rutinaria.

—Se nos somete a registro e incautación —reclama mi padre, diciendo lo que cree que es su deber cada vez que esto sucede.

Pero en lugar de separarse para hurgar en nuestra casa, los agentes de seguridad se mantienen inmóviles.

La joven da un paso al frente y, para mi horror, se dirige a mí.

—Mare Barrow, has sido llamada a Summerton.

La mano sana de Gisa toma una de las mías, como si de esta forma pudiera retenerme.

—¿Qué? —logro balbucear.

—Que has sido llamada a Summerton —repite ella, y señala en dirección a la puerta—. Nosotros te escoltaremos. Avanza, por favor.

Un llamamiento. A una Roja. Nunca en mi vida había oído algo semejante. ¿Por qué yo? ¿Qué hice para merecer esto?

Pensándolo bien, soy una delincuente, y quizás hasta me consideren terrorista por mi asociación con Farley. Mi cuerpo es un manojo de nervios, cada músculo está tenso y al acecho. Tendré que correr, aunque los agentes bloquean la puerta. *Será un milagro si consigo llegar a una ventana.*

—Tranquila, todo está en orden después de lo de ayer —dice la asistente riendo, aunque confunde el origen de mi sobresalto—. La Mansión y el mercado están bajo control. *Avanza, por favor.*

Para mi sorpresa, ella sonríe, mientras los agentes de seguridad ciñen sus armas. Esto me hiela la sangre.

Oponerse a la Seguridad, oponerse a un *llamamiento real,* significaría la muerte, y no sólo para mí.

—De acuerdo —farfullo, mientras desprendo mi mano de la de Gisa. Ella se adelanta para apresarme, pero nuestra madre la aleja—. ¿Nos veremos pronto?

La pregunta queda flotando en el aire y yo siento que la mano tibia de papá roza mi brazo. *Se está despidiendo.* Los ojos de mamá se anegan en lágrimas contenidas, y los de Gisa tratan de no parpadear para recordar hasta el último segundo de mí. *Yo no tengo nada que dejarle.* Pero antes de que pueda entretenerme más o ponerme a llorar, un agente me toma del brazo para apartarme.

Las palabras que siguen se abren paso entre mis labios, aunque salen apenas como algo más que un murmullo:

—Los quiero.

La puerta se cierra entonces detrás de mí, echándome de mi casa y de mi vida.

Atravesamos la aldea a toda prisa por la calle que conduce a la plaza del mercado. Pasamos por la ruinosa casa de Kilorn. Él acostumbraba estar despierto a estas horas, a medio camino del río para iniciar temprano sus labores, cuando aún está fresco, pero esos tiempos han quedado atrás. Supongo que ahora duerme hasta mediodía, para disfrutar de las pocas comodidades que puede antes de alistarse. Parte de mí quisiera gritarle adiós, pero no lo hago. Él irá a husmear después, me buscará y Gisa se lo contará todo. Riendo para mis adentros, recuerdo que Farley me espera hoy para que le pague una fortuna. Se llevará un chasco.

En la plaza nos aguarda un flamante vehículo negro. Cuatro ruedas, ventanas de cristal, diseño impecable: parece una fiera lista para devorarme. El agente sentado en los controles pisa el acelerador cuando nos acercamos, escupe humo negro en el aire fresco de la mañana. Me meten atrás sin decirme nada y la asistente apenas alcanza a deslizarse a mi lado antes de que el vehículo arranque, corriendo por la calle a velocidades que yo no habría imaginado nunca. *Éste será mi primer y último viaje en un transporte así.*

Quiero hablar, preguntar qué sucede, saber cómo me castigarán por mis crímenes, pero sé que mis palabras caerán en oídos sordos. Me asomo a la ventana, veo desaparecer la aldea mientras entramos al bosque, marchamos de prisa por el ya conocido camino del norte. No está tan lleno como ayer y hay agentes de seguridad desperdigados por la carretera. *La Mansión está bajo control,* dijo la asistente. Supongo que se refería a esto.

El muro de cristal de diamante brilla al frente, refleja el sol que sale de la arboleda. Quiero entrecerrar los ojos pero no los muevo. Debo mantenerlos bien abiertos.

La entrada hierve de uniformes negros, todos los agentes de seguridad que inspeccionan y vuelven a inspeccionar a los viajeros que llegan. Cuando nos detenemos, la asistente me guía junto a la fila a través de la puerta. Nadie protesta ni se preocupa por verificar nuestras identificaciones. Seguro que ella es conocida en estos lares.

Una vez dentro, la asistente me mira.

—Por cierto, soy Ann, pero aquí nos conocemos por nuestro apellido. Llámame Walsh.

Walsh. Este nombre me suena.

—¿Eres de...?

—De Los Pilotes, como tú. Conozco a tu hermano Tramy y ojalá no hubiera conocido a Bree, un verdadero rompecorazones —Bree ya se había ganado fama en la aldea antes de marcharse. Una vez me contó que temía menos que los demás el alistamiento porque la docena de jóvenes sanguinarias a las que dejaría aquí eran mucho más peligrosas—. A ti no te conozco, pero lo haré, sin duda.

No puedo evitar ponerme a la defensiva.

—¿Qué quieres decir?

—Que trabajarás aquí largas horas. No sé quién te contrató ni qué te hayan dicho sobre tus deberes, pero se ve que ya empiezan a irritarte. No vas a ocuparte de cambiar sábanas y limpiar platos. Tendrás que mirar sin ver, oír sin escuchar. En este lugar somos objetos, estatuas vivientes hechas para servir —ella suspira y se vuelve, abre de golpe una puerta hendida precisamente junto a la entrada—. Sobre todo ahora, con esto de la Guardia Escarlata. Ningún momento es bueno para ser Rojo, pero éste es pésimo.

Cruza la puerta, aparentemente en dirección a una pared. Yo tardo un momento en darme cuenta de que baja un tramo de escaleras y desaparece en la semioscuridad.

—¿Mis deberes? —insisto—. ¿Qué deberes? ¿Qué es esto?

Ella voltea en la escalera, casi entornando los ojos frente a mí.

—Fuiste llamada para ocupar un puesto de servicio —dice, como si fuera la cosa más obvia del mundo.

Trabajo. Un puesto. Casi me desmayo de sólo pensarlo.

Cal. Me dijo que tenía un buen trabajo, y ahora ha movido algunos hilos para conseguirme uno. Tal vez, incluso, trabajaré bajo sus órdenes. El corazón me da un vuelco ante esta posibilidad sabiendo lo que significa. *No voy a morir y ni siquiera a combatir. Trabajaré y viviré. Y más tarde, cuando encuentre a Cal, lo convenceré de que haga lo mismo por Kilorn.*

—¡Apúrate, no tengo tiempo para llevarte de la mano!

Tropezando detrás de la asistente, desciendo a un túnel sorpresivamente oscuro. Las paredes están alumbradas por lámparas pequeñas, que apenas permiten ver. Arriba hay tubos, que zumban de agua corriente y electricidad.

—¿Adónde vamos? —pregunto por fin.

Casi consigo oír el desaliento de Walsh cuando se vuelve hacia mí, confundida:

—A la Mansión del Sol, por supuesto.

Por un segundo, creo sentir que mi corazón se detiene.

—¿Que qué? ¿Al palacio, al mismo palacio?

Ella golpetea la insignia en su uniforme. La corona titila bajo la escasa luz.

—Ahora estás al servicio del rey.

Tienen un uniforme listo para mí, pero apenas reparo en él. Estoy demasiado asombrada por lo que me rodea, la piedra de color marrón claro y el centellante piso de mosaico de esta sala olvidada en la casa de un rey. Otros sirvientes pasan trajinando en un desfile de uniformes rojos. Examino sus caras, busco a Cal para darle las gracias, pero él no aparece por ningún sitio.

Walsh permanece a mi lado, me susurra algunos consejos.

—No digas nada. No oigas nada. No hables con nadie porque nadie hablará contigo.

Casi no distingo sus palabras; los dos últimos días han sido un desastre para mi corazón y mi espíritu. Siento que la vida simplemente decidió abrir las compuertas para que me ahogara en un torbellino de vueltas y revueltas.

—Llegaste en un día muy agitado, quizás el peor que veremos nunca.

—Vi las embarcaciones y las naves aéreas… Los Plateados han venido río arriba durante semanas —digo—. Más que de costumbre, aun para esta época del año.

Walsh me apresura, y pone en mis manos una charola de copas relucientes. Seguro que estos utensilios podrían comprar mi libertad y la de Kilorn, pero la Mansión está protegida en cada puerta y ventana. Yo no podría escapar jamás en medio de tantos agentes, ni siquiera con todas mis habilidades.

—¿Qué sucederá hoy? —pregunto tontamente. Un mechón de mi cabello oscuro cae sobre mis ojos, y antes de que yo pueda quitarlo, Walsh lo retira y lo sujeta con un brochecito, con movimientos rápidos y precisos—. ¿Es una pregunta idiota?

—No, yo tampoco lo sabía hasta que empezamos a prepararnos. Después de todo, no se ha celebrado un acto igual en los últimos veinte años desde que la reina Elara fue escogida —habla tan rápido que sus palabras casi se funden entre sí—. Hoy es la prueba de las reinas. Las hijas de las Grandes Casas, las mejores familias plateadas, han venido a ofrecerse al príncipe. Esta noche habrá un gran banquete, pero por ahora ellas están en el Jardín Espiral, arreglándose para presentarse, esperando ser elegidas. Una de esas chicas será la próxima reina, y ellas están dispuestas a cualquier cosa con tal de recibir la oportunidad.

Una imagen de un racimo de pavorreales cruza mi mente.

—¿Y qué hacen? ¿Dan una vuelta, dicen un par de cosas y agitan las pestañas?

Walsh resopla y sacude la cabeza.

—No —sus ojos brillan entonces—. Estarás de servicio, así que podrás verlo tú misma.

Las puertas de madera tallada y vidrio fluido se alzan al fondo. Un sirviente las mantiene abiertas para permitir que pase la fila de uniformes Rojos. Llega mi turno.

—¿Tú no vienes?

Puedo notar la desesperación en mi voz, casi rogándole a Walsh que se quede conmigo. Pero ella se aleja y me deja sola. Antes de estorbar el avance o estropear de otro modo este organizado ensamblaje de sirvientes, me obligo a seguir y salir al sol de lo que Walsh llamó el Jardín Espiral.

Al principio creo estar en medio de otro ruedo como el de la aldea. El espacio se curva hacia bajo en una hondonada inmensa, pero en vez de bancas de piedra, la espiral de terrazas está llena de mesas y sillas afelpadas. Plantas y fuentes escurren por los peldaños, dividiendo las terrazas en palcos. Éstos confluyen en la base, donde hay un prado circular decorado por estatuas de piedra. Delante de mí se encuentra un palco cargado de sedas rojas y negras. Cuatro asientos, cada uno de hierro cruel, lucen desdeñosos desde su sitial.

¿Qué demonios es este sitio?

Mi trabajo pasa sin darme cuenta, siguiendo el ejemplo de otros Rojos. Soy auxiliar de cocina y se supone que debo limpiar y ayudar a los cocineros, y ahora mismo preparar el ruedo para el próximo evento. No estoy segura de entender por qué la familia real necesita un estadio. En el pueblo sólo se usa para las Gestas, para ver luchar a un Plateado con otro, pero ¿qué significado podría tener aquí? Esto es un palacio y sus pisos nunca se mancharán de sangre. Pero lo que, a falta de un mejor nombre, yo llamo ruedo, me hace tener un mal presentimiento. El hormigueo regresa y vibra en oleadas bajo mi piel. Cuando termino y vuelvo a la entrada de sirvientes, la prueba de las reinas está a punto de comenzar.

Los demás ayudantes se esfuman y se desplazan a una plataforma alta rodeada de cortinas transparentes. Yo corro tras ellos y choco con la fila justo en el momento en el que se abre otra serie de puertas, directamente entre el palco real y la entrada de sirvientes.

Empezamos.

Mi mente retrocede al Huerto Magno, a las criaturas bellas y despiadadas que se hacen llamar seres humanos. Todas ellas ostentosas y presumidas, con duras miradas y peor genio. Estos Plateados, las Grandes Casas como Walsh las llama, no serán distintos. *Incluso podrían ser peores.*

Entran en manada, como un rebaño de colores que se distribuye por el Jardín Espiral con una gracilidad fría. Las diversas familias, o Casas, son fáciles de distinguir; todos sus miembros visten del mismo color. Lila, verde, amarillo, negro, un arcoíris de matices en dirección al palco de su familia. Yo pierdo la cuenta rápidamente. *¿Cuántas Casas hay?* El gentío no deja de incrementarse, y algunos se detienen a charlar mientras otros se abrazan con rigidez. Me doy cuenta de que esto es una *fiesta* para ellos. Es probable que tengan pocas esperanzas de que de aquí salga una reina, así que esto es una mera diversión.

Pero algunos no parecen estar de ánimo festivo. Una familia de cabello plateado y atavíos de seda negra se sienta en concentrado silencio a la derecha del palco del rey. El patriarca de la Casa tiene barba puntiaguda y ojos negros. Más abajo cuchichea una Casa de color azul marino y blanco. Para mi sorpresa, reconozco a uno de los suyos. Sansón Merandus, el susurro que vi hace unos días en la plaza. A diferencia de los otros, él mira misteriosamente al suelo, con su atención puesta en otra parte. Tomo nota mental de no topar con él, ni con sus mortales aptitudes.

Curiosamente, no veo a ninguna mujer en edad de casarse con un príncipe. Tal vez se preparan en otro lado y esperan con ansia su oportunidad de ganar una corona.

De cuando en cuando, alguien oprime en su mesa un botón de metal con forma cuadrada para que se encienda una luz, lo cual indica la necesidad de un sirviente. Aquél de nosotros que esté más cerca de la puerta respectiva debe acudir al llamado, mientras los demás seguimos a la espera de nuestro turno para servir. Como es de suponer, tan pronto como me acerco a su puerta, el detestable patriarca de los ojos negros pulsa el botón de su mesa.

Doy gracias al cielo por mis pies, que nunca me han fallado. Paso casi saltando entre el gentío, bailando en medio de los cuerpos diligentes mientras el corazón me late con fuerza en el pecho. En vez de robarles, estoy aquí para servirles. La Mare Barrow de la semana pasada no sabría si reír o llorar de esta versión de sí misma. *Pero ella fue una tonta, y ahora pago el precio de su estupidez.*

—¿Señor? —pregunto ante el patriarca que pidió el servicio. Aunque mentalmente me propino un par de insultos. *No digas nada,* es la primera regla, y ya la he incumplido.

Él no parece notarlo y se limita a alzar un vaso de agua vacío con mirada de aburrimiento.

—Juegan con nosotros, Ptolemus —se queja ante un joven musculoso que tiene a su lado y el cual imagino que es el desafortunado portador del nombre Ptolemus.

—Un alarde de poder, padre —señala éste; se termina su propio vaso, me lo tiende y lo tomo sin pensarlo—. Nos hacen esperar porque pueden.

Aluden a la familia real, que aún está por hacer acto de presencia. Pero oír a estos Plateados hablar así de ella, con tanto desdén, resulta desconcertante. Los Rojos insultamos al rey y los nobles si podemos salirnos con la nuestra, pero pienso que ése es nuestro derecho exclusivo. Estas personas no han sufrido un solo día en su vida. ¿Qué problemas podrían tener entre ellas?

Quiero quedarme y escuchar, pero hasta yo sé que eso va contra las reglas. Me vuelvo y subo los escalones hasta la salida. Aquí hay una pileta oculta detrás de unas flores de color vivo, quizá para que yo no tenga que atravesar el pretendido ruedo a fin de reabastecerme de agua. Pero en este momento se oye cómo un tono metálico y agudo recorre el lugar, muy parecido al que da principio a las fiestas del Primer Viernes. Resuena en varias ocasiones y deja oír una melodía suntuosa que anuncia sin duda la entrada del rey. Todas las Grandes Casas se ponen de pie, les guste o no. Veo que Ptolemus le vuelve a murmurar algo a su padre.

Desde mi atalaya, escondida detrás de las flores, estoy al nivel del palco del monarca, un poco más atrás. Mare Barrow, a sólo unos metros del rey. ¿Qué pensaría mi familia o Kilorn al respecto? Este hombre nos manda a la muerte y yo me he convertido sin más ni más en su ayudante. Qué asco.

El rey entra con brío, pavoneándose. Aun visto desde atrás, es mucho más gordo de lo que parece en las monedas y la televisión, aunque también más alto. Viste un uniforme rojo y negro de corte militar, aunque dudo que lo haya usado un solo día en las trincheras. Son los Rojos los que mueren ahí. Insignias y medallas destellan en su pecho, como testimonio de cosas que no ha hecho nunca. Incluso porta una espada dorada, pese a los numerosos guardias que lo rodean. La corona que sostiene en la cabeza me es familiar, de oro rojo y hierro negro trenzados, cada punta es una llama crepitante y ondulada. Parece arder sobre su cabello negro salpicado de canas. Qué apropiado, porque este rey es un quemador, como lo fue su padre, y el padre de su padre, y así sucesivamente. Destructivos y poderosos reguladores del calor y el fuego. Antes, nuestros reyes quemaban a disidentes con sólo un toque flamígero. Puede que este rey ya no queme a los Rojos, pero nos sigue matando con guerra y ruina. Conozco su nombre desde que era niña e iba a la escuela, aún deseosa de aprender, como si eso hubiera podido llevarme a algún lado. *Tiberias Calore VI, rey de Norta, Flama del Norte.* Un verdadero trabalenguas. Yo escupiría su nombre si pudiera.

Le sigue la reina, quien inclina la cabeza en señal de saludo a la multitud. Mientras que las ropas del rey son oscuras y austeras, el atuendo azul marino de ella es fresco y ligero. Se inclina solamente ante la Casa de Sansón, cuyos colores observo que viste. Han de ser parientes, a juzgar por su aire de familia. Ella ostenta el mismo cabello rubio cenizo y la misma sonrisa mordaz, que la hacen parecer un gato montés.

Por amedrentador que sea el aspecto que exhibe la familia real, no es nada comparado con los guardias que la escoltan. Aunque yo soy una Roja nacida en el fango, sé cómo son ellos. Todos saben cómo es un centinela, porque nadie quiere encontrarse con uno de ellos. Flanquean al rey en cada emisión, en cada discurso o decreto. Como siempre, sus uniformes parecen de fuego, con colores que oscilan entre el rojo y el anaranjado, al tiempo que sus ojos brillan detrás de aterradoras máscaras negras. Cada uno porta un rifle negro rematado con fulgurantes bayonetas plateadas, que podrían cortar el hueso. Sus habilidades son más terribles que su apariencia: guerreros de elite de diferentes Casas Plateadas, entrenados desde niños, que han jurado lealtad eterna al rey y su familia. Eso es suficiente para hacerme temblar. Pero las Grandes Casas no temen.

De algún sitio en lo profundo de los palcos surge un alarido: "¡Muera la Guardia Escarlata!", grita alguien, y otros lo siguen en el acto. Yo siento un escalofrío al recordar los acontecimientos de ayer, tan lejanos ahora. Qué rápido podría cambiar esta gente…

El rey parece descontento y palidece entre el ruido. No está habituado a arrebatos como éste, y casi protesta por la gritería.

—¡La Guardia Escarlata está siendo atacada, al igual que todos nuestros enemigos! —ruge Tiberias, haciendo resonar su voz sobre la multitud, que calla como ante el estallido de un látigo—. Pero no es eso lo que nos reúne ahora. Hoy estamos aquí para honrar la tradición, ¡y ningún demonio rojo nos lo impedirá! Hoy celebramos el rito de la prueba de las reinas para que surja la más talentosa de las hijas y se case con el hijo más noble. En esto hallamos la fuerza para unir a las Grandes Casas y el poder para asegurar el régimen plateado hasta el fin de los tiempos, y derrotar a nuestros enemigos dentro y fuera de nuestras fronteras.

—¡Fuerza! —contesta el público a voz en grito. Es estremecedor—. ¡Poder!

—¡Ha llegado de nuevo el momento de enarbolar este ideal, y mis dos hijos honrarán nuestra más solemne costumbre! —mueve la mano y dos figuras pasan al frente, flanqueando a su padre. No consigo ver sus caras, pero ambos son altos y de cabello negro, como el rey. Visten también uniformes militares—. El príncipe Maven, de la Casa de Calore y de Merandus, hijo de mi esposa soberana, la reina Elara.

El segundo príncipe, más pálido y delgado que el otro, alza la mano en señal de sobrio saludo. Se vuelve a izquierda y derecha, y yo alcanzo a ver su rostro. Aunque es de aspecto serio y señorial, no puede tener más de diecisiete años. Sus rasgos son afilados y tiene ojos azules, su sonrisa podría congelar el fuego: desprecia este esplendor. No puedo menos que coincidir con él.

—Y el príncipe heredero de la Casa de Calore y de Jacos, hijo de mi difunta esposa, la reina Coriane, beneficiario del reino de Norta y de la Corona Ardiente, Tiberias VII.

La innegable ridiculez de este título me hace reír tanto que no reparo en el joven que saluda y sonríe. Por fin alzo los ojos, para poder decir que estuve así de cerca del futuro rey. Pero me encuentro mucho más de lo que esperaba.

Las copas de cristal caen de mis manos sobre la pileta sin romperse.

Conozco esa sonrisa y esos ojos. Apenas anoche incendiaron los míos. Él me consiguió este trabajo, me salvó de alistarme. Era uno de nosotros. *¿Cómo es posible?*

Él voltea por completo, saludando a su alrededor. No hay duda.

El príncipe heredero es Cal.

SIETE

Vuelvo a la plataforma de los sirvientes con una sensación de vacío en el estómago. Si acaso había sentido felicidad hasta este instante, se desvanece ahora por completo. No me atrevo a voltear otra vez, verlo ahí con ropas elegantes, cargado de galones y medallas, y justo con los aires de grandeza que no soporto. Como Walsh, él también porta la insignia de la corona en llamas, pero la suya es de mármol negro, diamantes y rubíes. Titila sobre el negro oscuro de su uniforme. ¡Qué diferente de las prendas sencillas que vestía anoche, usadas para no desentonar con pueblerinos como yo! Ahora parece un futuro rey de pies a cabeza, Plateado hasta la médula. Y pensar que confié en él.

Los demás sirvientes se hacen a un lado, para permitir que me arrastre hasta el último sitio de la fila mientras la cabeza me da vueltas. Él me consiguió este trabajo, me *salvó*, salvó a mi familia… y es uno de ellos. Peor que uno de ellos. Un príncipe. *El príncipe*. La persona a la que la totalidad de quienes ocupan esta monstruosidad de piedra en espiral han venido a ver.

—Todos están aquí para honrar a mi hijo y al reino, de manera que yo los honro a ustedes —ruge el rey Tiberias, haciendo añicos mis pensamientos como si fueran de vidrio. Alza los brazos para señalar los numerosos palcos y sus ocupantes. Aunque yo hago todo lo posible por no quitarle la vista de encima, no puedo hacer otra cosa que mirar a Cal. Él sonríe, pero sus ojos no—. Honro su derecho a gobernar. El futuro rey, el hijo de mi hijo, será de su sangre plateada, y de la mía. ¿Quién osará reclamar su derecho?

El patriarca de cabello de plata brama en respuesta:

—¡Yo reclamo la prueba de las reinas!

En toda la Espiral, los líderes de las diferentes Casas gritan al unísono. "¡Yo reclamo la prueba de las reinas!", repiten, conservando una tradición que yo no entiendo.

Tiberias sonríe y asiente.

—Comencemos entonces. Lord Provos, si me hace el favor.

El rey voltea en el acto, hacia la que supongo es la Casa de Provos. El resto de la Espiral sigue la dirección de su mirada, y los ojos de todos van a dar a una familia vestida de dorado con rayas negras. Un viejo de cabello gris cruzado por blancos mechones, avanza. Con su extraña vestimenta, parece una avispa a punto de clavar el aguijón. Hace un movimiento brusco con la mano y no sé qué esperar.

La plataforma se tambalea de súbito, ladeándose. Yo no puedo menos que saltar, y casi choco con el sirviente que tengo a mi lado, mientras resbalamos por un carril invisible. Con el alma en un hilo veo que también el resto del Jardín Espiral rota. Lord Provos es un telqui, y mueve la estructura por carriles preestablecidos con sólo el poder de su mente.

La estructura entera gira bajo su mando hasta que el escenario ajardinado se ensancha en un círculo enorme. Las terrazas bajas retroceden, para alinearse con los niveles superiores, y la espiral se convierte en un cilindro inmenso abierto al cielo. Mientras las terrazas fluyen, el escenario se sumerge, hasta detenerse a casi seis metros bajo el palco inferior. Las fuentes se vuelven cascadas, se vuelcan desde lo alto del cilindro hasta su base, donde llenan pozas angostas y profundas. Tras un último resbalón, nuestra plataforma hace alto sobre el palco del rey, lo que nos ofrece una vista perfecta de todo, incluido el escenario que hay allá bajo. Esto tarda menos de un minuto, durante el cual Lord Provos transforma el Jardín Espiral en algo mucho más siniestro.

Pero cuando Provos vuelve a tomar asiento, el cambio no ha terminado aún. El zumbido de la electricidad aumenta hasta hacerlo crepitar todo a nuestro alrededor, lo que me para los vellos de los brazos de punta. Una luz violácea brilla cerca de la base del Jardín, y echa chispas con la energía que procede de puntos minúsculos e invisibles en la piedra. Ningún Plateado se levanta para controlar esto como hizo Provos antes. Entiendo por qué. Esto no es obra de un Plateado, sino una maravilla de la tecnología, de la electricidad. *Relámpagos sin truenos*. Los haces de luz se entrecruzan y cortan, y tejen una red brillante y cegadora. Me duelen los ojos de sólo mirarla, como si me clavaran puñales afilados en la cabeza. No sé cómo pueden soportarlo los demás.

Los Plateados parecen sobrecogidos, intrigados con algo que no pueden controlar. En cuanto a los Rojos, miramos boquiabiertos, sumergidos en un temor reverente.

La red se cristaliza mientras la electricidad se expande y se ramifica. Y entonces, tan súbitamente como llegó, el ruido termina. Los rayos se congelan, se solidifican en pleno vuelo y producen un escudo transparente de color púrpura entre el escenario y nosotros. Entre nosotros y lo que pueda aparecer allá.

Mi mente se desboca, preguntándose qué podría requerir un escudo de relámpagos. Un oso no, tampoco una manada de lobos, ni cualquiera de las singulares fieras del bosque. Ni siquiera las criaturas mitológicas, los grandes felinos, los tiburones de los mares o los dragones que representarían un peligro para los abundantes Plateados que hay acá arriba. ¿Y por qué tendría que haber bestias en la prueba de las reinas? Se supone que ésta es una ceremonia para elegir soberanas, no para luchar contra monstruos.

Como si me respondiera, el suelo del círculo de estatuas, convertido ahora en el pequeño centro de la base del cilindro, se ensancha. Sin pensarlo, me muevo hacia delante, con la esperanza de ver mejor. Los demás sirvientes se aglomeran a mi lado, queriendo ver qué horrores puede generar este aposento.

La joven más pequeña que haya visto nunca emerge de la oscuridad.

La aclamación asciende mientras una Casa de seda color café y gemas rojas aplaude a su hija.

—¡Rohr, de la Casa de Rhambos! —prorrumpe la familia, anunciándola al mundo.

La chica, que no tiene más de catorce años, sonríe a los suyos. Es menuda en comparación con las estatuas, pero curiosamente sus manos son grandes. El resto de ella parece proclive a ser arrebatada por una brisa fuerte. Da una vuelta al cerco de estatuas, sin dejar de sonreír hacia arriba. Posa su mirada en Cal, quiero decir en el príncipe, al que intenta atraer con sus ojos de liebre, o con la sacudida ocasional de su cabello castaño rubio. En suma, parece ridícula. Hasta que se acerca a una estatua de sólida piedra y arranca su cabeza de un solo golpe.

La Casa de Rhambos habla de nuevo:

—¡Colosa!

Bajo nuestra presencia, la pequeña Rohr destruye en un instante el escenario y convierte las estatuas en pilas de polvo al tiempo que resquebraja el suelo que pisan las plantas de sus pies. Es como un terremoto en forma modestamente humana que lo destruye todo a su paso.

Así que de esto trata el concurso.

Una puesta en escena violenta, hecha para exhibir la belleza y el esplendor de las jóvenes, y su fuerza. *La hija más talentosa*. Esto es una demostración de poder, con el objeto de enlazar al príncipe con la mujer más impactante, para que sus hijos puedan ser los más fuertes. Y así ha sido desde hace cientos de años.

Me estremezco de sólo pensar en la fuerza del dedo meñique de Cal.

Él bate palmas cortésmente cuando la joven Rohr concluye su despliegue de destrucción organizada y regresa a la rampa. La Casa de Rhambos la vitorea mientras ella desaparece.

Después llega Heron, de la Casa de Welle, la hija de mi gobernador. Es alta, de rostro semejante al de la garza homónima.* La tierra removida fluctúa en torno suyo mientras ella reconstruye el escenario. "Guardaflora", canturrea su familia. Una *verdosa*. Bajo su mando, los árboles crecen en un abrir y cerrar de ojos, hasta rozar con sus copas el escudo de rayos. Ahí donde las ramas lo tocan, éste despide chispas y prende fuego a los retoños. La chica siguiente, una ninfa de la Casa de Osanos, no se queda atrás. Usa las fuentes convertidas en cascadas para apagar el fuego contenido del bosque con un huracán de rápidos, hasta que sólo quedan árboles carbonizados y tierra abrasada.

---

* Heron en inglés significa garza real. [N. del T.]

Esto continúa durante lo que parecen horas. Cada chica sale a demostrar su valor, y todas topan con un auditorio cada vez más destruido, pero han sido entrenadas para hacer frente a cualquier cosa. Varían en edad y apariencia, pero todas son deslumbrantes. Una de ellas, de apenas doce años de edad, hace estallar todo lo que toca como si fuera una bomba ambulante. "¡Olvido!", clama su familia, describiendo su poder. Mientras ella elimina la última de las estatuas blancas, el escudo de rayos se mantiene firme. Sisea contra el fuego de la jovencita, y el ruido rechina en mis oídos.

Electricidad, Plateados y alaridos se revuelven en mi cabeza mientras veo a ninfas, verdosas, colosas, telquis, raudas y lo que parece un centenar de Plateadas de otros tipos lucirse bajo el escudo. Cosas que ni siquiera en sueños creí posibles suceden ante mis ojos, al tiempo que estas muchachas convierten su piel en piedra o rompen paredes de cristal a gritos. Los Plateados son más grandes y fuertes de lo que siempre temí, con poderes que ni siquiera sabía que existieran. ¿Cómo pueden ser reales estas personas?

He recorrido un largo camino, y de repente estoy de vuelta en el ruedo, viendo a los Plateados alardear de todo lo que nosotros no somos.

Me lleno de asombro cuando un animus que domina criaturas hace bajar del cielo un millar de palomas. En el momento en que las aves se arrojan de cabeza sobre el escudo de rayos y revientan en nubecillas de sangre, plumas y electricidad mortífera, mi encanto se vuelve indignación. El escudo echa chispas otra vez, y desintegra lo que queda de las aves hasta lucir como nuevo. Los aplausos por el retorno al escenario del despiadado animus casi me producen náuseas.

Otra joven, es de esperar que sea la última, sale al ruedo, ya reducido a polvo.

—¡Evangeline, de la Casa de Samos! —proclama el patriarca de cabello plateado.

Él es el único de su familia en tomar la palabra, y su voz retumba en todos los rincones del Jardín Espiral.

Desde mi atalaya, veo que el rey y la reina se incorporan en sus asientos. Evangeline ya ha captado su atención. En marcado contraste, Cal se mira las manos.

Mientras que las otras muchachas portaban vestidos de seda, y algunas una extraña armadura dorada, Evangeline aparece con un traje de cuero negro. Chamarra, pantalones, botas, todo con estoperoles de dura plata. No, no de plata. De hierro. La plata no es tan mate ni tan dura. Su Casa la aclama de pie. Es de la familia de Ptolemus y el patriarca, los hombres de cabello plateado a los que serví agua. Pero también la vitorean otros, otras familias. Quieren que ella sea la reina. *Es la favorita*. Llevándose dos dedos a la frente, Evangeline saluda, primero a su familia y luego al palco del rey. Ellos corresponden al gesto, descaradamente a favor de ella.

Quizás esto se parece a las Farsas Plateadas más de lo que creí. Salvo que en vez de poner a los Rojos en su sitio, aquí el rey pone en su lugar a sus súbditos, poderosos como son. *Una jerarquía dentro de la jerarquía*.

He estado tan absorta en las pruebas que apenas reparo en que llega mi turno de volver a servir. Antes de que alguien pueda indicarme la dirección precisa, parto al palco de la derecha, oyendo hablar sólo al patriarca de Samos.

—Magnetrón —creo que dice, pero no tengo idea de qué significa.

Atravieso los angostos corredores, que antes eran pasillos descubiertos, hasta los Plateados que requieren el servicio. El palco está al fondo, pero soy rápida y no tardo en llegar. Ahí me encuentro con un clan particularmente obeso, cubierto de chillante seda amarilla y plumas horribles, que disfruta de un pastel de gran tamaño. Hay platos y copas regados por el suelo, y me pongo a recogerlos, con manos ágiles y diestras. Una pantalla a todo volumen en el palco presenta a Evangeline, aparentemente quieta en el escenario.

—¡Qué farsa es ésta! —se queja uno de los bichos gordos y amarillos al tiempo que se retaca la boca—. La joven Samos ya ganó.

Qué raro. Ella parece la más débil de todas.

Apilo los platos, aunque sin retirar los ojos de la pantalla, para ver a Evangeline dar vueltas por el escenario devastado. Todo indica que ahí no queda nada con lo que ella pueda trabajar, mostrar lo que es capaz de hacer, pero eso no parece importarle. Su sonrisita de suficiencia es terrible, como si estuviera totalmente convencida de su magnificencia. *Pero a mí no me parece magnífica.*

En ese momento, los estoperoles de hierro de su chamarra se mueven. Flotan en el aire, cada uno de ellos se convierte en una dura y redonda bala metálica. Luego, como los tiros de un arma, salen disparados, se clavan en el suelo y las paredes, e incluso en el escudo de rayos.

Evangeline es capaz de controlar el metal.

Varios palcos la ensalzan, pero ella está lejos de haber terminado. Chirridos y ruidos metálicos suben hasta nosotros desde lo hondo de la estructura del Jardín Espiral. Hasta la familia gorda deja de comer para mirar, perpleja. Está confundida e intrigada, pero yo puedo sentir las vibraciones debajo de mis pies. Sé que hay que tener miedo.

Con un ruido demoledor al perforar el piso, unos tubos de metal traspasan el escenario, emergiendo desde lo profundo.

Atraviesan las paredes y rodean a Evangeline con una retorcida corona de metal gris y argentino. Parece que ríe, pero el crujido ensordecedor del metal la ahoga. Del escudo de rayos se desprenden chispas, pero ella se protege con su chatarra. No exuda una sola gota de sudor. Por fin, deja caer el metal con un estruendo horrible. Vuelve los ojos al cielo, a los palcos de arriba. Boquiabierta, deja ver sus dientecitos afilados. *Parece tener hambre.*

Aquello empieza poco a poco, con un ligero cambio de equilibrio hasta que el palco entero se tambalea. Caen platos al suelo y ruedan copas de cristal que escapan de la barandilla para ir a estrellarse contra el escudo de rayos. Evangeline está descoyuntando y volteando nuestro palco, lo que provoca que nos ladeemos. Los Plateados que están a mi alrededor graznan y buscan dónde apoyarse, convertido su aplauso en pánico. No son los únicos; cada palco de nuestra fila se mueve con nosotros. Muy abajo, Evangeline dirige todo con una mano y arruga la frente, concentrada. Como los luchadores Plateados en el ruedo, quiere mostrarle al mundo de qué está hecha.

Pienso en eso cuando una bola amarilla de plumas y carne choca contra mí, y me lanza por la barandilla junto con el resto del servicio de plata.

Lo único que veo mientras caigo es púrpura, el escudo de rayos que sale a mi encuentro. Silba de energía y chamusca el aire. Apenas tengo tiempo para comprenderlo, pero sé que el cristal jaspeado de color púrpura me cocerá viva, al electrocutarme en mi uniforme rojo. Apuesto que lo único que les preocupará a los Plateados es quién tendrá que recogerme.

Pego de cabeza contra el escudo y veo estrellas. No, estrellas no. *Chispas.* El escudo hace su trabajo y me incendia con descargas eléctricas. Mi uniforme arde hasta quemarse y echar humo, y supongo que veré cómo sucede lo mismo con mi piel. *El olor de mi cadáver será delicioso*. Pero, no sé por qué, no siento nada. *Seguro que me duele tanto que no lo puedo sentir*.

Sin embargo… *sí* lo siento. Siento el calor de las chispas subir y bajar por mi cuerpo, prendiendo fuego a cada uno de mis nervios. Pero no es una sensación desagradable. De hecho, me siento… *viva*. Como si hubiera pasado ciega toda mi vida y acabara de abrir los ojos hace apenas un instante. Algo se mueve bajo mi piel, pero no son las chispas. Miro mis manos, mis brazos, me maravillo del rayo mientras se desliza sobre mí. Mi ropa se quema, se calcina por el calor, pero mi piel no cambia. El escudo sigue intentando matarme, pero no puede.

Todo está mal.

Yo estoy viva.

El escudo despide humo negro, y comienza a partirse y cuartearse. Las chispas son más radiantes, más feroces, pero también más débiles. Yo trato de incorporarme, ponerme en pie, pero el escudo se hace pedazos bajo mis talones y vuelvo a precipitarme al vacío.

De un modo u otro, caigo sobre un montón de tierra no cubierta de metal dentado. Maltrecha y con los músculos doloridos, es cierto, pero todavía de una pieza. Mi uniforme no corrió con tanta suerte, y casi se está cayendo a pedazos achicharrados.

Me pongo en pie con dificultad, y siento que otras partes de mi uniforme se desprenden. Arriba de nosotras, los murmullos y las exclamaciones recorren el Jardín Espiral. Siento que todos me observan: la chica Roja quemada. Al pararrayos humano.

Evangeline me mira fijamente, con los ojos muy abiertos. Parece presa de la furia, la confusión... y el miedo.

De mí. Por alguna razón, tiene miedo de mí.

—¡Hola! —digo tontamente.

Ella contesta con una ráfaga de trozos de metal, todos ellos puntiagudos y mortales, que vuelan directo a mi corazón.

Sin pensarlo, levanto las manos para protegerme de lo peor de ese ataque. Pero en vez de atrapar con las palmas una docena de cuchillas con picos, siento algo muy diferente. Al igual que antes con las chispas, mis nervios vibran, avivados por un fuego que viene de adentro. Este fuego se mueve en mí, detrás de mis ojos, bajo mi piel, hasta que siento que me rebasa. Luego se vierte desde mi cuerpo en poder y energía puros.

El chorro de luz, no: *el rayo*, hace erupción entre mis dedos y quema el metal. Las piezas crepitan y humean, se parten por efecto del calor. Caen inofensivamente al suelo mientras el rayo impacta en la pared del fondo, deja un agujero humeante de más de un metro de ancho y casi arrasa con Evangeline.

Ella se queda boquiabierta, conmocionada. Seguramente mi aspecto es el mismo que el de ella cuando miro mis manos, mientras me pregunto qué diablos acaba de ocurrirme. En lo alto, un centenar de los Plateados más poderosos se pregunta lo mismo. Cuando alzo la mirada, veo que todos me observan.

Incluso el rey se inclina sobre el filo de su palco, perfilando contra el cielo su corona llameante. Cal está junto a él, y me mira asombrado.

—¡Centinelas!

La voz del rey es aguda como un cuchillo cargado de amenazas. De repente, los uniformes rojo anaranjado de los centinelas resplandecen en casi todos los palcos. Los guardias de elite esperan otra palabra, otra orden.

Soy buena para robar porque sé cuándo correr. Y éste es uno de esos momentos.

Antes de que el rey pueda decir cualquier cosa, yo salgo disparada, empujo a la atónita Evangeline y me escurro de pie por la trampilla que sigue abierta en el suelo.

—¡Deténganla! —resuena la voz detrás de mí cuando caigo en la semioscuridad de la estancia de abajo. La función de metales voladores de Evangeline agujereó el techo, así que sigo viendo el Jardín Espiral. Para mi desaliento, parece como si la estructura se desangrara, pues los centinelas uniformados bajan de sus palcos, todos ellos en mi persecución.

Sin tiempo para pensar, lo único que puedo hacer es correr.

La antesala que hay bajo el ruedo da a un pasillo vacío y oscuro. Cámaras negras y cuadradas me ven correr a toda velocidad y dar la vuelta por un pasillo y otro más. Puedo sentirlas, tras de mí como los centinelas, no muy lejos. *Corre,* repite mi cabeza. *Corre, corre, corre.*

Tengo que hallar una puerta, una ventana, algo que me ayude a orientarme. Si pudiera salir, al mercado tal vez, podría tener una oportunidad. *Podría.*

El primer tramo de escaleras que encuentro sube a un largo salón con espejos. Pero aquí también hay cámaras, situadas en las esquinas del techo como grandes bichos oscuros.

Una salva de disparos hace explosión sobre mi cabeza, lo que me obliga a arrojarme al suelo. Dos centinelas, con uniformes del color de la lumbre, hacen trizas un espejo para arremeter contra mí. *Son como los de Seguridad,* me digo. *Torpes agentes que no te conocen. Que no saben qué puedes hacer.*

Pero tampoco yo sé qué puedo hacer.

Como ellos esperan que corra, hago lo contrario y los embisto. Sus armas son grandes y potentes, pero voluminosas. Antes de que puedan disponerlas para disparar, aturdir o ambas cosas, yo me deslizo de rodillas por el terso piso de mármol entre los dos gigantes. Uno de ellos grita tan fuerte tras de mí que convierte otro espejo en una tormenta de vidrio. Cuando logran cambiar de dirección, yo ya estoy lejos, corriendo otra vez.

Hallar por fin una ventana es una bendición y una maldición al mismo tiempo. Derrapo y paro frente a un panel gigantesco de cristal de diamante, con vista al ancho bosque. Está justo ahí, al otro lado, más allá de una pared impenetrable.

Bueno, manos, éste podría ser un buen momento para que hagan lo que ustedes saben hacer. Pero nada sucede, desde luego. Nada sucede cuando más lo necesito.

Una oleada de calor me toma por sorpresa. Al voltear, veo que un muro rojo y naranja se aproxima, y sé que los centinelas han dado conmigo. Pero el muro está caliente, titilante, casi compacto. *Fuego*. Y viene directo hacia mí.

Mi voz es débil, apenas audible, desesperada, cuando yo misma río de mi apuro.

—¡Vaya, qué maravilla!

Me vuelvo para salir corriendo, pero choco con un muro amplio de tela negra. Varios brazos fuertes me envuelven y me sujetan mientras trato de zafarme. *¡Electrocútalo! ¡Quémalo!*, grito en mi cabeza. Pero no pasa nada. El milagro no va a volver a salvarme.

El calor aumenta y amenaza con dejar sin aire mis pulmones. Hoy sobreviví al relámpago; no quiero tentar a la suerte con el fuego.

Pero lo que me matará es el humo. Negro y denso y demasiado fuerte, me asfixiará viva. Siento que todo da vueltas a mi alrededor, y que los párpados me pesan. Oigo pasos, gritos, el rugido del fuego mientras el mundo se oscurece.

—Lo siento —dice la voz de Cal.

Creo que estoy soñando.

OCHO

Estoy en el zaguán, veo a mamá despedirse de mi hermano Bree. Ella llora y lo abraza con fuerza. Shade y Tramy aguardan para sostenerla si las piernas le fallan. Sé que también ellos quieren llorar al ver marcharse a su hermano mayor pero no lo hacen, por mamá. Junto a mí, papá no dice nada, se contenta con mirar al legionario. Incluso con su armadura de placa de acero y malla antibalas, el soldado parece pequeño junto a mi hermano. Bree podría comérselo vivo, pero no lo hace. No hace nada cuando el legionario lo toma del brazo y lo separa de nosotros. Entonces aparece una sombra, que lo persigue extendiendo sus alas oscuras y terribles. El mundo da vueltas a mi alrededor y me derrumbo.

Caigo un año más tarde, con los pies hundidos en el lodo en que chapoteamos bajo nuestra casa. Mamá abraza a Tramy ahora, mientras le suplica compasión al legionario. Shade tiene que apartarla. En algún lugar, Gisa llora por su hermano preferido. Papá y yo guardamos silencio, ahorrándonos nuestras lágrimas. La sombra regresa, gira esta vez en torno mío y tapa el sol y el cielo. Yo aprieto los ojos con la esperanza de que me deje en paz.

Cuando los vuelvo a abrir, estoy en brazos de Shade, y lo estrecho lo más fuerte que puedo. Mientras me acurruco en su pecho, hago una mueca de dolor. Me arde la oreja y retrocedo al ver gotas de sangre roja en la camisa de mi hermano. Gisa y yo agujeramos de nuevo nuestros oídos con el diminuto regalo de Shade. Supongo que yo lo hice mal, como todo. Esta vez siento la sombra antes de verla. Y parece enfadada.

Ella me arrastra por un desfile de recuerdos, todos ellos son heridas abiertas que no sanan aún. Algunos incluso son sueños. No, pesadillas. Mis peores pesadillas.

Un mundo nuevo se materializa a mi alrededor, para formar un paisaje nublado de humo y cenizas: *El Obturador*. Jamás he estado ahí, pero he oído lo bastante para imaginarlo. El terreno es plano, formado por cráteres de un millar de bombas. Los soldados con uniformes Rojos manchados se encogen en cada cráter, como la sangre que llena una herida. Yo paso flotando entre ellos, examino sus caras, en busca de los hermanos que he perdido a causa del humo y la metralla.

Bree es el primero en aparecer, forcejea en un charco de lodo con un lacustre vestido de azul. Quiero ayudarle, pero sigo flotando hasta que lo pierdo de vista. Después viene Tramy, quien se agacha junto a un soldado herido para impedir que muera desangrado. Nunca olvidaré sus gritos de dolor y frustración. Tampoco a él puedo ayudarlo.

Shade espera delante, aventaja incluso a los guerreros más valientes. Está plantado en una cresta, sin considerar el riesgo de las bombas, las armas ni el ejército lacustre que hay al otro lado. Incluso tiene agallas para sonreírme. Yo sólo puedo mirar cuando el suelo bajo sus pies hace explosión y lo convierte todo en una columna de humo y cenizas.

—¡Alto! —consigo gritar, mientras tiendo el brazo al humo que una vez fue mi hermano.

Las cenizas toman cuerpo, moldean nuevamente la sombra. Ésta me cubre hasta que una oleada de recuerdos vuelve a volcarse sobre mí. Papá al llegar medio muerto a casa. El alistamiento de Kilorn. La mano de Gisa. Todo se confunde, un remolino de colores demasiado vivos que hieren mis ojos. *Algo no está bien*. La memoria retrocede en el tiempo, como si yo viera mi vida en reversa. Y entonces surgen hechos que no es posible que recuerde: el momento en el que vi a mi hermana por primera vez, cuando aprendí a caminar, cuando mis hermanos me pasaban como una pelota entre ellos mientras mamá los reprendía. *Esto es imposible*.

"Imposible", me dice la sombra. La voz es tan aguda que temo que me parta el cráneo. Caigo de rodillas, choco con lo que parece concreto.

Y entonces ellos ya no están. Mis hermanos, mis padres, mi hermana, mis recuerdos, mis pesadillas han desaparecido. Concreto y barrotes de acero se alzan a mi alrededor. *Una jaula*.

Me pongo en pie con dificultad y me llevo una mano a mi dolorida cabeza, mientras comienzo a ver claramente las cosas. Una figura me mira al otro lado de los barrotes. Una corona reluce en su cabeza.

—Haría una reverencia, pero parecería adulación —le digo a la reina Elara, y de inmediato quisiera no haberlo hecho.

Ella es una Plateada; no le puedo hablar así. Podría mandarme al cepo, quitarme mis raciones, castigarme, castigar a mi familia. *No*, comprendo, cada vez más horrorizada. *Ella es la reina. Podría matarme. Podría matarnos a todos*.

Pero ella no parece ofendida. En cambio, casi sonríe. Siento náuseas cuando nuestras miradas se cruzan, y me doblo en dos una vez más.

—Eso vale para mí como una reverencia —dice entre dientes, se ve que disfruta mi dolor.

Yo contengo el impulso de vomitar y alargo los brazos para agarrarme de las rejas. Mi puño se cierra alrededor del frío acero.

—¿Qué me van a hacer?

—No quedo mucho por hacerte ya. Pero esto... —mete una mano entre los barrotes para tocarme la sien, con lo que triplica mi dolor y me hace caer contra las rejas, con apenas bastante consciencia para sujetarme—, esto es para evitar que hagas una tontería.

Siento ganas de llorar, pero me recompongo de una sacudida.

—¿Una tontería como sostenerme en pie? —logro proferir.

El dolor casi no me deja pensar, y menos aún ser educada, pero me las arreglo para contener un torrente de maldiciones. *¡Mare Barrow, controla tu lengua, por favor!*

—Como electrocutar algo —espeta la reina.

Gracias a que el dolor cede, reúno fuerzas suficientes para llegar a la banca de metal. Hasta que apoyo la cabeza en la fría pared de piedra asimilo las palabras de la señora. *Electrocutar*.

El recuerdo de las piezas dentadas cruza por mi mente. Evangeline, el escudo de rayos, las chispas y yo. *No es posible*.

—Tú no eres Plateada. Tus padres son Rojos, tú eres Roja y tu sangre también lo es —murmura la reina, mientras da vueltas frente a los barrotes de mi jaula—. Eres un milagro, Mare Barrow, una imposibilidad. Algo que ni siquiera yo puedo entender, y eso que ya lo vi todo de ti.

—¿Era usted? —pregunto casi chillando, y alzo los brazos de nuevo para sostener mi cabeza—. ¿Estuvo usted en mi mente? ¿En mis recuerdos? ¿En mis *pesadillas*?

—Si quieres conocer a alguien, conoce sus temores —parpadea frente a mí como si yo fuera una tonta—. Además, tenía que saber con qué estamos tratando.

—No soy un *objeto*.

—Lo que eres aún está por verse. Pero deberías dar gracias de una cosa, niña relámpago —dice ella con sorna, y apoya la cara contra las rejas. Las piernas se me engarrotan de repente, pierdo toda sensación, como si me hubiera sentado mal. *Como si estuviera paralizada*. El pánico sube por mi pecho mientras veo que ni siquiera puedo mover los dedos de los pies. Así ha de ser como se siente papá, inútil y abatido. Pero, de un modo u otro, consigo levantarme, y mis piernas se vuelven a mover, para llevarme hasta las rejas. La reina me mira desde el otro lado. Pestañea al compás de mis pasos. *Ella es un susurro y juega conmigo*. Cuando estoy lo bastante cerca, toma mi cara entre sus manos. Yo me quejo mientras el dolor en mi cabeza se multiplica. ¡Qué no daría ahora por la simple condena del reclutamiento!—. Hiciste eso frente a cientos de Plateados, personas que formularán preguntas, personas con poder —sisea ella en mi oído, y mi cara queda envuelta en su aliento empalagoso—. Ésa es la única razón de que sigas viva.

Aprieto las manos e invoco de nuevo el relámpago, pero no aparece. Ella sabe lo que hago y ríe con desfachatez. Detrás de mis ojos explotan estrellitas que nublan mi vista, pero oigo cómo la reina se marcha en un torbellino de seda rumorosa. Recupero la vista justo cuando su vestido desaparece al dar la vuelta a una esquina, y me quedo completamente sola en la celda. Apenas consigo volver a la banca, contengo el impulso de vomitar.

El agotamiento me acomete en oleadas, comienza por los músculos y se hunde en mis huesos. No soy más que un ser humano, y los humanos no estamos hechos para enfrentar días como hoy. Sobresaltada, reparo en que mi muñeca está descubierta. La cinta roja ha desaparecido, me la quitaron. ¿Qué podría significar esto? las lágrimas luchan por salir, pero no voy a llorar. Me queda mucho orgullo todavía.

Puedo contener las lágrimas, pero no las preguntas ni la duda que corroe mi corazón.

¿Qué me pasa?

¿Qué soy?

Cuando abro los ojos, veo que un agente de Seguridad me mira al otro lado de los barrotes. Sus botones de plata brillan bajo la débil luz, pero no son nada comparados con el resplandor de su calva.

—Deben decirles a mis familiares dónde estoy —suelto de pronto, mientras me enderezo.

Al menos les dije que los quiero, evoco nuestros últimos momentos.

—Mi único deber es llevarte arriba —replica él, aunque sin sarcasmo. Este individuo es un dechado de tranquilidad—. Cámbiate de ropa.

Me doy cuenta entonces de que mi cuerpo está cubierto aún por un uniforme quemado a medias. El agente señala una ordenada pila de ropa junto a los barrotes. Me da la espalda, para concederme así algo semejante a la privacidad.

La ropa es simple pero fina, más suave que la que me haya puesto nunca; una camisa blanca de manga larga y un pantalón negro, ambos decorados con una raya plateada a cada lado. También hay zapatos: una botas negras lustradas que me llegan a las rodillas. Para mi sorpresa, no hay una sola puntada roja en estas prendas. Por qué, no sé. *Mi desconocimiento se ha vuelto ya una constante.*

—Listo —mascullo, al subir la última bota por mi pierna con algo de dificultad.

Mientras la bota se acomoda en su sitio, el agente voltea. No oigo el tintineo de las llaves, pero tampoco veo una cerradura. Ignoro cómo piensa sacarme de mi jaula sin puertas.

Pero en vez de abrir una entrada oculta, da un tirón con la mano y las barras de metal se pandean. ¡Claro! Este carcelero es un...

—Magnetrón, sí —dice él mismo, moviendo los dedos—. Y por si acaso te lo preguntaras, la joven a la que estuviste a punto de freír es mi prima.

Casi me ahogo con el aire de mis propios pulmones, sin saber cómo reaccionar.

—Lo lamento.

Parece una pregunta.

—Lamenta no haber acabado con ella —repone él, sin ánimo de burla—. Evangeline es una arpía.

—¿Es un rasgo típico de familia? —mi boca se mueve más rápido que mi cerebro, y reprimo una exclamación, al ver lo que acabo de decir.

Pero en vez de reprenderme por hablar cuando no debo, el agente esboza una sonrisa.

—Supongo que lo descubrirás por ti misma —dice con una mirada dulce—. Soy Lucas Samos. Sígueme.

No me hace falta preguntar para saber que no tengo otra opción.

Me guía fuera de la celda, por una escalera de caracol, hasta donde se encuentran al menos doce agentes más. Éstos me rodean sin decir nada, en estudiada formación, y me fuerzan a acompañarlos. Lucas se mantiene junto a mí, siguiéndoles el paso. Ellos no sueltan sus armas, como si estuvieran listos para la batalla en todo momento. Algo me dice que no están aquí para defenderme, sino para proteger a los demás.

Cuando llegamos a los hermosos niveles superiores, las paredes de cristal son inusualmente oscuras. *Vidrios tintados,* me digo, recordando lo que Gisa me contó sobre la Mansión del Sol. El cristal de diamante puede oscurecerse a voluntad para ocultar lo que no se debe ver. Obviamente, yo pertenezco a esta categoría.

Me llevo una fuerte impresión cuando descubro que las ventanas no cambian por efecto de ningún mecanismo, sino de una agente pelirroja. Ésta agita una mano junto a cada pared por la que pasamos, y un poder dentro de ella tapa la luz, al empañar el vidrio con una ligera penumbra.

—Esta mujer es una sombra, una curvadora de luz —bisbisea Lucas, cuando nota mi estupor.

También aquí hay cámaras. La piel me hierve cuando siento su mirada eléctrica recorrer mi cuerpo. Normalmente me dolería la cabeza bajo el peso de tanta electricidad, pero esta vez el dolor no aparece. Algo en el escudo me ha hecho cambiar. O quizá liberó otra cosa, una parte de mí que había permanecido encerrada mucho tiempo. ¿Qué soy? Vuelve a resonar en mi cabeza, más ominosamente que antes.

La sensación eléctrica pasa sólo después de que atravesamos una incalculable serie de puertas. *Esos ojos no pueden verme aquí*. Llegamos a un salón en el que mi casa podría caber diez veces, con todo y pilotes. Y justo delante de donde estoy, con una mirada ardiente que se funde con la mía, se encuentra el rey, sentado en un trono de cristal de diamante tallado a manera de infierno. Detrás de él, pronto se ensombrece una ventana, que dejaba entrar demasiada luz. Ése podría ser el último destello de sol que veré en mi vida.

Lucas y los otros agentes me hacen pasar primero, mas no permanecen mucho tiempo ahí. Con sólo una mirada atrás, él los guía afuera.

El rey está frente a mí, la reina de pie a su izquierda y los príncipes a su derecha. Me niego a ver a Cal, pero sé que sin duda él me contempla, embobado. Mantengo la vista fija en mis botas nuevas, concentrada en los dedos para no ceder al temor que convierte mi cuerpo en plomo.

—¡Arrodíllate! —murmura la reina, con una voz suave como el terciopelo.

Debería hacerlo pero mi orgullo no me lo permite. Aun aquí, frente a los Plateados, ante el *rey*, mis rodillas no se doblan.

—No —replico, y encuentro fuerzas para alzar la mirada.

—¿Te gusta tu celda, niña? —pregunta Tiberias, y la sala se llena con su voz majestuosa.

La amenaza en sus palabras es clara como el día, pero permanezco firme. Él ladea la cabeza, me mira como si yo fuera un experimento por esclarecer.

—¿Qué quiere de mí? —acierto a preguntar.

La reina se inclina junto a él.

—Te lo dije: es Roja de cabo a rabo... —pero el rey la esquiva como si fuera una mosca.

Ella frunce los labios y da un paso atrás, con las manos apretadas. *Se lo merece.*

—Lo que quiero para ti es imposible de hacer —espeta Tiberias.

Su mirada se enciende, como si quisiera consumirme con ella.

Recuerdo las palabras de la reina.

—Bueno, no es culpa mía que usted no pueda matarme.

Él ríe.

—No me dijeron que fueras lista.

Siento un alivio enorme, como cuando un viento fresco se cuela entre los árboles. La muerte no me espera aquí. No todavía.

El rey tira al suelo un montón de papeles, cubiertos de letra manuscrita. La primera hoja contiene la información básica: mi nombre y fecha de nacimiento, los nombres de mis padres y la mancha oscura de mi sangre. También está ahí mi fotografía, la de mi tarjeta de identidad. Me miro, veo mis ojos aburridos, hastiados de hacer fila para sacar mi foto. ¡Cómo me gustaría poder meterme ahora en esa imagen, en la muchacha que no tenía más problemas que el reclutamiento y un estómago vacío!

—Mare Molly Barrow, nacida el 17 de noviembre del año 302 de la nueva era, hija de Daniel y Ruth Barrow —recita Tiberias de memoria, poniendo mi vida al descubierto—. No tienes ninguna ocupación y tu llamado a filas está previsto para tu próximo cumpleaños. Vas poco a la escuela, sacas malas calificaciones y tienes una lista de delitos que darían contigo en prisión en casi cualquier parte. Robo, contrabando, resistencia al arresto, por citar unos cuantos. En síntesis, eres pobre, grosera, inmoral, poco inteligente, depravada, rencorosa, terca y una lacra para tu aldea y mi reino.

Sus rotundas palabras tardan un momento en asentarse, pero cuando lo hacen, no las contradigo. Tiene toda la razón.

—Sin embargo —se levanta de su trono, y está tan cerca que puedo ver los agudos filos de su corona, y que sus puntas son capaces de matar—, no sólo eres eso, sino también algo que yo no puedo concebir. Roja y Plateada al mismo tiempo, peculiaridad con consecuencias mortíferas que ni tú misma alcanzas a comprender. ¿Qué debo hacer contigo, entonces?

¿Me lo está preguntando?

—Podría soltarme. Yo no diría una sola palabra.

La súbita risa de la reina me interrumpe.

—¿Y las Grandes Casas? ¿También ellas van a guardar silencio? ¿Olvidarán a la niña relámpago de uniforme rojo?

No. Nadie lo hará.

—Ya conoces mi consejo, Tiberias —añade Elara, con sus ojos fijos en el rey—. Resolverá además nuestros dos problemas.

Debe ser un mal consejo, malo para mí, porque Cal aprieta el puño. Esta acción atrae mi mirada, y por fin lo veo sin remilgos. Permanece quieto, sereno y callado, justo para lo que estoy segura que se le educó, pero detrás de sus ojos arde fuego. Su mirada se encuentra un instante con la mía, mas yo la aparto antes de que pueda dirigirme a él y pedirle que me salve.

—Sí, Elara —dice el rey, e inclina la cabeza hacia su esposa—. No podemos matarte, Mare Barrow —*aún no,* queda flotando en el aire—. Así que te ocultaremos dejándote a la vista de todos, donde podamos vigilarte, *protegerte* y tratar de entenderte.

El brillo de sus ojos me hace sentir un manjar a punto de ser devorado.

—¡Padre! —estalla Cal, pero su hermano, el príncipe pálido y esbelto, lo toma del brazo para acallar sus reproches. Esto tiene un efecto calmante en Cal, y cede.

Tiberias prosigue, ignorando a su hijo.

—Ya no eres Mare Barrow, una hija Roja de Los Pilotes.

—¿Entonces quién soy? —pregunto, con voz temblorosa, pensando en todo lo horrible que ellos me pueden hacer.

—Tu padre fue Ethan Titanos, general de la Legión de Hierro, muerto en batalla cuando eras una niña. Un soldado, un Rojo, te llevó consigo y te educó en la inmundicia, sin revelar jamás tu verdadero origen. Creciste creyendo que no eras nada y ahora, por obra del azar, vuelves a ser alguien. Eres Plateada, una dama de una gran Casa perdida, una noble con inmenso poder, y algún día serás una princesa de Norta.

Aunque lo intento, no puedo contener un grito de estupefacción.

—¿Una Plateada... una princesa?

Mis ojos me traicionan, y vuelan a Cal. *Una princesa ha de casarse con un príncipe.*

—Te casarás con mi hijo Maven, y lo harás sin protestar.

Me quedo tan boquiabierta que juro que mi quijada casi toca el suelo. Un sonido horrible, vergonzoso, escapa de mi boca mientras busco algo que decir, pero lo cierto es que esto me ha dejado sin habla. Ante mí, el joven príncipe parece igual de confundido, y farfulla tan ruidosamente como yo quisiera hacerlo. Esta vez es el turno de Cal de refrenarlo, aunque me mira a mí.

El joven príncipe consigue decir algo.

—No lo entiendo —suelta él, haciendo caso omiso de Cal. Da rápidos pasos hacia su padre—. Ella es... ¿por qué?

En condiciones usuales, yo me sentiría ofendida, pero tengo que aprobar las reservas del príncipe.

—¡Cállate! —exclama bruscamente su madre—. Obedecerás.

Él la fulmina con la mirada, cada palmo del joven hijo se rebela contra sus progenitores. Pero la madre persiste y el príncipe retrocede; conoce tan bien como yo su ira y su poder.

Mi voz es débil, apenas audible.

—Esto parece... demasiado —no hay otra forma de describirlo—. Usted no necesita hacer de mí una dama, y menos todavía una princesa.

Tiberias sonríe, pese a todo. Como los de la reina, también sus dientes deslumbran de blancura.

—¡Ah, pero lo haré, pequeña! Por primera vez en tu rudimentaria y miserable vida tendrás un propósito —siento la pulla como una bofetada—. Henos aquí, en las primeras etapas de una rebelión inoportuna, con grupos terroristas o combatientes de la libertad o como se llamen esos Rojos idiotas, haciendo volar las cosas en pedazos en el nombre de la igualdad.

—La Guardia Escarlata —*Farley. Shade.* Tan pronto cruza este nombre por mi mente, suplico que la reina Elara no vuelva a entrar en mi cabeza—. Ellos realizaron un atentado…

—En la capital, sí —el rey alza los hombros y se rasca el cuello.

Mis años en las sombras me han enseñado a adivinar un gran número de cosas. Quién lleva más dinero consigo, quién no reparará en ti y quién miente. *El rey miente,* lo sé, mientras veo cómo, una vez más, se encoge forzadamente de hombros. Quiere parecer desdeñoso, pero no lo logra. Algo le hace temerle a Farley, a la Guardia Escarlata. Algo mucho mayor que unas cuantas explosiones.

—Y tú —continúa, inclinándose al frente—, tú podrías ayudarnos a evitar que esta situación se complique.

Yo reiría a tambor batiente si no estuviera tan asustada.

—¿Casándome con… perdón, me podrías repetir tu nombre?

Las mejillas del joven príncipe palidecen en lo que imagino es la versión plateada de un sonrojo. No en vano su sangre es de plata.

—Me llamo Maven —contesta él, con voz baja y tranquila. Como el de Cal y su padre, su cabello es negro y esmaltado, pero las semejanzas terminan ahí. Mientras que ellos son corpulentos y musculosos, Maven es delgado, con unos ojos como agua clara—. Y sigo sin entender nada.

—Lo que nuestro padre está tratando de decir es que ella representa una oportunidad para nosotros —dice Cal, quien por fin interviene para explicarse. A diferencia de la de su hermano, su voz es fuerte y terminante, la voz de un rey—. Si los Rojos la ven, Plateada de sangre pero Roja por naturaleza, educada por nosotros, es probable que se apacigüen. Será como un antiguo cuento de hadas, la plebeya convertida en princesa. Harán entonces de esta mujer su heroína. Se identificarán con ella, no con los terroristas —y concluye, con voz grave y sonora—: Ella será una distracción.

Pero esto no es un cuento de hadas y ni siquiera un sueño. *Es una pesadilla*. Pasaré encerrada el resto de mi vida, obligada a ser quien no soy. *A ser uno de ellos. Un títere. Un espectáculo para tener a la gente feliz, callada y oprimida*.

—Y si contamos bien la historia, también las Grandes Casas estarán satisfechas. Eres la hija perdida de un héroe de guerra. ¿Qué mayor honor podríamos darte?

Nuestras miradas se cruzan, y yo imploro en silencio. Él me ayudó una vez, y quizá podría volver a hacerlo. Pero Cal inclina la cabeza de un lado a otro, la sacude lentamente. *Aquí no me puede ayudar*.

—Esto no es una petición, Lady Titanos —dice Tiberias, usando mi nuevo nombre, mi nuevo *título*—. Cumplirás, y lo harás como es *debido*.

La reina Elara vuelve hacia mí sus ojos pálidos.

—Vivirás aquí, como es costumbre entre las novias de la realeza. Yo planearé a mi criterio cada día de tu vida, y tú recibirás lecciones de todo lo imaginable para que hagamos de ti alguien —busca la palabra correcta, mordiéndose el labio—

apto —no quiero saber qué significa esto—. Se te someterá a continua inspección. En adelante, vivirás pendiendo de un hilo. Un paso en falso, una palabra inadecuada, y pagarás las consecuencias.

Mi cuello se pone rígido, como si sintiera las cadenas con que los reyes lo han rodeado.

—¿Y mi vida...?

—¿Qué vida? —cacarea Elara—. ¡Deberías agradecer tu buena suerte, niña!

Cal aprieta un momento los ojos, como si la risa de la reina le apenara.

—Se refiere a su familia. Mare... esta joven tiene familia.

Gisa, mamá, papá, los chicos, Kilorn... una vida arrebatada.

—¡Ah, eso! —resopla el rey, mientras se deja caer en su asiento—. Supongo que le daremos una asignación para que se *calle*.

—Quiero que mis hermanos regresen de la guerra —por una vez, creo haber dicho bien algo—. Y que no permita que sus legiones se lleven a mi amigo Kilorn Warren.

Tiberias responde en un pestañeo. Un par de soldados Rojos no significan nada para él.

—De acuerdo.

Pero parece menos un indulto que una sentencia de muerte.

NUEVE

Lady Mareena Titanos, hija de Lady Nora Nolle Titanos y Lord Ethan Titanos, general de la Legión de Hierro. Heredera de la Casa de Titanos. Mareena Titanos. Titanos.

Mi nuevo nombre retumba en mi cabeza mientras las doncellas Rojas me preparan para la siguiente arremetida. Las tres chicas trabajan con rapidez y eficiencia, sin hablar entre sí. Tampoco me formulan preguntas, aunque es indudable que quisieran hacerlas. *No digas nada,* recuerdo. No tienen permiso para hablarme, ni para hablar de mí con nadie más. Ni siquiera de las cosas extrañas, de las cosas *rojas,* que estoy segura de que ellas ven.

Durante muchos y angustiosos minutos, ellas tratan de volverme *apta,* me bañan, me peinan, *me pintan* hasta convertirme en la cosa ridícula que se supone que debo ser. El maquillaje es lo peor, sobre todo la espesa pasta blanca que aplican en mi piel. Las doncellas consumen tres botes que cubren mi cara, cuello, clavículas y brazos con ese polvo húmedo y reluciente. En el espejo, parece que me hubieran desprovisto de toda viveza, que el polvo hubiera cubierto el calor de mi piel. Con una exclamación, me doy cuenta de que está hecho para esconder mi rubor natural, la roja floración de mi piel, mi *sangre* roja. Finjo ser Plateada, y cuando ellas terminan de pintar mi rostro, realmente luzco como tal. Con mi nueva piel pálida y mis ojos y labios oscuros, parezco fría, cruel, una navaja viviente. Parezco Plateada. Tengo buen aspecto. Y no lo soporto.

¿Cuánto tiempo durará esto? Ser novia de un príncipe. Hasta en mi cabeza parece una locura. *Porque lo es. Ningún Plateado en su sano juicio se casaría contigo, menos aún un príncipe de Norta. Ni para sofocar una rebelión, ni para ocultar mi identidad, ni por cualquier otro motivo.*

¿Para qué hacer esto, entonces?

Cuando las doncellas me aprietan dentro de un vestido angosto, me siento un cadáver que arreglaran para su entierro. Sé que esto no dista mucho de la verdad. Las jóvenes Rojas no se casan con príncipes Plateados. Jamás usaré una corona ni me sentaré en un trono. Sucederá algo, tal vez un *accidente*. Una mentira habrá de elevarme y un día otra me derribará.

El vestido es violeta salpicado de plata, y está hecho de seda y encaje transparente. *Todas las Casas tienen un color,* me acuerdo del arcoíris de familias. Los colores de la familia Titanos, *mi apellido,* son sin duda el violeta y el plateado.

Cuando una de las doncellas alarga la mano en dirección a mis aretes, para tratar de quitarme lo último de mi antigua vida, me invade el terror.

—¡No los toques!

Ella retrocede de un salto, parpadeando, y las otras se congelan ante mi arranque.

—Perdón, yo...

Una Plateada no se disculparía.

Carraspeo y recupero la calma.

—Déjenme los aretes —el sonido de mi voz es fuerte, duro… majestuoso—. Quítenme todo lo demás, pero déjenme los aretes.

Esas tres baratas piezas de metal, en representación de cada uno de mis hermanos, no irán a ninguna parte.

—Te sienta bien ese color.

Cuando me vuelvo, veo a las chicas encorvadas en reverencias idénticas. Y frente a ellas: Cal. De súbito me alegra que el maquillaje no permita ver que me sonrojo.

Él hace un rápido gesto de desdén y las doncellas salen volando de la habitación, como ratones que huyeran de un gato.

—Soy nueva en esto de la realeza, pero no creo que debas estar aquí, en mi cuarto —imprimo en mi voz el mayor desprecio posible. Después de todo, es culpa suya que yo esté metida en este lío irremediable.

Se acerca a mí e, instintivamente, doy un paso atrás. Mis pies se atoran en el bies de mi vestido, y me obligan a decidir entre no moverme o caer. No sé qué es menos deseable.

—Vine a ofrecer disculpas, algo que, como comprenderás, no puedo hacer en público —se para en seco al notar mi molestia. Le tiembla la mejilla mientras me inspecciona, quizá recuerda a la chica desesperada que apenas anoche intentó asaltarlo. Ya no me parezco en nada a ella—. Lamento haberte metido en esto, Mare.

—*Mareena* —hasta el nombre me deja un mal *sabor*—. Así me llamo ahora, ¿recuerdas?

—Qué bueno, porque Mare es entonces un sobrenombre adecuado.

—No creo que nada sea *adecuado* en mí.

Él me escudriña con la mirada, y yo siento arder mi piel.

—¿Qué te pareció Lucas? —pregunta al fin, mientras da un comedido paso atrás.

Se refiere al guardia de la familia Samos, el primer Plateado decente que he conocido aquí.

—Bien, supongo.

La reina podría llevárselo si revelo lo amable que fue conmigo.

—Es un buen hombre. Su familia lo cree débil a causa de su gentileza —añade Cal, mientras la mirada se le ensombrece, como si conociera esa sensación—. Pero te atenderá bien, y de manera imparcial. Yo me aseguraré de eso.

¡Qué considerado! Me hace el favor de imponerme un carcelero amable. Pero me muerdo la lengua. No sacaré nada burlándome de su compasión.

—Gracias, su alteza.

La chispa vuelve a sus ojos, y una sonrisita a sus labios.

—Sabes que me llamo Cal.

—Y tú también sabes cómo me llamo, ¿no? —le digo, con un dejo de amargura en la voz—. Sabes de donde vengo —él asiente apenas, como si reconocerlo le avergonzara—. Tienes que cuidar de ellos *—mi familia.* Sus caras flotan ante mis ojos, ya muy lejanas—. De todos, mientras puedas.

—Por supuesto que lo haré —da un paso hacia mí y estrecha la distancia que nos separa—. Lo siento —repite.

Estas palabras resuenan en mi cabeza, invocan un recuerdo.

La pared de fuego. El humo asfixiante. Lo siento, lo siento, lo siento.

Fue Cal el que me atrapó, quien me impidió escapar de este horrible lugar.

—¿Qué sientes? ¿Haber evitado mi única posibilidad de huir?

—¿En el caso de que hubieras podido pasar entre los centinelas, los agentes de seguridad, las paredes y los bosques, y regresar a tu aldea a esperar que la propia reina diera contigo? —me pregunta él a su vez, calmado frente a mis acusaciones—. Detenerte fue lo mejor para ti *y* tu familia.

—Podría haber escapado. No me conoces.

—Pero sí sé que la reina habría puesto el mundo de cabeza hasta dar con la niña relámpago.

—No me llames así —este apodo duele más que el nombre falso que ya me estoy acostumbrando a usar. *La niña relámpago*—. Así es como me llama tu madre.

Cal ríe con amargura.

—Ella no es mi madre. Es la madre de Maven, no la mía.

Por la forma en que aprieta la quijada, sé que no debo insistir.

—¡Ah! —es todo lo que puedo replicar con un hilo de voz que se desvanece pronto, un eco tenue contra el techo abovedado.

Estiro el cuello para mirar mi nuevo cuarto por primera vez desde que llegué. Es más lujoso que cualquier otro que haya visto nunca: mármol y cristal, seda y plumas. La luz ha cambiado, pasando al color naranja del atardecer. La noche se acerca y, con ella, el resto de mi vida.

—Desperté esta mañana siendo cierta persona —digo entre dientes, más para mí que para él—, y ahora se supone que debo ser otra completamente distinta.

—Puedes hacerlo —repone él, mientras yo siento que se me acerca y llena el cuarto con su calor en una forma que me punza la piel. Pero no alzo la mirada. No la alzaré.

—¿Cómo lo sabes?

—Porque *debes* hacerlo —responde, mordiéndose el labio y recorriéndome con la mirada—. Este mundo es bello, pero también peligroso. Quien no es útil, quien comete errores, puede ser eliminado. *Tú* puedes ser eliminada.

Y lo seré. Algún día. Pero ésa no es la única amenaza que me aguarda.

—¿Así que el momento en que yo haga mal algo podría ser el último para mí?

Él no contesta, pero puedo ver la respuesta en sus ojos. *Sí.*

Mis dedos juegan con la banda plateada que rodea mi cintura, la aprietan. Si éste fuera un sueño, despertaría, pero no lo hago. *Lo que está pasando es real.*

—¿Y qué hay de mí? ¿Qué pasa con todo... —extiendo los brazos, miro estas cosas infernales— esto?

En respuesta, Cal sonríe.

—Supongo que le hallarás el gusto.

Levanta entonces la mano. Un extraño artefacto en su muñeca, una especie de pulsera con dos extremos de metal emite un *chasquido,* y produce chispas. Pero en vez de desaparecer en un instante, las chispas centellean y explotan en una flama roja, que despide una ola cálida. Entonces recuerdo que él es un quemador que controla el fuego y el calor. *Es un príncipe, y uno de los peligrosos, además.* Sin embargo, la flama desaparece tan pronto como llegó, y deja únicamente la alentadora sonrisa de Cal y el zumbido de las cámaras que se hallan ocultas en alguna parte, vigilándolo todo.

Los centinelas enmascarados que alcanzo a ver con el rabillo del ojo son un recordatorio constante de mi nueva situación. Soy casi una princesa, comprometida con el segundo soltero más codiciado del país. Y soy una mentira. Cal se fue hace mucho, y me dejó con mis guardias. Lucas no es tan malo y me dirige una sonrisa cuando salgo al corredor, pero los demás son serios e inexpresivos, y nunca me miran a los ojos. Ellos, e incluso el mismo Lucas, son los carceleros que me mantienen presa en mi piel, roja detrás del velo plateado que no podrá descorrerse jamás. Si caigo, aun si sólo resbalo, moriré. *Y otros morirán por mi culpa.*

Mientras me escoltan en dirección al banquete, yo repaso el cuento que la reina inyectó en mí, la hermosa historia que ella va a relatar a la corte. Es simple, fácil de recordar, pero aún me hace estremecer.

Nací en el frente de guerra. Mis padres murieron en un ataque al campamento. Un soldado Rojo me salvó entre los escombros y me llevó a su casa junto a su esposa, que siempre había querido una hija. Ellos me educaron en una aldea llamada Los Pilotes, y hasta esta mañana yo desconocía todo lo relativo a mi linaje y mi habilidad. Ahora he vuelto adonde pertenezco.

Esta sola idea me enferma. El sitio al que pertenezco es mi hogar, con mis padres y Gisa y Kilorn. *No éste.*

Los centinelas me guían por el laberinto de pasillos que conduce a los niveles superiores del palacio. Como el del Jardín Espiral, también aquí la arquitectura se resuelve en curvas de piedra, metal y vidrio que giran lentamente hacia abajo. Hay cristal de diamante por doquier que exhibe imponentes vistas del mercado, el valle y el bosque a lo lejos. Desde esta altura puedo ver alzarse a la distancia colinas que no sabía que existieran, recortadas contra el sol de poniente.

—Los dos últimos pisos son los aposentos reales —dice Lucas, mientras apunta al pasillo que sube en espiral. El sol destella como una tormenta de fuego, arroja motas de luz sobre nosotros—. El elevador nos bajará al salón de baile. Justo aquí.

Lucas tiende un brazo, se sitúa ante una pared de metal que nos refleja débilmente y que se desliza cuando él hace una señal con la mano.

Los centinelas nos hacen pasar a una caja sin ventanas que desprende una luz cegadora. Yo respiro con dificultad, aunque preferiría salir corriendo de lo que parece ser un gigantesco ataúd de metal.

Me asusto cuando, de pronto, el elevador se *mueve*, y hace latir mi corazón con fuerza. Con la respiración entrecortada y los ojos bien abiertos, miro temerosa, esperando encontrar que los demás reaccionen de la misma forma. Pero nadie más parece reparar en el hecho de que el cuarto en el que nos encontramos está *cayendo*. Sólo Lucas nota mi inquietud y retarda un poco nuestro descenso.

—El elevador sube y baja, así que no es necesario que caminemos. Este lugar es muy grande, Lady Titanos —murmura con una sonrisa.

Dividida entre el asombro y el miedo mientras bajamos, lanzo un suspiro de alivio cuando Lucas abre las puertas del elevador. Salimos marcialmente a la sala con espejos que crucé corriendo esta mañana. Los espejos rotos se han reparado ya; parecería que nada hubiera pasado.

Cuando la reina Elara aparece a la vuelta de una esquina, con sus propios centinelas a remolque, Lucas hace una profunda reverencia. Ella viste ahora de negro, rojo y plateado, los colores de su esposo. Con su cabello rubio y su piel pálida, tiene un aspecto decididamente macabro.

Me toma del brazo y me acerca a ella mientras avanzamos. Aunque sus labios no se mueven, oigo su voz resonar dentro de mi cabeza. Esta vez no me lastima ni me provoca náuseas, pero la sensación sigue siendo repugnante y detestable. Quiero gritar, sacarla de mi cabeza, pero lo único que puedo hacer es odiarla.

Los miembros de la familia Titanos eran olvidos, dice ella, envolviéndome con su voz. *Podían hacer estallar cosas con sólo tocarlas, como hizo la joven Lerolan en la prueba de las reinas.* Cuando intento recordar a esa joven, Elara proyecta directamente en mi cerebro una imagen de ella. Apenas titilante, puedo ver de cualquier modo que una muchacha vestida de naranja hace volar en pedazos rocas y arena, como si fueran bombas militares. *Tu madre, Nora Nolle, era una tormenta, como el resto de la Casa de Nolle. Las tormentas controlan el clima, hasta cierto punto. Su inusual unión con tu padre dio como resultado tus excepcionales habilidades para controlar la electricidad. No digas más, si alguien te preguntara.*

¿Qué es lo que realmente quiere usted de mí? Hasta en mi cabeza, mi voz tiembla.

La risa de Elara rebota en mi cráneo, la única respuesta que obtengo es: *Recuerda quién debes ser, y no lo olvides,* continúa, ignorando mi pregunta. *Finges haber crecido como Roja, pero eres Plateada de sangre. Ahora eres Roja de mente y Plateada de corazón.*

Un escalofrío me hace estremecer.

Desde hoy hasta el fin de tus días, tendrás que mentir. Tu vida dependerá de eso, niña relámpago.

DIEZ

Elara me abandona en el pasillo y me deja pensando en sus palabras.

Antes yo creía que la única división era entre Plateados y Rojos, ricos y pobres, reyes y esclavos. Pero en medio de unos y otros hay mucho más, cosas que no comprendo y que son justo entre las que me hallo ahora. Crecí preguntándome si tendría qué comer; hoy estoy en un palacio a punto de que me devoren viva.

Roja de mente y Plateada de corazón no se me sale de la cabeza, guía mis movimientos. Mis ojos continúan muy abiertos y no pierden detalle del espléndido palacio con el que ni Mare ni Mareena habrían soñado nunca, aunque no al grado de dejarme boquiabierta. Mareena está impresionada, pero controla sus emociones. Es fría e insensible.

Al abrirse las puertas situadas al fondo del pasillo, queda al descubierto el salón más grande que haya visto nunca, más grande incluso que la sala del trono. Jamás me acostumbraré a la inmensidad de este sitio. Al cruzar las puertas, llego a un descansillo. La escalera desciende a la planta en donde todas las Casas están sentadas a la expectativa, mirando al frente. También esta vez se ciñen a sus colores. Algunos su-

surran, quizás hablan de mí y de mi pequeño espectáculo. El rey Tiberias y Elara se yerguen sobre una superficie que se alza treinta centímetros del suelo, delante de sus numerosos súbditos. *Nunca pierden la oportunidad de tratar despóticamente a otros.* Son muy vanidosos, o muy perceptivos. Parecer poderoso es ser poderoso.

Los distintos trajes de colores rojo y negro de los príncipes, decorados con medallas militares, hacen juego con los de sus padres. Cal está a la derecha del rey, con rostro tranquilo e impasible. Si sabe con quién va a casarse, no parece disfrutarlo. Maven también está ahí, a la izquierda de su madre; un nubarrón de emociones recorre su semblante. El hermano menor no es tan bueno como Cal para ocultar sus sentimientos.

Al menos no tendré que lidiar con alguien bueno para mentir.

—La adjudicación de la prueba de las reinas es siempre un acontecimiento jubiloso, que representa el futuro de nuestro gran reino y de los lazos que nos mantienen firmemente unidos ante nuestros enemigos —el rey se dirige a los presentes. Ninguno de ellos me ha visto aún. Permanezco de pie en un extremo de la sala, y los miro desde arriba—. Pero como ustedes vieron en el día de hoy, la prueba de las reinas produjo algo más que a la reina futura.

Se vuelve hacia Elara, quien toma la mano del rey en la suya con una sonrisa diligente. Su transformación de villana diabólica a reina ruborosa es increíble.

—Todos recordamos a nuestra brillante esperanza contra la oscuridad de la guerra, nuestro capitán, nuestro *amigo,* el general Ethan Titanos —dice Elara.

Un murmullo de afecto o tristeza se extiende por el salón. Hasta el patriarca de la familia Samos, el cruel padre de Evangeline, inclina la cabeza.

—Él llevó a la victoria a la Legión de Hierro, al hacer retroceder las líneas de combate que habían durado cien años. Los lacustres le temían, nuestros soldados lo amaban —yo dudo mucho que un solo soldado Rojo haya querido a su general Plateado—. Los espías lacustres mataron a nuestro amado amigo Ethan. Cruzaron las líneas sin ser vistos para destruir nuestra única esperanza de paz. Su esposa, Lady Nora, una mujer buena y justa, murió con él. Ese fatídico día, hace quince años, la Casa de Titanos cayó en desgracia. Amigos nuestros nos fueron arrebatados. La sangre plateada se derramó.

El silencio recorre el salón mientras la reina hace una pausa para secarse los ojos, enjugando lo que yo sé que son lágrimas falsas, forzadas. Algunas de las jóvenes participantes en la prueba de las reinas se remueven inquietas en sus asientos. En realidad no les importa nada este general muerto, ni a la reina. Ella hace esto por mi causa, para deslizar de algún modo hasta la corona a una chica Roja sin que nadie se dé cuenta. Es un truco de magia, y la reina es una maga fenomenal.

Sus ojos se encuentran con los míos, ardiendo hasta mi sitio en lo alto de la escalera, y todos siguen la dirección de su mirada. Algunos parecen confundidos, otros reconocen en mí a la muchacha Roja de esta mañana, y otros más prestan atención a mi vestido. Conocen mejor que yo los colores de la Casa de Titanos, y comprenden quién soy. O al menos, quién pretendo ser.

—Esta mañana fuimos testigos de un milagro. Vimos a una chica Roja caer sobre la pista como un rayo y ejercer un poder que no debería ser suyo —surgen entonces nuevas murmuraciones, y algunos Plateados se ponen incluso de pie.

Evangeline luce furiosa, fija sus ojos negros en mí—. El rey y yo entrevistamos largamente a esa muchacha para descubrir su origen *—entrevistar es una extraña manera de decir que revolvieron mi cerebro—*. Ella no es Roja, lo que no implica que deje de ser un milagro. ¡Amigos míos, den una vez más la bienvenida entre nosotros a Lady Mareena Titanos, hija de Ethan Titanos, perdida hace tanto y hoy vuelta a encontrar!

Sacudiendo la mano, ella me indica que me acerque. Obedezco.

Bajo las escaleras en medio de un aplauso forzado, concentrada más bien en no tropezar. Pero mis pies están firmes y el rostro inmóvil, mientras desciendo frente a cientos de caras de asombro, espanto y sospecha. Lucas y mis guardias no me siguieron, y permanecen en espera en el descansillo. Así que, una vez más, estoy sola frente a estas personas, y nunca me he sentido tan desnuda, a pesar de estar bajo capas de seda y polvos de tocador. Agradezco de nuevo todo el maquillaje. Es mi escudo entre ellos y la verdad de quién soy. Una verdad que ni siquiera yo misma comprendo.

La reina señala un asiento vacío en la primera fila y yo avanzo hacia él. Las jóvenes de la prueba de las reinas me miran, se preguntan por qué estoy aquí y por qué de repente soy tan importante. Pero sólo sienten curiosidad, no enfado. Me miran con lástima, se compadecen tanto como pueden de mi triste historia. Todas menos Evangeline Samos. Cuando por fin llego a mi silla, descubro que ella ocupa el asiento contiguo y que clava sus ojos en mí. Ya no trae puestas sus prendas de cuero con estoperoles; ahora porta un vestido de argollas metálicas eslabonadas. Por la forma en que tensa los dedos sé que en este instante nada le gustaría más que apretarme el cuello con sus manos.

—Salvada del destino de sus padres, Lady Mareena fue llevada del frente hasta una aldea roja a no más de quince kilómetros de aquí —continúa el rey, tomando ahora la palabra para poder contar el inesperado giro de mi historia—. Educada por padres Rojos, ella trabajaba como ayudante Roja. Y hasta esta mañana creyó ser uno de ellos —la exclamación que esto provoca me hace rechinar los dientes—. Mareena era un diamante en bruto que trabajaba frente a mis narices en mi propio palacio, hija de mi desaparecido amigo. Pero ya no habrá de ser así. Para reparar mi ignorancia y corresponder las grandes contribuciones de su padre y su Casa al reino, ¡quiero aprovechar este momento para anunciar la unión de la Casa de Calore con la resucitada Casa de Titanos!

Esto causa una exclamación más, esta vez de las jóvenes de la prueba de las reinas. *Creen que les estoy quitando a Cal. Creen que yo soy la competencia.* Alzo los ojos al rey para rogarle en silencio que continúe antes de que una de ellas me deje sin vida.

Casi puedo sentir el frío metal de Evangeline rebanando mi piel. Entrelaza los dedos con fuerza hasta volver blancos sus nudillos, conteniendo las ganas de desollarme enfrente de todos. A su lado, su pesaroso padre le pone una mano en el brazo para apaciguarla.

Cuando Maven da un paso al frente, la tensión en la sala se evapora. Tartamudea un poco, tropieza con las palabras que le enseñaron, pero consigue sobreponerse:

—Lady Mareena.

Haciendo todo lo posible por no temblar, yo me pongo de pie frente a él.

—Ante mi padre el rey y la noble corte pido tu mano en matrimonio. Prometo ser tu esposo, Mareena Titanos. ¿Aceptas?

Mi corazón late con fuerza mientras él habla. Aunque sus palabras parecen una pregunta, sé que sólo puedo dar una única respuesta. Por más que intento apartar la mirada, mis ojos permanecen fijos en Maven. Él me dirige algo semejante a una sonrisa de aliento. Me pregunto qué chica habría elegido.

¿A quién habría elegido yo?, me pregunto a mi vez. Si nada de esto hubiera ocurrido, si el maestro de Kilorn no hubiera muerto, si la mano de Gisa no se hubiese roto, si nada hubiera cambiado. Si. La peor palabra del mundo.

Reclutamiento. Supervivencia. Hijos de ojos verdes con mis ágiles pies y el apellido de Kilorn. Ese futuro antes era casi imposible; ahora es inexistente.

—Prometo ser tu esposa, Maven Calore —estoy cavando mi propia tumba. Mi voz tiembla, pero no me detengo—. Acepto.

Esto es tan terminante que cierra una puerta al resto de mi vida. Siento como si fuera a desplomarme, pero, no sé cómo, logro volver a sentarme en forma digna.

Maven regresa sigilosamente a su asiento, agradecido de no ser ya el centro de atención. Su madre le palmea el brazo para confortarlo. Ella sonríe dulcemente, sólo para él. Incluso los Plateados aman a sus hijos. Pero exhibe un aspecto frío cuando Cal se para, y su sonrisa se desdibuja en el acto.

El aire parece agotarse en la sala mientras todas las jóvenes inhalan, a la espera de la decisión de Cal. Yo dudo que él haya tenido voz en la elección de su reina, pero hace bien su papel, al igual que Maven, al igual que yo trato de hacerlo. Al mostrar su radiante sonrisa, exhibe sus dientes uniformemente blancos que hacen suspirar a algunas de las pretendientes, pero sus ojos abrasadores son demasiado solemnes.

—Soy el heredero de mi padre, nacido para el privilegio, el poder y la fuerza. Ustedes me deben lealtad, así como yo les debo mi vida. Es mi deber servirles y servir a mi reino lo mejor posible, y mucho más —se nota que ensayó su discurso, pero su fervor no puede ser falso. Cree en sí mismo, cree que será un buen rey o morirá en el intento—. Necesito una reina que se sacrifique tanto como yo para mantener el orden, la justicia y el equilibrio.

Las jóvenes de la prueba de las reinas se inclinan hacia delante, ansiosas de oír las siguientes palabras de Cal. Pero Evangeline no se mueve, con apenas una sonrisa obscena en el rostro. La Casa de Samos parece igualmente reposada. Su hermano Ptolemus incluso reprime un bostezo. *Saben quién es la elegida.*

—Lady Evangeline.

Ella no lanza una exclamación de sorpresa o conmoción. Incluso las demás jóvenes, desconsoladas como están, simplemente se reacomodan en sus sillas y levantan los hombros en señal de abatimiento. Todas lo veían venir. Recuerdo a la familia gorda en el Jardín Espiral que se quejó de que Evangeline Samos había ganado ya. *Tenía razón.*

Con fría desenvoltura, Evangeline se pone de pie. Apenas posa su mirada en Cal, mirando en cambio por encima del hombro a las damiselas alicaídas. Quiere que la vean en su momento de gloria. Quiere que todos sepan de qué está hecha. Cuando sus ojos caen sobre mí, esboza una sonrisa. Yo no paso por alto el destello salvaje de su dentadura.

Al voltear hacia él, Cal repite la proposición de su hermano.

—Ante mi padre el rey y la noble corte, pido tu mano en matrimonio. Prometo ser tu esposo, Evangeline Samos. ¿Aceptas?

—Prometo ser tu esposa, príncipe Tiberias —responde ella, con una voz extrañamente aguda y entrecortada, en contraste con su dura apariencia—. Acepto.

Exhibiendo una sonrisa triunfal, vuelve a sentarse, y Cal se retira a su silla. Él mantiene una sonrisa inmutable como una pieza más de una armadura, pero ella no parece reparar en eso.

Siento entonces que una mano busca mi brazo y clava sus uñas en mi piel. Resisto el impulso de levantarme de un salto. Evangeline no reacciona, sin quitar la mirada del frente, del lugar que un día será suyo. Si estuviéramos en Los Pilotes, le arrancaría varios dientes de un golpe. Ella hunde sus dedos en mí hasta tocar mi carne. Si me llegara a sacar sangre, sangre roja, nuestro jueguito terminaría antes siquiera de haber tenido la oportunidad de comenzar. Pero ella desiste sin haber desgarrado mi piel, tras dejar heridas que las doncellas tendrán que ocultar.

—Crúzate en mi camino y te mataré lentamente, niña relámpago —murmura fingiendo una sonrisa.

Niña relámpago. Este apodo ya empieza a exasperarme.

Para confirmar lo que acaba de decir, la pulsera de liso metal que lleva en su muñeca cambia de forma, hasta convertirse en un aro de espinas afiladas. Cada una de sus puntas refulge, ansiosa por derramar sangre. Yo trago saliva y trato de no moverme. Pero ella cede pronto, y vuelve a llevar la mano a su regazo. Una vez más, ofrece la misma imagen de la modesta joven Plateada. Si alguien se ha merecido alguna vez un codazo en la cara, ésa es Evangeline Samos.

Me basta con pasear la vista por el salón para saber que la corte está resentida. Algunas muchachas tienen lágrimas en los ojos y lanzan miradas rapaces contra Evangeline, e incluso contra mí. Quizás esperaron este día toda la vida sólo para verse fracasar. Yo quisiera ceder mi compromiso, regalar lo que ellas tan desesperadamente desean, pero no puedo. Debo parecer feliz. Debo *fingir*.

—Hoy ha sido un día magnífico y afortunado —dice el rey Tiberias, ignorando el sentir de la sala—, pero es mi deber recordarles por qué se tomó esta decisión. El poderío de la Casa de Samos unido a mi hijo, y a todos sus hijos por venir, contribuirá a guiar nuestra nación. Todos saben del precario estado de nuestro reino, desangrado por una guerra en el norte y extremistas necios, enemigos de nuestro modo de vida que intentan destruirnos desde dentro. La Guardia Escarlata podrá parecernos pequeña e insignificante pero representa un vuelco peligroso para nuestros hermanos Rojos.

Más de uno de los presentes se ríe del término "hermanos", yo incluida.

Pequeña e insignificante. ¿Entonces por qué me necesitan? ¿Por qué me usan si la Guardia Escarlata no es nada para ellos? *El rey miente*. Pero no sé aún qué intenta ocultar. Podría ser la fuerza de la Guardia. O podría ser yo.

O tal vez ambas cosas.

—De prosperar esta tendencia rebelde —continúa—, terminará en un derramamiento de sangre y una nación dividida, algo que yo no podría soportar. Debemos mantener el equilibrio. Evangeline *y* Mareena nos ayudarán a lograrlo por el bien de todos nosotros.

Estas palabras del monarca despiertan murmullos entre los nobles. Algunos asienten, otros parecen molestos por la decisión de la prueba de las reinas, pero nadie expresa su desacuerdo. Nadie dice lo que piensa. Nadie lo escucharía si lo hiciera.

Sonriente el rey Tiberias inclina la cabeza. Ha ganado y lo sabe.

—¡Fuerza y poder! —proclama.

El lema resuena más allá de él, cuando cada persona repite sus palabras.

Éstas se me atoran en la lengua y parecen extrañas en mi boca. Cal me mira desde arriba, me ve corearlas con los demás. En este momento siento odio de mí misma.

—¡Fuerza y poder!

Apenas consigo aguantar el banquete, mirando sin ver, oyendo sin escuchar. Hasta los platillos, en una abundancia que no había visto nunca, me saben insípidos. Debería comer a manos llenas y disfrutar del que es quizás el mejor festín de mi vida, pero no puedo. Ni siquiera soy capaz de hablar cuando Maven se inclina para murmurar algo a mi oído, con voz pausada, serena y segura.

—Lo estás haciendo bien —dice, aunque yo intento ignorarlo.

Como su hermano, él también porta la pulsera de metal que produce llamas. Éste es un claro recordatorio de quién y qué es Maven: un Plateado quemador importante y peligroso.

Sentada a una mesa de cristal, bebiendo un líquido dorado y espumoso hasta sentir que la cabeza me da vueltas, tengo la impresión de ser una traidora. *¿Qué estarán cenando esta noche mis padres? ¿Saben siquiera dónde me encuentro? ¿O estará mamá esperando en el zaguán que yo regrese a casa?*

En lugar de eso, estoy atrapada en un salón lleno de gente que me mataría si supiera la verdad. Y con la familia real, desde luego, que me mataría si pudiera, y que probablemente lo *hará* algún día. Me volvieron de revés y cambiaron a Mare por Mareena, a una ladrona por una heredera, a una tela de algodón por una de seda, *a una Roja por una Plateada*. Esta mañana yo era una ayudante, horas después soy una princesa. *¿Cuántas cosas más cambiarán? ¿Qué más perderé?*

—Ya es suficiente —dice Maven con una voz que flota en el bullicio de la fiesta mientras reemplaza mi lujosa copa por un vaso de agua.

—Esa bebida me agradó.

De cualquier forma, tomo el agua de un solo trago y siento que despeja mi cabeza.

Maven se limita a levantar los hombros.

—Después me lo agradecerás.

—Gracias —respondo, lo más brusca e insidiosamente posible.

No he olvidado la forma en que me miró esta mañana, como si yo fuera algo por erradicar de la suela de su zapato. Pero ahora su mirada es más dulce y tranquila, semejante a la de Cal.

—Lamento lo de esta mañana, Mareena.

Me llamo Mare.

—¡Sí, claro! —afirmo en respuesta.

—De veras —se inclina junto a mí. Estamos sentados uno al lado de otro, mientras el resto de la familia real ocupa la mesa elevada—. Sólo que... antes era costumbre que a los príncipes jóvenes les tocara elegir. Era una de las pocas ventajas de no ser el heredero —añade, con una sonrisa más que forzada.

¡Ah!

—No lo sabía —replico sin saber qué decir. Debería compadecerme de él pero no puedo sentir ninguna clase de lástima por un príncipe.

—Bueno, no tenías por qué saberlo. No es culpa tuya.

Se vuelve hacia la sala del festejo arroja la mirada como si fuera una cuerda de pescar. Me pregunto qué cara busca.

—¿Ella está aquí? —inquiero en voz baja, como disculpándome—. ¿La joven que habrías elegido?

Titubea, y luego sacude la cabeza.

—No, no tenía en mente a nadie en particular. Pero era agradable albergar la opción de decidir, ¿sabes?

No, no lo sé. Yo no puedo darme el lujo de decidir. Ni ahora ni nunca.

—No como mi hermano. Él creció sabiendo que no tendría voz en su futuro. Supongo que ahora estoy recibiendo una muestra de lo que él siente.

—Tu hermano y tú lo tienen todo, príncipe Maven —musito con una voz tan ferviente que parecería una plegaria—. Viven en un palacio, tienen fuerza, tienen poder. No sabrían lo que es la necesidad aunque ésta les diera una patada en los dientes, y créeme que lo hace muy a menudo. Así que perdóname si no siento pena por ninguno de los dos.

Me suelto entonces y dejo que mi boca se aparte del resto de mi cerebro. Cuando me recupero, bebiendo el agua que queda en un intento por serenarme, Maven sólo me mira con ojos fríos. Pero la pared de hielo se desvanece y se derrite mientras él suaviza su mirada.

—Tienes razón, Mare. Nadie debería sentir lástima por mí.

Puedo oír la amargura en su voz. Con un estremecimiento, lo veo lanzar la vista a Cal. Su hermano mayor brilla como el sol, mientras ríe con su padre. Cuando Maven voltea, me dirige otra sonrisa forzada, aunque esta vez en compañía de una sorpresiva tristeza en los ojos.

Por más que lo intento, no puedo ignorar el súbito arranque de piedad que siento por el príncipe olvidado. Pero pasa rápido cuando recuerdo quién es él y quién soy yo.

Yo soy una muchacha Roja en medio de un sinnúmero de Plateados, y no puedo permitirme sentir pena por nadie, menos aún por el hijo de una víbora.

ONCE

La corte brinda al final del banquete, levantando sus copas en dirección a la mesa de los soberanos. A medida que se suceden unos a otros, damas y caballeros de todos los colores intentan granjearse la estimación de la corona. Pronto tendré que aprendérmelos todos, para poder asociar cada color con una Casa, y cada Casa con determinadas personas. Maven me sisea sus nombres uno por uno, aunque sin duda, mañana los habré olvidado. Esto resulta fastidioso al principio, pero luego descubro que me inclino junto a él para poder oír bien cada apelativo.

Lord Samos es el último en levantarse, y cuando lo hace, un gran silencio desciende sobre la sala. Este hombre impone respeto, incluso entre los titanes. Aunque sus ropajes negros son sencillos, con adornos de seda simple, y no tiene grandes joyas ni insignias que ostentar, posee el innegable aire del poder. No hace falta que Maven me diga que él es el más grande entre las grandes Casas, una persona a quien temer más que a ninguna otra.

—Volo Samos —murmura Maven—. Jefe de la Casa de Samos. Dueño y administrador de las minas de hierro. Todas las armas que se usan en la guerra salen de sus propiedades.

Así que no sólo es un noble. Su importancia se debe a algo más que un título.

El brindis de Volo es corto y directo.

—Por mi hija —ruge, con voz grave, firme y fuerte—. La futura reina.

—¡Por Evangeline! —exclama Ptolemus, parándose de un salto junto a su padre.

Rodea la sala con ojos ardientes, como si retara a quienquiera oponerse a ellos. Algunas damas y caballeros parecen incómodos, y hasta enojados, pero alzan sus copas junto con el resto para rendir homenaje a la nueva princesa. La luz despide reflejos en sus copas, cada una de ellas es una pequeña estrella en la mano de un dios.

Cuando Ptolemus termina, la reina Elara y el rey Tiberias se ponen de pie, sonriendo a sus cuantiosos invitados. También Cal se para, luego Evangeline, después Maven, y tras un momento de vacilación yo me uno a ellos. Las numerosas Casas hacen lo mismo en sus mesas, y el arrastre de sillas en el mármol suena como clavos en una roca. Por fortuna, los reyes se limitan a inclinarse y bajar los pocos escalones desde nuestra mesa elevada. *Se acabó*. He salido airosa de mi primera noche.

Cal toma la mano de Evangeline y la conduce detrás de los reyes, mientras Maven y yo cerramos la marcha. Cuando él me toma de la mano, su piel está sorpresivamente fría.

Los Plateados se apretujan a nuestro derredor para vernos pasar en medio de un silencio embarazoso. Sus caras revelan curiosidad, malicia y dureza, y detrás de cada sonrisa cortés está el recordatorio de *ser observado*. Cada ojo que se clava en mí, buscando grietas e imperfecciones, me pone los pelos de punta, pero no puedo venirme abajo.

No puedo resbalar. Ni ahora, ni nunca. Soy uno de ellos. Soy especial. *Soy un accidente. Soy una mentira. Y mi vida depende de que yo mantenga esa ilusión.*

Maven aprieta sus dedos entre los míos y tira de mí.

—Un poco más y esto habrá terminado —susurra al tiempo que nos acercamos al final del pasillo—. Un poco más.

La sensación de ahogo se disipa conforme dejamos atrás el banquete, pero las cámaras nos siguen con ojos eléctricos y atentos. Cuanto más pienso en ello, más intensa se vuelve su mirada, al grado de que puedo sentir dónde se encuentran las cámaras antes siquiera de verlas. Tal vez éste sea un efecto secundario de mi "condición". O quizá nunca antes había estado rodeada de tanta electricidad y así es como todos la sienten. *O tal vez soy simplemente un bicho raro.*

De vuelta en el corredor, un grupo de centinelas aguarda para escoltarnos escaleras arriba. Pero, ¿qué podría amenazar la seguridad de estas personas? Cal, Maven y el rey Tiberias controlan el fuego. Elara controla *la mente*. ¿A qué podrían tenerles miedo?

Nos levantaremos, Rojos como el amanecer. La voz de Farley, las palabras de mi hermano, el credo de la Guardia Escarlata vuelven a mí. Ellos atacaron ya la capital; éste podría ser su siguiente objetivo. *Yo* podría ser un objetivo. Farley podría presentarme en otra emisión pirata, me podría exhibir ante el mundo para debilitar a los Plateados. *"Miren sus mentiras, miren esta mentira"*, diría, mientras aplasta mi cara contra la cámara, para sacarme sangre roja y que todos la vean.

Ideas más y más descabelladas me vienen a la mente, cada cual más aterradora y absurda que la anterior. *Apenas llevo un día aquí y este lugar ya me está volviendo loca.*

—Todo salió bien —dice Elara y suelta su mano de la del monarca cuando llegamos a las plantas residenciales. Él se muestra totalmente indiferente—. Lleven a las jóvenes a sus cuartos.

No dirige su orden a nadie en particular pero cuatro centinelas se desprenden del grupo. Sus ojos brillan detrás de sus máscaras negras.

—Yo puedo hacerlo —dicen Cal y Maven al mismo tiempo.

Se miran el uno al otro sorprendidos.

Elara alza una ceja perfecta.

—No creo que eso sea lo más apropiado.

—Yo acompañaré a Mareena; Mavey podría llevar a Evangeline —ofrece Cal rápidamente, y Maven frunce los labios al sonido de su sobrenombre, *Mavey*.

Tal vez era así como Cal le decía cuando era pequeño y el apodo permaneció, símbolo del hermano menor, siempre en la sombra, siempre el segundo.

El rey se encoge de hombros.

—Deja que lo hagan, Elara. Las jóvenes necesitan descansar, y los centinelas darían malos sueños a cualquier damisela —ríe y hace a los guardias una seña pícara con la cabeza.

Ellos no reaccionan, mudos como piedras. No sé siquiera si tengan permiso para hablar.

Tras un tenso silencio, la reina da media vuelta.

—Muy bien.

Como cualquier madre, no soporta que su esposo la contradiga; como toda reina, detesta el poder que el rey ejerce sobre ella. *Una mala combinación.*

—¡A dormir! —dice el rey, con voz algo más enérgica y autoritaria.

Los centinelas se mantienen a su lado y avanzan detrás de él cuando sigue la dirección contraria a la de su esposa. Supongo que no comparten el mismo cuarto, pero no me sorprende.

—¿Dónde está exactamente mi habitación? —pregunta Evangeline, mirando a Maven.

La ruborosa reina futura ha sido reemplazada ya por la diablesa mordaz que yo reconozco.

Él traga saliva frente a ella.

—Por acá, señori... seño... *milady* —Maven le tiende un brazo, pero ella pasa tranquilamente a su lado—. Buenas noches, Cal, Mareena —balbucea él, procurando mirarme.

Yo lo único que puedo hacer es dirigir una señal de asentimiento al príncipe en retirada. *Mi prometido*. Esta sola idea hace que me den ganas de vomitar. Aunque se mostró cortés, y hasta agradable, es un *Plateado*. Y es el hijo de Elara, lo que podría ser peor aún. Sus sonrisas y palabras amables no pueden ocultar eso. Cal es igualmente malo, educado como lo fue para gobernar, para perpetuar este mundo de división.

Él ve desvanecerse a Evangeline; se demora tanto en su figura lejana que, extrañamente, termina por irritarme.

—Elegiste a una verdadera triunfadora —murmuro una vez que ella no puede oírnos.

La sonrisa de Cal se extingue en medio de súbitas comisuras descendentes, y él echa a andar hacia mi cuarto subiendo por la espiral. Yo tengo que hacer un esfuerzo para que mis pequeñas piernas sigan sus largas zancadas, pero él no parece notarlo, sumergido en sus pensamientos.

Se vuelve al fin con los ojos como brasas encendidas.

—Yo no elegí a nadie. Todos lo saben.

—Pero al menos sabías que esto iba a ocurrir. Esta mañana yo desperté sin tener ni siquiera un novio —mis palabras le provocan una mueca, pero no me importa. No soporto su autocompasión—. Y está además el detalle de que vas a ser rey. Eso debe ser un aliciente.

Él sofoca una risa. Su mirada se ensombrece y da un paso adelante, me mira de pies a cabeza. En vez de parecer reflexivo, tiene un aspecto triste. Muy triste en las pozas de dorado carmín de sus ojos, como un niño perdido en busca de alguien que lo salve.

—Te pareces mucho a Maven —dice, tras un largo momento que hace que se me acelere el pulso.

—¿Por haberme comprometido con alguien que no conozco? Eso es lo que él y yo tenemos en común.

—Los dos son muy inteligentes —asegura, y yo no puedo evitar un resoplido. Es obvio que Cal no sabe que yo no podría aprobar un examen de matemáticas para estudiantes de catorce años—. Conocen a la gente, la comprenden, ven sus verdaderas intenciones.

Tengo que volver a reír. Lo único que yo veo siempre es cuánto dinero podría traer en la bolsa una persona.

—Como demostré perfectamente anoche, sabiendo desde el principio que eras el príncipe heredero.

Sigo sin poder creer que eso haya sucedido apenas anoche. *¡Qué gran diferencia marca el transcurso de un día!*

—Supiste que ése no era mi medio.

Su tristeza es contagiosa: ya me siento tan desconsolada como él.

—Así que intercambiamos lugares.

De repente el palacio no me resulta tan bello ni tan espléndido. El metal y la dura piedra son demasiado severos, demasiado brillantes, demasiado monstruosos, atrapada como estoy en ellos. Y debajo de todo eso, el rumor eléctrico de las cámaras persiste, monótono. No llega a ser siquiera un sonido, sino una sensación en mi piel, en mis huesos, en mi sangre. Mi mente está alerta a la electricidad, como por instinto. *Alto*, me digo. *Alto*. Los vellos del brazo se me erizan mientras algo crepita bajo mi piel, una energía chisporroteante que no puedo controlar. Y por supuesto, tenía que regresar ahora, justo cuando menos la necesito.

Pero la sensación pasa tan pronto como llegó, y la electricidad vuelve a ser un zumbido grave que permite que el mundo regrese a la normalidad.

—¿Estás bien?

Cal fija su mirada en mí, aparentemente confundido.

—Lo siento —farfullo, sacudiendo la cabeza—. Sólo estaba pensando.

Él asiente, casi como si pidiera perdón.

—¿En tu familia?

Estas palabras me duelen como una bofetada. Mi familia no se me había cruzado siquiera por la mente desde hace un buen rato, y eso me enferma. *Unas cuantas horas de seda y realeza ya me han cambiado.*

—He enviado un descargo de conscripción en favor de tus hermanos y tu amigo, y un agente ha ido a tu casa para informar a tus padres dónde estás —continúa, seguro piensa que esto puede apaciguarme—. Pero no podemos decirles todo.

Me imagino cómo transcurrió aquello. *Hola, ahora su hija es Plateada y se va a casar con un príncipe. No volverán a verla nunca más, pero nosotros les enviaremos un poco de dinero para ayudarles. Es un trato justo, ¿no creen?*

—Saben que trabajas para nosotros y que debes vivir aquí pero siguen creyendo que eres una ayudante, al menos por ahora. Cuando tu vida se haga pública, ya se nos ocurrirá cómo tratar con ellos.

—¿Cuando menos les puedo escribir?

Las cartas de Shade eran un rayo de luz en nuestros días oscuros. Las mías podrían ser iguales.

Pero Cal sacude la cabeza.

—Lo siento, eso no va a ser posible.

—Me lo imaginé.

Él me hace pasar a mi habitación, que de pronto cobra una luminosa vida. Supongo que serán las luces activadas por el movimiento. Como sucedió en el pasillo, también aquí mis sentidos se agudizan y todo lo eléctrico se vuelve una sensación abrasadora en mi mente. Sé en seguida que no hay menos de cuatro cámaras en mi dormitorio, y eso me hace estremecer.

—Es para protegerte. Si alguien interceptara tus cartas y se enterara de que tú...

—¿Las cámaras están aquí *para protegerme*? —señalo los muros. Es como si se me clavaran en la piel y estuvieran vigilando cada palmo de mi persona. Es exasperante, y después de un día como hoy, no sé cuánto más podré soportar—. Estoy encerrada en este palacio de pesadilla, rodeada de paredes, guardias y personas que no tardarán en hacerme pedazos y ni siquiera puedo tener un momento de paz en mi propio cuarto.

En vez de contestarme, Cal parece desconcertado. Mira a su alrededor. No hay nada en los muros, pero él debe poder sentirlas también. ¿Cómo podría alguien no sentir encima de sí esos ojos?

—Aquí no hay cámaras, Mare.

Agito una mano con desdén. El zumbido eléctrico continúa chocando contra mi cuerpo.

—No digas tonterías. Puedo sentirlas.

Ahora él parece realmente ofuscado.

—¿Sentirlas? ¿De qué estás hablando?

—Yo... —pero las palabras se me atoran en la garganta cuando veo que él no siente nada. Ni siquiera *sabe* a qué me refiero. ¿Cómo puedo explicárselo si no lo sabe ya? ¿Cómo puedo decirle que siento la energía en el aire como una pulsación, como otra parte de mí? ¿Como uno más de mis sentidos? ¿Acaso él lo entendería?

¿Lo entendería alguien?

—¿Esto... no es normal?

Algo titila en sus ojos mientras titubea, buscando las palabras para decirme que soy diferente. Hasta entre los Plateados, yo soy otra cosa.

—No que yo sepa —dice al fin.

Hasta a mí me parece que mi voz pende de un hilo cuando digo:

—No creo que ya nada sea normal en mí.

Cal abre la boca para hablar pero se arrepiente. No hay nada que pueda decir para que yo me sienta mejor. No hay absolutamente nada que pueda hacer por mí.

En los cuentos de hadas, la chica pobre sonríe cuando se ve convertida en princesa. En este momento, yo no sé si alguna vez volveré a sonreír.

DOCE

TU HORARIO ES EL SIGUIENTE: *07:30-DESAYUNO / 08:00-PROTOCOLO / 11:30-ALMUERZO / 13:00-LECCIONES / 18:00-CENA. LUCAS TE ESCOLTARÁ A TODAS PARTES. ESTE HORARIO NO ES NEGOCIABLE. SU ALTEZA REAL, LA REINA ELARA DE LA CASA DE MERANDUS.*

La nota es corta y directa, por no decir descortés. La cabeza me da vueltas ante la sola idea de tener *cinco horas* de lecciones, cuando fui tan mala para la escuela. Rezongando, arrojo la nota sobre el buró. Cae en un haz de luz dorada de la mañana, sólo para burlarse de mí.

Igual que ayer, las tres doncellas entran revoloteando, sigilosas como un suspiro. Quince minutos más tarde, tras sufrir unos ajustados pantalones de cuero, un vestido drapeado y otras prendas extrañas y poco prácticas, nos decidimos por la cosa más sencilla que pude encontrar en el clóset de las maravillas: unos pantalones negros elásticos pero resistentes, un saco violeta con botones plateados y unas botas grises bien lustradas. Aparte del cabello brilloso y la pintura de guerra, casi parezco yo misma otra vez.

Lucas espera al otro lado de la puerta, sin dejar de golpetear el piso de piedra con un pie.

—Un minuto de retraso —dice en cuanto salgo al pasillo.

—¿Vas a cuidar de mí todos los días o sólo mientras termino de aclimatarme?

Echa a andar a mi lado y me guía diligentemente por la dirección correcta.

—¿Qué cree usted?

—Que ésta será una larga y feliz amistad, oficial Samos.

—Lo mismo digo, *milady*.

—No me llames así.

—Como usted diga, *milady*.

En comparación al banquete de anoche, el desayuno parece insípido. El "pequeño" comedor no deja de ser grande, de techo alto y con vista al río, pero la larga mesa sólo está dispuesta para tres. Para mi desgracia, las otras dos resultan ser Elara y Evangeline, que prácticamente han terminado ya sus tazones de fruta cuando yo entro arrastrando los pies. Elara apenas repara en mí, aunque la aguda mirada de Evangeline basta por la de las dos. Con el sol reluciendo en su vestimenta de metal, parece una estrella deslumbrante.

—Desayuna rápido —me dice la reina, sin alzar la vista—. Lady Blonos no tolera la impuntualidad.

Frente a mí, Evangeline oculta su risa bajo una mano.

—¿Todavía tomas clases de protocolo?

—¿Tú no? —el corazón me brinca de alegría ante la perspectiva de no tener que tomar clases con ella—. Excelente.

Evangeline hace caso omiso de mi insulto y se mofa de mí.

—Sólo las niñas tienen clase de protocolo.

Para mi sorpresa, la reina se pone de mi lado.

—Lady Mareena creció en circunstancias terribles. No sabe nada de nuestras costumbres, de las expectativas que debe cumplir ahora. Tú entiendes sus necesidades, ¿no es así, Evangeline?

La reprimenda es tranquila, sosegada y amenazadora. Evangeline abandona su sonrisa y asiente, sin atreverse a mirar a la reina.

—El almuerzo de hoy será en la Terraza de Cristal, con las damas de la prueba de las reinas y sus madres. Traten de no regodearse —añade Elara, aunque yo nunca lo haría. Evangeline, por su parte, se pone blanca, la sutil forma de sonrojarse que tienen las Plateadas.

—¿Aún están aquí? —me oigo preguntar—. ¿Pese... pese a que no fueron las elegidas?

Elara asiente.

—Nuestras invitadas permanecerán a nuestro lado durante las semanas venideras para honrar como se debe al príncipe y su prometida. No se marcharán hasta después del baile de despedida.

Yo siento que me hundo. Más noches como la de ayer, con una muchedumbre apremiante y miles de ojos. También harán preguntas que tendré que contestar.

—Qué bien.

—Y después del baile, partiremos con ellas —continúa Elara, haciendo girar su cuchillo—. De regreso a la capital.

La capital. *Arcón.* Sé que la familia real vuelve al Palacio del Fuego Blanco al terminar cada verano, y ahora yo lo haré también. Tendrá que ser así, y este mundo que no puedo comprender se convertirá en mi única realidad. Jamás podré volver a casa. *Tú lo sabías,* me digo, *lo aceptaste.* Pero no por eso duele menos.

Cuando logro regresar al pasillo, Lucas me conduce a través de los corredores. Mientras avanzamos, me sonríe.

—Le quedó un poco de sandía junto a la boca.

—¡Sí, ya lo sé! —respondo bruscamente, mientras me limpio con la manga.

—Lady Blonos está allá —señala al final del pasillo.

—¿Y ésta qué hace? ¿Vuela, o le salen flores de las orejas?

Lucas esboza una sonrisa, siguiéndome la corriente.

—No gran cosa. Es una sanadora. Hay dos tipos de sanadores: los sanadores de la piel y los de la sangre. Todos los miembros de la Casa de Blonos son sanadores de la sangre, lo que significa que pueden curarse a sí mismos. Yo podría lanzar a Lady Blonos desde lo alto de la Mansión y ella se marcharía sin un rasguño.

Me gustaría comprobarlo, pero no lo digo en voz alta.

—Nunca había oído hablar de los sanadores de la sangre.

—Es lógico, porque no se les permite combatir en las plazas. No tiene sentido que lo hagan.

¡Vaya! Otro tipo de Plateados de proporciones épicas.

—Así que si yo tengo… digamos… un episodio…

Lucas se distiende al comprender a qué me refiero.

—A ella no le pasará nada. Las cortinas, por otro lado…

—Por eso me la asignaron. Porque soy peligrosa.

Pero él sacude la cabeza.

—Lady Titanos, se la asignaron porque sus modales son terribles y come usted como un perro. Bess Blonos le enseñará cómo ser una *dama*; y si usted la encendiera un par de veces, nadie la culpará.

Cómo ser una dama… esto va a ser espantoso.

Él llama a la puerta, y me hace dar un salto. Ésta se abre con un movimiento silencioso y uniforme, y deja ver una habitación iluminada por el sol.

—Volveré más tarde para llevarla al almuerzo —dice Lucas.

Yo no me muevo, con los pies bien plantados en el piso, pero, con un codazo, me hace entrar al temido recinto.

La puerta se cierra tras de mí, y deja fuera el pasillo y cualquier otra cosa que pudiera tranquilizarme. La habitación es elegante pero simple, con un ventanal, y está totalmente vacía. El zumbido de las cámaras, las luces, la *electricidad* son especialmente intensos aquí, y casi queman con su energía el aire que me rodea. Estoy segura de que la reina me está observando, lista para reírse de mis intentos de ser educada.

—¿Hola? —espero una respuesta, pero no obtengo ninguna.

Me acerco al ventanal y me asomo al patio. Pero en vez de otro hermoso jardín, me sorprende descubrir que esta ventana no da al exterior, sino a un cuarto blanco gigantesco.

El suelo está varios pisos debajo de mí y lo rodea una pista. En el centro se mueve un extraño artilugio que gira una y otra vez con unos brazos de metal extendidos. Hombres y mujeres, uniformados todos ellos, esquivan la máquina giratoria. Ésta adquiere velocidad, da vueltas cada vez más rápidas, hasta que sólo quedan dos uniformados. Ellos son veloces, y se acercan y esquivan con soltura y celeridad. La máquina se acelera con cada vuelta hasta que por fin reduce su marcha y se apaga. *Ha sido derrotada.*

Éste ha de ser algún tipo de entrenamiento para los agentes de seguridad o los centinelas.

Pero cuando los dos estudiantes pasan a la práctica de tiro, veo que no son agentes. Ambos arrojan al aire bolas de fuego de un rojo muy vivo que hacen estallar objetivos que suben y bajan. Cada disparo es perfecto, y desde acá arriba reconozco sus caras sonrientes: *Cal y Maven.*

Así que esto es lo que ellos hacen durante el día. No se instruyen para aprender a gobernar, a ser reyes o incluso señores decentes, sino que se ejercitan para la guerra. Cal y Maven son criaturas mortíferas, soldados. Pero su batalla no está en el frente. Está aquí, en un palacio, en los programas de la tele, en el corazón de cada persona a la que gobiernan. Reinarán no sólo por el derecho que les otorga una corona, sino también por su poderío. *Fuerza y poder*. Esto es lo único que los Plateados respetan, y lo único que necesitan para mantenernos esclavizados al resto.

Llega entonces el turno de Evangeline. Cuando los objetivos salen volando, ella suelta un abanico de agudos y argentinos dardos metálicos para derribar a cada uno de ellos. No es de sorprender que se haya reído de mí a propósito del protocolo. Mientras yo estoy aquí, aprendiendo a comer correctamente, ella se entrena para matar.

—¿Disfrutando de la función, Lady Mareena? —cacarea una voz a mis espaldas.

Volteo, un tanto nerviosa. Y lo que veo no me tranquiliza en absoluto.

Lady Blonos posee un aspecto horripilante y hago acopio de todas mis buenas maneras para no quedarme boquiabierta frente a ella. *Sanadora de la sangre, capaz de curarse sola*. Ahora comprendo lo que eso significa.

Debe tener más de cincuenta años, más o menos la edad de mi madre, pero su piel está lisa y espantosamente pegada a sus huesos. Sus cejas parecen hallarse en un constante estado de alarma, arqueadas en su frente sin arrugas. Todo en ella está mal, desde sus labios demasiado carnosos hasta la pronunciada y artificiosa inclinación de su nariz. Sólo sus ojos de color gris oscuro parecen vivos. El resto, me doy cuenta, es *falso*. De un modo u otro, ella pudo curarse o volverse esta cosa monstruosa en un intento por parecer más joven, más bella, *mejor*.

—Perdón —logro decir al fin—, entré y usted no estaba…

—Te observaba —me interrumpe, me hace saber que ya me odia—. Pareces un árbol en una tormenta.

Me agarra de los hombros y me los echa atrás, con lo que me obliga a enderezarme.

—Me llamo Bess Blonos, y trataré de hacer de ti una dama. Un día serás princesa, y no podemos permitir que actúes como una salvaje, ¿no es así?

Salvaje. Por un breve y luminoso instante pienso en escupir en la ridícula cara de Lady Blonos. *Pero, ¿qué costo me impondría eso? ¿Y qué conseguiría? Demostraría simplemente que está en lo cierto*. Lo peor es que sé que la necesito. Su instrucción me impedirá resbalar y, sobre todo, me mantendrá *viva*.

—No —respondo, con voz apagada—. No es así.

Exactamente tres y media horas después, Blonos me libera de sus garras para dejarme de nuevo al cuidado de Lucas. Me duele la espalda a causa de las lecciones de postura: cómo sentarse, ponerse en pie, caminar y hasta dormir (*boca arriba con los brazos a los costados y siempre inmóvil*), aunque eso no es nada en comparación con el ejercicio mental al que me sometió. Me llenó la cabeza con las reglas de la corte, me atiborró de nombres, protocolos y normas de etiqueta. En las últimas horas recibí un curso intensivo de todo lo que se supone que debo saber. Cada vez tengo más clara la jerarquía entre las grandes Casas pero estoy segura de que de todas formas me equivocaré en algo. Apenas rascamos la superficie del protocolo, pero ahora puedo asistir a la estúpida recepción de la reina teniendo al menos una idea de cómo actuar.

La Terraza de Cristal está relativamente cerca, sólo un piso abajo y un pasillo más allá, así que no dispongo de mucho tiempo para serenarme antes de enfrentarme de nuevo a Elara y Evangeline. En esta ocasión, cuando atravieso la entrada me recibe un tonificante viento fresco. Estoy por primera vez a la intemperie desde que me volví Mareena, pero ahora, con el aire en mis pulmones y el sol en mi rostro, vuelvo a sentirme Mare. Si cierro los ojos puedo pretender que nada de esto ocurrió nunca. *Pero sé que no es cierto.*

La Terraza de Cristal está tan decorada como austero es el salón de clases de Blonos, y hace honor a su nombre. Una cubierta de cristal sostenida por columnas de formas finas y sofisticadas se tiende ante nosotras, y hace refractar el sol en un millón de colores resplandecientes que armonizan con las bulliciosas mujeres. Es hermoso pero de manera artificial, como lo es todo en este mundo plateado.

Antes siquiera de tener la oportunidad de respirar, un par de muchachas se presentan ante mí. Sus sonrisas son falsas y frías, lo mismo que sus ojos. A juzgar por los colores de sus vestidos (azul oscuro y rojo uno, negro el otro), pertenecen a la Casa de Iral y a la Casa de Haven. *Sedas y sombras,* recuerdo, mientras pienso en las lecciones de Blonos sobre las habilidades.

—Lady Mareena —dicen de forma simultánea y se inclinan rígidamente. Yo hago lo mismo, bajando la cabeza como Lady Blonos me enseñó—. Soy Sonya, de la Casa de Iral —dice la primera, mientras levanta orgullosamente la frente. Sus movimientos son ágiles y felinos. *Las sedas son rápidas y silenciosas, perfectamente equilibradas y ágiles.*

—Y yo soy Elane, de la Casa de Haven —añade la otra con apenas un suspiro de voz. Mientras que la chica Iral es morena, de piel bronceada y cabello negro, Elane es pálida, con lustrosos rizos rojos. La centelleante luz del sol motea su piel con un halo perfecto, lo que le otorga un aspecto impecable. *Sombra, curvadora de luz*—. Queríamos darle la bienvenida.

Pero sus sonrisas mordaces y sus ceños fruncidos no parecen cordiales en absoluto.

—Gracias, qué amables —me aclaro la garganta tratando de que mi voz parezca normal, pero ellas no pasan por alto esta reacción e intercambian miradas entre sí—. ¿También ustedes participaron en la prueba de las reinas? —pregunto rápidamente, esperando distraerlas así de mis terribles modales.

Esto sólo parece indignarlas más. Sonya cruza los brazos, y muestra sus uñas afiladas del color del hierro.

—Sí, pero obviamente no tuvimos tanta suerte como Evangeline y usted.

—Excúseme... —digo antes de que pueda impedirlo. *Mareena no se disculparía*—. Quiero decir, ustedes saben que yo no tenía intención de...

—Sus intenciones aún están por verse —ronronea Sonya, cada vez más similar a un gato. Cuando se vuelve, tronando los dedos de tal modo que sus uñas resbalan entre sí, yo me estremezco—. ¡Abuela, ven a conocer a Lady Mareena!

Abuela. Casi suelto un suspiro de alivio, a la espera de ver balancearse hacia mí a una anciana bondadosa que me salve de estas cáusticas muchachas. Pero me equivoco por completo.

En lugar de una vieja arrugada, me encuentro con una mujer formidable, hecha de hierro y sombras. Como Sonya, está bronceada y tiene el pelo negro, aunque el suyo está cruzado por mechones blancos. Pese a su edad, sus ojos cafés derrochan vida.

—Lady Mareena, ésta es mi abuela, Lady Ara, jefa de la Casa de Iral —explica Sonya con una sonrisa punzante. La señora me examina y su mirada es peor que cualquier cámara, y me atraviesa de lado a lado—. Quizás usted la conozca como la Pantera.

—¿La Pantera? No…

Pero ella sigue hablando, feliz de ver cómo sufro.

—Hace muchos años, cuando la guerra amainó, los agentes de inteligencia se volvieron más importantes que los soldados. La Pantera fue la más importante de todos.

Una espía. Estoy frente a una espía.

Me obligo a sonreír, aunque sea sólo para ocultar mi temor. Las manos empiezan a sudarme, así que espero no tener que estrecharla con nadie.

—Mucho gusto, *milady*.

Ara simplemente asiente con la cabeza.

—Conocí a tu padre, Mareena. Y a tu madre.

—Los extraño muchísimo —digo lo que creo más conveniente para aplacarla.

Pero la Pantera parece desconcertada e inclina la cabeza a un lado. Por un segundo, puedo ver reflejarse en sus ojos miles de secretos arduamente ganados en las sombras de la guerra.

—¿Te acuerdas de ellos? —se arroja sobre mi mentira.

Aunque mi voz se resiste a salir, tengo que seguir hablando, tengo que seguir mintiendo.

—No, pero extraño tener padres —mamá y papá aparecen fugazmente en mi mente, mas yo los hago a un lado. Mi pasado Rojo es lo último en lo que puedo pensar en estos momentos—. Ojalá estuvieran aquí, para ayudarme a entender todo esto.

—Hum —dice ella, mientras me examina de nuevo. Su sospecha hace que me den ganas de arrojarme por el balcón—. Tu padre tenía los ojos azules, igual que tu madre.

Y los míos son cafés.

—Soy distinta a ellos en muchos sentidos, y la gran mayoría ni siquiera los comprendo todavía —es todo lo que logro decir, y espero que sea una explicación suficiente.

Por una vez, la reina es mi salvación.

—¿Tomamos asiento, señoras, señoritas? —dice con una voz que retumba sobre el grupo.

Eso basta para apartarme de Ara, Sonya y la muda Elane, y para llevarme a un asiento en el que pueda lanzar un ligero suspiro.

De camino a mis lecciones empiezo a sentirme tranquila otra vez. Me dirigí a todas las personas con propiedad y sólo hablé el tiempo que debía hacerlo, según se me instruyó. Evangeline habló bastante por ambas, agasajando a las invitadas con su "amor eterno" por Cal y el honor que sintió de haber sido la elegida. Yo llegué a pensar que las chicas de la prueba de las reinas harían causa común y la matarían, pero para mi consternación, no fue así. Sólo la abuela Iral y Sonya parecieron interesarse en mi mera presencia, aunque no llevaron muy lejos su interrogatorio. *Pero sin duda lo harán.*

Cuando Maven aparece a la vuelta de una esquina, yo estoy tan orgullosa de haber sobrevivido al almuerzo que no me molesta verlo. De hecho, me siento extrañamente aliviada y me permito olvidar un poco mi glacial actuación. Él sonríe, y se acerca con unas cuantas zancadas.

—¿Sigues viva? —pregunta.

Comparado con las Iral, él es como un cachorrito juguetón.

Yo no puedo menos que sonreír.

—Deberían mandar a Lady Iral de vuelta con los lacustres. Los haría rendirse en una semana.

Él fuerza una risa hueca.

—Es una vieja gruñona. No parece entender que ya no está en la guerra. ¿Te preguntó algo?

—Más bien me interrogó. Creo que le enojó que haya vencido a su nieta.

Sus ojos titilan de temor y entonces lo entiendo. *Si la Pantera siguiera mis pasos…*

—Ella no tiene por qué incomodarte de esa manera —refunfuña—. Se lo haré saber a mi madre y se encargará de esto.

Aunque no quiero su ayuda, no veo otra salida. Una mujer como Ara podría hallar fácilmente las grietas de mi historia, y entonces acabaría conmigo.

—¡Gracias! Eso sería… muy útil.

Descubro que Maven ha reemplazado su uniforme de gala por ropa informal, propia para eventos sociales. Esto me tranquiliza un poco, ver que al menos alguien luce un aspecto más desenfadado. Pero no puedo permitir que nada relacionado con él me apacigüe. *Es uno de ellos. No puedo olvidarlo.*

—¿Ya estás libre? —aclara su rostro para revelar una sonrisa ansiosa—. Si quisieras, podría enseñarte el lugar.

—No —la respuesta sale rápido y la sonrisa de Maven se desvanece. Su ceño fruncido me altera tanto como esa sonrisa—. Todavía tengo lecciones —añado, para suavizar el golpe. Por qué me preocupan sus sentimientos, no lo sé exactamente—. A tu madre le fascinan sus horarios.

Él asiente con un aspecto más comprensivo.

—Tienes razón. Bueno, no te detengo más.

Toma delicadamente mi mano. El frío que en otro momento sentí en su piel se ha convertido ahora en un calor delicioso. Pero antes de que yo pueda soltarme, él se retira, y yo me quedo sola.

Tras concederme un momento para serenarme, Lucas señala:

—Llegaríamos más pronto si usted se *moviera,* ¿sabe?

—Cállate, Lucas.

TRECE

Mi siguiente instructor me espera en un cuarto atestado desde el piso hasta el techo con más libros de los que he visto en mi vida, más de los que pensé siquiera que pudiesen *existir*. Parecen antiguos y de un valor incalculable. Pese a mi aversión a la escuela y a libros de todo tipo, siento que una fuerza me atrae a ellos. Pero los títulos y sus páginas están escritos en un idioma que no comprendo, un batiburrillo de símbolos que nunca podría descifrar.

Tan interesantes como los libros son los mapas que cubren las paredes, del reino y de otras naciones, viejas y nuevas. Enmarcado por la pared del fondo, detrás de un cristal, hay un mapa enorme y colorido formado por varias hojas de papel. Es al menos el doble de alto que yo, y domina el recinto. Rasgado y desvaído, es un laberíntico nudo de líneas rojas y costas azules, bosques verdes y ciudades amarillas. Representa al viejo mundo, el mundo de antes, con nombres antiguos y añejas fronteras que ya han caído en desuso.

—Es extraño ver el mundo como fue alguna vez —dice el instructor, tras aparecer detrás de los libreros. Sus ropas amarillas, descoloridas y manchadas por el tiempo, lo hacen parecer una pieza humana de papel—. ¿Podrías hallar en qué lugar estamos?

La inmensidad del mapa me hace tragar saliva, pero como todo lo demás, estoy segura de que también esto es una prueba.

—Puedo intentarlo.

Norta está al noreste, Los Pilotes junto al río Capital y el río se dirige al océano. Tras un minuto de penosa búsqueda, por fin encuentro el río y la ensenada situados cerca de mi aldea.

—Aquí —digo, señalo el norte, donde supongo que podría estar Summerton.

Él asiente, feliz de comprobar que no soy tan tonta.

—¿Reconoces algo más?

Pero el mapa está escrito en el mismo idioma desconocido de los libros.

—No entiendo esta lengua.

—No pregunté si la entiendes —replica él, aunque sin dejar de ser amable—. Además, las palabras pueden mentir. Tienes que ver más allá de ellas.

Me encojo de hombros y me obligo a mirar otra vez. Nunca fui buena en la escuela, como este hombre no tardará en descubrir. Pero, para mi sorpresa, este juego me agrada. Inspeccionar el mapa, buscar características que reconozco.

—Esto podría ser Harbor Bay —murmuro finalmente, mientras encierro en un círculo el área alrededor de un cabo en forma de gancho.

—Correcto —dice él y pliega la cara en una sonrisa. Las arrugas de sus ojos se ahondan con este gesto, lo cual expone su edad—. Esto es Delphie ahora —señala una ciudad al sur—. Y aquí está Arcón.

Pone el dedo sobre el río Capital, unos kilómetros al norte de la que parece ser la ciudad más grande del mapa de todo el territorio del mundo de antes: la *Ciudad de las Ruinas*. La he oído mencionar, en murmuraciones entre los muchachos mayores, y a mi hermano Shade. *La Ciudad de las Cenizas, la Desolación,* la llamó él. Un escalofrío desciende por mi espalda al pensar en ese sitio, aún cubierto por el humo y las sombras de una guerra librada hace más de mil años. *¿Este mundo será alguna vez como aquél si nuestra guerra no termina?*

El instructor se aparta de mí para dejarme pensar. Tiene una idea muy extraña de la enseñanza; esto podría acabar siendo un juego de cuatro horas mirando a una pared.

Pero de repente tomo conciencia del zumbido en este cuarto. O de la ausencia de él. Hoy no he dejado de sentir ni un momento el peso eléctrico de las cámaras. Hasta este instante en que ya no lo noto. *Ha desaparecido.* Aún siento las luces que palpitan de electricidad, pero no las cámaras. No hay ojos. Elara no puede verme aquí.

—¿Por qué nadie nos vigila aquí?

Él parpadea ante mí.

—Hay una diferencia —susurra.

No sé qué significa eso, lo cual me molesta.

—*¿Por qué?*

—Mare, estoy aquí para enseñarte tus historias, para enseñarte cómo ser una Plateada y cómo ser, ¡ah!, *útil* —contesta él, avinagrando su expresión—. Pero también intentaré comprender a cabalidad tu origen y cómo funcionan tus habilidades.

Lo miro, confundida.

—Mis habilidades surgieron porque… porque soy Plateada. Las aptitudes de mis padres se combinaron… mi padre era un olvido y mi madre una tormenta —balbuceo la explicación que me inculcó Elara, en un intento por hacerlo entender—. Soy Plateada, señor.

Para mi consternación, él sacude la cabeza.

—No, no lo eres, Mare Barrow, y no debes olvidarlo nunca.

Él lo sabe. Estoy acabada. Todo ha terminado. Debería suplicar, rogarle que guarde mi secreto, pero las palabras se me atoran en la garganta. El final se acerca y yo ni siquiera puedo abrir la boca para impedirlo.

—No te pongas así —continúa Julian, al percibir mi temor—. No pienso alertar a nadie sobre tu *ascendencia*.

El alivio que siento es efímero, ya que paso a otra clase de miedo.

—¿Por qué? ¿Qué quiere usted de mí?

—Soy, antes que nada, un hombre curioso. Y cuando entraste a la prueba de las reinas como una ayudante Roja y saliste convertida en una legendaria dama Plateada, tengo que reconocer que sentí mucha curiosidad.

—¿Por eso no hay cámaras en este lugar? —pregunto irritada, mientras me alejo de él. Mis puños se cierran y deseo que el rayo venga a protegerme de este individuo—. ¿Para que no quede registro de que me *examina* a mí?

—Aquí no hay cámaras porque tengo poder para apagarlas.

La esperanza renace en mi interior, como la luz en la oscuridad.

—¿Cual es su poder? —inquiero, temblando. *Es posible que él sea como yo.*

—Mare, cuando un Plateado dice "poder", se refiere a *fuerza, poderío*. "Habilidad", por otra parte, alude a todas las pequeñas tonterías que podemos hacer *—pequeñas tonterías.* Como partir un hombre en dos o ahogarlo en la plaza de una ciudad—. Lo que quiero decir es que mi hermana fue reina de este lugar y eso sigue contando aquí.

—Lady Blonos no me informó acerca de eso.

Ríe entre dientes.

—Porque Lady Blonos te enseña disparates. Yo nunca haré eso.

—Si su hermana era la reina, entonces usted es…

—Julian Jacos, para servirte —termina la frase por mí y se dobla en una reverencia risiblemente exagerada—. Jefe de la Casa de Jacos, heredero de unos cuantos y viejos libros. Mi hermana es la difunta reina Coriane y el príncipe Tiberias VII (Cal, como lo llamamos todos) es mi sobrino.

Ahora que lo dice, advierto el parecido entre ambos. Cal tiene el color de piel de su padre, pero la expresión sencilla, la calidez detrás de sus ojos, debe proceder de su madre.

—¿Así que usted no va a hacer de mí un experimento científico para la reina? —pregunto, todavía recelosa.

En vez de parecer ofendido, Julian estalla en una carcajada.

—¡Querida, nada le gustaría más a la reina que desaparecieras! Descubrir qué haces, ayudarte a comprenderlo, es lo *último* que desea.

—¿Pero usted lo hará de todas formas?

Algo destella en sus ojos, algo como la ira.

—El alcance de la reina no es tan grande como ella supone. Yo quiero saber qué eres, y estoy seguro de que tú también.

Ahora me siento tan intrigada como temerosa hace unos momentos.

—Quiero saberlo.

—Eso fue lo que pensé —me sonríe desde lo alto de una pila de libros—. Lamento decir que también debo hacer lo que se me pidió: prepararte para el día en que des el paso decisivo.

Pongo cara larga al acordarme de lo que Cal dijo en la sala del trono. *Tú eres su heroína. Una Plateada educada como Roja.*

—Ellos quieren usarme para impedir una rebelión. No sé cómo.

—Sí, mi querido cuñado y su reina creen que puedes hacerlo si te utilizan de la forma adecuada.

Cada una de sus palabras desborda rencor.

—Es una idea tonta e imposible. Yo no podré hacer nada y entonces... —mi voz se va apagando— *...entonces me matarán.*

Julian sigue el hilo de mis pensamientos.

—Te equivocas, Mare. No comprendes el poder que tienes, cuánto podrías controlar —une sus manos en su espalda, extrañamente tenso—. La Guardia Escarlata es demasiado drástica para la mayoría, demasiado rápida. Tú, por el contrario, eres el cambio controlado, el tipo de cambio en el que la gente puede confiar. Eres el fuego lento que sofocará una revolución con un par de discursos y sonrisas. Puedes hablar con los Rojos, decirles lo nobles, compasivos y buenos que *son* el rey y sus Plateados. Puedes convencer a tu pueblo de volver a sus cadenas. Hasta los Plateados que cuestionan al rey, los que tienen dudas, podrían ser persuadidos por *ti*. Y entonces el mundo seguirá igual.

Para mi sorpresa, esto parece desalentar a Julian. Sin el rumor de las cámaras, yo me olvido de mí misma, y mi rostro adopta un aire despectivo.

—¿Y usted no quiere eso? Es Plateado, debería *aborrecer* a la Guardia... y a mí.

—Pensar que todos los Plateados somos malos es tan absurdo como pensar que todos los Rojos son inferiores —sentencia él con voz grave—. Lo que mi pueblo les hace a ti y a los tuyos es malo desde la óptica de los valores más profundos de humanidad. ¿Oprimirlos, atraparlos en un ciclo interminable de pobreza y muerte sólo porque creemos que son *diferentes* a nosotros? Eso no está *bien*. Y como cualquier estudiante de historia podría decirte, terminará mal.

—Pero sí que somos diferentes —un solo día en este mundo me enseñó eso—. No somos iguales.

Julian se encorva, perfora mis ojos con los suyos.

—Tengo frente a mí la prueba de que estás equivocada.

Tienes frente a ti a un bicho raro, Julian.

—¿Me permitirás demostrar que estás en un error, Mare?

—¿Qué diferencia habría? Eso no cambiará nada.

Él suspira, exasperado. Se pasa los dedos por su pelo castaño, cada vez más escaso.

—Durante cientos de años, los Plateados han recorrido la Tierra como dioses vivientes y los Rojos han sido insectos a sus pies. *Hasta* que llegaste tú. Si eso no es un cambio, no sé qué es.

Él puede ayudarme a sobrevivir. Más todavía, podría ayudarme a vivir.

—¿Qué hacemos entonces?

Mis días adquieren ritmo, sujetos siempre al mismo horario. Protocolo en la mañana y lecciones en la tarde, entre tanto, Elara me hace desfilar por comidas y cenas. Al parecer, la Pantera y Sonya siguen desconfiando de mí pero no han dicho nada desde el almuerzo. Todo indica que la ayuda de Maven funcionó, por más que me cueste trabajo admitirlo.

En la gran reunión siguiente, esta vez en el comedor personal de la reina, las Iral me ignoran por completo. Pese a mis lecciones de protocolo, este almuerzo no deja de resultar apabullante a medida que intento recordar lo que se me ha enseñado. *Osanos: ninfos, azul y verde. Welle: verdosos, verde y dorado. Lerolan: olvidos, anaranjado y rojo. Rhambos y Tyros y Nornus e Iral y muchos otros.* De qué forma puede seguirle alguien la pista a todo esto, no lo sabré nunca.

Como de costumbre, me sientan junto a Evangeline. Estoy muy al tanto de los abundantes utensilios de metal que se disponen en la mesa, todos ellos armas letales en la mano cruel de Evangeline. Cada vez que ella levanta el cuchillo para rebanar su carne, mi cuerpo se tensa, a la espera del golpe. Elara sabe lo que pienso, como es de suponer, pero sigue comiendo muy sonriente. Esto podría ser peor aún que la tortura de Evangeline: saber que a ella le divierte presenciar nuestra guerra silenciosa.

—¿Qué le parece la Mansión del Sol, Lady Titanos? —pregunta la joven que está sentada frente a mí: *Atara, Casa de Viper, verde y negro*. El animus que mató a las palomas—. Me imagino que no tiene comparación con la... la *aldea* en la que vivía antes.

Pronuncia la palabra *aldea* como si fuera una maldición, y yo no paso por alto su sonrisa de suficiencia.

Las demás ríen con ella, en tanto algunas cuchichean escandalizadas.

Yo tardo un minuto en contestar, mientras trato de impedir que me hierva la sangre.

—La Mansión y Summerton son muy diferentes a lo que yo estaba acostumbrada —consigo pronunciar.

—Es obvio —dice otra damisela, que se inclina para integrarse a la conversación. Una Welle, a juzgar por su túnica verde y dorada—. Yo viajé una vez al Valle de la Capital, y debo decir que las aldeas rojas son sencillamente deplorables. Ni siquiera tienen buenos caminos.

Si apenas tenemos para comer, menos aún para pavimentar las calles. Cierro tanto la quijada que pienso que mis dientes podrían astillarse. Trato de sonreír, pero acabo haciendo una mueca cuando las demás señoras expresan su acuerdo.

—Supongo que eso es lo máximo que los Rojos pueden hacer con lo que tienen —continúa la Welle, frunciendo la nariz de sólo pensarlo—. Están hechos para vivir de ese modo.

—No es culpa nuestra que hayan nacido siervos —añade con ligereza una Rhambos de vestido café como si hablara del clima o de la comida—. Así lo dictó la naturaleza.

La cólera me invade, pero la mirada de la reina señala que no puedo estallar. En cambio, debo cumplir con mi deber. Debo mentir.

—En efecto —me oigo a mí misma decir. Aprieto entonces las manos bajo la mesa y pienso que mi corazón podría romperse en pedazos.

Todas las mujeres en la mesa escuchan con atención. Muchas de ellas sonríen, y asienten aún más cuando confirmo sus terribles opiniones sobre mi pueblo. Sus caras me hacen querer gritar.

—Por supuesto —prosigo, incapaz de detenerme—. La obligación de vivir así, sin tregua, respiro ni escapatoria, volvería siervo a cualquiera.

Las escasas sonrisas se desvanecen, convertidas rápidamente en azoro.

—Lady Titanos ha de disponer de los mejores tutores y la ayuda más decidida para garantizar su adecuada adaptación —dice al punto Elara, interrumpiéndome—. Ya comenzó con Lady Blonos.

Las señoras murmuran con admiración mientras las jóvenes entornan los ojos. Esto me da tiempo suficiente para recuperarme, para reclamar el autocontrol que necesito si quiero sobrevivir a este convivio.

—¿Qué piensa hacer su alteza real con los rebeldes? —pregunta de improviso una mujer de voz ronca que impone silencio en la sala y aleja la atención de mí.

Todos los ojos en la mesa se vuelven a la que habló, una señora ataviada con uniforme militar. También otras damas visten uniforme, pero el de ella reluce con una cantidad incomparable de medallas y galones. La horrible cicatriz que cruza su cara, repleta de pecas, indica que podría haberlas ganado. Aquí, en un palacio, es fácil olvidar que estamos en guerra, pero la mirada de angustia de esta señora revela que ella no quiere, *no puede* olvidar.

La reina baja su cuchara con estudiada elegancia y una sonrisa igualmente estudiada.

—Coronela Macanthos, yo difícilmente les llamaría rebeldes...

—Y eso que sólo han reclamado un ataque —la corta la coronela—. Pero, ¿y la explosión en Harbor Bay o la del campo de aviación en Delphie? ¡Dos aviones a reacción destruidos y uno más *robado* de una de nuestras propias bases!

Me quedo pasmada y no puedo menos que sumarme a las exclamaciones de otras damas. *¿Más ataques?* Pero mientras que las demás parecen asustadas y se llevan las manos a la boca, yo tengo que refrenar el impulso de sonreír. *¡Vaya que Farley ha estado ocupada!*

—¿Es usted ingeniera, coronela? —pregunta Elara con voz aguda, fría y perentoria, sin dar a Macanthos la oportunidad de sacudir la cabeza—. Entonces no entendería que la causa de la explosión en Harbor Bay fue una fuga de gas. Y, recuérdeme usted, ¿está acaso al mando de las tropas de la fuerza aérea? ¡Ay no, lo siento! Su especialidad reside en las fuerzas de tierra. El incidente del campo de aviación fue un ejercicio supervisado por el propio *lord* general Laris. Él personalmente dio garantías a su alteza de la extrema seguridad de la base de Delphie.

En una pelea limpia, Macanthos acabaría a golpes con Elara. En cambio, Elara destroza a la coronela con meras palabras. Y todavía no termina. La frase de Julian resuena en mi cabeza: *Las palabras pueden mentir*.

—La meta de esos sujetos es perjudicar a civiles inocentes, Plateados y Rojos, para provocar miedo e histeria. Pero son pocos, están aislados y se ocultan cobardemente de la justicia de mi marido. Afirmar que cada percance y malentendido de este reino es obra de esos malvados, no hace más que contribuir a sus esfuerzos por aterrorizarnos a todos. No les dé esa satisfacción a tales monstruos.

Algunas de las mujeres en la mesa asienten y aplauden, en señal de aceptación de la burda mentira de la reina. Evangeline se une a ellas, y después las demás, hasta que únicamente la coronela y yo permanecemos en silencio. Se nota que ella no cree nada de lo que dice la reina, pero es imposible llamar mentirosa a la soberana. Al menos no aquí, en sus dominios.

Por más que yo quisiera hacer algo, sé que no puedo. Soy Mareena, no Mare, y debo apoyar a mi reina y sus detestables palabras. Bato palmas entonces, para aplaudir la mentira de Elara, al tiempo que la reprendida coronela baja la cabeza.

Aunque estoy constantemente rodeada de sirvientes y Plateados, la soledad se impone. No veo mucho a Cal con su apretada agenda de entrenamiento, entrenamiento y más entrenamiento. En ocasiones, incluso tiene que dejar la Mansión para arengar a las tropas en una base próxima o acompañar a su padre en asuntos de Estado. Supongo que yo podría hablar con Maven, con sus ojos azules y esa media sonrisa, pero sigo sin confiar en él. Por fortuna, nunca nos dejan realmente solos. Es una ridícula tradición de la corte, impedir que chicos y chicas nobles caigan en la *tentación*, como dice Lady Blonos, aunque dudo que alguna vez eso pueda aplicarse a mí.

Sinceramente, la mitad del tiempo olvido que algún día tendré que casarme con Maven. La idea de que él sea mi esposo parece irreal. Ni siquiera somos amigos, y menos aún, pareja. Por bueno que sea, mi intuición me dice que no debo volverle la espalda al hijo de Elara, que él esconde algo. Qué podría ser eso que oculta, no lo sé.

Las enseñanzas de Julian lo hacen todo más llevadero; la educación que antes temía es ahora una luz en mi densa oscuridad. Sin las cámaras ni los ojos de Elara, él y yo podemos pasar el tiempo descubriendo lo que realmente soy. Pero el avance es lento, lo cual resulta muy frustrante para ambos.

—Creo que ya sé cuál es tu problema —dice Julian al final de mi primera semana.

Estoy a unos metros de él, con los brazos extendidos y el clásico aspecto de niña tonta. Un extraño aparato eléctrico a mis pies echa chispas de vez en cuando. Julian quiere que le saque provecho, que lo utilice, pero una vez más, no he podido producir el rayo que me metió en este lío.

—Quizá tengo que estar en peligro de vida o muerte —digo, resoplando—. ¿Deberíamos pedirle una pistola a Lucas?

Julian suele celebrar mis chistes pero en este momento está demasiado ocupado pensando.

—Eres como una criatura —dice al cabo. Yo arrugo la nariz por el insulto, pero él continúa de todos modos—. Así son los niños al principio, cuando no pueden controlar sus habilidades. Sus destrezas se presentan en un momento de estrés o temor hasta que ellos aprenden a valerse de estas emociones, y a usarlas en su beneficio. Hay un detonador, tú debes encontrar el tuyo.

Recuerdo entonces cómo me sentí en el Jardín Espiral, cayendo en lo que creí que sería mi ruina. Pero no era temor lo que corría por mis venas cuando choqué con el escudo de rayos; era paz. Era *saber* que mi fin había llegado y aceptar que no podía hacer nada por impedirlo; fue como si me quedara libre.

—Creo que vale la pena que lo intentemos —me espolea Julian.

Refunfuñando, vuelvo a ponerme contra la pared. Julian la ha cubierto con unos libreros de piedra, vacíos desde luego, para que yo tenga un blanco a la mano. Con el rabillo del ojo, lo veo retroceder, sin dejar de observarme un segundo.

Libérate, libérate, susurra una voz dentro de mi cabeza. Cierro fuertemente los ojos para concentrarme, dejo que mis pensamientos se diluyan y que mi mente se extienda en busca de la electricidad que ansía tocar. La ondulación de la energía, viva bajo mi piel, vuelve a moverse en mí hasta hacer vibrar cada uno de mis músculos y mis nervios. Aquí es donde usualmente se detiene, justo al filo de esa sensación, pero esta vez no. En lugar de tratar de aferrarme a esta fuerza, de abrirme paso, me libero de ella. Y caigo en algo que no puedo explicar, una sensación que es todo y nada, luz y oscuridad, caliente y frío, vida y muerte. Pronto, lo único que hay en mi interior es una energía que borra todos mis fantasmas y recuerdos. Hasta Julian y los libros dejan de existir. Mi mente está despejada con un negro vacío que zumba con fuerza. Ahora, cuando quiero apartar esta sensación, no desaparece, sino que se mueve dentro de mí, desde mis ojos hasta las puntas de mis dedos.

A mi izquierda, Julian no puede reprimir una exclamación.

Al abrir los ojos, veo que del aparato hasta mis dedos saltan chispas de color blanco purpúreo, como la electricidad entre los alambres.

Por una vez, Julian no tiene nada que decir. Y yo tampoco.

No quiero moverme, temo que cualquier cambio, por pequeño que sea, haga que el rayo se evapore. Pero no es así. Se queda, brincando y girando en mi mano como un gatito con una bola de estambre. Parece inofensivo pero en ese momento recuerdo lo que estuve a punto de hacerle a Evangeline. *Si se lo permito, esta energía puede ser destructiva.*

—Intenta moverla —resuella Julian, sin dejar de mirarme con los ojos muy abiertos, emocionados.

Algo me dice que este rayo obedecerá mis deseos. Es parte de mí, un pedazo de mi alma vivo en el mundo.

Mi puño se cierra en una pelota apretada y las chispas reaccionan a la tensión de mis músculos, y se vuelven más grandes, rápidas y brillantes. Carcomen la manga de mi camisa, y queman en segundos la tela. Como una niña que lanzara una pelota, aviento el brazo hacia los libreros, abro el puño al final. El rayo vuela por los aires en un círculo de chispas relucientes, hasta chocar con los libreros.

El *estallido* resultante me hace gritar y caer de espaldas sobre una pila de libros. Mientras caigo al suelo y el corazón se acelera en mi pecho, el librero de sólida roca se derrumba en medio de una densa nube de polvo. Algunas chispas centellean un instante sobre los escombros antes de desaparecer, para dejar atrás solamente ruinas.

—Perdón por el librero —digo desde el fondo de los volúmenes caídos.

Mi manga sigue humeando, raída, aunque eso no es nada en comparación con el temblor de mi mano. Mis nervios sisean, hormiguean de energía; me *gusta.*

La sombra de Julian se desplaza entre las nubes, movida por una risa ahogada en el pecho mientras examina mi obra. Su blanca sonrisa refulge en el polvo.

—Vamos a necesitar un salón más grande.

No se equivoca. Nos vemos forzados a buscar salas mayores para practicar cada día, hasta que al fin hallamos un sitio apropiado en los niveles subterráneos. Aquí las paredes son de metal y concreto, más fuertes que la piedra y la madera decorativas de los pisos superiores. Mi puntería es pésima, por decirlo educadamente, y Julian tiene el cuidado de no intervenir en mi práctica, pero cada vez me resulta más fácil invocar el rayo.

Él toma notas sin cesar, lo apunta todo, desde mi pulso hasta el calor de una copa recién electrificada. Cada nueva nota produce en su rostro otra sonrisa perpleja pero feliz, aunque no me dice por qué. Supongo que no lo comprendería aunque lo hiciera.

—Fascinante —murmura mientras lee algo en un artefacto de metal cuyo nombre me es imposible pronunciar. Él asegura que mide la energía eléctrica, aunque no sé cómo.

Yo froto mis manos, las veo "apagarse", como dice Julian. Mis mangas permanecen intactas esta vez gracias a mi ropa nueva. Es una tela ignífuga, como la que usan Cal y Maven, aunque la mía debería ser a prueba de sacudidas eléctricas.

—¿Qué es lo que te resulta tan fascinante?

Él vacila, como si no quisiera decírmelo, como si *no debiera hacerlo*, pero finalmente se encoge de hombros.

—Antes de que te encendieras y electrocutaras esa pobre estatua —señala la humeante pila de escombros que alguna vez fue el busto de un rey—, medí la carga eléctrica de este cuarto. De las luces, el cableado, ese tipo de cosas. Y ahora acabo de medirte a ti.

—¿Y?

—Alcanzaste *el doble* de mi registro previo —dice con orgullo, aunque yo no veo la importancia de eso. Con un movimiento rápido, él apaga la caja de chispas, como yo he decidido llamarle, y siento cómo se extingue la electricidad que hay en ella—. Vuelve a intentarlo.

Resoplando, me abstraigo de nuevo. Tras un momento de concentración, mis chispas regresan, tan fuertes como antes. Pero esta vez salen de mí.

Julian muestra una sonrisa de oreja a oreja.

—¿Qué?

—Esto confirma mis sospechas —a veces olvido que Julian es un erudito y un científico, pero él siempre se apresura a recordármelo—. Creaste energía eléctrica.

Ahora sí que estoy confundida.

—Claro. Ésa es mi *habilidad,* Julian.

—No. Yo creía que tu habilidad era manipular, no crear —replica él, con voz grave—. Nadie puede *crear,* Mare.

—Eso es absurdo. Los ninfos…

—Manipulan el agua que ya existe. No pueden usar lo que no está ahí.

—Bueno, ¿y Cal? ¿Y Maven? No veo que a su alrededor haya muchos infiernos ardientes para que ellos jueguen.

Él sonríe, sacudiendo la cabeza.

—Has visto sus pulseras, ¿verdad?

—Sí. No se las quitan nunca.

—Esas pulseras generan chispas, pequeñas flamas para que ellos las controlen. Sin algo que inicie el fuego, ellos no pueden hacer nada. Todos los seres elementales son así: manipulan metal, agua o vida vegetal que ya existe. Son tan fuertes como sus circunstancias. Tú no, Mare.

Yo no. No soy como los otros.

—¿Y eso qué quiere decir?

—No lo sé. Que eres completamente distinta a todos. Ni Roja ni Plateada. Algo diferente. Algo *más*.

—Algo diferente —yo esperaba que las pruebas de Julian me dieran alguna respuesta, pero sólo plantean más preguntas—. ¿Qué soy, Julian? ¿Qué me pasa?

De pronto me cuesta trabajo respirar y los ojos me dan vueltas. Tengo que contener las lágrimas que me queman y que quieren brotar, tengo que ocultárselas a Julian. Siento que todo esto me sobrepasa. Las lecciones, el protocolo, este lugar en el que no puedo confiar en nadie, donde ni siquiera puedo ser yo misma. Es asfixiante. Quiero gritar, pero sé que no puedo hacerlo.

—No tiene nada de malo que seas diferente —le oigo decir a Julian, pero sus palabras suenan como si fueran sólo eco; mis pensamientos, los recuerdos de casa, de Gisa y Kilorn, lo ahogan—. ¿Mare?

Él se me acerca con un rostro que es la imagen misma de la bondad, pero se mantiene a una prudente distancia de mí. No por mi bien, sino por el suyo. Para protegerse. Soltando una exclamación me doy cuenta de que las chispas han regresado, suben por mis antebrazos y amenazan con envolverme en una furiosa tormenta de luz.

—Concéntrate en mí, Mare. Contrólalo —Julian habla en voz baja y tranquila, pero firme. Incluso parece que me *tiene miedo—. Contrólalo,* Mare.

Pero yo no puedo controlar nada. Ni mi futuro, ni mis pensamientos, y mucho menos esta habilidad que es la causa de todos mis problemas.

Sin embargo, sí hay algo que todavía puedo controlar, al menos por ahora: mis pies.

Como la maldita cobarde que soy, echo a correr.

Los pasillos están vacíos y los atravieso a toda prisa, aunque la invisible carga de miles de cámaras pesa sobre mí. No tengo mucho tiempo antes de que Lucas o, peor todavía, los centinelas, me encuentren. Sólo necesito respirar. Sólo necesito ver el cielo sobre mí, no el cristal.

Llevo diez segundos en el balcón cuando caigo en la cuenta de que está lloviendo, lo cual calma mi cólera. Las chispas han desaparecido, reemplazadas ahora por feas y feroces lágrimas que ruedan por mis mejillas. Unos truenos rugen a lo lejos y el aire está tibio. La humedad se ha desvanecido. El calor se ha disipado y el verano pronto habrá terminado también. El tiempo pasa. Mi vida sigue adelante, pese a que me gustaría que no fuera así.

Casi grito cuando una mano fuerte se cierra sobre mi brazo. Dos centinelas me miran con sus ojos oscuros detrás de las máscaras. Ambos son del doble de mi estatura y no muestran piedad; quieren devolverme a rastras a mi prisión.

—*Milady* —musita uno de ellos, aunque no parece nada respetuoso.

—¡Suélteme! —la orden es débil, casi un murmullo, y trago aire como si me ahogara—. Denme unos minutos, por favor…

Pero yo no soy su ama. Ellos no responden a mis órdenes. Nadie responde a ellas.

—¡Ya oyeron a mi prometida! —dice otra voz. Sus palabras son firmes y duras, la voz de la realeza: *Maven*—. Suéltenla.

Cuando el príncipe sale al balcón, no puedo menos que sentir una ola de alivio. Los centinelas se enderezan frente a él y luego inclinan la cabeza.

El que me sujeta, toma la palabra:

—Debemos encargarnos de que Lady Titanos cumpla su horario —dice, pese a lo cual distiende el puño—. Son órdenes, señor.

—Entonces tienen nuevas órdenes —repone Maven con voz helada—. Yo llevaré a Mareena de vuelta a sus lecciones.

—Muy bien, señor —dicen ellos al mismo tiempo, incapaces de contradecir al príncipe.

Cuando se retiran, con fuertes pisadas y dejando escurrir gotas de lluvia de sus capas llameantes, yo lanzo un suspiro. No había notado que las manos me temblaran, y tengo que cerrar los puños para esconderlo. Pero Maven es tan cortés que finge no notarlo.

—Hay regaderas *adentro*, ¿sabes?

Yo enjugo mis lágrimas, confundidas ya hace mucho con la lluvia, aunque ahora revelan una nariz que no para de moquear y algo de maquillaje negro escurrido. Por suerte, mi polvo de plata sigue ahí. Está hecho de algo más fuerte que yo.

—La primera lluvia de la temporada —consigo decir, haciendo un esfuerzo por parecer normal—. Tenía que verla.

—Está bien —se acerca. Yo vuelvo la cabeza, para ocultarle mi rostro un poco más—. Lo comprendo, ¿sabes?

¿De veras, príncipe? ¿Comprendes qué se siente cuando te arrebatan todo lo que amas, cuando te obligan a ser lo que no eres? ¿Cuando tienes que mentir cada minuto de cada día del resto de tu vida? ¿Cuando sabes que hay algo raro en ti?

No estoy de ánimo para hacerle frente a sus sonrisas de complicidad.

—Puedes dejar de fingir que lo sabes todo sobre mí y mis sentimientos.

Su expresión se descompone por mi tono y su boca se tuerce en una mueca.

—¿Crees que no sé lo difícil que es estar aquí? ¿Con estas *personas*? —pregunta y mira por encima de su hombro como si le preocupara que alguien lo oyera, aunque nadie lo escucha, salvo la lluvia y los truenos—. No puedo decir lo que quiero, hacer lo que quiero; con mi madre cerca, apenas puedo *pensar* lo que quiero. ¡Y mi hermano...!

—¿Qué pasa con tu hermano?

Las palabras se le atascan en la boca. No quiere pronunciarlas, pero salen de él.

—Él es fuerte, talentoso, capaz... y yo soy su sombra. La sombra de la llama —exhala poco a poco, y yo reparo en que el aire que nos rodea está inusualmente caliente—. Perdón — agrega dando un paso atrás para que el aire se refresque. Ante mis ojos, él vuelve a ser el príncipe Plateado preparado para los banquetes y los uniformes de gala—. No debía haber dicho eso.

—Está bien —murmuro—. Es bueno saber que no soy la única que se siente fuera de lugar.

—Eso es algo que deberías saber de nosotros, los Plateados. Que siempre estamos solos. Aquí y aquí —apunta a su cabeza y a su corazón—. Es algo que te mantiene fuerte.

Un rayo estalla en el cielo e ilumina los ojos azules de Maven hasta hacerlos relucir.

—No seas tonto —le digo, y él ríe misteriosamente.

—Será mejor que esconda su corazón, Lady Titanos. No la llevará a ninguna parte.

Estas palabras me hacen temblar. Al fin recuerdo la lluvia y que debo estar hecha un desastre.

—Tengo que regresar a mis lecciones —murmuro, con el propósito de dejarlo en el balcón.

Pero me agarra del brazo.

—Creo que puedo ayudarte con tu problema.

Yo curvo una ceja hacia él.

—¿Qué problema?

—No pareces ser de las que lloran por cualquier cosa. Extrañas a tu familia —alza una mano antes de que pueda protestar—. Yo puedo remediar eso.

CATORCE

Varias parejas de agentes de seguridad patrullan mi corredor incesantemente pero al ir del brazo de Maven, no me detienen. Aunque es de noche, mucho más tarde de la hora en la que debería acostarme, nadie dice nada. Nadie se atreve a contrariar a un príncipe. No sé adónde me conduce ahora, pero prometió llevarme allá. A *casa*.

Aunque guarda silencio, avanza con paso decidido, conteniendo una sonrisita. Yo no puedo menos que corresponderle con una sonrisa radiante. Después de todo, *tal vez él no sea tan malo*. Pero se detiene mucho antes de lo que había supuesto; ni siquiera hemos salido de las plantas residenciales.

—Aquí es —dice, y toca a la puerta.

Ésta se abre un instante después y deja ver a Cal. Su apariencia me hace retroceder. Lleva el pecho desnudo, mientras que el resto de su extraña armadura cuelga de él: piezas metálicas aplicadas a una tela, algunas de ellas abolladas. No paso por alto el moretón que hay sobre su corazón, ni la barba incipiente en sus mejillas. Es la primera vez que lo veo en más de una semana, y obviamente lo he sorprendido en un mal momento. Al principio no repara en mí, concentrado en quitarse más partes de su armadura; me hace tragar saliva.

—El tablero está listo, Mavey... —comienza, pero se interrumpe cuando, al voltear, me ve junto a su hermano—. Mare, ¿en qué puedo... qué puedo hacer por ti?

Tartamudea, por una vez no sabe qué decir.

—La verdad, no sé —llevo la mirada de él a Maven. Mi prometido se limita a sonreír, y levanta un poco una ceja.

—Para ser el hijo bueno, mi hermano se toma sus libertades —dice Maven con aire sorpresivamente alegre. Hasta Cal sonríe un poco, entornando los ojos—. Querías ir a casa, Mare, y acabo de encontrarte a alguien que ya ha estado ahí.

Tras un segundo de confusión, comprendo el sentido de las palabras de Maven y lo tonta que soy por no haberlo entendido antes. *Cal puede sacarme del palacio. Él estaba en la taberna... logró salir de este lugar, así que puede hacer lo mismo por mí.*

—Maven —dice Cal entre sus dientes apretados, ya sin el menor asomo de sonrisa—. Sabes que ella no puede hacerlo. No es buena idea...

Llega mi turno de hablar, de pedir lo que quiero.

—¡Mentiroso!

Él me mira con sus ojos ardientes, que consiguen traspasarme. Espero que pueda ver así mi determinación, mi desesperación, mi necesidad.

—Les hemos quitado todo a sus hermanos —murmura Maven, acercándose—. No me digas que no podemos darle esto...

Y entonces, Cal acepta a regañadientes y me hace una señal para que entre a su cuarto. Presa de emoción, yo corro adentro, casi dando de brincos.

Iré a casa.

Maven se queda en la puerta, con una sonrisa desdibujada por haberme separado de su lado.

—Tú no vienes.

No es una pregunta.

Apenas sacude la cabeza.

—Tendrás suficientes preocupaciones como para que además tengas que cargar conmigo.

No me hace falta ser un genio para ver la verdad que encierran sus palabras. Pero que él no venga no significa que yo olvide lo que ha hecho por mí. Sin pensarlo dos veces, me cuelgo de su cuello. Él tarda un segundo en reaccionar, pero luego permite que uno de sus brazos caiga sobre mis hombros. Cuando me aparto, un rubor de plata tiñe sus mejillas. Siento mi sangre caliente correr bajo mi piel, palpitar en mis oídos.

—No tardes mucho —me dice, y deja de mirarme para posar su vista en Cal.

Éste apenas sonríe.

—Actúas como si nunca hubiera hecho esto.

Los hermanos ríen juntos, tal y como he visto hacerlo a los míos miles de veces. Cuando la puerta se cierra detrás de Maven y me deja a solas con Cal, no puedo evitar sentir un poco menos de rencor por los príncipes.

El cuarto de Cal es el doble que el mío pero está tan lleno de cosas que parece más pequeño. Armaduras, uniformes y trajes de campaña llenan los gabinetes en las paredes, colgando de lo que supongo son reproducciones del cuerpo de Cal. Éstas se elevan sobre mí como fantasmas sin rostro que miran con ojos invisibles. La mayoría de las armaduras son ligeras, de lámina de acero y tela gruesa, pero algunas son muy resistentes, destinadas a la batalla, no a la instrucción. Una tiene incluso un casco de reluciente metal con carátula de vidrio tintado. Un par de alas plateadas destellan en la manga, cosidas en la tela, de color gris oscuro. Para qué son, qué ha *hecho* Cal con ellas, no quiero ni pensarlo.

Como Julian, Cal tiene montones de libros por todas partes que forman pequeños ríos de tinta y papel. Sin embargo, no son tan viejos como los de Julian; la mayoría parecen recién encuadernados, mecanografiados y reimpresos en hojas plastificadas para preservar sus palabras. Mientras Cal desaparece en su clóset y se quita el resto de la armadura conforme avanza, yo echo un vistazo a sus libros. Son extraños, llenos de mapas, diagramas y gráficas; guías del terrible arte de la guerra. Cada uno es más violento que el anterior, y detallan movimientos de tropas de años recientes y no tanto. Grandes victorias, derrotas sangrientas, armas y maniobras, todo lo suficiente para que la cabeza me dé vueltas. Las anotaciones de Cal en ellos son todavía peores: indican las tácticas que considera adecuadas y cuáles justifican poner en peligro la vida. En las imágenes, los cuadrados diminutos representan a los soldados, pero yo veo en su lugar a mis hermanos, a Kilorn y a todos los demás que son como ellos.

Más allá de los libros, junto a la ventana, hay una mesita y dos sillas. Sobre la mesa está dispuesto un tablero con las piezas en su sitio. Ignoro de qué juego se trata, pero sé que estaba destinado a practicarlo con Maven. Seguro que se reúnen todas las noches para jugar y reír como lo hacen los hermanos.

—¡No dispondremos de mucho tiempo para la visita! —la voz de Cal me asusta y me hace dar un salto.

Miro hacia el clóset y alcanzo a ver su espalda larga y musculosa mientras se pone una camisa. Hay más moretones ahí, y también cicatrices, aunque sin duda él debe tener acceso a un ejército de sanadores si lo desea. Por alguna razón, decidió conservar esas cicatrices.

—Con tal de que pueda ver a mi familia... —replico, mientras busco la manera de alejarme para no seguir mirándolo.

Él emerge entonces, ataviado con ropa sencilla. Tras un momento, noto que es la misma que llevaba puesta la noche que lo conocí. No puedo creer que no me haya dado cuenta desde el principio de lo que era: un lobo con piel de oveja. Ahora yo soy una oveja que pretende ser un lobo.

Nadie sale a detenernos cuando abandonamos las plantas residenciales; supongo que ser el príncipe heredero tiene sus ventajas.

Cal da la vuelta a una esquina, en dirección a una amplia habitación de concreto.

—Por aquí.

Parece una bodega llena de hileras de formas extrañas cubiertas con lienzos. Algunas son grandes, otras pequeñas, pero todas están tapadas.

—¡Esto es un callejón sin salida! —protesto. La única es el camino que nosotros tomamos.

—Sí, Mare, te conduje a un callejón sin salida —dice él suspirando, y avanza por una hilera particular. Los lienzos ondean a su paso y yo consigo ver bajo ellos el brillo del metal.

—¿Más armaduras? —señalo una de esas figuras—. Justamente iba a decirte que tal vez deberías conseguirte más. Las que tienes arriba no parecen suficientes. De hecho, quizá deberías ponerte una ahora mismo. Mis hermanos son enormes, y tienen la afición de aporrear a la gente.

Pero a juzgar por sus libros y sus músculos, Cal sabe defenderse, *por no hablar del asuntito ése de que controla el fuego*.

Él se limita a sacudir la cabeza.

—No la necesito. Además, parezco un agente de seguridad con esas cosas. No queremos que tu familia se haga una idea equivocada, ¿verdad?

—¿Qué idea queremos que se haga entonces? Que yo sepa, no estoy autorizada a presentarte como se debe.

—Trabajo contigo y conseguimos un permiso para salir esta noche. Así de simple —dice él, encogiéndose de hombros. *Mentir se le da muy fácil a esta gente.*

—¿Y por qué me acompañas? ¿Cuál es el truco?

Con una sonrisa maliciosa, Cal señala la figura cubierta que tiene a su lado.

—Soy tu chofer.

Retira el lienzo y ante nuestra vista emerge un flamante artefacto de metal y pintura negra. Dos llantas con dibujo dentado, acero cromado reflectante, luces, un amplio asiento de piel: un vehículo como nunca antes había visto.

—Es una motocicleta —pasa la mano por el manubrio de plata como un padre orgulloso. Cal ama y conoce cada milímetro de esta bestia metálica—. Ágil, rápida y capaz de llegar donde otros transportes no pueden.

—Parece… una trampa mortal —digo al fin, sin poder ocultar mi temor.

Riendo, saca un casco de la parte trasera del asiento. Confío en que no quiera que me lo ponga, y mucho menos que me suba a ese armatoste.

—Eso dijeron mi padre y la coronela Macanthos. Todavía no van a fabricarlas en serie para el ejército, pero yo los convenceré de que lo hagan. No he chocado una sola vez desde que perfeccioné las ruedas.

—¿*Tú* fabricaste esta cosa? —pregunto incrédula, pero él se encoge de hombros como si nada—. ¡Vaya!

—Sólo espera a subirte en ella —me tiende el casco.

Justo en ese momento la pared del fondo traquetea, dejando oír el rechinido de sus mecanismos de metal, y comienza a deslizarse y a exhibir la oscuridad de la noche.

Riendo, me alejo de esa máquina de la muerte.

—¡Esto no está sucediendo!

Pero Cal no hace más que sonreír y columpiar una pierna sobre la moto, hundido en su asiento. El motor cobra vida y retumba debajo de él, ronronea y ruge con energía. Siento la batería en el interior de la máquina, propulsándola. Parece pedir a gritos que la suelten para devorar el largo camino que nos separa de casa. *Mi hogar.*

—¡Es completamente inofensiva, te lo aseguro! —grita Cal por encima del ruido del motor. El faro se enciende e ilumina la noche oscura a lo lejos. Los ojos de color oro rojizo de Cal se encuentran con los míos al tiempo que él extiende su mano—. ¿Mare?

Aunque siento que el estómago se me hunde, deslizo el casco en mi cabeza.

Nunca me he subido a una aeronave, pero sé que volar debe producir una sensación como esto. Como la libertad. La moto de Cal devora el conocido camino en curvas arqueadas y elegantes. Es un buen piloto, lo admito. El viejo camino está lleno de baches, pero él los esquiva con facilidad, y yo llevo el alma en un hilo. Sólo cuando paramos con soltura a menos de un kilómetro del pueblo me doy cuenta de que estoy tan firmemente agarrada de Cal que tiene que zafarse de mí. Sin su calor, siento frío de pronto, aunque dejo de pensar en eso al instante.

—Genial, ¿no? —apaga la moto.

A mí me duelen las piernas y la espalda a causa del extraño asientito, pero Cal baja de un salto, y echa a andar con mayor brío.

Yo también me bajo, con relativa dificultad. Me tiemblan un poco las rodillas, quizás por los fuertes latidos que no dejan de repiquetear en mis oídos, pero creo que estoy bien.

—Éste no será mi transporte preferido.

—Recuérdame llevarte alguna vez en un *jet*. Después de eso, no querrás bajarte de las motos —repone, mientras saca rodando la suya del camino, para ocultarla en el bosque.

Tras arrojar sobre ella varias ramas frondosas, se aparta para admirar su trabajo. Si yo no supiera dónde mirar, no notaría que la moto está ahí.

—Se ve que ya tienes mucha práctica en esto.

Cal se vuelve hacia mí, con una mano en el bolsillo.

—Los palacios pueden ser… sofocantes.

—¿Y los bares abarrotados, los bares rojos, no lo son? —saco a colación el tema. Pero él echa a andar hacia la aldea con un paso rápido, como si con eso pudiera eludir la pregunta.

—No salgo a beber, Mare.

—¿Entonces a qué? ¿Sólo sorprendes carteristas y repartes trabajo a tontas y a locas?

Cuando él para en seco y voltea, yo choco contra su pecho y siento por un segundo la solidez de su cuerpo. Veo entonces que no puede dejar de reír.

—¿Acabas de decir "a tontas y a locas"? —pregunta entre risas.

Yo me sonrojo bajo mi maquillaje, y le doy un pequeño empujón. *Muy inapropiado*, me amonesta mi mente.

—Contesta mi pregunta.

Queda la sonrisa pero la carcajada se va.

—No lo hago por mí —dice Cal—. Tienes que entenderlo, Mare. Yo no… Un día seré rey. No puedo darme el lujo de ser egoísta.

—Pensaba que el rey era precisamente la única persona que podía darse ese lujo.

Él sacude la cabeza mientras me mira con ojos tristes.

—Ojalá fuera así.

Abre y cierra el puño, y yo casi puedo ver las llamas en su piel, calientes e intensificándose a la par de su enojo. Pero esto es pasajero, y deja sólo un rescoldo de pesar en su mirada. Cuando al fin echa a andar de nuevo, lo hace con un paso más indulgente.

—Un rey debe conocer a su pueblo. Por eso salgo a escondidas —murmura—. Lo hago en la capital también, y en el frente. Me gusta ver cómo son las cosas en el reino, en vez de que me lo digan los asesores y los diplomáticos. Esto es lo que un buen rey haría.

Cal actúa como si tuviera que avergonzarse de querer ser un buen líder. Quizás a ojos de su padre y de todos esos otros idiotas, debería ser así. Fuerza y poder son las palabras que le enseñaron. No bondad. No gentileza. No empatía ni valor ni igualdad, ni ninguna otra cosa por la que un gobernante debería esforzarse.

—¿Qué ves, Cal? —señalo la aldea, que ya aparece entre los árboles. Mi corazón se alboroza en mi pecho al saber que estoy tan cerca.

—Veo un mundo en el filo de una navaja. Sin equilibrio, caerá —contesta él, con un suspiro, aunque sabe que ésa no es la respuesta que quiero oír—. No sabes lo precarias que son las cosas, lo cerca que está este mundo de caer en ruinas. Mi padre hace todo lo que puede para mantenernos a salvo, y yo lo mismo haré.

—Mi mundo ya está en ruinas —pateo el sucio camino que se extiende a nuestros pies. En torno nuestro, los árboles parecen apartarse para enseñarnos el sitio fangoso que yo llamo hogar. Comparado con la Mansión, debe parecer una pocilga, un infierno. *¿Por qué él no puede ver esto?*—. Tu padre mantiene a salvo a *tu* pueblo, no al mío.

—Cambiar el mundo tiene su precio, Mare —dice—. Muchos morirían, sobre todo Rojos. Y al final no habría victoria, al menos no para ustedes. Tú desconoces las numerosas implicaciones de la situación.

—Cuéntamelas entonces —respondo molesta, asqueada por sus palabras—. Muéstrame la situación.

—La comarca de los Lagos es como la nuestra, una monarquía con nobles y una elite Plateada que gobierna al resto. Y los príncipes de las Tierras Bajas, nuestros aliados, nunca apoyarán a una nación en la que los Rojos sean nuestros iguales. Con la Pradera y Tiraxes sucede lo mismo. Aun cuando Norta cambiara, el resto del continente no se lo permitiría. Seríamos invadidos, divididos, destrozados. Más guerra, más muerte.

Yo recuerdo el mapa de Julian, el ancho mundo más allá de nuestra nación. Todo controlado por Plateados, sin ninguna parte adonde podamos mirar.

—¿Y si te equivocaras? ¿Y si Norta fuera sólo el principio? ¿El cambio que los demás necesitan? No sabes adónde llevará la libertad.

Cal no tiene respuesta para eso, y caemos en un silencio glacial.

—Ya llegamos —digo entre dientes, y me detengo bajo el conocido perfil de mi casa.

Mis pies son sigilosos en el zaguán, muy distintos a las fuertes pisadas de Cal, que hacen crujir las vigas de madera. Él percibe mi inquietud y pone una mano caliente sobre mi hombro, pero esto no hace nada para tranquilizarme.

—Puedo esperar abajo si quieres —susurra, lo que me toma por sorpresa—. No debemos arriesgarnos a que me reconozcan.

—No lo harán. Aunque mis hermanos hayan estado en el ejército, no te distinguirían de una pata de la cama —*Shade sí,* pienso yo, *pero es tan listo que no abriría la boca*—. Además, dijiste que querías conocer aquello por lo que no vale la pena luchar.

Así pues, abro la puerta, y entro a un hogar que ya no es el mío. Parece que retrocediera en el tiempo.

Un coro de ronquidos atraviesa la casa, no sólo procedentes de mi padre, sino también del bulto desproporcionado que dormita en la sala. Bree está tumbado en el mullido sillón: una pila de músculos y mantas ligeras. Antes se dejaba crecer el cabello, pero ahora lo lleva casi a rape, al estilo militar, y tiene cicatrices en sus brazos y en su cara, testimonio de su paso por el ejército. Ha de haber perdido una apuesta con Tramy, quien da vueltas en mi catre. Shade no aparece por ningún lado, pero a él nunca le gustó dormir. Tal vez esté vagando por la aldea, en busca de antiguas novias.

—¡Arriba! —grito entre risas, mientras quito de un tirón la cobija de Bree.

Él cae ruidosamente, lo que lastima quizá más al pobre suelo que a sí mismo, y rueda hasta topar con mis pies. Durante medio segundo, parece que podría volver a dormirse.

Pero entonces parpadea, con cara de sueño y confusión. En pocas palabras, sigue siendo el mismo de siempre.

—¿Mare?

—¡Cierra el pico, Bree! ¡Hay gente que quiere dormir aquí! —rezonga Tramy en la oscuridad.

—¡A CALLAR TODOS! —ruge papá desde su recámara, lo que hace saltar a la familia entera.

No me había dado cuenta de lo mucho que extrañaba esto. Bree se espabila a fuerza de parpadeos y me abraza con una risa ahogada en el pecho. Un *estrépito* cercano anuncia a Tramy, quien brinca desde el desván, y aterriza junto a nosotros con pies hábiles.

—¡Es Mare! —grita él, y me alza y me toma en sus brazos.

Está más delgado que Bree, pero ya no es el chico enclenque y larguirucho que recordaba. Siento bajo mis manos los nudos de sus músculos; los últimos años no han sido fáciles para él.

—¡Qué gusto verte, Tramy! —digo contra su cuerpo, mientras siento que el mío podría reventar.

Las puertas de la recámara se abren de golpe y de ellas emerge mamá con una raída bata de baño. Abre la boca para regañar a los chicos pero calla al verme, y entonces sonríe y da una palmada.

—¡Por fin viniste a visitarnos!

La sigue papá, resollando y rodando en su silla hasta la habitación principal. Gisa es la última en despertar, aunque sólo asoma la cabeza por el borde de la buhardilla.

Tramy me suelta por fin, y vuelvo a ponerme junto a Cal, quien ha logrado mantener una apariencia inmejorablemente incómoda y fuera de lugar.

—Me enteré que te diste por vencida y conseguiste trabajo —me dice Tramy en son de broma, mientras me pica las costillas.

Bree ríe y me alborota el pelo.

—El ejército no la querría de todas formas, desvalijaría a su legión.

Lo empujo, sonriendo.

—Parece que tampoco te quiere a ti. Dado de baja, ¿eh?

Papá se adelanta en su silla y contesta por ellos.

—Un sorteo, decía en la carta. Concedió una baja honorable a los chicos Barrow. Pensión íntegra también.

Se ve que él no cree una sola palabra de esto pero no insiste en el tema. Mamá, en cambio, lo cree a pie juntillas.

—Maravilloso, ¿no? Al fin el gobierno hizo algo por nosotros —besa a Bree en la mejilla—. Y ahora tú, con un trabajo —irradia orgullo, como nunca antes; en otro tiempo lo reservaba entero para Gisa. *Se enorgullece de una mentira*—. Ya era hora de que esta familia tuviera un poco de suerte.

Arriba de nosotros, Gisa ríe. No la culpo. Mi suerte destrozó su mano y su futuro.

—¡Sí, qué afortunados somos! —vocifera, y por fin se suma a nosotros.

Su andar es lento; baja la escalera apoyada en una sola mano. Cuando llega al suelo, veo que su tablilla está envuelta en una tela colorida. Noto con tristeza que es una parte del hermoso bordado que nunca terminará.

Me dispongo a abrazarla pero ella me rehúye, sin dejar de ver a Cal. Parece ser la única en advertirlo.

—¿Y éste quién es?

Me pongo roja al darme cuenta de que lo había olvidado casi por completo.

—¡Ah, es Cal! Otro sirviente de la Mansión.

—Hola —consigue decir mientras agita tontamente la mano.

Mamá suelta una risita de colegiala y agita la mano en respuesta, al ver los brazos musculosos de Cal. Pero papá y mis hermanos no están tan contentos.

—No eres de por aquí —gruñe papá, mirando a Cal como si fuera un animalejo—. Puedo olerlo.

—Así es la Mansión, papá... —protesto, pero Cal me interrumpe.

—Soy de Harbor Bay —se asegura de pronunciar las erres a la manera de Harbor—. Empecé trabajando en la residencia real de Ocean Hill y ahora viajo con el séquito allá donde vaya —me mira de reojo, con gesto cómplice—. Muchos sirvientes hacen eso.

Mamá suspira ruidosamente, mientras me toma del brazo.

—¿Tú lo harás también? ¿Tendrás que irte con esa *gente* cuando se vaya?

Quiero decirles que yo no decidí esto, que no me iré por mi voluntad. Pero tengo que mentir, por su bien.

—Era el único puesto que tenían. Además, el salario es bueno.

—Creo saber qué pasa aquí —rezonga Bree, frente a frente con Cal. Dicho sea de paso, éste apenas se inmuta.

—No hay nada entre nosotros —dice fríamente, mientras opone a los ojos de Bree un fuego igual en los suyos—. Mare decidió trabajar en el palacio. Firmó un contrato por un año y eso es todo.

Bree cede, entre resoplidos.

—Me agradaba más el chico Warren —refunfuña.

—¡Madura, Bree! —digo bruscamente.

Mamá se estremece por la rudeza de mi tono, como si después de apenas dos semanas de ausencia ya hubiera olvidado cómo soy. Extrañamente, sus ojos se llenan de lágrimas. *Te está olvidando. Por eso quiere que te quedes. Para no olvidarte.*

—No llores, mamá —me acerco para abrazarla.

Parece diminuta en mis brazos, más delgada que en mi recuerdo. O quizá nunca había notado lo endeble que se ha vuelto.

—No es por ti, cariño, es que…

Ella deja de verme para mirar a papá. Hay un dolor en sus ojos, un dolor que yo no comprendo. Los demás no pueden soportar mirarla. Hasta papá contempla sus pies inútiles. Un peso sombrío cae sobre la casa.

Entonces comprendo lo que ocurre, de qué está tratando de protegerme mamá.

Mi voz tiembla cuando hablo y emito una pregunta cuya respuesta no quiero saber.

—¿Dónde está Shade?

Mamá se desploma, apenas alcanza a llegar hasta una silla de la mesa de la cocina antes de romper a llorar. Bree y Tramy no lo soportan y se voltean. Gisa permanece inmóvil, con la mirada fija en el suelo como si quisiera que se la tragara. Nadie dice nada. Sólo el ruido de las lágrimas de mi madre y de la trabajosa respiración de mi padre llena el espacio que mi hermano ocupó alguna vez. *Mi hermano, el más querido de todos.*

Me desvanezco y casi pierdo el equilibrio, presa de la aflicción, pero Cal me sujeta. Ojalá no lo hubiera hecho. Quiero caer, sentir algo duro y real para que la cabeza no me duela tanto. Me llevo instintivamente la mano a la oreja, para rozar las tres piedras que tanto quiero. La tercera, la de Shade, se siente fría contra mi piel.

—No te lo queríamos decir en una carta —bisbisea Gisa, mientras toca su tablilla—. Murió antes de que llegara la baja.

La urgencia de electrificar algo, de descargar mi rabia y mi dolor en un solo golpe de penetrante energía, nunca había sido tan fuerte. *Contrólala,* me digo. No puedo creer que me preocupara que Cal incendiase la casa de mis padres; *el rayo puede destruir tan fácil como la llama*.

Gisa contiene las lágrimas y hace un esfuerzo por hablar:

—Intentó huir. Fue ejecutado.

Mis piernas ceden tan pronto que ni siquiera Cal puede sostenerme. No oigo nada. No veo nada, sólo *siento*: pena, dolor, espanto, el mundo entero gira a mi alrededor. Los focos zumban de electricidad, me gritan tan fuerte que creo que mi cabeza podría estallar. El refrigerador cruje en la esquina, con su vieja y agónica batería latiendo como un corazón moribundo. Todas estas cosas me provocan, se burlan de mí, me quieren doblegar. Pero no lo permitiré. *No lo permitiré.*

—Mare —dice Cal en mi oído, me toma entre sus brazos cálidos, aunque también me podría estar hablando desde el otro lado de un océano—. ¡Mare!

Yo suelto un gemido de dolor, e intento recuperar el aliento. Siento las mejillas húmedas, aunque no recuerdo haber llorado. *Ejecutado.* La sangre me hierve bajo la piel. *Es mentira. Él no huyó. Estaba en la Guardia. Y ellos lo descubrieron. Por eso lo mataron. Ellos lo asesinaron.*

Nunca antes me había enojado tanto. Ni cuando los muchachos se fueron, ni cuando Kilorn me buscó. Ni siquiera cuando destruyeron la mano de Gisa.

Un silbido ensordecedor se extiende por la casa cuando el refri, los focos y el cableado en los muros se aceleran de pronto. La electricidad vibra, me hace sentir viva, enojada y peligrosa. Estoy creando energía, haciendo que mi propia fuerza se abra paso por la casa como me enseñó Julian.

Cal grita mientras me sacude, trata de hacerse entender de algún modo. Pero no puede. La energía está en mí y yo no la quiero soltar. Es preferible al dolor.

Encima de nosotros cae una lluvia de vidrio cuando los focos hacen explosión, revientan como palomitas en una cazuela. *Pum, pum, pum.* Esto casi ahoga el grito de mamá.

Alguien me jala de los pies con brusquedad. Pone las manos sobre mi cara para inmovilizarme mientras habla. No para consolarme, no para compadecerse de mí, sino para hacerme reaccionar. *Yo he oído esa voz en alguna parte.*

—¡Cálmate, Mare!

Cuando vuelvo en mí, veo unos ojos de color verde claro y una cara llena de preocupación.

—Kilorn.

Siento en mi piel la aspereza de sus manos, pero eso me tranquiliza. Me devuelve a la realidad, a un mundo en el que mi hermano está muerto. El único foco sobreviviente se mece sobre nosotros, e ilumina apenas el cuarto y a mi aturdida familia.

Pero eso no es lo único que combate a la oscuridad.

Chispas de color blanco purpúreo danzan entre mis manos, se debilitan por momentos, pero son claras como el día. Mi rayo. *No podré salir de ésta con mentiras.*

Kilorn me arrastra hasta una silla, con su rostro empañado por una nube de confusión. Los demás sólo miran y veo con tristeza que tienen miedo. Kilorn no tiene miedo, pero está enojado.

—¿Qué te hicieron? —brama él, con sus manos muy cerca de las mías. Las chispas se desvanecen por completo, hasta dejar solamente mi piel y dedos temblorosos.

—No me hicieron nada —*ojalá esto fuera culpa de ellos. Ojalá pudiera culpar de esto a alguien.* Miro sobre la cabeza de Kilorn y encuentro los ojos de Cal. Algo en él se relaja y apenas asiente, en una comunicación sin palabras. *No tengo que mentir acerca de esto*—. Así soy yo.

Kilorn arruga la frente más todavía.

—¿Eres uno de *ellos*? —no había oído nunca tanto enojo, tanto *asco*, en una sola oración. Esto me hace desfallecer—. *¿Lo eres?*

Mamá es la primera en recuperarse y, sin rastro alguno de temor, me toma de la mano.

—Mare es mi hija, Kilorn —clava en él una mirada amedrentadora que no sabía que tuviera—. Todos lo sabemos.

Los demás lo confirman, mientras murmuran y se concentran a mi alrededor, pero Kilorn sigue escéptico. Me observa como si fuera una extraña, como si no nos conociéramos de toda la vida.

—Denme un cuchillo y resolveré esto ahora mismo —le devuelvo la mirada—. Te enseñaré de qué color es mi sangre.

Esto lo calma un poco, y da marcha atrás.

—Es que… no entiendo.

Ya somos dos.

—Creo que Kilorn tiene razón en eso. Sabemos quién eres, Mare, pero… —Bree titubea, busca lo que debe decir, nunca ha sido bueno con las palabras— *¿cómo?*

Apenas sé qué decir, pero hago todo lo posible por explicarme. Sé muy bien que Cal está atrás de mí, escuchando, así que dejo fuera a la Guardia y los descubrimientos de Julian y expongo las dos últimas semanas lo más claramente que puedo.

—No sabemos cómo o por qué, sólo que es *así* —termino, y extiendo las manos. No paso por alto la resistencia de Tramy—. Quizá nunca sepamos qué significa esto.

La mano de mamá aprieta la mía en muestra de apoyo. Este pequeño consuelo hace maravillas en mí. Sigo enojada, sumamente triste, pero la necesidad de destruir algo se ha esfumado. Recupero cierta apariencia de control, el suficiente para refrenarme.

—Yo creo que es un milagro —murmura mamá, forzando una sonrisa, por mí—. Siempre hemos querido lo mejor para ustedes y ahora lo tenemos. Bree y Tramy están a salvo, Gisa ya no tendrá que preocuparse, podemos *vivir* felices y tú —sus ojos llorosos se cruzan con los míos—, tú, mi vida, vas a ser alguien especial. ¿Qué más puede pedir una madre?

Qué más quisiera yo que sus palabras fueran ciertas, pero asiento de todos modos, mientras les sonrío a mi madre y mi familia. Cada vez miento mejor y ellos parecen creerme. Aunque Kilorn no. Él todavía está que trina, e intenta contener otro arranque.

—¿Cómo es él, el príncipe? —espolea mamá—. ¿Maven?

Terreno peligroso. Siento a Cal escuchando, a la espera de oír mi opinión sobre su hermano menor. *¿Qué puedo decir? ¿Que es bueno? ¿Que empieza a simpatizarme? ¿Que sigo sin saber si puedo confiar en él? O peor aún, ¿que nunca podré volver a confiar en nadie?*

—No es lo que yo esperaba.

Gisa nota mi molestia y se vuelve hacia Cal.

—¿Entonces quién es éste, tu guardaespaldas? —cambia de tema en un abrir y cerrar de ojos.

—Sí —Cal responde por mí. Él sabe que no me gusta mentirle a mi familia, no más de lo necesario—. Y lo lamento, pero tendremos que irnos pronto.

Sus palabras son como un cuchillo en carne viva, pero debo obedecerlas.

—Así es.

Mamá está junto a mí y me aprieta tanto la mano que temo que me la rompa.

—No diremos nada, por supuesto.

—Ni una palabra —confirma papá.

Mis hermanos asienten también, jurando guardar silencio.

Pero Kilorn pone cara de pocos amigos. Algo lo hizo enojar mucho, y por más que lo intento no puedo saber qué fue. *Sin embargo, yo también estoy enojada.* La muerte de Shade sigue pesando en mí como una piedra.

—¿Kilorn?

—Sí, yo tampoco hablaré —espeta él.

Antes de que pueda detenerlo, Kilorn se para de su silla y sale tan rápido que levanta una ráfaga de aire. La puerta se cierra detrás de él y sacude las paredes. Estoy acostumbrada a sus arrebatos, sus raros momentos de exasperación, pero esta furia es algo nuevo en él. No sé cómo enfrentarme a ella.

La mano de mi hermana me devuelve a la realidad, al recordarme que esto es una despedida.

—Lo tuyo es un don —me dice al oído—. No lo desperdicies.

—Volverás, ¿verdad? —pregunta Bree, y Gisa se aparta. Por primera vez desde que se fue a la guerra, veo temor en sus ojos—. Ahora eres una princesa, tienes que poner las reglas.

Ojalá pudiera.

Cal y yo intercambiamos miradas, nos comunicamos sin palabras. Por su boca apretada y la sombra en sus ojos, sé cuál debe ser mi respuesta.

—Lo intentaré —farfullo con voz quebrada.

Una mentira más no le puede hacer daño a nadie.

Cuando llegamos a las afueras de Los Pilotes, el adiós de Gisa me persigue aún. No había culpa en sus ojos, pese a que se lo he arrebatado todo. Sus últimas palabras resuenan en el viento, y ahogan lo demás. *No lo desperdicies.*

—Lamento lo de tu hermano —consigue decir Cal—. No sabía que…

—¿… que ya hubiera muerto?

Ejecutado por deserción. Otra mentira. La rabia aumenta otra vez, y yo ni siquiera *quiero* controlarla. Pero, ¿qué puedo hacer con esto? ¿Qué puedo hacer para vengar a mi hermano o incluso para intentar salvar a los demás?

No lo desperdicies.

—Debo hacer una escala más —antes de que Cal pueda oponerse, ofrezco mi mejor sonrisa—. No tardaré mucho, lo prometo.

Para mi sorpresa, él asiente lentamente en la oscuridad.

—Un empleo en la Mansión es algo muy prestigioso —dice Will entre risas mientras yo tomo asiento en su carromato.

La vieja vela azul continúa ardiendo, proyecta a nuestro alrededor una luz titilante. Como sospechaba, Farley se fue hace mucho.

Cuando estoy segura de que la puerta y las ventanas están cerradas, bajo la voz.

—No trabajo ahí, Will. Ellos…

Para mi sorpresa, él me indica con una seña que me calle.

—Oh, ya lo sé todo. ¿Té?

—No —mis palabras tiemblan de asombro—. ¿Cómo hiciste para…?

—Los simios imperiales eligieron reina la semana pasada, y evidentemente tenían que pasarlo por la tele en las ciudades Plateadas —dice una voz detrás de una cortina.

La figura emerge para poner al descubierto no a Farley, sino lo que parece una estaca con forma humana. Su cabeza roza el techo, lo que lo obliga a agacharse incómodamente. Su cabello carmesí es largo y hace juego con la banda roja que le cuelga de sus hombros hasta la cintura. Está abrochada con la misma insignia en forma de sol que Farley llevaba puesta en su programa. Y no paso por alto el cinturón con pistolera, lleno de balas radiantes y un par de revólveres. Él también pertenece a la Guardia Escarlata.

—Apareció usted en todas las pantallas Plateadas, *Lady Titanos* —pronuncia mi título como si fuera una maldición—.

Usted y esa chica Samos. Dígame, ¿es tan antipática como parece?

—Éste es Tristan, uno de los lugartenientes de Farley —interviene Will, quien vuelve hacia él una mirada recriminatoria—. Compórtate, Tristan.

—¿Por qué? —pregunto riendo—. Evangeline Samos no pasa de ser una idiota sanguinaria —sonriendo, Tristan lanza a Will una mirada de suficiencia—. Pero no todos son primates —agrego tranquilamente, al recordar las amables palabras de Maven de hace unas horas.

—¿Te refieres al príncipe con el que te comprometiste o al que te está esperando en el bosque? —inquiere Will sin más, como si preguntara por el tiempo o el precio de la harina.

En marcado contraste con él, Tristan estalla y salta de su asiento. Yo lo arrojo contra la puerta con ambas manos. Por suerte, me controlo. Lo último que necesito ahora es electrificar a un miembro de la Guardia Escarlata.

—¿Trajiste a un Plateado hasta aquí? —se agacha Tristan para sisearme—. ¿Al *príncipe*? ¿Sabes qué podríamos hacer si lo tomáramos preso? ¿Lo que podríamos pedir?

Aunque él es mucho más alto que yo, no cedo.

—Déjalo en paz.

—Una semana a todo lujo y tu sangre ya es tan Plateada como la de ellos —fustiga él, y parece que quisiera matarme—. ¿A mí también vas a electrocutarme?

Esto cala y él lo sabe. Bajo las manos, con miedo de que me traicionen.

—No lo protejo a él; te protejo a *ti*, idiota. Cal es un soldado nato y podría incendiar esta aldea si quisiera.

No es que vaya a hacerlo. *O al menos, eso espero.*

Tristan se lleva instintivamente la mano a la pistola.

—Me gustaría ver cómo lo intenta.

Pero Will le pone en el brazo su mano llena de arrugas. Esto basta para que el rebelde se apacigüe.

—Ya es suficiente —musita—. ¿A qué viniste, Mare? Kilorn está a salvo, al igual que tus hermanos.

Yo emito un suspiro, sin dejar de mirar a Tristan. Él acaba de amenazar con secuestrar a Cal y pedir un rescate. Y por alguna razón, esa idea me altera demasiado.

—Mi... —suelto una sola palabra pero no sé cómo seguir— Shade formaba parte de la Guardia —no es una pregunta, es una verdad. Will baja la mirada, apenado, y hasta Tristan inclina la cabeza—. Por eso lo mataron. Los Plateados mataron a mi hermano, y ahora quieren que yo actúe como si lo aceptara.

—Serías mujer muerta si te negaras —Will me dice lo que ya sé.

—No pienso hacerlo. Diré lo que ellos quieran. Pero... —mi voz tiembla un poco, al filo de este nuevo sendero— estoy en el palacio, en el centro de su mundo. Soy rápida, soy discreta y puedo ayudar a la causa.

Tristan toma aire estruendosamente, y se estira cuan largo es. Pese a su enojo de antes, ahora brilla en sus ojos algo parecido al orgullo.

—Quieres enrolarte.

—Sí.

Will aprieta la quijada, mientras me perfora con la vista.

—Espero que sepas a qué te comprometes, Mare. Esta guerra no es mía ni de Farley ni de la Guardia Escarlata: es tuya. Hasta el fin. Y no para vengar a tu hermano, sino para vengarnos a todos nosotros. Para luchar por los que ya se fueron, y para salvar a los que están por venir.

Su mano encallecida toca la mía y por primera vez advierto un tatuaje en su muñeca: una cinta roja. Como las que nos obligaban a ponernos. Salvo que ahora él la lleva para siempre. Forma parte de él, como la sangre en nuestras venas.

—¿Estás con nosotros, Mare Barrow? —cierra su mano sobre la mía.

Más guerra, más muerte, dijo Cal. *Pero él podría estar equivocado. Quizá nosotros podamos cambiar eso.*

Mis dedos se tensan al aferrarse a Will. Puedo sentir el peso de mi acción, la importancia que hay detrás de ella.

—Estoy con ustedes.

—¡Nos levantaremos —exhala él junto con Tristan, y yo recuerdo la frase y la termino con ellos—, Rojos como el amanecer!

A la luz parpadeante de la vela, nuestras sombras parecen monstruos en las paredes.

Cuando regreso junto a Cal a las afueras del pueblo, de un modo u otro me siento más ligera, animada por mi decisión y la perspectiva de lo que está por venir. Cal marcha a mi lado, voltea en ocasiones, pero no dice nada. Mientras yo pico y aguijoneo y saco por la fuerza una respuesta a cualquiera, Cal es todo lo contrario. Tal vez sea una táctica militar que tomó de alguno de sus libros: *deja que el enemigo venga a ti.*

Porque eso es lo que yo soy ahora. Su enemigo.

Él me desconcierta, como su hermano. Ambos son buenos pese a que saben que soy Roja, aunque ni siquiera deberían verme. Pero Cal me llevó a casa y Maven fue bueno conmigo; quieren ayudarme. *Son muchachos extraños.*

Cuando volvemos al bosque, la actitud de Cal se altera y se pone serio.

—Tendré que hablar con la reina para que cambien tu horario de actividades.

—¿Por qué?

—Estuviste a punto de explotar —responde, cauteloso—. Tendrás que ir a entrenamiento con nosotros para garantizar que no vuelva a suceder algo así.

Julian ya me está entrenando. Pero hasta la vocecita que oigo en mi cabeza sabe que Julian no sustituye el entrenamiento de Cal, Maven y Evangeline. Si yo aprendiera siquiera la *mitad* de lo que ellos saben, ¡qué no podría hacer por la Guardia, por la memoria de Shade!

—Bueno, si eso me libra del protocolo, no diré que no.

En ese instante, Cal da un salto desde su moto. Sus manos se encienden y una luz igualmente abrasadora arde en sus ojos.

—Alguien nos vigila.

No hace falta que lo cuestione. Cal posee un olfato militar muy agudo, pero ¿qué podría amenazarlo aquí? ¿A qué podría temer él en el bosque de una aldea modesta y amodorrada? *Una aldea plagada de rebeldes,* me recuerdo.

Pero en vez de Farley o de revolucionarios armados, quien sale de entre el follaje es Kilorn. Había olvidado lo astuto que es, lo fácil que puede escurrirse en la oscuridad.

Las manos de Cal se apagan, y dejan sólo una bocanada de humo.

—Ah, eres tú.

Kilorn deja de observarme para fulminar a Cal con la mirada. Inclina la cabeza con una reverencia condescendiente.

—Discúlpeme, alteza.

En vez de rechazarlo, Cal se endereza un poco, asume la apariencia del rey que está destinado a ser. No contesta y voltea para sacar su moto de entre las hojas. Pero yo siento sus ojos clavados en mí y cómo observa cada segundo que transcurre entre Kilorn y yo.

—¿De veras vas a hacerlo? —pregunta Kilorn con el aspecto de un animal herido—. ¿De veras te marcharás? ¿Para ser uno de ellos?

Sus palabras duelen más que una bofetada. Querría decirle que *no tengo elección*.

—Ya viste lo que pasó en casa de mis padres, ¿qué puedo hacer? Ellos pueden *ayudarme* —hasta a mí me sorprende lo fácil que me resulta mentir. Un día podría mentirme incluso a mí misma, hacerle creer a mi mente que soy feliz—. Estoy donde debo estar.

Él sacude la cabeza y me toma del brazo como si de esa forma pudiera llevarme de vuelta al pasado, cuando nuestras preocupaciones eran sencillas.

—Aquí es donde deberías estar.

—¡Mare!

Cal espera paciente, recargado en el asiento de la moto, pero su voz suena firme, como una advertencia.

—Tengo que irme.

Intento empujar a Kilorn, dejarlo atrás, pero él no me lo permite. Siempre ha sido más fuerte que yo. Y por más que quisiera dejar que me retuviera, esto no podría ser.

—¡Mare, por favor…!

Justo en ese trance, una ola de calor choca contra nosotros, como un rayo de sol intenso.

—¡Suéltala! —ruge Cal frente a mí.

El calor procede de él y casi hace silbar el aire. Yo percibo que la calma que él se esfuerza por mantener se diluye, amenaza con disiparse.

Kilorn se ríe en su cara, en busca de pelea. Pero él es como yo: somos ladrones, somos *ratas*. Sabemos cuándo pelear y cuándo huir. Se aparta de mala gana y deja que sus dedos resbalen por mi brazo. Ésta podría ser la última vez que nos veamos.

Los ánimos se enfrían, pero Cal no da marcha atrás. Soy la prometida de su hermano, tiene que protegerme.

—También negociaste por mí, para salvarme del reclutamiento —dice Kilorn en voz baja, al comprender por fin el precio que tuve que pagar—. Tienes la mala costumbre de tratar de salvarme.

Apenas puedo asentir y debo ponerme el casco para ocultar las lágrimas que manan de mis ojos. Atontada, sigo a Cal hasta la moto y me deslizo en el asiento detrás de él.

Kilorn retrocede, se encoge cuando la moto acelera. Luego me sonríe y adopta la misma expresión que antes me invitaba a darle un puñetazo.

—¡Le diré a Farley que le dejaste saludos!

La moto brama como una bestia, mientras me arranca de Kilorn, Los Pilotes y mi antigua vida. El temor me invade como un veneno hasta que lo siento de la cabeza a los pies. Pero no por mí. Ya no. Temo por Kilorn, por el disparate que va a hacer.

Buscará a Farley *y se unirá a ella*.

QUINCE

Al abrir los ojos a la mañana siguiente, veo junto a mi cama una figura envuelta en sombras. *Se acabó. Anoche salí de la Mansión, rompí las reglas, y van a matarme por eso.*

Pero no les va a resultar fácil.

Antes de que la figura pueda hacer cualquier cosa, yo me levanto volando, preparada para defenderme. Mis músculos se tensan mientras el delicioso zumbido cobra vida en mí. Pero en lugar de ver a un asesino, distingo un uniforme rojo. Y reconozco a la mujer que lo viste.

Walsh tiene el mismo aspecto que antes, aunque ciertamente yo no. Está junto a un carrito de metal con té, pan y cualquier otra cosa que yo pueda querer para desayunar. Siempre consciente de su deber, no abre la boca para nada, aunque me habla a gritos con los ojos. Mira mi mano, las ya conocidas chispas que se arrastran entre mis dedos. Yo las sacudo, me desprendo de esos filones de luz hasta verlos desaparecer de mi piel.

—¡Perdón! —exclamo, y la eludo de un salto. Ella no dice nada—. Walsh…

Pero ella sigue entretenida en mis alimentos. Para mi gran sorpresa, me dirige de súbito seis palabras, que yo ya he empezado a memorizar como si fueran un rezo, o una maldición. *Nos levantaremos, Rojos como el amanecer.*

Antes de que yo pueda reaccionar, antes de que mi asombro pueda registrar aquello, Walsh me pone en la mano una taza de té.

—Espera… —trato de alcanzarla, pero ella me esquiva y luego hace una profunda reverencia.

—*Milady* —pone fin abruptamente a nuestra conversación.

Yo dejo que se marche, y la veo salir del cuarto hasta que sólo queda el eco de sus mudas palabras.

Walsh también pertenece a la Guardia.

Reparo entonces en que la taza de té está fría. Extrañamente fría.

Al bajar los ojos me doy cuenta de que no tiene té sino agua y que en el fondo hay un papelito del que se desprende tinta. Ésta se escurre a medida que leo el mensaje, cada vez más desdibujado por el agua y que borra todo posible rastro, hasta que lo único que queda es un líquido gris y turbio y un papel arrugado en blanco. Ninguna evidencia de mi primer acto de rebelión.

El mensaje no es difícil de recordar: consta de una sola palabra.

Medianoche.

Saber que tengo un contacto tan cercano con el grupo debería reconfortarme, pero por alguna razón tiemblo. *Tal vez las cámaras no sean lo único que me vigila aquí.*

Y tampoco es ésa la única nota que me espera. Mi nuevo horario reposa en el buró, escrito con la letra exasperantemente perfecta de la reina.

Tu horario ha cambiado. 06:30-Desayuno / 07:00-entrenamiento / 10:00-protocolo / 11:30-almuerzo / 13:00-protocolo / 14:00-leccio-

NES / 18:00-CENA. LUCAS TE ESCOLTARÁ A TODAS PARTES. ESTE HORARIO NO ES NEGOCIABLE. S.A.R. LA REINA ELARA.

—¿Así que por fin la admitieron en el entrenamiento? —pregunta Lucas con una sonrisa, que expone un extraño orgullo mientras me lleva a mi primera sesión—. O se ha portado muy bien o muy mal.

—Un poco de ambas cosas.

Más bien de la segunda, recuerdo mi episodio de anoche en casa. Sé que el nuevo horario es obra de Cal, pero no esperaba que actuara tan pronto. Sinceramente, estoy emocionada por el entrenamiento. Si es como lo que les vi hacer a Cal y a Maven, en particular la práctica de las habilidades, me dejarán atrás sin remedio, pero al menos tendré con quién conversar. Y si de veras tengo suerte, Evangeline contraerá una enfermedad mortal y no podrá levantarse de la cama el resto de su miserable vida.

Lucas sacude la cabeza, riendo.

—Prepárese. Los instructores tienen fama de doblegar hasta a los soldados más fuertes. No les va a hacer gracia su insolencia.

—Y a mí no me la hará que ellos me dobleguen —replico—. ¿Y cómo fue tu entrenamiento?

—Bueno, yo entré al ejército cuando tenía nueve años, así que mi experiencia es un poco distinta —responde, y la mirada se le ensombrece por el recuerdo.

—¿A los nueve años?

Esta sola idea me resulta intolerable. Se tengan habilidades o no, no puede ser cierta.

Pero él se encoge de hombros como si nada.

—El frente es el mejor lugar para entrenar. Hasta los príncipes se foguearon ahí durante un tiempo.

—Pero ahora tú estás aquí —miro con fijeza su uniforme negro y plata de agente de seguridad—. Ya no eres un soldado.

Por primera vez, la sonrisa sarcástica de Lucas desaparece por completo.

—Eso es algo que acaba con uno —admite, más para sí mismo que para mí—. Los hombres no estamos hechos para permanecer en la guerra mucho tiempo.

—¿Y los Rojos? —me oigo preguntar: *Bree, Tramy, Shade, papá, el padre de Kilorn. Y otros mil más. Otros millones más*—. ¿Ellos soportan la guerra mejor que los Plateados?

Llegamos a la puerta de la sala de entrenamiento antes de que él pueda contestar. Parece un poco incómodo.

—La vida es así. Los Rojos sirven, los Rojos trabajan, los Rojos pelean. Son buenos para eso. Es para lo que están hechos —yo tengo que morderme la lengua para no gritar—. No todo el mundo es especial.

Hiervo en cólera pero no digo una sola palabra contra Lucas. Perder la calma, aun con él, no será bien visto.

—Puedo continuar sola —le digo fríamente.

Nota mi malestar y frunce el ceño. Y entonces respinga, hablando rápido y con voz grave, como si no quisiera ser oído por otros:

—No puedo darme el lujo de hacer preguntas —cargados de intención, clava sus ojos negros en los míos—. Y usted tampoco.

Estas palabras, y su velado sentido, me inspiran temor. *Él sabe que hay cosas en mí más importantes de las que le han contado.*

—Lucas...

—No me corresponde hacer preguntas —arruga la frente, trata de hacerme entender y de tranquilizarme—, Lady Titanos.

El título suena más firme que nunca, se convierte en mi escudo tanto como el arma de la reina.

Lucas no hará preguntas. Pese a sus ojos negros, su sangre Plateada y pertenecer a la familia Samos, no jalará el hilo que podría revelar el secreto de mi existencia.

—Cumpla su horario, *milady* —retrocede, más formal que nunca. Inclina ligeramente la cabeza y me indica la puerta donde aguarda un asistente Rojo—. Pasaré por usted después del entrenamiento.

—Gracias, Lucas —es todo lo que puedo decir.

Él me ha dado mucho más de lo que imagina.

El asistente me tiende un traje negro elástico con rayas lilas y plateadas. Señala un cuartito donde me cambio rápidamente y me quito mis prendas de costumbre para ponerme el overol. Este atuendo me recuerda mi ropa de antes, la que usaba en Los Pilotes. Gastada por el tiempo y por el uso, pero de buen corte y lo bastante ajustada para no molestar.

Cuando entro a la sala de entrenamiento, tengo plena conciencia de que todos me miran, por no hablar de las docenas de cámaras que lo registran todo. Siento el suelo suave y mullido bajo mis pies, que amortigua cada paso que doy. Un tragaluz enorme se eleva sobre nosotros y muestra un estivo cielo azul lleno de nubes que parece burlarse de mí. Varias escaleras de caracol unen los diversos niveles empotrados en las paredes, cada cual a una altura diferente y con un equipamiento diferente. También hay muchas ventanas; sé que una da al salón de Lady Blonos. Ignoro adónde dan las demás o quién podría estar mirando a través ellas.

Entrar a una sala llena de guerreros adolescentes, todos ellos mejor preparados que yo, debería ponerme nerviosa. En cambio, pienso en el insufrible carámbano de metal y hueso conocido como Evangeline Samos. Antes siquiera de llegar al centro de la sala, ya está abriendo la boca para arrojarme su veneno.

—¿Terminaste tu curso de protocolo? ¿Conseguiste al fin dominar el arte de cruzar las piernas cuando te sientas? —pregunta con desdén, y se levanta de un salto de una máquina para levantar pesas.

Lleva recogido su pelo plateado en una complicada trenza que a mí me encantaría cortar, aunque las afiladas navajas metálicas que lleva en su cintura me inducen a pensar otra cosa. Como yo, como todos, lleva puesto un overol con los colores de su Casa. Vestida de plata y negro, tiene un aspecto mortífero.

Sonya y Elane la flanquean con sendas sonrisas. Libres ya de la tarea de intimidarme, ahora parecen dedicadas a adular a la futura reina.

Yo hago cuanto puedo por ignorarlos a todos y me pongo a buscar a Maven. Está sentado en una esquina, lejos de los demás. *Al menos podemos estar los dos solos*. Los murmullos siguen mis pasos mientras más de una docena de nobles adolescentes me ven marchar hacia él. Algunos inclinan la cabeza, tratando de ser educados, pero la mayoría parece reservada. Las mujeres están especialmente nerviosas; después de todo, les quité a uno de sus príncipes.

—Por fin te decidiste —dice Maven riendo en cuanto me siento a su lado. No parece formar parte del conjunto, ni querer hacerlo—. Si no supiera que no es así, diría que estabas tratando de mantenerte alejada de nosotros.

—De una sola persona en particular —miro a Evangeline.

Ella está rodeada de admiradoras junto al puesto de tiro, donde ofrece un espectáculo deslumbrante. Sus navajas de metal silban en el aire y dan justo en el centro de sus blancos.

Maven me ve mirarla, y fija en mí sus ojos comprensivos.

—Cuando regresemos a la capital, no tendrás que verla mucho —murmura—. Ella y Cal estarán muy ocupados recorriendo el país, cumpliendo sus deberes. Y nosotros tendremos los nuestros.

La perspectiva de alejarme de Evangeline me entusiasma, aunque me recuerda también la cuenta regresiva que corre en mi contra. Pronto me veré obligada a dejar la Mansión, el valle y mi familia.

—¿Sabes cuándo volverás... —hago un alto para corregirme—... cuándo volveremos a la capital?

—Después del baile de despedida. ¿Te han hablado ya de él?

—Sí, tu madre lo mencionó y Lady Blonos intenta enseñarme a bailar —añado con voz apagada, me siento ridícula. Blonos trató de enseñarme unos pasos ayer, pero yo acababa siempre en el suelo—. Palabra clave: *intentarlo*.

—No te preocupes, nosotros no tendremos que lidiar con lo peor de eso.

La idea de bailar me aterra, pero me trago mi miedo.

—¿Entonces quién?

—Cal —responde sin vacilar—. El hermano mayor tendrá que besar muchos anillos y bailar con muchas jóvenes insufribles. El año pasado —se detiene, riendo con el recuerdo—, Sonya Iral no lo dejaba bailar y quería tenerlo a su lado todo el tiempo. Yo tuve que intervenir y soportar dos piezas con ella para poder darle un respiro a Cal —la idea de los dos hermanos unidos contra una legión de muchachas desesperadas me hace reír, pensando en los extremos a los que tienen que llegar para protegerse el uno al otro. Pero mientras mi sonrisa se ensancha, la de Maven se deshace—. Al menos esta vez, él tendrá a Samos colgando de su brazo. Ninguna mujer se atreverá a contrariarla.

Yo suelto un resoplido al recordar el puño agudo y penetrante de Evangeline en mi brazo.

—Pobre Cal.

—¿Y qué tal fue tu visita de ayer? —pregunta Maven, en referencia a mi excursión a casa.

Así que Cal no lo ha puesto al tanto.

—Difícil —no se me ocurre otra forma de describirla. Mi familia ya sabe lo que soy y Kilorn se ha arrojado a los lobos. Y por supuesto, Shade está muerto—. Uno de mis hermanos fue ejecutado justo antes de que llegara la exención.

Maven se coloca a mi lado y, aunque espero que se sienta incómodo (después de todo, su gente fue la que hizo eso), pone una mano sobre la mía.

—¡Cuánto lo siento, Mare! Estoy seguro de que no lo merecía.

—¡Por supuesto que no! —balbuceo, mientras recuerdo por qué murió mi hermano. Ahora yo estoy en el mismo camino.

Maven me mira atentamente, como si quisiera leer el secreto en mis ojos. Por una vez me alegro de las lecciones de Blonos, o de lo contrario creería que Maven lee la mente como la reina. Pero no es así, él es un quemador y nada más. Pocos Plateados heredan las habilidades de su madre y ninguno ha tenido nunca más de una. Así que mi secreto, mi nueva lealtad a la Guardia Escarlata, sigue siendo mío.

Cuando él tiende una mano para ayudarme a ponerme en pie, la agarro. A nuestro alrededor, los demás ya comenzaron sus ejercicios de calentamiento; hacen sobre todo estiramientos o trotes, aunque algunos son más espectaculares. Elane entra y sale de mi campo visual mientras hace ondular la luz en torno suyo hasta desaparecer por completo. Un forjador de vientos, Oliver, de la Casa de Laris, crea entre sus manos un torbellino en miniatura al agitar partículas de polvo. Sonya intercambia golpes suaves con Andros Eagrie, un joven de dieciocho años de estatura baja y fuertes músculos. Siendo una seda, Sonya es hábil y rápida, y debería poder vencerlo fácilmente, pero Andros intercambia con ella golpe por golpe en una danza violenta. Los Plateados de la Casa de Eagrie son ojos, lo cual significa que pueden ver el futuro inmediato, y Andros aprovecha al máximo sus habilidades. Ninguno parece dominar al otro, lo que da lugar a un juego de equilibrio más que de fuerza.

Basta imaginar lo que realmente pueden hacer. Tan fuertes, tan poderosos. Y éstos son sólo los jóvenes. Mi esperanza se evapora de un soplo y se convierte en miedo.

—¡A formar! —dice una voz apenas audible.

Mi nuevo instructor entra sin hacer ruido, con Cal a su lado y un telqui de la Casa de Provos a sus espaldas. Como buen soldado, Cal sigue el paso de su instructor, quien parece diminuto y modesto junto a la corpulencia del príncipe. Su piel es pálida y arrugada, y su cabello tan blanco como su atuendo, lo que da fe de su edad y de su Casa. *La Casa de Arven, la Casa silenciosa,* recuerdo mis lecciones. Una Casa importante, llena de poder y fuerza y de todas esas cosas en las que los Plateados creen. Lo recuerdo de antes de ser Mareena Titanos, cuando era niña. Él supervisaba las ejecuciones que se televisaban desde la capital y trataba con prepotencia a los Rojos, y hasta a los Plateados, sentenciados a muerte. Ahora sé por qué lo escogieron para eso.

La chica Haven vuelve a la existencia en un parpadeo, de repente visible otra vez, al tiempo que el viento arremolinado se extingue en manos de Oliver. Las navajas de Evangeline dejan de volar por los aires y hasta yo siento que cae sobre mí un suave manto de nada, que suprime mi sentido eléctrico.

Él es Rane Arven, el instructor, el verdugo, el *silencio*. Puede reducir a un Plateado a lo que más odia: un Rojo. Es capaz de *anular* sus habilidades. Es capaz de volverlo *normal*.

Mientras yo miro embobada, Maven me coloca detrás de él, con Cal a la cabeza de nuestra fila. Evangeline dirige la que está junto a nosotros, y por una vez no parece interesada en mí. No aparta los ojos de Cal mientras él se prepara, muy a gusto, al parecer, en su puesto de autoridad.

Arven no pierde tiempo en presentarme. De hecho, parece que ni siquiera nota que me he integrado a su clase.

—¡A dar vueltas! —dice, con voz grave y ronca.

Bueno, esto es algo que sí puedo hacer.

Echamos a correr formados, circulando por la sala a ritmo ligero en silencio total. Yo aprieto un poco el paso, disfruto del ejercicio que tanto extrañaba hasta rebasar a Evangeline. Cal me alcanza luego, y marca el paso del resto. Me observa correr y me dedica una sonrisa. Esto es algo que yo puedo hacer con facilidad, y que incluso me gusta.

Siento raros los pies en el piso terso, al rebotar a cada paso, pero el pulso en mis oídos, el sudor, el ritmo, todo me resulta familiar. Si cierro los ojos, puedo imaginar que estoy de vuelta en la aldea, con Kilorn, con mis hermanos o yo sola. Libre.

Esto se prolonga hasta que una sección de la pared se cruza en mi camino, y me pega en el vientre.

Me tumba despatarrada en el suelo, pero el que realmente se resiente es mi orgullo. El grupo de corredores me deja atrás y Evangeline sonríe al mirarme por encima del hombro. Sólo Maven reduce la marcha para esperarme.

—¡Bienvenida al entrenamiento! —dice, sonriendo, mientras ve cómo me libro del obstáculo.

Por toda la sala, otras partes de la pared también se mueven, para oponer barreras a los corredores. Todos se lo toman con calma; ya están acostumbrados. Cal y Evangeline encabezan al grupo y van sorteando cada obstáculo que emerge ante ellos. Yo advierto de reojo que el telqui Provos es quien controla las piezas de la pared y hace que se muevan. E incluso parece que me sonríe en son de burla.

Resisto el impulso de contestarle y me obligo a seguir corriendo. Maven trota a mi lado, sin alejarse un segundo de mí, lo que, curiosamente, termina por irritarme. Así que acelero el paso, hasta correr y salvar obstáculos lo mejor que puedo. Pero Maven no es tan fácil de batir como los agentes de seguridad de la aldea.

Cuando terminamos de dar vueltas, Cal es el único que no está sudando. Hasta Evangeline parece exhausta, aunque hace todo lo posible por ocultarlo. Aunque mi respiración es fuerte, estoy orgullosa de mí. Pese a mi mal comienzo, me las arreglé para mantener el ritmo.

El instructor Arven nos examina un momento, se detiene en mí antes de volverse al telqui.

—Objetivos, por favor, Theo —dice, apenas siseando de nuevo.

Como cuando se descorre una cortina para dejar entrar el sol, yo siento que recupero de repente mis habilidades.

El asistente telqui hace un ademán y una sección del piso se desliza hacia un lado, para dejar al descubierto la extraña arma que vi desde la ventana del salón de Blonos. Me percato de que no es ningún arma sino un cilindro que se mueve por el poder del telqui, nada que ver con una tecnología compleja y desconocida. *Las habilidades son lo único que ellos tienen.*

—Lady Titanos —murmura Arven, lo que me hace estremecer—. Entiendo que posee una habilidad interesante.

Él piensa en el rayo, los destructivos dardos de color blanco purpúreo, pero mi mente se extravía al recordar lo que Julian dijo ayer. *Yo no me limito a controlar; también puedo crear. Soy especial.*

Todos los ojos se vuelven hacia mí pero yo aprieto la quijada, dándome aliento para ser fuerte.

—Interesante pero no insólita, instructor —repongo—. Estoy impaciente por aprender más sobre ella, señor.

—Puede comenzar ahora mismo —dice él, y el telqui se tensa a sus espaldas.

Justo entonces sale volando una de las pelotas que sirven de objetivo más rápido de lo que yo habría creído posible.

Contrólate, me digo, repitiendo las palabras de Julian. *Concéntrate.*

Esta vez siento el tirón cuando arranco la electricidad del aire y de alguna parte dentro de mí. Ésta se manifiesta en mis manos, en las que ya destellan pequeñas chispas. Pero la pelotita vuelve a tierra antes de que yo pueda derribarla, y se estrella en el suelo. Evangeline ríe entre dientes detrás de mí, pero cuando volteo, me topo con Maven. Él asiente ligeramente, instándome a hacer otro intento. Junto a él, Cal cruza los brazos, con el rostro ensombrecido por una emoción que no puedo precisar.

Sale disparado otro objetivo dando vueltas en el aire. Esta vez las chispas acuden a mí más rápido, vivas y brillantes, mientras el objetivo alcanza su punto cenital. Tal y como lo hice en el salón de Julian, formo un ovillo con el puño, y cuando me siento llena de energía, disparo.

Un hermoso arco de luz destructiva golpea de lado al objetivo que cae. Éste se hace añicos bajo mi poder, humeando y echando chispas al impactar en tierra con un gran estruendo.

No puedo evitar sonreír, complacida de mí misma. A mis espaldas, Maven y Cal aplauden, igual que algunos otros, entre quienes desde luego no se cuentan Evangeline y sus amigas, que casi parecen ofendidas por mi victoria.

Pero el instructor Arven no dice nada, ni se toma la molestia de felicitarme. Simplemente me mira y después observa al resto de la unidad.

—El siguiente.

El instructor nos hace sudar la gota gorda; nos obliga a repetir una ronda tras otra de ejercicios destinados a afinar nuestras habilidades. Claro que yo me rezago en todos ellos, pero siento que mejoro. Al terminar la sesión, sudo a mares y me duele todo. La lección de Julian es una bendición, pues me permite sentarme para recuperar fuerzas. Pero ni siquiera la sesión de esta mañana me agota por completo; *ya se aproxima la medianoche*. Cuanto más transcurre el tiempo, más cerca estoy de esa hora. Y más cerca de dar el paso siguiente para tomar el control de mi destino.

Julian no percibe mi inquietud, tal vez porque está absorto en una pila de libros recién encuadernados. Cada uno de ellos tiene alrededor de tres centímetros de grosor y está pulcramente rotulado con un año, pero no sé más. Ignoro qué podrían ser.

—¿Qué es esto? —pregunto y tomo uno de ellos. Dentro hay un montón de listas: nombres, fechas, lugares y causas de muerte. La mayoría sólo indica pérdida de sangre, pero también hay enfermedad, asfixia, ahogo y detalles más específicos y truculentos. Se me hiela la sangre cuando descubro qué estoy leyendo—. Una lista de soldados caídos.

Julian asiente.

—Todos los que han perdido la vida en la guerra con los lacustres.

Shade, pienso, y siento que se me revuelve el estómago. Algo me dice que su nombre no aparece en ninguno de estos tomos. Los desertores no reciben el honor de ser recordados en una línea de tinta. Molesta, permito que mi mente divague con la lámpara que ilumina mi lectura. La electricidad en ella me llama y la siento tan familiar como mi propio pulso. Con nada más que mi cerebro, enciendo y apago la lámpara, al compás de mis irregulares latidos.

Al notar la luz intermitente, Julian frunce los labios.

—¿Pasa algo, Mare? —pregunta secamente.

Pasa todo.

—No estoy a gusto con mi cambio de horario —respondo en lugar de ir al grano, dejo en paz la lámpara. No es mentira, pero tampoco es verdad—. No podremos entrenar juntos.

Él se limita a encoger los hombros, lo cual hace ondular sus ropas color pergamino. Por alguna razón, tienen un aspecto más sucio, como si él se estuviera convirtiendo en las páginas de sus libros.

—Por lo que me han dicho, tú necesitas más consejos de los que yo puedo darte.

Mis dientes rechinan, mastican las palabras antes de ser capaz de soltarlas.

—¿Cal te contó lo que pasó?

—Sí —contesta él, sin alterarse—. Y tiene razón. No lo culpes por ello.

—Puedo culparlo de lo que quiera —me quejo. Recuerdo los libros de guerra y las guías de muerte esparcidos en su cuarto—. Es como todos los demás.

Julian abre la boca para decir algo, pero al final lo piensa mejor y vuelve a sus libros.

—Yo no lo llamaría entrenamiento, Mare. Además, lo hiciste muy bien en tu sesión de hoy.

—¿Me viste? ¿Cómo?

—Pedí permiso para observarla.

—¿Qué...?

—No importa —me mira de frente. Su voz se vuelve melódica de pronto, zumba con vibraciones profundas y relajantes. Suspiro y me doy cuenta de que él está en lo cierto.

—No importa —repito. Aunque él ya no habla, el eco de su voz sigue flotando en el aire como una brisa sosegada—. ¿Qué haremos hoy, entonces?

Julian sonríe, divertido.

—Mare.

Su voz es normal otra vez, simple y conocida. Pone fin a esos ecos, me libra de ellos como una nube que se disipa.

—¿Qué... qué diablos fue eso?

—Imagino que en sus lecciones Lady Blonos no te ha hablado mucho de la Casa de Jacos —responde él sin dejar de sonreír—. Me sorprende que nunca hayas preguntado por ella.

Cierto, jamás me he preguntado sobre la habilidad de Julian. Siempre di por supuesto que sería algo débil, porque él no parece tan presuntuoso como los demás, pero todo indica que no es así. Es mucho más fuerte y peligroso de lo que pienso.

—Tú puedes controlar a las personas. Eres como ella.

La idea de que Julian, un ser bueno y compasivo, sea igual a la reina me hace temblar.

Él se toma con calma la acusación, y vuelve a concentrarse en su libro.

—No, no lo soy. Disto mucho de poseer su fuerza o su brutalidad —lanza un suspiro, y se explica—: nos llaman arrulladores. O al menos eso es lo que seríamos si fuéramos más. Yo soy el último de mi Casa y el único en mi género. No puedo leer la mente, no puedo controlar los pensamientos, no puedo hablar dentro de tu cabeza. Pero puedo arrullar. Mientras alguien me oiga, mientras sea posible que lo mire a los ojos, puedo hacer que haga lo que yo quiera.

No quepo en mí de horror. *Ni siquiera Julian.*

Retrocedo lentamente, para poner distancia entre él y yo. Julian lo nota, desde luego, aunque no parece enojado.

—Tienes razón al no confiar en mí —murmura—. Nadie lo hace. Hay una razón por la cual mis únicos amigos son las palabras escritas. No obstante, yo no hago nada si no es absolutamente necesario y jamás lo he hecho con mala intención —emite un resoplido y ríe misteriosamente—. Si quisiera, el poder de mis palabras me llevaría al trono.

—Pero no has querido que sea así.

—No. Y tampoco mi hermana, digan lo que digan.

La madre de Cal.

—Nadie dice nada sobre ella. Al menos, no a mí.

—A la gente no le gusta hablar de reinas muertas —me corta él, mientras se aparta de mí con movimientos suaves—. Pero ellos hablaban cuando ella vivía. Coriane Jacos, la reina arrulladora —nunca había visto así a Julian, ni una sola vez. Suele ser callado, tranquilo, algo obsesivo quizá, pero no gruñón. Jamás lo había visto tan dolido—. Ella no fue elegida por medio de la prueba de las reinas, ¿sabes? No fue como Elara, o Evangeline, o incluso tú. No, Tibe se casó con ella porque la amaba, y ella a él.

Tibe. Llamar a Tiberias Calore VI, rey de Norta, Flama del Norte, de cualquier modo que no sean esas ocho sílabas parece una blasfemia. Pero él también fue joven alguna vez. Fue como Cal, un joven nacido para ser rey.

—La odiaban porque éramos de una Casa modesta, porque no teníamos fuerza ni poder ni las demás cosas absurdas que ellos enarbolan —protesta Julian encolerizado, mirando a lo lejos aún. Sus hombros suben y bajan al compás de su respiración agitada—. Y cuando mi hermana se volvió reina, amenazó con cambiar todo eso. Era buena, compasiva, una madre capaz de educar a Cal como el rey que esta nación necesitaba para unirnos a todos. Un rey que no temiera al cambio. Pero eso no sucedería nunca.

—Sé qué es lo que se siente cuando se pierde a un hermano —recuerdo a Shade. Esto parece irreal, como si todos mintiesen y él estuviera ahora en casa, a salvo y feliz. Pero sé que no es cierto. Y en algún lugar, el cuerpo decapitado de mi hermano es prueba de ello—. Lo supe apenas anoche. Mi hermano murió en el frente.

Julian voltea por fin, con ojos vidriosos.

—Lo siento, Mare. No lo sabía.

—¡Claro que no! El ejército no reporta las ejecuciones en sus libritos.

—¿Ejecutado?

—Deserción —la palabra sabe a sangre, a mentira—. Pero él jamás habría hecho eso.

Tras un largo momento de silencio, Julian pone una mano en mi hombro.

—Parece que tenemos en común más de lo que crees, Mare.

—¿Qué quieres decir?

—Ellos también mataron a mi hermana. Les estorbaba y la eliminaron. Y —añade en voz baja— lo volverán a hacer, con quien tengan que hacerlo, sea Cal, Maven o especialmente tú.

Especialmente yo. La niña relámpago.

—Creía que querías cambiar las cosas, Julian.

—Así es. Pero esto implica tiempo, planificación y mucha suerte —él me mira de arriba abajo, como si por alguna razón supiera que yo ya di el primer paso en ese oscuro camino—. De modo que ni se te ocurra involucrarte.

Ya es demasiado tarde.

DIECISÉIS

Luego de una semana de no dejar de ver el reloj esperando la medianoche, comienzo a desesperarme. Farley no puede establecer contacto con nosotros aquí, por supuesto; ni siquiera ella es tan hábil. Pero esta noche, mientras el tiempo no cesa en su carrera, yo no siento nada por primera vez desde la prueba de las reinas. Ni cámaras ni electricidad: *nada*. La luz se ha ido. Yo había estado antes en apagones, demasiados para contarlos, pero éste es distinto. No es accidental. Éste es para mí.

Me pongo rápidamente las botas, ya desgastadas por el uso de estas semanas, y me dirijo a la puerta. Casi llego al corredor cuando escucho a Walsh en mi oído, habla en voz baja y atropelladamente mientras me guía por la oscuridad impuesta.

—No tenemos mucho tiempo —murmura, mientras me mete a empujones por una escalera de servicio. Está muy oscuro, pero ella sabe adónde vamos, y yo confío en que me llevará sana y salva a mi destino—. Si tenemos suerte, la luz tardará quince minutos en volver.

—¿Y si no la tenemos? —pregunto en la penumbra.

Ella me hace bajar por las escaleras y abre una puerta de un golpe con el hombro.

—Entonces espero que no tengas en alta estima tu cabeza.

El olor a tierra, suciedad y agua es lo primero que percibo y agita todos mis recuerdos de vida en el bosque. Pero aunque esto parece una fronda, con árboles viejos y retorcidos y cientos de plantas teñidas de azul y negro bajo la luna, un techo de cristal se alza sobre nuestras cabezas: *el invernadero*. Sombras serpenteantes se extienden por el piso, cada cual más temible que la anterior y veo agentes de seguridad y centinelas en cada esquina oscura, esperando a capturarnos y matarnos, como lo hicieron con mi hermano. Pero en lugar de sus horribles uniformes negros o llameantes, no hay sino flores que se abren bajo el techo de cristal de las estrellas.

—Discúlpame si no me postro —dice una voz que emerge de una arboleda de magnolios salpicados de flores blancas.

En sus ojos azules se refleja la luna, que brilla en la oscuridad con un fuego frío. *Farley tiene mucho talento para el teatro.*

Como en la tele, una pañoleta roja le cruza el rostro y oculta sus rasgos. Sin embargo, no esconde la espantosa cicatriz que le atraviesa la garganta y que desaparece bajo el cuello de su blusa. Da la impresión de ser reciente, y de que apenas ahora está comenzando a sanar. Farley ha estado muy ocupada desde la última vez que la vi. Yo también.

—Farley —ladeo la cabeza en señal de saludo.

No me responde del mismo modo, pero no lo esperaba. Ella no da rodeos.

—¿Y el otro? —murmura.

¿El otro?

—Holland fue por él. Pronto estarán aquí —Walsh suena agitada, emocionada incluso, por la persona que esperamos.

Hasta los ojos de Farley centellean.

—¿Qué? ¿Quién se sumó a nuestro grupo?

Ellas no me contestan, sólo intercambian miradas. Por la cabeza me pasan algunos nombres de sirvientes y mozos de cocina que podrían apoyar la causa.

Pero quien se nos ha unido no es un sirviente. Ni siquiera un Rojo.

—*Maven*.

Yo no sé si gritar o correr cuando veo aparecer entre las sombras a mi prometido. Él es un príncipe, un Plateado, el enemigo, pero aquí está, con uno de los líderes de la Guardia Escarlata. Lo acompaña Holland, veterano sirviente Rojo que parece henchido de orgullo.

—Te dije que no estabas sola, Mare —me dice Maven, aunque sin sonreír.

Una mano le tiembla en el costado y se nota que está hecho un manojo de nervios. Farley *le inspira temor*.

No sin motivo. Ella avanza hacia nosotros, arma en mano, tan nerviosa como él. Pese a todo, su voz no vacila.

—Quiero oírlo de tus propios labios, principito. Dime lo que le dijiste a ése —señala a Holland con la cabeza.

Maven respinga al oír el término "principito", frunce los labios con disgusto, pero no reclama.

—Quiero afiliarme a la Guardia —dice, con una voz plena de convicción.

Farley amartilla rápido su pistola y apunta en un solo movimiento. Mi corazón parece detenerse cuando encañona a Maven en la frente, pero el príncipe permanece inmóvil.

—¿Por qué? —pregunta Farley.

—Porque este mundo no está bien. Lo que mi padre ha hecho, lo que mi hermano hará, *no está bien*.

A pesar de tener un arma en la cabeza, Maven consigue hablar con tranquilidad, aunque una gota de sudor le baja por el cuello. Farley no cede, a la espera de una mejor respuesta, y yo me descubro haciendo lo mismo.

Los ojos de Maven se mueven hasta los míos, y traga saliva.

—Cuando tenía doce años, mi padre me envió al frente para templarme, para que fuera igual que mi hermano. Cal es perfecto, ¿sabes? ¿Por qué yo no podía ser como él?

No puedo evitar que sus palabras me hagan estremecer, al reconocer el dolor que hay en ellas. *Yo viví bajo la sombra de Gisa y él bajo la de Cal. Sé lo que es vivir de esa manera.*

Farley replica con desdén, casi riendo:

—No necesito niñitos envidiosos.

—¡Ojalá fuera envidia lo que me trajo aquí! —murmura Maven—. Pasé tres años acuartelado, siguiendo a Cal y a los oficiales y generales, viendo cómo muchos soldados combatían y morían en una guerra en la que no creía nadie. Donde Cal veía honor y lealtad, yo veía insensatez. Despilfarro. Sangre en ambos bandos, pero era su gente la más castigada en este sinsentido.

Yo rememoro los libros del cuarto de Cal, las tácticas y maniobras explicadas como un juego. Este recuerdo me hace encoger, pero lo que Maven dice después me hiela la sangre.

—Había un chico de apenas diecisiete años, un Rojo del norte helado. No me conocía ni de vista, como los demás, pero me trataba bien. Como *persona*. Creo que fue mi primer amigo de verdad —tal vez sea por efecto de la luz de la luna, pero es como si hubiera lágrimas titilando en sus ojos—. Se llamaba Thomas y lo vi morir. Yo podría haberlo salvado, pero mis guardias me lo impidieron. Su vida no valía lo mismo que la mía, me dijeron —entonces las lágrimas desaparecen, reemplazadas por sus puños cerrados y una voluntad de acero—. Cal llama a esto equilibrio, el hecho de que los Plateados imperen sobre los Rojos. Él es una buena persona, y será un gobernante justo, pero no cree que valga la pena cambiar —asegura—. Lo que intento decir es que yo no soy como ellos. Creo que mi vida vale igual que la tuya y la daré con gusto si esto significa cambiar.

Maven es un príncipe y, peor aún, el hijo de la reina. Yo no quería confiar en él por esta razón, por los secretos que guardaba. *Pero quizá sea esto lo que él escondía desde el principio... su verdadero corazón.*

Aunque él hace todo lo posible por parecer duro, firme y resuelto, yo puedo ver al chico que hay bajo la máscara. Una parte de mí quiere abrazarlo, consolarlo, pero Farley me detendría antes de que pudiera hacerlo. Cuando ella baja el arma, lenta pero decididamente, yo libero un suspiro que no me había fijado que estaba conteniendo.

—Lo que él dice es verdad —afirma Holland, y se aproxima a Maven como si de esta forma pudiera proteger a su príncipe—. Piensa así desde hace meses, desde que regresó de la guerra.

—¿Y tú le hablaste de nosotros después de un par de noches de lloriqueo? —pregunta Farley con sorna, mientras vuelve hacia Holland su aterradora mirada.

Pero el hombre no se amedrenta.

—Conozco al príncipe desde que era niño. Cualquiera a su lado puede ver que ya es otro —Holland mira de reojo a Maven, como si recordara al chico de años atrás—. Imagina qué gran aliado podría ser para nosotros. La diferencia que supondría.

Maven es diferente. Lo sé por experiencia, pero algo me dice que mis palabras no convencerán a Farley. Sólo el propio Maven puede hacerlo ahora.

—¡Júralo por tus colores! —dice ella entre dientes.

Un juramento antiguo, según Lady Blonos. Como si juraras por tu vida, tu familia y tus futuros hijos al mismo tiempo. Y Maven no duda en hacerlo.

—Lo juro por mis colores —baja la cabeza—. Doy mi palabra de que seré leal a la Guardia Escarlata —parece una propuesta de matrimonio, aunque es algo mucho más importante y más terrible.

—Bienvenido a la Guardia Escarlata —dice Farley por fin, y se quita la pañoleta.

Yo recorro en silencio sobre las baldosas hasta sentir la mano de Maven en la mía. La suya arde con un calor que ya me es familiar.

—¡Gracias, Maven! —susurro—. No sabes lo que esto significa para nosotros. *Para mí.*

Cualquier otro sonreiría ante la perspectiva de reclutar a un Plateado, y más todavía a un *miembro de la familia real,* pero Farley apenas reacciona.

—¿Qué estás dispuesto a hacer por nosotros?

—Puedo darles información, reportes, lo que necesiten para seguir con sus actividades. Formo parte de los comités de impuestos con mi padre…

—Los impuestos no nos importan —espeta Farley, y me lanza una mirada furiosa, como si fuera mi culpa que él no le ofrezca algo de su agrado—. Lo que necesitamos son nombres, lugares, objetivos. Qué atacar y cuándo causar más daño. ¿Puedes darme eso?

Maven se revuelve en su asiento.

—Yo preferiría seguir un camino menos hostil —farfulla—. Estos métodos violentos no les están haciendo ganar simpatizantes.

Farley ríe y deja escuchar en el invernadero el eco de su burla.

—Tu gente es mil veces más violenta y cruel que la mía. Nosotros hemos pasado los últimos siglos bajo la bota Plateada y no nos libraremos de ella con *buenas maneras*.

—Supongo que así es —murmura Maven.

Podría asegurar que él piensa en Thomas, en todos aquellos a quienes vio morir. Maven roza mi hombro con el suyo cuando se repliega, como si se refugiara en mí en busca de protección. Esto no se le escapa a Farley, quien casi suelta una carcajada.

—¡El principito y la niña relámpago! —dice, riendo—. Nacidos el uno para el otro… Uno, un cobarde, y tú —voltea a mirarme, haciendo arder sus ojos azul acero—, la última vez que te vi buscabas desesperadamente un milagro en el lodo.

—Y lo encontré —le digo.

Para confirmarlo, mis manos echan chispas que proyectan sobre nosotros una danzarina luz violeta.

La oscuridad cambia y deja al descubierto, en un orden amenazador, a miembros de la Guardia Escarlata que salen de los árboles y los arbustos. Llevan oculto el rostro con pañoletas y mascadas, pero no lo esconden todo. El más alto debe ser Tristan, con sus largas piernas. Por la forma en que están parados, tensos y listos para actuar, sé que tienen miedo. Pero la cara de Farley se mantiene inalterable. Ella sabe que las personas destinadas a protegerla no podrían hacer mucho contra Maven, y ni siquiera contra mí, pero eso no parece intimidarla. Para mi sorpresa, se muestra finalmente risueña. Su sonrisa es espantosa, y muestra unos dientes como púas y una voracidad salvaje.

—Podemos poner bombas y quemar cada centímetro de este país —es como si exhibiera entre nosotros algo parecido al orgullo—, pero ni siquiera así haremos el daño que ustedes dos pueden causar. Un príncipe Plateado en contra de su corona, una chica Roja con habilidades. ¿Qué dirá la gente cuando vea que ustedes están con nosotros?

—Yo pensé que querías… —comienza Maven, pero Farley lo hace callar, sacudiendo una mano.

—Los atentados son sólo una manera de llamar la atención. Una vez que la atraigamos, una vez que cada Plateado en este derruido país se detenga a mirarnos, deberemos tener algo que enseñarle —adopta una mirada calculadora para evaluarnos, como si nos comparara con algo que tiene en mente, quién sabe qué—. Creo que ustedes lo harán muy bien.

Mi voz tiembla, temiendo lo que ella pueda decir.

—¿En calidad de qué?

—Serán el rostro de nuestra gloriosa revolución —responde ella con orgullo, con la frente en alto. Su cabello dorado recoge la luz de la luna. Por un segundo, parece estar tocada por una corona radiante—. La gota que derramará el vaso.

Maven asiente con fervor.

—¿Por dónde comenzamos, entonces?

—Bueno, creo que ya es momento de arrancar una página del libro de travesuras de Mare.

—¿A qué te refieres?

Yo no lo entiendo, pero Maven sigue fácilmente el razonamiento de Farley.

—Mi padre ha encubierto otros ataques de la Guardia —explica el plan de ella, y entonces recuerdo a la coronela Macanthos y su arrebato en el almuerzo.

—El campo de aviación, Delphie, Harbor Bay…

Maven inclina la cabeza.

—Los llamó accidentes, ejercicios de entrenamiento, *mentiras*. Pero cuando tú echaste chispas en la prueba de las reinas —se dirige a mí—, ni siquiera mi madre pudo ignorarte. Necesitamos algo como eso, algo que nadie pueda esconder. Mostrar al mundo que la Guardia Escarlata es muy peligrosa, y muy real.

—Pero, ¿esto no tendrá consecuencias? —pregunto, al tiempo que pasan por mi mente los disturbios, los inocentes torturados y muertos por una horda irracional—. Los Plateados la emprenderán contra nosotros y las cosas *empeorarán*.

Farley aparta la mirada, incapaz de sostener la mía.

—Pero se nos unirá más gente. Más personas se darán cuenta de que *no vivimos bien*, y de que se puede hacer algo para que eso cambie. Nos hemos quedado quietos demasiado tiempo; ya es hora de que hagamos sacrificios para avanzar.

—¿Mi hermano fue el sacrificio que ustedes hicieron? —interrogo yo, montando en cólera—. ¿Su muerte les sirvió de algo?

Al menos, ella no pretende mentir:

—Shade sabía en lo que se metía.

—¿Y los demás? ¿Los jóvenes, los adultos y todos los que no simpatizan con su "gloriosa revolución"? ¿Qué pasará cuando los centinelas empiecen a maltratarlos a ellos porque no los encuentran a ustedes?

La voz de Maven suena cálida y suave en mi oído:

—Piensa en tus historias, Mare. ¿Qué te ha enseñado Julian?

Él me enseñó sobre la muerte. El tiempo anterior. Las guerras. Pero más allá, en una época en la que las cosas aún podían cambiar, había revoluciones. La gente se rebelaba, los imperios caían y las cosas cambiaban. La libertad se movía en oleadas, subia y bajaba de acuerdo con las circunstancias.

—La revolución necesita una chispa —repito algo que Julian dijo en nuestras lecciones.

Farley sonríe.

—Tú lo sabes mejor que nadie.

Pero yo sigo indecisa. El dolor de haber perdido a Shade, de saber que mis padres perdieron a un hijo, no hará sino multiplicarse si hacemos esto. ¿Cuántos Shades más morirán?

Curiosamente es Maven y no Farley, quien trata de persuadirme.

—Cal cree que no vale la pena cambiar —dice. La voz le tiembla, de nervios y de convicción—. Y un día él gobernará. ¿Estás dispuesta a permitir que él sea el futuro?

Por una vez, mi respuesta es fácil:

—No.

Farley asiente, complacida.

—Walsh y Holland —mueve la cabeza hacia ellos— me informan que pronto habrá aquí una fiestecita.

—El baile —especifica Maven.

—¡Ése es un objetivo imposible! —exclamo—. Todos tendrán guardias y la reina *sabrá* en el acto que algo marcha mal.

—*No* —interviene Maven, casi riendo por esa idea—. Mi madre no es omnipotente, como ella querría hacerte creer. Hasta ella tiene sus límites.

—*¿Límites? ¿La reina?* —esa simple insinuación hace que la cabeza me dé vueltas—. ¿Cómo puedes decir eso? Sabes lo que ella es capaz de hacer…

—Sé que en pleno baile habrá tantas voces y pensamientos girando a su alrededor que ella quedará *neutralizada*. Y mientras nosotros no nos crucemos en su camino ni le demos motivo de aguijonearnos, no se enterará de nada. Lo mismo vale para los ojos de la Casa de Eagrie: como no preverán contratiempos, no se darán cuenta de ellos —se vuelve hacia Farley, derecho como una flecha—. Tal vez los Plateados seamos fuertes, pero no somos invencibles. Podemos hacerlo.

Ella asiente sin trabas y sonríe satisfecha.

—Estaremos nuevamente en contacto cuando echemos a andar esto.

—¿Puedo preguntar algo a cambio? —espeto yo, mientras trato de agarrar el brazo de Farley—. Mi amigo por quien te busqué la última vez, quiere entrar a la Guardia. No se lo permitas. Asegúrate de que no se involucre en nada de esto.

Ella retira delicadamente mis dedos mientras el pesar nubla su mirada.

—Espero que no hables en serio.

Para mi horror, uno de sus misteriosos guardias da un paso al frente. El trapo rojo en su cara no cubre sus amplios hombros ni la camisa raída que he visto mil veces. Pero su férrea mirada, la determinación de un hombre del doble de su edad, es algo que no reconozco en absoluto. Kilorn parece mucho más maduro. Es un miembro de la Guardia Escarlata hasta la médula, dispuesto a luchar y morir por la causa. *Rojo como el amanecer.*

—¡No! —me alejo de Farley. Ahora sólo puedo ver a Kilorn corriendo sin freno a su perdición—. ¡Sabes lo que le pasó a Shade! ¡No puedes hacer esto!

Él se quita el trapo y avanza para estrecharme, pero yo lo esquivo. Su abrazo sería una traición.

—No quieras seguir salvándome, Mare.

—¡Lo haré mientras tú no lo hagas!

¿Cómo puede él esperar otra cosa que verse convertido en un escudo humano? *¿Cómo puede hacer esto?* Algo zumba a lo lejos, y se vuelve más ruidoso a cada segundo, pero yo apenas lo advierto. Mi atención está puesta en no llorar frente a Farley, la Guardia y Maven.

—¡Por favor, Kilorn!

Él asume una apariencia sombría ante mis palabras, como si fueran un insulto más que el ruego de una muchacha.

—Tú tomaste tu decisión, y yo la mía.

—¡Yo tomé la mía por ti, para ponerte a salvo! —protesto. Es increíble lo fácil que él y yo regresamos a nuestro vaivén de antes, a discutir como siempre. Pero esta vez es mucho más lo que está en juego. No puedo tirar a Kilorn al lodo y retirarme—. Negocié por ti.

—Haces lo que crees que va a protegerme, Mare —masculla él con voz grave—. Así que déjame hacer lo que yo pueda para salvarte.

Cierro fuertemente los ojos, para permitir que la aflicción me invada. He protegido a Kilorn desde que desapareció su madre, desde que estuvo a punto de morir de hambre en mi puerta. Pero ahora ya no me deja hacerlo, por peligroso que parezca el futuro.

Abro despacio los ojos.

—¡Haz lo que quieras, Kilorn! —digo con voz fría y mecánica, como si hubiera cables y circuitos que intentaran encenderse de nuevo—. La luz volverá pronto. Debemos irnos.

Los demás entran en acción, se desvanecen en el invernadero y Walsh me agarra del brazo. Kilorn retrocede, sigue a los otros en las sombras, pero no me quita la vista de encima.

—¡Mare! —me llama a mis espaldas—. ¡Al menos, despídete!

Pero yo ya estoy en marcha, con Maven a mi lado y Walsh por delante. No voltearé, no ahora que él ha dejado de lado todo lo que he hecho en su favor desde siempre.

El tiempo avanza poco a poco cuando esperas algo bueno, así que por lógica, los días vuelan a medida que el temido baile se acerca. Pasa una semana sin ningún contacto, lo cual nos deja a oscuras a Maven y a mí mientras las horas siguen su curso. Más entrenamiento, más protocolo, más almuerzos ridículos que casi me hacen llorar. Y en cada ocasión tengo que mentir, ensalzar a los Plateados y denigrar a los míos. La Guardia es lo único que me mantiene en pie.

Lady Blonos me regaña porque me distraigo en el protocolo. No tengo el valor para decirle que, distraída o no, nunca podré aprender los pasos que ella quiere enseñarme para el baile de despedida. Por hábil que sea para moverme con sigilo, soy pésima para llevar el ritmo. Entre tanto, el antes pavoroso entrenamiento es ahora una válvula de escape para mi enojo y mi estrés, que me permite sacar todo lo que intento guardarme.

Pero justo cuando por fin comienzo a hallar el modo de hacer las cosas, la atmósfera del entrenamiento cambia drásticamente. Evangeline y sus siervas dejan de criticarme, y en cambio se concentran en sus ejercicios de calentamiento. Hasta Maven hace con más cuidado sus estiramientos, como si se preparara para algo.

—¿Qué ocurre? —señalo con la cabeza al resto del grupo. Miro en detalle a Cal, que está haciendo lagartijas perfectas.

—Lo sabrás en un minuto —contesta Maven con una voz extrañamente apagada.

Cuando Arven entra acompañado de Provos, hasta él muestra una rara energía al andar. En vez de ordenarnos a gritos que corramos, se dirige al grupo.

—¡Tirana! —murmura.

Una joven con un traje a rayas azules, la ninfa de la Casa de Osanos, asume la posición de firmes y avanza al centro de la sala, a la espera de algo. Parece emocionada y aterrada al mismo tiempo.

Arven voltea, buscando entre nosotros. Sus ojos se detienen un segundo en mí, pero por fortuna van a dar a Maven.

—Príncipe Maven, haga usted el favor —señala al lugar donde espera Tirana.

Maven asiente y se coloca junto a ella. Ambos están tensos, y mueven los dedos con impaciencia por lo que les aguarda.

De pronto, el piso de la sala se mueve a su alrededor, hace emerger paredes transparentes que darán forma a algo. También esta vez Provos alza los brazos, usa sus habilidades para transformar la sala. Mientras la estructura se va formando, mi corazón late con fuerza y me doy clara cuenta de qué es esto.

Un ruedo.

Cal toma el lugar de Maven a mi lado, con movimientos rápidos y silenciosos.

—No se harán daño —explica—. Arven nos detiene antes de que uno pueda lastimar seriamente al otro, y hay sanadores cerca.

—¡Qué consuelo! —dejo escapar.

En el centro del ruedo que se va formando velozmente, Maven y Tirana se preparan para su contienda. La pulsera de él despide chispas y entre sus dedos arde un fuego que sube rápidamente por sus brazos, al tiempo que succiona gotitas de humedad del aire para envolver a Tirana en una exhibición fantasmagórica. Los dos parecen listos para la batalla.

Algo en mi zozobra pone nervioso a Cal.

—¿Es Maven tu única preocupación?

Ni de lejos.

—El protocolo se ha complicado —no miento, aunque aprender a bailar es el último de mis problemas en estos momentos—. Parece que soy aún peor para bailar que para memorizar la etiqueta de la corte.

Para mi sorpresa, él lanza una carcajada.

—¡Pues entonces has de ser pésima!

—Bueno, es difícil aprender sin pareja —respondo enfadada.

—Eso es cierto.

Cuando las dos últimas piezas se unen, el ruedo está completo y cerca a Maven y a su enemiga. Ahora los separa de nosotros un vidrio grueso que los atrapa en una versión en miniatura de un ruedo de combate. *La última vez que vi pelear a unos Plateados, alguien estuvo a punto de perder la vida.*

—¿Quién tiene la ventaja? —pregunta Arven al grupo. Todas las manos se levantan, menos la mía—. ¿Elane?

La chica Haven eleva el mentón, hablando con orgullo.

—Tirana. Es mayor y tiene más experiencia —dice, como si fuera lo más obvio del mundo. Las mejillas de Maven se sonrojan de blanco, aunque él intenta ocultarlo—. Y el agua vence al fuego.

—Muy bien —dice el instructor, mirando a Maven como si lo incitara a discutir. Pero el príncipe contiene la lengua, y deja que el fuego, cada vez más intenso, hable por él—. Impresiónenme.

Ellos chocan entonces como nubes de tormenta, escupen fuego y lluvia en un duelo de elementos. Tirana usa el agua como escudo, lo que la vuelve impenetrable para los abrasadores ataques de Maven. Cada vez que él se le acerca, balanceándose con sus puños llameantes, termina por retroceder sin conseguir nada más que vapor. El duelo parece equilibrado, aunque todo indica que Maven tiene la ventaja. Está a la ofensiva y ha acorralado a Tirana contra una pared.

A nuestro alrededor, el grupo grita con entusiasmo para animar a los guerreros. Demostraciones como ésta me repugnaban tiempo atrás, pero ahora me cuesta trabajo quedarme callada. Cada vez que Maven ataca y está cerca de inmovilizar a Tirana, lo más que puedo hacer es no vitorear con los otros.

—¡Es una trampa, Mavey! —susurra Cal, más para sí que para otro.

—¿Qué cosa? ¿Qué va a hacer ella?

Cal sacude la cabeza.

—Observa. Va a someterlo.

Pero Tirana parece todo menos la vencedora. Está contra la pared, empeñada, detrás de su escudo líquido, en contener un golpe tras otro.

No se me pasa por alto el instante en que ella invierte literalmente la situación. Agarra a Maven del brazo y gira para intercambiar la posición con él en un abrir y cerrar de ojos. Ahora es Maven quien tiene que hacer frente al escudo de ella, inmovilizado entre el agua y la pared. Pero no consigue controlar el agua, y ésta lo empuja y lo atrapa mientras él trata de repelerla con las llamas. No obstante, todo lo que el agua hace es hervir, burbujeando sobre su piel ardiente.

Tirana toma distancia y ve afanarse a Maven mientras una sonrisa se dibuja en su rostro.

—¿Te rindes?

Un chorro de burbujas escapa de los labios del príncipe. Sí, *se rinde*.

El agua que gotea de él se evapora en medio del aplauso. Provos mueve la mano y una de las paredes del ruedo se desliza hacia un lado. Tirana hace una pequeña reverencia al tiempo que Maven sale penosamente del círculo, convertido en un guiñapo empapado e incómodo.

—¡Reto a Elane Haven! —dice de repente Sonya Iral, antes de que el instructor pueda asignarle otra pareja.

Arven asiente, autorizando el desafío, y se vuelve hacia Elane. Para mi sorpresa, ella sonríe y se dirige lentamente al ruedo, haciendo oscilar su largo cabello rojo.

—¡Acepto! —ocupa su sitio en el centro del ruedo—. Espero que hayas aprendido nuevos trucos —espolea a Sonya.

Ésta la sigue, riendo y con ojos traviesos.

—¿Crees que te lo diría si fuera así?

De un modo u otro, ambas se echan a reír hasta que Elane Haven desaparece y sujeta a Sonya del cuello. Sonya parece asfixiarse, jadea para tomar aire antes de dar vueltas en los brazos de la chica invisible y escabullirse. Este combate se vuelve pronto un juego violento y mortífero entre un gato y un ratón invisible.

Maven no se molesta en mirar, todavía a disgusto por su actuación.

—¿Sí? —le dice a Cal, y éste se apresura a sermonearlo en voz baja. Me da la impresión de que eso sucede con frecuencia.

—No arrincones a alguien que es mejor que tú; esto lo hace más peligroso —Cal rodea el hombro de Maven con su brazo—. Si no puedes vencer con habilidad, vence con la cabeza.

—Lo tendré presente —balbucea Maven, herido por el consejo pero aceptándolo.

—Aun así, estás mejorando —murmura Cal, y le da una palmada en el hombro.

Su intención es buena, pero parece condescendiente. Me extraña que Maven no responda, aunque supongo que ya está acostumbrado a esto, así como yo me acostumbré a Gisa.

—Gracias, Cal. Creo que ya entendió —hablo por Maven.

El hermano mayor no es tonto y capta la indirecta, frunce el ceño. Con apenas una nueva mirada hacia mí, nos abandona para ir junto a Evangeline. Yo habría preferido que no lo hiciera, para evitar tener que ver la sonrisita presuntuosa de ella, sin mencionar que cada vez que él la mira se me revuelve el estómago.

Tan pronto como no puede oírnos, empujo a Maven con el hombro.

—Cal tiene razón, ¿sabes? Debes ser más listo que esa gente.

Ante nosotros, Sonya sostiene lo que parece ser aire y lo arroja contra la pared. El ambiente se salpica de líquido plateado y, en un aleteo, Elane vuelve a ser visible, con un rastro de sangre manando de su nariz.

—Él siempre tiene la razón cuando se trata del ruedo —brama Maven con insólito desagrado—. Ya lo verás.

Al otro lado de la plaza, Evangeline sonríe de cara al criminal despliegue que se muestra ante nosotros. Cómo puede ver a sus amigas sangrando en el suelo, no lo sé. *Los Plateados son distintos, me recuerdo. Sus cicatrices no son permanentes. Ellos no se acuerdan del dolor.* Con sanadores de la piel tras bambalinas, la violencia ha adquirido para ellos un nuevo sentido. Una fractura de columna, un estómago rajado, carecen de importancia. Siempre llega alguien a repararlos. No conocen el significado del peligro, del temor ni del dolor. Lo único que puede resentirse es su orgullo.

Tú eres Plateada. Eres Mareena Titanos. Esto te gusta.

Los ojos de Cal saltan de una joven a otra, y las estudia como si se tratara de un libro o un cuadro, y no una masa móvil de huesos y sangre. Bajo el corte negro de su uniforme de entrenamiento, sus músculos se tensan, listos para cuando llegue su turno.

Y cuando esté arriba, entiendo lo que Maven quiso decir.

El instructor Arven enfrenta a Cal con otros dos, el forjador de vientos Oliver y Cyrine Macanthos, una chica que vuelve piedra su piel. Es un combate sólo de nombre. Pese a hallarse en desventaja numérica, Cal juguetea con sus rivales. Los incapacita uno por uno, atrapa a Oliver en un torbellino de fuego mientras intercambia golpes con Cyrine. Ella parece una estatua viviente, hecha de sólida roca pero Cal es más fuerte. Sus golpes astillan la piel pétrea de Cyrine y abren en su cuerpo, con cada puñetazo, grietas en forma de telaraña. Esto es para Cal una simple práctica; casi parece aburrido. La contienda termina cuando en el ruedo hace explosión un infierno desmedido del que incluso Maven se aleja. Cuando el humo y el fuego se disipan, Oliver y Cyrine se han rendido. La piel de ambos se rompe en pedazos de carne quemada, pero ninguno se queja.

Cal los abandona, sin tomarse la molestia de volverse cuando un sanador de la piel aparece para curarlos. Él me salvó, me llevó a casa, rompió las reglas por mí. Y es también un soldado sin piedad, heredero de un trono sanguinario.

La sangre de Cal podrá ser argentina, pero su corazón es negro como la piel calcinada.

Cuando sus ojos siguen el rastro de los míos, yo me obligo a desviar la vista. En vez de permitir que su calidez y su extraña bondad me confundan, recuerdo el infierno. *Cal es más peligroso que todos ellos juntos. No puedo olvidar eso.*

—Evangeline, Andros —tercia Arven, haciendo una inclinación hacia ambos.

Andros se encoge, casi enfadado por la perspectiva de pelear y perder con Evangeline, pero se dirige obedientemente al ruedo. Para mi sorpresa, ella no se mueve.

—No —dice, osada, plantando firmemente los pies en el suelo.

Arven voltea y alza la voz por encima de su susurro habitual, cortante como una navaja:

—¿Qué, Lady Samos?

Ella vuelve sus ojos negros hacia mí, y su mirada es filosa como un cuchillo.

—¡Reto a Mareena Titanos!

DIECISIETE

—¡De ninguna manera! —brama Maven—. Ella lleva entrenando apenas dos semanas, la harás pedazos.

En respuesta, Evangeline se limita a encogerse de hombros y deja emerger en su rostro una sonrisa perezosa. Sus dedos bailan sobre su pierna, y yo casi puedo sentirlos como garras atravesando mi piel.

—¿Y qué pasaría si Evangeline fuera así? —irrumpe Sonya, y en su mirada creo advertir el destello de la de su abuela—. Hay sanadores aquí. No se le hará daño a nadie. Además, si Lady Titanos va a entrenar con nosotros, debe hacerlo en forma apropiada, ¿no?

No se le hará daño, repito en mi cabeza, riendo. *Ningún daño, pero mi sangre quedará expuesta a la vista de todos.* Mi pulso retumba en mi cabeza se acelera a cada segundo. Arriba, las luces resplandecen iluminando el ruedo; mi sangre será difícil de esconder y ellos me verán tal como soy. La Roja, la mentirosa, la ladrona.

—Me gustaría observar un poco más antes de entrar en liza, si no te importa —hago todo lo posible por parecer Plateada. Pero la voz me tiembla y Evangeline lo percibe.

—¿Estás demasiado asustada para combatir? —aguijonea, mientras sacude indolentemente una mano. Una de sus navajas, pequeña como un diente de plata, da acompasadas vueltas en su muñeca en franca amenaza—. ¡Pobre niña relámpago!

Sí, quiero gritar. *Tengo miedo.* Pero los Plateados no admiten cosas así. Tienen su orgullo, su fuerza... y nada más.

—Cuando peleo, quiero ganar —digo en cambio, echándole en cara sus palabras—. No soy tonta, Evangeline, y sé que aún no puedo ganarte.

—Entrenar fuera del ruedo no te llevará muy lejos, Mareena —ronronea Sonya, al captar regocijadamente mi mentira—. ¿No está de acuerdo, instructor? ¿Cómo puede ella suponer que ganará algún día si no practica?

Arven sabe que hay algo diferente en mí, una razón para mi habilidad y mi fuerza. Pero ignora qué es, y en sus ojos hay un dejo de curiosidad. También quiere verme en el ruedo. Y mis únicos aliados, Cal y Maven, intercambian miradas de preocupación, preguntándose cómo proceder en un terreno tan pantanoso como éste. *¿No esperaban una cosa así? ¿No creyeron que sucedería alguna vez?*

O quizá se me ha inducido a esto desde el principio. A una muerte accidental en el entrenamiento, otra mentira para la reina, una muerte adecuada para la chica fuera de lugar. Es una trampa a la que yo misma me metí gustosamente.

El juego llegará a su fin. Y todos los que quiero perderán.

—Lady Titanos es hija de un héroe de guerra que ya no se cuenta entre nosotros, y ustedes no hacen sino burlarse de ella —Cal les lanza a las jóvenes miradas asesinas.

Ellas parecen no notarlo y casi se ríen de un argumento tan pobre en mi defensa. Puede que Cal sea un guerrero de nacimiento, pero no es hábil en el manejo de las palabras.

Sonya está cada vez más indignada, como corresponde a su naturaleza maliciosa. Mientras que Cal es un guerrero en el ruedo, ella es una militante de la palabra, y la manipula con temible facilidad.

—La hija de un general debería desenvolverse bien en el ruedo. En todo caso, la que debería tener miedo es Evangeline.

—¡Mareena no fue educada por un general, no seas tonta! —dice Maven, con desdén. Él es mucho mejor para estas cosas, pero yo no puedo permitir que libre mis batallas. Con estas jóvenes no.

—No combatiré —digo de nuevo—. Reta a otra.

Cuando Evangeline sonríe, poniendo a la vista sus dientes blancos y afilados, mis antiguos instintos repican como una campana en mi cabeza. Apenas tengo tiempo para tirarme al piso mientras su navaja cruza el aire como el fuego, cruzando el punto donde mi cuello se encontraba instantes antes.

—¡Te reto a ti! —espeta ella, y otra navaja pasa volando frente a mi rostro. De su cinturón asoman más, listas para cortarme en pedazos.

—¡Detente, Evangeline...! —exclama Maven, y Cal me pone en pie de un tirón con los ojos cargados de inquietud. Mi sangre silba de adrenalina, y mis latidos son tan fuertes que apenas alcanzo a escuchar las palabras que Cal murmura en mi oído.

—Eres más rápida que ella. Domínala de ese modo. *No tengas miedo* —otra navaja pasa centellando y en esta ocasión se clava junto a mis pies—. No permitas que te vea sangrar.

Por encima del hombro de él, Evangeline acecha como un gato salvaje, con un espléndido torrente de cuchillas en el puño. Justo en ese instante, sé que nada ni nadie la detendrán. Ni siquiera los príncipes. Y no puedo permitir que ella gane. *No puedo perder.*

Un rayo escapa de mí y atraviesa el aire bajo mis órdenes. Le da en el pecho y ella se tambalea, hasta chocar contra la pared exterior del ruedo. Pero en vez de parecer enojada, me mira jubilosa.

—¡Esto va a ser rápido, niña relámpago! —gruñe, mientras se limpia una gota de sangre plateada.

Los demás estudiantes retroceden en torno nuestro y miran alternadamente a una y otra. Ésta podría ser la última vez que me ven viva. *No,* pienso de nuevo. *No puedo perder.* Mi atención se agudiza y se intensifica a tal punto mi sensación de energía que apenas noto que las paredes se mueven a nuestro alrededor. Con un chasquido, Provos vuelve a dar forma al ruedo, y nos encierra en él a una Roja y a un sonriente monstruo Plateado.

Mientras ella persiste en sonreírme, emergen del suelo unas afiladas piezas de metal, moldeadas según la voluntad de Evangeline. Se ondulan, vibran y rechinan en una pesadilla hecha realidad. Sus navajas habituales han desaparecido, apartadas bruscamente por una nueva táctica. Estos objetos de metal, estas criaturas de su mente, corren por el suelo para detenerse a sus pies. Cada uno de ellos tiene ocho patas, crueles y filosas. Se agitan mientras esperan a ser liberados para despedazarme. *Son arañas.* Un hormigueo horripilante recorre mi piel, como si ellas ya estuvieran encima de mí.

Las chispas cobran vida en mis manos, danzan entre mis dedos, y las luces parpadean mientras la energía en la sala fluye hacia mí como agua absorbida por una esponja. La electricidad corre por mi cuerpo, movida por mi propia fuerza… y por la necesidad. *No voy a morir aquí.*

Al otro lado de la pared, Maven sonríe, pero su rostro está pálido de temor. Junto a él, Cal permanece inmóvil. Un soldado no pestañea hasta que la batalla está ganada.

—¿Quién tiene la ventaja? —pregunta el instructor Arven—. ¿Mareena o Evangeline?

Nadie levanta la mano. Ni siquiera las amigas de Evangeline. En cambio, nos miran a una y a otra, ven aumentar nuestras habilidades.

La sonrisa de Evangeline se desvanece en un gesto despectivo. Está acostumbrada a ser la favorita, la que todos temen. Y ahora está más encolerizada que nunca.

Una vez más, las luces se encienden y se apagan, al tiempo que mi cuerpo zumba como un cable sobrecargado. En la oscuridad intermitente, las arañas de Evangeline avanzan desesperadas por el piso, donde sus patas de metal resuenan en una terrible armonía.

Entonces todo lo que siento es miedo y electricidad, y una oleada de energía en mis venas.

Luz y tinieblas van y vienen entre estallidos, lo cual nos sumerge a ambas en una extraña batalla de colores parpadeantes. Mi rayo revienta en la oscuridad, ilumina de blanco purpúreo el ambiente, al tiempo que destruye las arañas una y otra vez. El consejo de Cal resuena en mi mente y no dejo de moverme, permanezco el tiempo justo en un solo punto para evitar que Evangeline me haga daño. Ella zigzaguea entre sus arañas para esquivar mis chispas. El metal dentado rasga mis brazos, pero el traje de piel resiste. Ella es rápida, pero yo lo soy más, aun con las arañas desgarrando mis piernas. Durante un segundo, su infame trenza de plata pasa por las puntas de mis dedos antes de que ella esté de nuevo fuera de mi alcance. Pero la tengo bajo control. *Estoy ganando.*

En medio del chillido del metal y las aclamaciones de nuestros compañeros, yo oigo a Maven instarme a gritos que acabe con ella. Las luces titilan, y eso me dificulta ubicarla, pero por un breve instante experimento qué se siente ser uno de ellos. Sentir fuerza y poder absolutos, saber que puedes hacer lo que millones de personas no pueden. Evangeline siente esto todos los días y ahora ha llegado mi turno. *Te enseñaré lo qué es sentir miedo.*

Un puño se incrusta en la base de mi espalda, desde donde el dolor se expande al resto de mi cuerpo. Las rodillas se me doblan por el impacto y caigo al suelo. Evangeline hace una pausa encima de mí, con una sonrisa a la que un desordenado mechón de cabello plateado le sirve de marco.

—¡Te lo dije! —gruñe ella—. Rápido.

Mis piernas se mueven por sí solas y ejecutan una maniobra de viraje que he usado mil veces en los callejones de Los Pilotes. Incluso en una o dos ocasiones con Kilorn. Tras darle una patada en la pierna, que la hace retorcerse, Evangeline cae al piso junto a mí. En un segundo estoy sobre ella, pese al insoportable dolor de mi espalda. Mis manos crepitan de energía y chocan contra su cara. Siento en los nudillos un dolor que arde, pero no me detengo, a la espera de ver la dulce sangre plateada.

—¡Te habría gustado que fuera rápido! —la someto.

De un modo u otro, y a pesar de sus labios heridos, Evangeline consigue reír. Pero el ruido de su carcajada se diluye pronto, reemplazado por chirridos metálicos; y a nuestro alrededor, las arañas caídas a causa de la electricidad, vuelven repentinamente a la vida. Sus cuerpos de metal cobran forma otra vez y unen sus junturas hasta componer una fiera humeante y amenazadora.

Ésta se desplaza con una rapidez asombrosa y me aparta de Evangeline de un golpe. Ahora soy yo la inmovilizada, y veo sobre mí ésas convulsivas y retorcidas piezas de metal. Las chispas se apagan en mis manos, ahuyentadas por la fatiga y el temor. *Ni siquiera los sanadores podrán salvarme después de esto.*

Una pata filosa me cruza la cara y hace manar sangre roja y caliente. Me oigo gritar, aunque no de dolor, sino de derrota. *Éste es el fin.*

Pero entonces un fulminante brazo de fuego me quita de encima al monstruo metálico, al que transforma en una pila de negras cenizas. Unas manos fuertes me ponen de pie y recogen mi pelo, a fin de colocarlo sobre mi cara para ocultar la marca roja que podría traicionarme. Me abandono en manos de Maven, y dejo que me saque de la sala de entrenamiento. Cada palmo de mi ser está temblando, pero él me mantiene firme y andando. Un sanador sale a mi encuentro, pero Cal lo intercepta y le impide ver mi rostro.

Antes de que las puertas se cierren detrás de nosotros con un estruendo, oigo gritar a Evangeline, y a Cal, usualmente tranquilo, gritarle en respuesta, bramando sobre ella como una tormenta.

Mi voz es apenas audible cuando por fin consigo volver a hablar.

—¡Las cámaras, las cámaras pueden verme!

—Centinelas leales a mi madre están a cargo de ellas, así que, créeme, no tienen por qué preocuparnos —repone Maven, casi tropezando con sus palabras. Él mantiene un puño apretado en mi brazo, como si temiera que alguien pudiese arrancarme de su lado. Su mano flota ante mi cara para quitarme la sangre con la manga. *Si alguien lo viera…*

—Llévame con Julian.

—Julian es un idiota —rezonga él.

Al fondo del pasillo aparecen un par de figuras de nobles que merodean a la deriva, así que Maven me empuja en dirección a un pasaje de servicio para evitarlos.

—Julian sabe quién soy —susurro, prendida de él. Cuanto más me aprieta Maven con su puño, más lo hago yo también con el mío—. Él sabrá cómo ayudarme.

Maven me mira, sin saber qué hacer, pero al final asiente. Cuando llegamos a las habitaciones de Julian, la hemorragia ha cesado, pero mi rostro continúa siendo un desastre.

Él abre la puerta en seguida, tan desaliñado como siempre. Para mi sorpresa, pone cara de pocos amigos ante Maven.

—Príncipe Maven —hace una reverencia rígida, casi ofensiva.

Maven no responde. Me hace pasar a empujones hasta la sala, junto a Julian.

Julian tiene una pequeña serie de cuartos que la oscuridad y el aire viciado vuelven más pequeña todavía. Las cortinas están corridas y dejan fuera el sol de la tarde, y las hojas sueltas hacen que el piso esté resbaladizo. Una tetera hierve a fuego lento en una esquina, sobre una parrilla eléctrica destinada a reemplazar una estufa. No es de sorprender que yo no vea a Julian más que en sus lecciones; parece tener aquí todo lo que necesita.

—¿Qué ocurre? —hace señas para que nos sentemos en un par de sillones cubiertos de polvo.

Es obvio que no recibe muchas visitas. Yo tomo asiento, pero Maven se rehúsa a hacerlo y permanece de pie.

Retiro el cabello que me cubre y dejo ver la brillante bandera roja de mi identidad.

—Evangeline hizo de las suyas.

Julian se revuelve sobre sus pies, pero no soy yo quien lo hace retorcerse; es Maven. Se miran uno a otro, enfrentados por algo que yo ignoro. Finalmente, Julian fija sus ojos en mí.

—No soy un sanador de la piel, Mare. Lo único que puedo hacer es limpiarte.

—¡Te lo dije! —exclama Maven—. Él no puede hacer nada.

Julian hace una mueca y emite un gruñido.

—Ve a buscar a Sara Skonos —tensa la quijada mientras espera a que Maven se mueva. Yo no había visto nunca a Maven tan enojado, ni siquiera con Cal. Pero entonces descubro que lo que se desborda entre Maven y Julian no es enojo: es *odio*. Ambos se desprecian intensamente—. Hágalo, *mi príncipe*.

Pronunciado por los labios de Julian, este título parece una maldición.

Maven cede al fin, y se escurre por la puerta.

—¿A qué vino todo eso? —pregunto en voz baja, mientras señalo la puerta y le hago gestos a Julian.

—No hablemos de ese asunto por ahora —responde él, y me arroja un paño blanco para que me limpie. Mi sangre lo mancha de un color rojo oscuro.

—¿Quién es Sara Skonos?

Julian titubea.

—Una sanadora de la piel. Se hará cargo de ti —contesta, con un suspiro—. Además, es una amiga. Una amiga discreta.

Yo no sabía que Julian tuviera amigos aparte de mí y de sus libros, pero no lo interrogo más.

Cuando Maven regresa un rato después, yo ya he limpiado mi rostro adecuadamente, aunque lo sigo sintiendo pegajoso e inflamado. Tendré algunos moretones que esconder mañana, y no quiero saber el aspecto que tiene mi espalda en este momento. Con toda cautela, toco la creciente hinchazón donde recibí el puñetazo de Evangeline.

—Sara no es… —Maven hace una pausa como si pensara sus palabras— a quien yo habría elegido para esto.

Antes de que yo pueda preguntar por qué, la puerta se abre y deja al descubierto a una mujer que supongo que es Sara. Ella entra con sigilo, apenas levanta los ojos. A diferencia de los demás, de los sanadores de sangre de la Casa de Blonos, cada una de sus arrugas y mejillas hundidas exhiben orgullosamente su edad. Ella parece tener los mismos años que Julian, aunque sus hombros caídos indican una vida mucho más prolongada que la de él.

—Gusto en conocerla, Lady Skonos.

Mi voz es serena, como si preguntara por el clima. Después de todo, parece que mis lecciones de protocolo están dando fruto.

Pero Sara no contesta. En cambio, se pone de rodillas frente a mi sillón y toma mi cara entre sus ásperas manos. Su piel es fría, como agua sobre una quemadura de sol, y sus dedos recorren la tajada en mi mejilla con sorprendente delicadeza. Trabaja en forma diligente y cura también las demás heridas de mi rostro. Antes de que yo pueda mencionar mi espalda, ella desliza una mano hasta mi lesión, y algo como hielo balsámico hace que el dolor se esfume. Todo ha concluido antes de darme cuenta, y yo me siento como cuando llegué aquí por primera vez. Mejor, de hecho. Mis antiguos dolores y moretones han desaparecido por completo.

—Gracias —le digo, pero tampoco esta vez obtengo respuesta.

—Gracias, Sara —murmura Julian, y ella dispara a sus ojos un relámpago de color gris.

Inclina ligeramente la cabeza, asintiendo levemente. Él da un paso al frente y roza con una mano el brazo de ella para ayudarla a ponerse en pie. Se mueven como si bailaran al ritmo de una música que nadie más puede oír.

La voz de Maven rompe el silencio.

—Eso es todo, Skonos.

La quietud de Sara pasa a ser un mal contenido enfado y ella se da la vuelta para desprenderse de la mano de Julian y buscar trabajosamente la puerta, como un animal herido. Ésta se cierra a sus espaldas con estrépito y los mapas se sacuden enmarcados en sus prisiones de cristal. Hasta las manos de Julian tiemblan, y no paran hasta mucho después de que ella ha partido, como si pudiera sentirla todavía.

Él intenta esconderlo, pero no lo logra: estuvo enamorado de ella alguna vez, y quizás aún lo está. Mira la puerta como un hombre angustiado, como si esperara a que Sara regrese.

—¿Julian?

—Cuanto más tarden en marcharse, más personas comenzarán a hablar —farfulla y hace señas para que nos vayamos.

—Es cierto —dice Maven, y se dirige a la puerta, listo parar abrirla y empujarme afuera.

—¿Estás seguro de que no me vio nadie? —le pregunto, llevándome la mano a la mejilla, ya suave y limpia.

Maven hace una pausa para pensar.

—Nadie que pueda decir algo.

—Los secretos aquí no duran —dice Julian, con una voz que tiembla de enojo, algo inusual en él—. Usted lo sabe muy bien, su alteza.

—Y *tú* deberías saber la diferencia entre secretos y mentiras —espeta Maven.

Su mano se cierra en mi muñeca, me saca al pasillo antes de que yo pueda molestarme en preguntar qué sucede. No llegamos lejos antes de que una conocida figura nos detenga.

—¿Algún problema, querido?

La reina Elara, como una visión cubierta de seda, aborda a Maven. Por extraño que parezca, está sola, sin centinelas que la protejan. Sus ojos reparan en que la mano de él aún está en la mía. Por una vez, no siento que ella quiera inmiscuirse en mis pensamientos. *Está dentro de la cabeza de Maven, no de la mía*.

—Nada que yo no pueda manejar —contesta él, mientras aprieta mi mano como si fuera un ancla.

Ella arquea una ceja, sin creer una palabra de lo que él dice, pero omite más preguntas. En realidad, dudo que interrogue a alguien; *ella sabe todas las respuestas*.

—Bien haría usted en apresurarse, Lady Mareena, o llegará tarde al almuerzo —ronronea ella y vuelve finalmente hacia mí sus fantasmales ojos. Es entonces mi turno de aferrarme a Maven—. Y tenga un poco más de cuidado en sus sesiones de entrenamiento. La sangre roja es difícil de limpiar.

—Usted debe saberlo —respondo bruscamente, recordando a Shade—. Porque por más que intenta ocultarla, tiene las manos manchadas de ella.

La reina abre desmesuradamente los ojos, sorprendida por mi exabrupto. Supongo que nunca antes alguien le había hablado así, y esto me hace sentir vencedora. Pero la sensación no dura mucho tiempo.

De repente mi cuerpo se sacude hacia atrás y se estampa contra la pared del corredor con un golpe resonante. Ella me hace bailar entonces como un títere movido por cuerdas violentas. Cada uno de mis huesos resuena y mi cuello cruje, echando mi cabeza hacia atrás hasta hacerme ver estrellas de color azul claro.

No, estrellas no. Ojos. Los ojos de la reina.

—¡Madre! —grita Maven, aunque su voz parece proceder de muy lejos—. ¡Madre, detente!

Una mano se cierra en mi cuello, me sostiene al mismo tiempo que el control de mi cuerpo se desvanece. La respiración de la reina en mi cara es dulce, demasiado para soportarla.

—¡Jamás volverás a hablarme así! —dice Elara, tan enojada que ni siquiera se molesta en susurrar dentro de mi cabeza.

Pero me aprieta fuertemente con el puño, así que aunque yo quisiera, no podría hacerle saber que estoy de acuerdo con ella.

¿Por qué no me mata y ya?, me pregunto mientras jadeo en busca de aire. *Si soy una carga y un problema tal, ¿por qué no me mata simplemente?*

—¡Basta! —ruge Maven, mientras se siente en el pasillo el calor de su enojo.

Incluso a través de la brumosa oscuridad que consume mi visión, lo veo arrancarme de ella con una fuerza y energía asombrosas.

La habilidad de la reina deja de ejercer dominio sobre mí, y yo me desplomo contra la pared. La misma Elara casi tropieza también, tambaleándose con la sacudida. Ahora vuelve su mirada hacia Maven, su propio hijo puesto en su contra.

—Continúa con tu horario, Mare —dice furioso él, sin dejar de mirar a su madre. No dudo de que ella esté gritando dentro de la cabeza de él, regañándolo por protegerme—. ¡Vete!

El calor crepita en torno a Maven, irradia de su piel, y por un momento recuerdo el genio mesurado de Cal. Parece que también Maven esconde una hoguera, más fuerte todavía, y no quiero estar presente cuando haga explosión.

Mientras me alejo deprisa, trato de poner toda la distancia posible entre la reina y yo, no puedo evitar voltear a verlos. Se miran uno a otro, son dos piezas enfrentadas en un juego que yo no comprendo.

De vuelta en mi cuarto, las doncellas aguardan en silencio, con otro vestido dorado entre los brazos. Mientras una me pone ese espectáculo de seda y gemas moradas, las otras arreglan mi cabello y mi maquillaje. Como de costumbre, no dicen una sola palabra, aunque yo parezca fuera de quicio y agobiada después de una mañana como ésta.

El almuerzo resulta poco alentador. Por lo general, mientras comen, las mujeres hablan de las próximas bodas y demás tonterías de las que platican las señoras ricas, pero hoy es distinto. Estamos de regreso en la terraza que da al río y los uniformes rojos de los sirvientes flotan entre la muchedumbre, pero hay muchos más uniformes militares que antes. Parece que comiéramos con una legión completa.

Cal y Maven están ahí también, rutilantes en medio de sus medallas, y sonríen mientras sostienen gratas conversaciones, al tiempo que el rey estrecha las manos de los soldados. Todos ellos son jóvenes, con uniformes grises cargados de insignias plateadas. Algo muy distinto a los raídos uniformes carmesíes de faena que mis hermanos y los demás Rojos reciben cuando se les recluta. Estos Plateados irán a la guerra, sí, pero no al combate propiamente dicho. Son hijos e hijas de personas importantes, y para ellos la guerra es sólo un sitio de interés más. Un paso más en su entrenamiento. Para nosotros, para mí alguna vez, era un callejón sin salida. Una condena.

Pero tengo que seguir cumpliendo con mi deber y sonreír, estrechar sus manos y agradecer su valiente servicio. Cada palabra que pronuncio me sabe tan amarga que debo terminar eludiendo a la gente en un hueco semioculto por plantas. El ruido de la multitud sigue aumentando con el sol de mediodía, pero yo puedo respirar otra vez. Al menos durante un segundo.

—¿Todo bien?

Cal está frente a mí, con aspecto de preocupación aunque, extrañamente, también de relajamiento. Le agrada la compañía de los soldados; supongo que es su hábitat natural.

Aunque yo preferiría desaparecer, me enderezo.

—No me gustan los concursos de belleza.

Él frunce el ceño.

—Estos soldados están a punto de partir al frente, Mare. Yo habría pensado que tú, más que nadie, querrías darles una despedida apropiada.

La risa sale disparada de mí como un cañonazo.

—¿Qué parte de mi vida te hace creer que me interesaría que estos niños mimados vayan a la guerra como si estuvieran de vacaciones?

—Que hayan decidido ir, no los vuelve menos valientes.

—Bueno, espero que disfruten sus cuarteles, pertrechos y descansos, y todas las demás cosas que mis hermanos nunca tuvieron.

Dudo que a estos serviciales soldados les falte alguna vez siquiera un botón.

Aunque parece que quiere protestar a gritos, Cal se refrena. Ahora que sé de lo que es capaz, me sorprende que pueda controlarse.

—Ésta es la primera legión totalmente Plateada que va a las trincheras —dice, con voz serena—. Luchará junto a los Rojos, vestida como los Rojos, sirviendo como los Rojos. Los lacustres no sabrán quiénes son cuando ellos lleguen al Obturador. Y cuando caigan las bombas, cuando el enemigo intente romper la línea, recibirá más de lo que esperaba. La Legión de la Sombra los atrapará a todos.

De repente siento calor y frío al mismo tiempo.

—Vaya, qué original.

Pero Cal no presume. Por el contrario, parece triste.

—Tú me diste la idea.

—¿Qué?

—Cuando irrumpiste en la prueba de las reinas, nadie supo qué hacer. Estoy seguro de que los lacustres sentirán lo mismo.

Aunque intento hablar, no puedo emitir sonido alguno. Nunca he sido fuente de inspiración para nada y menos aún para maniobras de combate. Cal me mira como si quisiera añadir algo más, pero no habla. Ninguno de los dos sabe qué decir.

Un chico de nuestra clase de entrenamiento, el forjador de vientos Oliver, pone una mano sobre el hombro de Cal mientras con la otra sostiene una bebida espumosa. También viste de uniforme. *Irá a la guerra.*

—¿Por qué te escondes, Cal? —pregunta riendo y señala a la gente que nos rodea—. En comparación con los lacustres, ¡este grupo es fácil!

Cal cruza sus ojos con los míos y un rubor plateado tiñe sus mejillas.

—A los lacustres los atraparé un día de éstos —contesta, sin dejar de mirarme.

—¿Irás con ellos?

Oliver responde por él, con una sonrisa demasiado amplia para un chico que parte a la guerra.

—¿Que si va a venir con nosotros? —inquiere—. ¡Cal es nuestro líder! Somos su propia legión y él nos guiará al frente.

Cal se desprende poco a poco de la mano de Oliver. Algo pasado de copas, el forjador de vientos no parece notarlo y continúa parloteando.

—Será el general más joven de la historia y el primer príncipe en combatir en el frente.

Y el primero en morir, murmura en mi cabeza una voz taciturna. Contra mis mejores instintos, extiendo una mano hacia Cal. Él no me rehúye, y permite que lo tome del brazo. En este momento no parece un príncipe o un general, y ni siquiera un Plateado, sino aquel chico con el que me topé en la taberna, el muchacho que quiso salvarme.

—¿Cuándo? —pregunto con un hilo de voz.

—Cuando ustedes se vayan a la capital, después del baile. Se dirigirán al sur —murmura—. Yo iré al norte.

Un escalofrío de temor se apodera de mí, como cuando Kilorn me dijo que partiría a la guerra. Pero Kilorn es un pescador, un ladrón, alguien que sabe sobrevivir, cómo resbalar entre las grietas, no como Cal. Él es un soldado. Morirá si tiene que hacerlo. Dará la vida por su guerra. Y por qué me asusta esto, no lo sé. Por qué me importa, no podría decirlo.

—Con Cal en el frente, esta guerra terminará por fin. Con él, podemos ganar —dice Oliver con una sonrisa tonta.

Vuelve a tomar a Cal del hombro, pero esta vez se lo lleva consigo, de regreso a la fiesta, y me quedo sola.

Alguien pone una bebida fría en mi mano y yo la termino de un solo trago.

—Tranquila —dice Maven entre dientes—. ¿Estás pensando todavía en esta mañana? Nadie vio tu rostro, ya lo confirmé con los centinelas.

Pero eso es lo último que pasa por mi mente mientras veo a Cal estrechar la mano de su padre. Exhibe una sonrisa magnífica, la de una máscara que sólo yo puedo entrever.

Maven sigue mi mirada y mis pensamientos.

—Él quiso hacerlo. Fue su decisión.

—Eso no significa que tenga que agradarnos.

—¡Mi hijo, el general! —vocifera el rey Tiberias, perforando con su orgullosa voz el bullicio de la fiesta.

Por un segundo, cuando se acerca a Cal, a quien rodea con su brazo, olvido que es un rey. Casi entiendo la necesidad de Cal de complacerlo.

¡Qué no habría dado yo por ver a mi madre mirarme así cuando yo no era más que una ladrona! ¡Qué no daría hoy!

Este mundo es Plateado, pero también gris. No existe el blanco y el negro.

Cuando esa noche, mucho después de la cena, alguien toca a mi puerta, yo espero a Walsh y otra taza de té con un mensaje secreto, pero quien aparece es Cal. Sin uniforme ni armadura, parece el muchacho que realmente es. *Con apenas diecinueve años y al borde del abismo, la gloria o ambas cosas.*

Yo me encojo en mi pijama, desearía poder tener una bata a la mano.

—¿Cal? ¿Qué se te ofrece?

Él levanta los hombros y esboza una sonrisa.

—Evangeline estuvo a punto de matarte hoy en el ruedo.

—¿Y qué?

—Que no quiero que te mate en la pista de baile.

—¿Acaso me he perdido algo? ¿Pelearemos ella y yo en el baile?

Se ríe, recargado en el marco de la puerta. Pero no entra a mi cuarto, como si no pudiera. O no debiera. *Vas a ser la esposa de su hermano. Y él está a punto de partir a la guerra.*

—Si aprendes a bailar, no tendrás que hacerlo.

Recuerdo haberle dicho que nunca he aprendido a bailar y menos aún bajo la terrible dirección de Blonos, pero ¿qué ayuda podría brindarme Cal en esto? ¿Y por qué querría hacerlo?

—Te sorprendería saber lo buen maestro de baile que soy —añade, con una sonrisa torcida.

Cuando me tiende una mano, mi cuerpo tiembla.

Sé que no debería hacer esto. Que debería cerrar la puerta y no seguir este camino.

Pero él está a punto de marcharse al frente, y tal vez morirá.

Tiritando, pongo mi mano sobre la suya y dejo que me saque de mi cuarto.

DIECIOCHO

La luz de la luna se esparce por el suelo lo bastante brillante para permitirnos ver. Bajo esta luz plateada, el rubor rojizo de mi piel resulta apenas visible; tengo el mismo aspecto que una Plateada. Los sillones arañan el piso de madera cuando Cal reordena la sala y deja espacio para que practiquemos. Este recinto está aislado, pero el zumbido de las cámaras nunca se encuentra lejos. Los secuaces de Elara vigilan, sin embargo nadie viene a detenernos. O más bien, a detener a Cal.

Él saca de su chamarra un aparato extraño, una cajita que pone en medio de la sala. Se le queda viendo, a la espera de algo.

—¿Esa cosa puede enseñarme a bailar?

Él sacude la cabeza sin dejar de sonreír.

—No, pero te ayudará.

De pronto, un latido vibrante hace explosión en la caja y yo me doy cuenta de que es un altavoz, como los del ruedo de combate en la aldea. Sólo que éste se utiliza para la música, no para la batalla. Para la vida, no para la muerte.

La melodía es rápida y ligera, como el pulso. Frente a mí, la sonrisa de Cal se ensancha y sus pies llevan el ritmo. Yo no puedo resistirme más, pues también mis pies se mueven al compás de la música alegre y animada, muy distinta a la fría y metálica del salón de Blonos, o a las canciones tristes de casa. Mis pies se deslizan, en un intento por recordar los pasos que Lady Blonos me enseñó.

—No te preocupes por eso, lo que importa es que no dejes de moverte —me dice Cal, riendo.

Un tamborileo hace que la música vibre y él gira, tarareando al mismo tiempo. Por primera vez, parece no llevar sobre sus espaldas el peso de un trono.

Yo también siento que mis temores e inquietudes se aligeran, aunque sólo durante unos minutos. Éste es un tipo de libertad distinto, como volar en la moto de Cal.

Él es mucho mejor que yo para esto, pero de todas formas parece un tonto; puedo imaginar lo idiota que he de verme yo. Aun así, me da tristeza cuando la canción termina. Mientras las notas se disuelven en el aire, yo siento que regreso a la realidad. La fría verdad me atraviesa entonces: *no debería estar aquí.*

—Tal vez esto no sea buena idea, Cal.

Él ladea la cabeza, gratamente confundido.

—¿Por qué?

Me va a obligar a decirlo.

—No debería estar a solas ni siquiera con Maven —respondo. Tropiezo con las palabras y me siento enrojecer—. No sé si esté bien bailar contigo en una sala a oscuras.

En vez de discutir, Cal ríe y se encoge de hombros. Otra canción, más lenta y con una tonada evocadora, inunda el recinto.

—Tal como yo lo veo, le estoy haciendo un favor a mi hermano —sonríe tímidamente—. A menos que quieras pasarte la noche pisándolo.

—Tengo un equilibrio *excelente*, muchas gracias —replico, y me cruzo de brazos.

Él toma mi mano con lentitud y suavidad.

—Quizás en el ruedo —dice—, pero en la pista de baile no tanto.

Yo bajo la vista para ver sus pies, que se dejan conducir por el compás de la música. Cal me lleva, me obliga a seguirlo, pero, pese a que hago mis mejores esfuerzos, tropiezo con él.

Él sonríe, feliz de demostrarme que estoy equivocada. Es un soldado de corazón, y a los soldados les gusta ganar.

—Éste es el ritmo de la mayoría de las canciones que oirás en el baile. Es una danza simple, fácil de aprender.

—Pero yo encontraré la manera de cometer algún error —me quejo, mientras me dejo llevar por él. Nuestros pies trazan algo similar a un cuadrado y yo trato de no pensar en la cercanía de Cal, ni en los callos de sus manos. Para mi sorpresa, tienen la misma textura que los míos: ásperos por tantos años de trabajo.

—Serías capaz… —murmura él, ya sin el menor trazo de risa.

Me he acostumbrado al hecho de que Cal es más alto que yo, pero esta noche parece más bajo. Tal vez se deba a la oscuridad, o al baile. Él parece hoy lo que me pareció el día en que lo conocí: no un príncipe, sino una persona.

Sus ojos se entretienen en mi cara, buscan deducir dónde estaba mi herida.

—Maven te curó bien.

Hay un extraño rencor en su voz.

—Fue Julian. Julian y Sara Skonos —aunque él no reacciona tan vivamente como Maven, aprieta por igual la quijada—. ¿Por qué tú y Maven no quieren a Sara?

—Maven tiene sus razones, sus buenas razones —susurra Cal—. Pero no me toca a mí revelarlas. Y no es que Sara me *desagrade*. Simplemente es que no… no me gusta pensar en ella.

—¿Por qué? ¿Qué te hizo?

—A mí nada —contesta, suspirando—. Creció con Julian y con mi madre —su voz se apaga a la sola mención de su madre—. Era su mejor amiga. Y cuando ella murió, Sara no sabía cómo llorar su pérdida. Julian quedó destrozado, pero Sara… —se interrumpe, preguntándose cómo continuar. Nuestros pasos se ralentizan hasta detenerse, y nos paralizamos mientras la música resuena a nuestro alrededor—. No recuerdo a mi madre —dice de pronto, tratando de explicarse—. No había cumplido siquiera un año cuando ella murió. Sólo sé lo que mi padre y Julian me cuentan. Y a ninguno de los dos les gusta hablar de ella.

—Estoy segura de que Sara podría hablarte de tu madre, si fueron buenas amigas.

—Sara Skonos no puede hablar, Mare.

—¿Nada en absoluto?

Él prosigue lentamente, con la misma voz tranquila y reposada de su padre:

—Dijo cosas que no debía, mentiras terribles, y fue castigada por ello.

El horror me sacude. *No puedo hablar.*

—¿Qué dijo?

En un abrir y cerrar de ojos, Cal se pone frío bajo mis dedos. Da un paso atrás, abandona mis brazos mientras la música se extingue al fin. Actuando velozmente, mete el altavoz en la bolsa, y lo único que llena el silencio son nuestros corazones palpitantes.

—No quiero hablar más de ella —resopla.

Curiosamente, sus ojos parecen brillar, oscilantes entre mí y las ventanas por las que entra la luz de la luna a raudales.

Algo me estruja el corazón; el dolor en su voz me aflige.

—Está bien.

Avanza hacia la puerta con pasos rápidos y decididos, como si hiciera un esfuerzo por no correr. Pero cuando se vuelve hacia mí en el otro extremo de la sala, parece el mismo de siempre: tranquilo, sereno, despreocupado.

—Practica tus pasos —dice, como si fuera Lady Blonos—. Nos vemos mañana a la misma hora.

Y luego se marcha, y me quedo sola en un salón lleno de ecos.

—¿Qué diablos estoy haciendo aquí? —murmuro para nadie más que para mí misma.

Estoy a punto de acostarme cuando me percato de que algo muy raro pasa en mi habitación: las cámaras están apagadas. Ni una sola de ellas vibra en mi dirección, vigilando con ojos eléctricos y registrando todo lo que hago. Pero a diferencia del apagón anterior, todo lo que hay más allá de mi cuarto, sigue zumbando. La electricidad continúa palpitando en las paredes de todas las habitaciones menos en la mía.

Farley.

No obstante, en vez de la revolucionaria, quien sale de la oscuridad es Maven, que descorre las cortinas y deja entrar la suficiente luz de luna para que podamos ver.

—¿Un paseo nocturno? —pregunta con una sonrisa amarga.

Yo me quedo boquiabierta, sin saber qué contestar.

—Sabes que no deberías estar aquí —respondo, fuerzo una sonrisa con la esperanza de tranquilizarme—. Lady Blonos va a hacer un escándalo. Nos castigará a los dos.

—Los subalternos de mi madre me deben uno o dos favores —señala el escondite de las cámaras—. Blonos no tendrá pruebas para condenarnos.

Por alguna razón, eso no me consuela. En cambio, mi piel se ve atacada por temblores. Pero no de miedo, sino de ansiedad. Los temblores se intensifican, electrifican mis nervios igual que lo hace mi rayo, mientras Maven da unos mesurados pasos hacia mí.

Ve con aparente satisfacción que me sonrojo.

—A veces lo olvido —murmura, se permite tocar mi mejilla con una de sus manos. Se demora en ella, como si pudiera sentir el color que corre por mis venas—. Me gustaría que no tuvieran que pintarte a diario.

Mi piel zumba bajo sus dedos, pero yo trato de ignorarlo.

—Ya somos dos —respondo, y él tuerce los labios tratando de formar una sonrisa que no se consuma—. ¿Qué ocurre?

—Farley se puso en contacto otra vez —explica, da marcha atrás y mete las manos en sus bolsillos para esconder su temblor—. Pero tú no estabas aquí.

¡Qué suerte!

—¿Qué dijo?

Maven se encoge de hombros, camina hasta la ventana y se asoma para contemplar el cielo nocturno.

—Estuvo haciendo preguntas casi todo el tiempo.

Objetivos. Seguro que ella lo volvió a presionar en busca de información. Maven se resistió a darla. Pero sus hombros caídos y el temblor en su voz indican que contó más de lo que hubiera querido. *Mucho más*.

—¿Quién? —mi mente vuela hasta repasar los muchos Plateados que he conocido aquí, aquéllos que, a su manera, han sido buenos conmigo. ¿Alguno de ellos merecería ser sacrificado en bien de la revolución de Farley? ¿Quién sería el señalado?—. ¿A quién entregaste, Maven?

Él se da la vuelta, hace destellar en sus ojos una ferocidad que no le conocía. Por un segundo, temo que arda en llamas.

—No quise hacerlo, pero ella tiene razón: no podemos quedarnos quietos, debemos *actuar*. Y si eso significa que tengo que entregarle personas, lo haré. No me gustará, pero lo haré. Y lo he hecho ya —de igual forma que Cal, él respira honda y entrecortadamente, en un intento por serenarse—. Junto con mi padre, formo parte de comités de impuestos, de seguridad y de defensa. Sé quiénes serán echados de menos por mi... por los Plateados. Le di cuatro nombres a Farley.

—¿Cuáles?

—Reynald Iral. Ptolemus Samos. Ellyn Macanthos. Belicos Lerolan.

Yo suelto un suspiro antes de sorprenderme asintiendo. Va a ser imposible ocultar estas muertes. El hermano de Evangeline, la coronela... *ellos sí que serán echados de menos.*

—La coronela Macanthos sabía que tu madre mentía. Está al tanto de los demás ataques...

—Ella comanda una media legión y encabeza el consejo de guerra. Sin ella, el frente será un caos durante meses.

—¿El frente?

Cal. Su legión.

Maven mueve afirmativamente la cabeza.

—Después de esto, mi padre no enviará a la guerra a su heredero. Con un ataque tan cercano, dudo que siquiera se permita perderlo de vista en la capital.

Así que la muerte de la coronela salvará a Cal. Y ayudará a la Guardia.

Shade murió por esto. Su causa es la mía ahora.

—Dos pájaros de un tiro —exhalo y siento que lágrimas profundas amenazan con derramarse. Por difícil que parezca, cambiaré la vida de la coronela Macanthos por la de Cal. Lo haría mil veces.

—También tu amigo está metido en esto.

Temo por Kilorn y siento que me tiemblan las rodillas, pero consigo mantenerme en pie mientras Maven me explica el plan con corazón duro e insensible.

—¿Y si fallamos? —le pregunto cuando termina, pronunciando finalmente las palabras que él ha eludido.

Maven sacude apenas la cabeza.

—Eso no sucederá.

—Pero, ¿y si sucede? —no soy un príncipe y mi vida no ha sido un camino de rosas; sé esperar lo peor de todo y de todos—. ¿Qué pasará si *fallamos,* Maven?

Se oye un resuello en su pecho mientras inhala, hace lo posible por mantener la calma.

—Tú y yo seremos traidores. Nos juzgarán por traición, seremos condenados y nos matarán.

Durante mi siguiente lección con Julian no consigo concentrarme. No puedo pensar en otra cosa que no sea lo que está a punto de suceder. Es mucho lo que puede salir mal, y mucho también lo que está en juego. Mi vida, la de Kilorn, la de Maven: todos estamos poniendo en peligro nuestro cuello por esta causa.

—Sé que no es de mi incumbencia, pero —se lanza Julian con una voz que me asusta— pareces estar demasiado *apegada* al príncipe Maven.

Siento tanto alivio que casi suelto una carcajada, pero no puedo evitar sentirme ofendida al mismo tiempo. Maven es la última persona en la que yo debería desconfiar en este nido de víboras. La mera sugerencia de ello me enfurece.

—Estoy comprometida con él —replico, pero hago lo posible por no parecer grosera.

En vez de dejar las cosas ahí, Julian se inclina hacia delante. Su placidez suele favorecerme, pero ahora sólo me resulta frustrante.

—Mi única intención es prestarte ayuda. No olvides de quién es hijo, Maven.

Esta vez no puedo contenerme.

—¡No sabes nada de él! *—Maven es mi amigo. Y está arriesgando más que yo—*. Juzgarlo por sus padres es como juzgarme a mí por mi sangre. Que tú odies a los reyes no significa que tengas derecho de odiarlo a él.

Julian me mira con ojos llenos de fuego. Cuando habla, más bien parece rugir:

—Odio al rey porque no pudo salvar a mi hermana, porque la reemplazó por esa serpiente. Odio a la reina porque arruinó a Sara Skonos, porque tomó a la mujer que yo amaba y la hizo pedazos. Porque le cortó la *lengua* —y remata con un lamento grave—: ¡Ella tenía una voz tan hermosa!

Yo siento náuseas. De repente, el penoso silencio de Sara, sus mejillas hundidas, cobran sentido. No es de sorprender que Julian haya procurado que fuera ella quien me curara: Sara no podría revelarle la verdad a nadie.

—Pero… —digo con un hilo de voz, como si me la hubieran quitado un momento— ella es una sanadora.

—Los sanadores de la piel no pueden curarse a sí mismos. Y nadie se habría opuesto al castigo decidido por la reina. Así que, desde entonces, Sara ha tenido que vivir de esa manera, avergonzada —la voz de Julian reverbera de recuerdos, cada cual más horrible que el anterior—. A los Plateados no nos importa el dolor, pero somos orgullosos. Orgullo, dignidad, honor: éstas son cosas que ninguna habilidad puede reemplazar.

Pese a que lamento enormemente lo de Sara, no puedo sino temer por mí misma. *A ella le cortaron la lengua por algo que dijo. ¿Qué podrían hacerme a mí?*

—Pierdes el control, niña relámpago —siento el sobrenombre como una bofetada que me devuelve a la realidad—. Éste no es tu mundo. Que aprendas a hacer reverencias no cambiará eso. Tú no entiendes a qué jugamos.

—Porque lo que practican no es un juego, Julian —le digo, y empujo hacia él su libro de registros para depositar en su regazo la lista de nombres de los muertos—. Es una cuestión de vida o muerte. Yo no juego en pos de un trono, una corona o un príncipe. No juego en absoluto. Soy *diferente*.

—En efecto, lo eres —murmura mientras pasa un dedo por aquellas páginas—. Y por eso estás en peligro, todos somos un peligro para ti. Maven. Incluso yo mismo. *Todo el mundo puede traicionar a cualquiera*.

Su mente divaga y su mirada se nubla. Bajo esta luz, él parece viejo y gris, un hombre rencoroso obsesionado por su difunta hermana, enamorado de una mujer deshecha y condenado a instruir a una joven que lo único que puede hacer es mentir. Por encima de su hombro, entreveo el mapa de lo que fue, la humanidad anterior. *Todo este mundo está embrujado*.

Me llega entonces la peor idea que se me haya ocurrido nunca: *Shade es mi fantasma. ¿Quién más habrá de acompañarlo?*

—No te engañes, niña mía —suelta Julian finalmente—. Por supuesto que tú también estás en el juego como el peón de alguien.

No tengo ánimo de discutir. *Piensa lo que quieras, Julian. Yo no soy el bufón de nadie.*

Ptolemus Samos. Coronela Macanthos. Sus rostros danzan en mi cabeza mientras Cal y yo giramos en la sala. Esta noche, la luna ha menguado, desvanecida, pero mi esperanza es más fuerte que nunca. El baile se celebrará mañana, y después... no sé adónde podrá conducir ese camino. Pero será un camino diferente, un camino nuevo que nos llevará a un futuro mejor. Habrá daños colaterales, lesiones y muertes que no podemos evitar, como dijo Maven. Pero somos conscientes de los riesgos. Si todo marcha conforme a lo planeado, la Guardia Escarlata habrá izado su bandera donde todos podrán verla. Farley presentará otro video tras el ataque, en donde se detallen nuestras demandas: *Igualdad, libertad, derechos.* En comparación con cualquier otra rebelión, parece un buen trato.

Yo siento que me desvanezco, me arqueo lentamente en dirección al suelo, y entonces grito. Los fuertes brazos de Cal se cierran sobre mí y me sostienen en el acto.

—¡Perdón! —dice él, semiavergonzado—. Pensé que ya estabas lista para esto.

No estoy lista, estoy asustada. Me obligo a reír, a esconder lo que no puedo mostrarle.

—No, fue culpa mía. Me distraje otra vez.

No es fácil de engañar e inclina un poco la cabeza para mirarme a los ojos.

—¿Todavía te preocupa no saber bailar?

—Más de lo que te imaginas.

—Concéntrate en cada paso: eso es lo mejor que puedes hacer —después ríe entre dientes y se mueve con pasos más simples—. Sé que es difícil creerlo, pero no pienses que siempre fui el mejor bailarín.

—¡Qué horror! —imitó su sonrisa—. Creí que los príncipes nacían con la habilidad de bailar y de platicar boberías.

Él vuelve a reír, lo que lo mueve a acelerar el paso.

—Yo no. Si realmente pudiera hacer lo que me gusta, estaría en una fábrica o en un cuartel, produciendo vehículos o impartiendo instrucción. No como Maven. Él es el superpríncipe que yo no podré ser jamás.

Pienso en Maven, en sus palabras bondadosas, modales perfectos e impecable conocimiento de la corte, en todo aquello que finge ser para ocultar su verdadero corazón. El superpríncipe, sin duda.

—Pero él nunca pasará de ser un príncipe —siseo, casi lamentando la idea—. Y tú llegarás a ser rey.

Su voz se apaga para adecuarse a la mía y algo ensombrece su mirada. Cada día hay una tristeza más grande en él. *Quizá la guerra no le gusta tanto como supuse.*

—A veces quisiera que las cosas no fueran así.

Habla en voz baja pero llena mi cabeza de todos modos. Aunque el baile se cierne en el horizonte de mañana, yo me descubro pensando más en Cal y en sus manos y en el suave aroma a humo de leña que parece seguirlo a todas partes, y que me hace pensar en la tibieza del otoño, del hogar.

Culpo de la aceleración de mis latidos a la melodía, a esta música rebosante de vida. No sé por qué, esta noche me recuerda las lecciones de Julian, sus historias del mundo anterior al nuestro. Aquél era un mundo de imperios, de corrupción, de guerra y de más libertad que la que yo he conocido nunca. Pero la gente de entonces ha desaparecido, sus sueños se han convertido en escombros que sólo sobreviven entre el humo y la ceniza.

Está en nuestra naturaleza, dijo Julian. *Nosotros destruimos. Es la constante de nuestra especie. Sea cual fuere el color de su sangre, el hombre caerá siempre.*

Yo no comprendí esa lección hace unos días, pero ahora, con las manos de Cal entre las mías, guiándome con la mayor delicadeza, empiezo a percibir su sentido.

Me siento caer.

—¿De veras vas a marcharte con la legión?

Incluso estas simples palabras me dan miedo.

Cal asiente ligeramente.

—El lugar de un general está con sus soldados.

—Y el lugar de un príncipe con su princesa. Con Evangeline —me apresuro a añadir.

¡Ésa sí que estuvo buena, Mare!, me grita mi mente.

El aire que nos rodea se espesa de calor, pese a que Cal no se ha movido.

—Ella estará bien, supongo. No está precisamente encariñada conmigo. Y yo tampoco la extrañaré.

Incapaz de encontrar su mirada, me concentro en lo que tengo enfrente. Por desgracia, resulta ser su pecho y una camisa demasiado fina. Arriba de mí, Cal respira en forma entrecortada.

De pronto sus dedos se colocan bajo mi mentón y levantan mi cabeza para que mis ojos se crucen con los suyos. Llamas doradas titilan en ellos, reflejan el calor que lleva dentro.

—Te voy a extrañar a ti, Mare.

Por más que quiero quedarme quieta, detener el tiempo y permitir que este momento dure para siempre, sé que no es posible. Pese a todo lo que yo pueda sentir o pensar, Cal no es el príncipe con el que estoy comprometida. Más aún, se encuentra en el bando equivocado. Es mi enemigo. Está prohibido para mí.

Así que, con pasos vacilantes y renuentes, retrocedo, para quedar fuera de su alcance y del círculo de calor al que he acabado por acostumbrarme.

—No puedo —es lo único que consigo decir, aunque sé que mis ojos me traicionan. Incluso en este momento siento lágrimas de ira y rencor, lágrimas que juré no derramar.

Pero quizá la perspectiva de la guerra ha vuelto audaz y temerario a Cal, cosa que no era antes. Me toma de la mano y me acerca a él. Está traicionando a su único hermano. Yo estoy traicionando mi causa, a Maven y a mí misma, pero no quiero evitarlo.

Todo el mundo puede traicionar a cualquiera.

Cal imprime sus labios en los míos, duros, calientes, apretados. El contacto es electrizante, aunque no de la manera a la que estoy acostumbrada. Ésta no es una chispa de destrucción. Es una chispa de vida.

A pesar de que quiero alejarme, no puedo. Cal es un abismo, y yo me arrojo gustosamente a él. Un día sabrá que soy su enemiga y todo esto será un pálido recuerdo. Pero aún no.

DIECINUEVE

Aunque pintarme y convertirme en la joven que debo ser es un proceso que tarda varias horas, hoy me parecen unos minutos. Cuando las doncellas me ponen frente al espejo, pidiendo mudamente mi aprobación, yo sólo puedo asentir en dirección a la muchacha que me mira desde el espejo. Luce hermosa y aterrada por lo que va a pasar, envuelta en cadenas de seda reluciente. Tengo que esconder a la chica asustada; tengo que sonreír y bailar y parecer uno de ellos. Con un gran esfuerzo, hago a un lado mi temor. *El miedo me matará*.

Maven me espera al fondo del pasillo y parece una sombra en uniforme de gala. El negro azabache hace destacar sus ojos, de un azul vibrante contra su piel pálida. No parece asustado, pero no hay que olvidar que es un príncipe. Y un Plateado. Él no vacilará.

Extiende un brazo hacia mí, y yo me prendo con gusto a él. Espero que me haga sentir fuerte, segura o ambas cosas, pero su mano me recuerda a Cal y nuestra traición. La noche de ayer se perfila en mi mente con toda claridad, y hace saltar mis suspiros. Por una vez, Maven no nota mi inquietud. Está pensando en cosas más importantes.

—Te ves preciosa —dice tranquilamente, y lanza una mirada de admiración a mi vestido.

No concuerdo con él. Mi vestido es una cosa horrible y recargada, una complicación de joyas color violeta que centellean cada vez que me muevo y que me hacen parecer un bicho reluciente. Aun así, se supone que esta noche debo ser una dama, una futura princesa, de modo que asiento y sonrío agradecida. No puedo evitar recordar que mis labios, que ahora sonríen a Maven, besaron a su hermano anoche.

—Sólo quiero que esto termine.

—No terminará esta noche, Mare. Esto no terminará durante mucho tiempo, lo sabes, ¿no? —habla como una persona mucho mayor, mucho más sabia, no como un chico de diecisiete años. Cuando yo titubeo, sin saber qué pensar, él aprieta la quijada—. ¿Mare? —insiste, y yo oigo que le tiembla la voz.

—¿Tienes miedo, Maven? —pregunto débilmente, casi en un murmullo—. Porque yo sí.

Su mirada se endurece, se vuelve de color azul acero.

—Tengo miedo de fallar. Tengo miedo de dejar pasar esta oportunidad. Y tengo miedo de lo que podría suceder si este mundo no cambiara nunca —Maven arde bajo mi mano, movido por una resolución interior—. Eso me asusta más que morir.

Es difícil no dejarse llevar por sus palabras, y asiento con él. ¿Cómo podría yo dar marcha atrás? *Tampoco yo vacilaré.*

—Nos levantaremos —murmura con una voz tan grave que apenas puedo oírla.

Rojos como el amanecer.

Él aprieta mi brazo cuando llegamos al salón frente a los elevadores. Un escuadrón de centinelas protege a los reyes, que nos esperan. Cal y Evangeline no han llegado todavía, y yo confío en que no lo hagan. Cuanto más tiempo pueda no verlos juntos, más feliz seré.

La reina Elara lleva puesta una monstruosidad destellante de rojo, negro, blanco y azul, que exhibe los colores de su Casa y de la de su esposo. Fuerza una sonrisa, mira a su hijo y se abstiene de verme a mí.

—Aquí vamos —dice Maven, y suelta mi mano para colocarse junto a su madre. En su ausencia, siento la piel extrañamente fría—. ¿Cuánto tiempo tengo que permanecer aquí? —pregunta con una voz quejumbrosa a fin de desempeñar adecuadamente su papel.

Cuanto más pueda distraer a su madre, más posibilidades tendremos. Un golpe en la cabeza equivocada y todo quedará en nada. *Además, todos moriremos.*

—No puedes andar yendo y viniendo a tu antojo, Maven. Tienes deberes que cumplir, y te quedarás tanto tiempo como sea necesario.

La reina se dispone a acicalarlo, ajusta su cuello, medallas y mangas, y por un momento esto me toma por sorpresa. Ésa es la mujer que invadió mi cabeza, que me arrebató la vida, a la que *odio*, pero hay algo bueno en ella: ama a su hijo. Y a pesar de todos sus defectos, también él la ama a ella.

El rey Tiberias, por su parte, no parece reparar en Maven. Apenas mira en dirección a él.

—El chico está aburrido. No hay bastante emoción en su vida, como la habría en el frente —se pasa una mano por la barba recortada—. Necesitas una causa, Mavey.

Por un breve instante, la máscara de fastidio de Maven desaparece. *Tengo una causa*, gritan sus ojos, pero él mantiene la boca cerrada.

—Cal tiene su legión, sabe qué hace, qué *quiere*. Tú debes resolver lo que vas a hacer de tu vida, ¿eh?

—Sí, padre —contesta él.

Aunque intenta ocultarlo, una sombra atraviesa su rostro.

Yo conozco muy bien esa mirada. Solía asumirla yo misma cuando mis padres me insinuaban que debía parecerme más a Gisa, aunque tal cosa era imposible. Me iba a dormir todas las noches odiándome a mí misma, deseando ser capaz de cambiar, poder ser tan callada, talentosa y bonita como ella. No existe nada más doloroso que esa sensación. Pero el rey no percibe el dolor de Maven, así como mis padres nunca percibieron el mío.

—Creo que ayudarme a encajar aquí es causa suficiente para Maven —digo yo, con la esperanza de alejar de este modo la reprobadora mirada del rey.

Cuando Tiberias se vuelve hacia mí, Maven suspira, y me dedica una sonrisa de gratitud.

—¡Y vaya que ha hecho un buen trabajo! —exclama el rey, examinándome. Sé que recuerda a la pobre chica Roja que se negaba a inclinarse ante él—. Según me dicen, ya estás cerca de convertirte en una verdadera dama.

Pero su sonrisa forzada no llega hasta sus ojos, donde la desconfianza es inconfundible. Él quiso matarme en el salón del trono para proteger su corona y el equilibrio de su país, y no creo que se le hayan quitado las ganas de hacerlo. Soy una amenaza, aunque también una inversión. Me usará cuando quiera y me matará cuando deba.

—He recibido mucha ayuda, mi señor —digo inclinándome para fingir que me siento halagada, pese a que no me importe lo que él piense. Su opinión no vale la herrumbre de la silla de ruedas de mi padre.

—¿Ya estamos listos? —la voz de Cal hace añicos mis pensamientos.

Mi cuerpo reacciona girando para verlo entrar en la sala. Entonces se me revuelve el estómago, aunque no de emoción, ni de nervios, ni de cualquier otra tontería que mencionan las niñas bobas. Siento asco de mí, de lo que permití que pasara, de lo que *quise* que pasara. Aunque Cal intenta sostenerme la mirada, yo la desvío hacia Evangeline, que cuelga de su brazo. Ella viste otra vez de metal y se las arregla para sonreír sin mover los labios.

—¡Sus majestades...! —murmura, inclinándose en una reverencia exasperantemente perfecta.

Tiberias sonríe a la prometida de su hijo antes de poner una mano sobre el hombro de Cal.

—Sólo los estábamos esperando a ustedes, hijo —dice, riendo.

Cuando están juntos, su parecido es innegable: el mismo pelo, los mismos ojos de oro rojizo, incluso la misma postura. Maven observa, con sus ojos azules reposados y pensativos, mientras su madre lo toma del brazo. Con Evangeline a un lado y su padre al otro, Cal no puede hacer mucho más que encontrar mis ojos con los suyos. Asiente ligeramente con la cabeza, y yo sé que es el único saludo que merezco.

Pese a la decoración, el salón de baile tiene el mismo aspecto que hace más de un mes, cuando la reina me introdujo en este extraño mundo, cuando mi nombre e identidad fueron oficialmente revelados. Ellos me dieron un duro golpe aquí, y ahora es mi turno de devolverlo.

Esta noche correrá la sangre.

Pero no puedo pensar en eso ahora. Tengo que estar con los demás, hablar con el centenar de miembros de la corte que ya se han formado para intercambiar palabras con la familia real y una Roja mentirosa pero con ínfulas. Mis ojos recorren la fila en busca de los señalados, los objetivos que Maven detalló para la Guardia, las chispas que iniciarán el fuego. *Reynald, la coronela, Belicos… y Ptolemus*: el hermano de Evangeline, de cabello plateado y ojos negros.

Él es uno de los primeros en venir a saludarnos, situado detrás de su severo padre, quien se apresura a aproximarse a su hija. Cuando Ptolemus se acerca a mí, contengo las ganas de vomitar. Nunca he hecho algo tan difícil como mirar a los ojos de un hombre muerto en vida.

—Felicidades —dice él con una voz tan dura como la roca.

La mano que tiende es igual de firme. No viste uniforme militar, sino un traje de metal negro formado por varias capas lisas y relucientes. Es un guerrero, no un soldado. Como su padre antes que él, dirige la guardia de la ciudad de Arcón, protege la capital con su propio ejército de oficiales. *La cabeza de una serpiente*, lo llamó Maven tiempo atrás. *Córtala y el resto morirá*. Mientras sostiene mi mano, deposita en su hermana sus ojos inclementes. Pero me suelta pronto y pasa rápido frente a Maven y Cal antes de arrojarse en brazos de Evangeline, en una rara muestra de afecto. Me asombra que sus trajes horrendos no se peguen uno con otro.

Si todo sale de acuerdo a lo planeado, él no volverá a abrazar jamás a su hermana. Evangeline habrá perdido a un hermano, como yo perdí el mío. Aunque conozco por experiencia propia ese dolor, no puedo compadecerla. Sobre todo por la forma en que se aferra a Cal. Parecen diametralmente opuestos, él con un uniforme sencillo mientras ella brilla como una estrella envuelta en un vestido con púas afiladas. Quiero matarla, quiero *ser* ella. Pero no hay nada que pueda hacer al respecto. Evangeline y Cal no son mi problema esta noche.

Mientras Ptolemus desaparece y pasan más personas con sonrisas frías y palabras atinadas, me es fácil olvidarme de mí. La Casa de Iral es la siguiente en saludarnos, encabezada por los ágiles y lánguidos movimientos de Ara, la Pantera. Para mi sorpresa, ella hace una modesta reverencia ante mí, al tiempo que sonríe. Pero hay algo extraño en esto, algo que me indica que sabe más de lo que parece. Pasa sin decir una sola palabra, con lo que me ahorro un nuevo interrogatorio.

Sonya sigue a su abuela del brazo de otro objetivo: Reynald Iral, su primo. Maven me explicó que él es un asesor financiero, un genio que mantiene financiado al ejército con impuestos y estratagemas comerciales. Si muere, lo mismo pasará con el dinero y por tanto con la guerra. Yo estoy dispuesta a cambiar por esa razón a un cobrador de impuestos. Cuando él toma mi mano, no puedo sino notar sus ojos gélidos y su suave tacto. Estas manos nunca volverán a tocar las mías.

No es tan fácil desdeñar a la coronela Macanthos cuando se acerca. La cicatriz en su cara resalta notoriamente, en especial esta noche en la que todos lucen tan elegantes. Tal vez a ella no le importe la Guardia, pero tampoco cree en la reina. No estuvo dispuesta a tragarse las mentiras que a todos los demás nos servían en la boca.

Ella estrecha mi mano con fuerza; por una vez alguien no teme que yo me rompa como un cristal.

—Que sea muy feliz, Lady Mareena. Hacen ustedes una hermosa pareja —dice, y sacude la cabeza en dirección a Maven—. No como la de la presuntuosa Samos —murmura con picardía—. Ella será una reina triste, y usted una princesa feliz, ya lo verá.

—Gracias —respondo en voz baja, y logro esbozar una sonrisa pese a que la vida de la coronela vaya a llegar pronto a su fin.

Por más palabras amables que diga, sus minutos están contados.

Cuando se acerca a Maven, estrecha su mano y lo invita a inspeccionar las tropas en su compañía dentro de una semana, noto que él se siente tan afectado como yo. Una vez que la coronela Macanthos se ha marchado, Maven deja caer su mano junto a la mía y me da un apretón tranquilizador. Sé que lamenta haberla mencionado, pero como la de Reynald y la de Ptolemus, también su muerte servirá a un propósito. Al final, su vida habrá valido la pena.

El último objetivo tarda mucho más en llegar, ya que pertenece a una Casa menor. Belicos Lerolan exhibe una sonrisa alegre, cabello castaño y ropas del color del atardecer que hacen juego con los colores de su Casa. A diferencia de los demás que he saludado esta noche, parece amable y cordial. La sonrisa que hay detrás de sus ojos es tan genuina como su apretón de manos.

—Un placer, Lady Mareena —dice e inclina la cabeza, cortés en extremo—. Espero estar muchos años a su servicio.

Yo le sonrío, pretendiendo que, en efecto, habrá muchos años por venir, aunque esta fachada se vuelve más difícil de sostener a medida que transcurre el tiempo. Cuando su esposa aparece en compañía de un par de gemelos, yo quiero gritar. De apenas cuatro años y aullando como cachorros, ellos trepan por las piernas de su padre, quien les sonríe con dulzura, con una sonrisa dedicada exclusivamente a ellos.

Un diplomático, lo llamó Maven, embajador ante nuestros aliados de las Tierras Bajas, en el lejano sur. Sin él, nuestros lazos con esa nación y su ejército se desintegrarán, y dejarán sola a Norta contra nuestro Rojo amanecer. Él es otro sacrificio que estamos obligados a hacer, otro nombre del cual prescindir. Y es un padre. *Es un padre y nosotros lo vamos a matar.*

—Gracias, Belicos —Maven tiende su mano para que el otro se la estreche y con objeto de alejar a los Lerolan antes de que yo me venga abajo.

Intento decir algo, pero no puedo dejar de pensar en el padre que estoy a punto de quitarles a esos niños. En el fondo de mi mente recuerdo a Kilorn cuando lloró por la muerte de su padre. *Él también era demasiado joven entonces.*

—Discúlpenos un momento, por favor —dice Maven con una voz que parece distante—. Mareena no se acostumbra todavía a la emoción de la corte.

Antes de que yo pueda volver a mirar al padre condenado, Maven me aleja deprisa. Algunos nos miran boquiabiertos y yo puedo sentir que los ojos de Cal nos persiguen. Estoy a punto de tropezar, pero Maven me sostiene, al tiempo que me saca a empujones a un balcón. Normalmente el aire fresco me reanimaría pero dudo que algo pueda ayudarme en este trance.

—Hijos —suelto la palabra—. Él es su *padre.*

Maven se desprende de mí y yo me desplomo contra el barandal del balcón, pero el príncipe no da marcha atrás. A la luz de la luna, sus ojos parecen de hielo, fulminantes y refulgentes. Me pone una mano en cada hombro, me atrapa entre sus brazos y me obliga a escucharlo.

—También Reynald es padre. Y la coronela tiene hijos. Ptolemus está comprometido con la chica Haven. Todos tienen personas que los aman, alguien que llorará por ellos —tiene que hacer un esfuerzo para pronunciar estas palabras; está tan trastornado como yo—. No podemos elegir cómo ayudar a la causa, Mare. Debemos hacer lo que podemos, a cualquier costo.

—Yo no puedo hacerles esto a esos niños.

—¿Crees que yo sí? —exhala y acerca su rostro al mío—. Los conozco a todos ellos y me duele traicionarlos, *pero esto tiene que hacerse*. Piensa lo que nos servirán sus vidas, lo que sus muertes ayudarán a cumplir. ¿Cuántos de los tuyos serán salvados? ¡Creí que comprendías esto!

Se detiene, cierra los ojos un momento. Cuando recupera la calma, eleva una mano hasta mi rostro y recorre el perfil de mi mejilla con dedos trémulos.

—Lo siento, sólo que... —se le quiebra la voz— quizá tú no puedas ver adónde nos llevarán los acontecimientos de esta noche, pero yo sí. Y sé que estos acontecimientos harán que las cosas cambien.

—Te creo —mascullo y tiendo una mano para tomar la suya—. Pero querría que las cosas no fueran así.

Por encima de su hombro veo que en el salón de baile la fila de invitados se ha reducido. Los apretones de manos y las cortesías han llegado a su fin. La noche ha comenzado de verdad.

—Pero así son, Mare. Te aseguro que esto es lo que *debemos* hacer.

Por más que me duela, por más que esto estruje mi corazón, inclino la cabeza, asintiendo.

—De acuerdo.

—¿Están bien?

La voz de Cal parece extraña y aguda durante un segundo, pero él carraspea al asomarse al balcón. Con la mirada fija en mi rostro.

—¿Estás lista para esto, Mare?

Maven responde por mí:

—Sí, está lista.

Nos alejamos juntos del barandal y de la noche, lo mismo que del último instante de quietud que es probable que tengamos en la vida. Mientras cruzamos el arco, siento la sombra de una mano en mi brazo: *Cal.* Cuando volteo, él sigue mirándome y tiene los dedos extendidos. Su mirada es más misteriosa que nunca, hierve con una emoción que no puedo precisar. Pero antes de que él pueda decir cualquier cosa, Evangeline aparece a su lado. Cuando la toma de la mano, yo tengo que apartar mis ojos.

Maven me conduce al claro que se ha formado en el centro del salón.

—Ésta es la parte difícil —trata de serenarme.

Da resultado, y el temblor que me recorre se diluye.

Somos los primeros en bailar, los dos príncipes y sus prometidas frente a todos. Otro despliegue de fuerza y poder para lucir a las dos jóvenes que ganaron ante todas las familias que perdieron. Esto es lo último que yo quisiera hacer justo ahora, pero es por la causa. Mientras una música electrónica que detesto cobra clamorosa vida, me doy cuenta de que al menos es un baile que reconozco.

Maven parece asombrado cuando muevo los pies en la secuencia correcta.

—¿Ensayaste?

Con tu hermano.

—Un poco.

—Eres un estuche de monerías —dice riendo, y yo no sé de dónde saca fuerzas para hacerlo.

Junto a nosotros, Cal hace girar a Evangeline en su sitio. Parecen un rey y una reina, majestuosos, fríos y bellos.

Cuando los ojos de Cal se encuentran con los míos, justo en el momento en que sus manos se cierran sobre los dedos de ella, siento mil cosas a la vez y ninguna de ellas es agradable. Pero en vez de deleitarme en eso, me aprieto contra Maven. Él me mira, abriendo ampliamente sus ojos azules, al tiempo que la música se impone. Unos metros más allá, Cal cuenta mentalmente sus pasos, lleva a Evangeline por la misma serie que me enseñó. Ella es mucho mejor para esto, toda gracia y extrema belleza, y yo vuelvo a sentir que me caigo.

Giramos por la pista al compás de la música, rodeados de espectadores indiferentes. Ya reconozco sus caras. Conozco sus Casas, colores, habilidades, historias. Sé a quién temer, de quién compadecerme. Ellos nos miran con ojos ávidos, y yo sé por qué: creen que somos el futuro, Cal, Maven y Evangeline, e incluso yo. Creen estar ante un rey y una reina, un príncipe y una princesa. Pero es un futuro que yo no pienso permitir que ocurra.

En mi mundo perfecto, Maven no tendrá que ocultar su corazón y yo no tendré que esconder lo que realmente soy. Cal no tendrá ninguna corona que portar ni trono que proteger. Estas personas ya no dispondrán de paredes tras las que esconderse.

El amanecer está a punto de llegar para todos ustedes.

Bailamos dos canciones más y otras parejas se nos unen en la pista. El torbellino de colores nos impide ver a Cal y a Evangeline, hasta sentir que Maven y yo damos vueltas solos. Por un momento, la cara de Cal flota frente a mí reemplazando a la de su hermano, y creo estar de nuevo en la sala inundada por la luz de la luna.

Sin embargo, Maven no es Cal, por más que su padre así lo quisiera. No es soldado ni será rey, pero es más valiente. Y está dispuesto a hacer lo correcto.

—Gracias, Maven —susurro con una voz apenas audible sobre la espantosa música.

Él no tiene que preguntarme a qué me refiero.

—Nunca te sientas obligada a agradecerme nada.

Su voz es extrañamente grave y casi se quiebra mientras los ojos se le ensombrecen.

Jamás había estado tan cerca de él, mi nariz se halla a unos cuantos centímetros de su cuello. Puedo sentir que su corazón palpita bajo mis manos, percutiendo al mismo ritmo que el mío. *No hay que olvidar de quién es hijo Maven,* me dijo Julian una vez. No habría podido estar más equivocado.

Maven me conduce hasta la orilla de la pista, ahora llena de damas y caballeros que dan vueltas. Nadie notará nuestra ausencia.

—¿Un refrigerio? —murmura un sirviente al mismo tiempo que extiende una charola con una burbujeante bebida dorada.

Estoy por indicarle con un ademán que se marche cuando reconozco esos ojos verdes.

Tengo que morderme la lengua para no gritar su nombre: Kilorn.

Curiosamente, el uniforme rojo le sienta bien y, por una vez, ha conseguido limpiar su cara como es debido. Parecería que el pescador que yo conocí se ha esfumado por completo.

—Esta cosa pica —rezonga él entre dientes.

Bueno, quizá no por completo.

—Te la quitarás dentro de poco —dice Maven—. ¿Todo en orden?

Kilorn asiente, mientras lanza una mirada entre la multitud.

—Sí. Arriba ya están listos.

Sobre nosotros, los centinelas se apiñan en un largo rellano que se extiende por todas las paredes. Pero arriba de ellos, en los huecos de las ventanas y en los balconcitos cerca del techo, las sombras no pertenecen a ningún centinela.

—Tienes que dar la señal.

Kilorn tiende la charola con la inocente copa dorada.

Maven se endereza a mi lado y recarga su hombro en el mío en muestra de apoyo.

—¿Mare?

Ahora es mi turno.

—Estoy lista —murmuro, mientras repaso el plan que Maven me transmitió en voz baja hace unas noches.

Temblando, dejo que el conocido zumbido de la electricidad fluya a través de mí, hasta sentir que cada lámpara y cada cámara vibran en mi cabeza. Alzo la copa y bebo de un solo trago su contenido.

Kilorn la retira rápidamente.

—Un minuto —dice terminantemente.

Desaparece haciendo silbar su charola y moviéndose entre la gente hasta que no consigo verlo más. *Corre,* ruego y espero que sea lo bastante rápido. Maven también se marcha, me deja para poder llevar a cabo su tarea junto a su madre.

Yo me dirijo al centro de la multitud mientras la sensación eléctrica amenaza con rebasarme. Pero no puedo liberarla aún. No hasta que ellos comiencen. *Faltan treinta segundos.*

El rey Tiberias se alza frente a mí, ríe con su hijo preferido. A juzgar por el plateado rubor de sus mejillas, parece estar en su tercera copa de vino, mientras Cal sorbe agua con toda propiedad. A mi izquierda oigo la risa punzante de Evangeline, quizás en compañía de su hermano. En todo el salón, cuatro personas exhalan ahora su último suspiro.

Permito que mi corazón cuente esos últimos segundos, llevando el compás de cada momento. Cal me ve entre el gentío, lanza esa sonrisa que adoro y se encamina en dirección a mí. Pero nunca me alcanzará, no antes de que todo se haya consumado. El mundo retarda su marcha hasta que lo único que percibo es la fuerza imponente paredes adentro. Como en el entrenamiento, como con Julian, ya estoy aprendiendo a controlarla.

Por encima de nosotros se oyen cuatro disparos acompañados por los cuatro destellos de las armas.

Los gritos les siguen después.

VEINTE

Yo también grito, y entonces las luces parpadean, luego titilan y, por fin, terminan por apagarse.

Un minuto de oscuridad. Eso es lo que tengo que darles. Los gritos, los aullidos, la estampida casi me impiden concentrarme, pero hago un esfuerzo para no distraerme. Las luces parpadean horriblemente, y después se apagan, lo cual hace casi imposible moverse. *Pero hace posible que mis amigos se escabullan.*

—¡En los nichos! —ruge una voz que se hace oír por encima del caos—. ¡Quieren escapar!

Más voces se unen al clamor, aunque no reconozco ninguna. Pero en medio de esta locura, todas las voces suenan diferentes: "¡Búsquenlos!" "¡Deténgalos!" "¡Mátenlos!"

Los centinelas en el rellano apuntan con sus armas, y otros se pierden en medio de la confusión, como meras sombras a la caza de los sospechosos. *Walsh está con ellos,* me recuerdo a mí misma. Si antes ella y otros sirvientes pudieron meter a escondidas a Farley y a Kilorn, ahora podrán sacarlos. Ellos podrán esconderse. Podrán escapar. Van a estar bien.

Mi oscuridad los salvará.

Un resplandor de fuego hace erupción entre el gentío, y cruza el aire como una serpiente en llamas. Ruge en lo alto e ilumina el salón a oscuras. Sombras intermitentes se dibujan en los muros y en los rostros que miran hacia arriba, con lo que el salón de baile se convierte en una pesadilla de pólvora y luces rojas. Sonya grita cerca, doblada sobre el cuerpo de Reynald. La vieja y dinámica Ara la aparta enérgicamente del cadáver, arrancándola del caos. Los ojos de Reynald disparan al techo una mirada vidriosa, con destellos de la roja luz.

Aun así, yo no me muevo; endurezco y tenso cada uno de mis músculos.

Cerca del fuego, reconozco a los guardias del rey, quienes lo sacan velozmente del salón. Él trata de impedirlo, grita que debe quedarse, pero por una vez, ellos desobedecen sus órdenes. Elara lo sigue, empujada por Maven para huir del peligro. Los acompañan muchas otras personas, ansiosas de abandonar este lugar.

Agentes de seguridad se abren paso contra la corriente, inundan la sala de gritos y pisadas de botas. Damas y caballeros pasan a mi lado y me empujan con el afán de escapar, pero lo único que yo puedo hacer es permanecer en mi sitio, inmóvil. Nadie intenta llevarme consigo; nadie repara en mí. *Tienen miedo*. Pese a toda su fuerza, todo su poder, los Plateados no han olvidado el significado del miedo, y bastan unas balas para infundirles terror.

Una mujer ahogada en llanto choca conmigo y me derriba. Al caer, doy de frente con un cadáver y distingo la cicatriz de la coronela Macanthos. La sangre de plata rueda por su rostro, desde su frente hasta el suelo. El agujero de la bala es extraño, ya que está rodeado por carne gris pétrea. *Ella era una caimana*. Estuvo viva el tiempo suficiente para evitar este desenlace, para protegerse. Pero la bala no pudo ser detenida. Ella murió de todas formas.

Me alejo aprisa de la muerta pero mis manos resbalan en una mezcla de vino y sangre plateada. Una combinación aterradora de frustración y dolor me hace lanzar un grito. La sangre se adhiere a mis manos, como si ella misma supiera lo que hice. Es fría y pegajosa y está en todas partes, tratando de ahogarme.

—¡MARE! —unos brazos fuertes me jalan por el suelo, me aleja a rastras de la mujer que dejé morir—. ¡Mare, por favor…! —ruega la voz, pero no sé por qué.

Con un aullido de frustración, pierdo la batalla. La luz retorna y deja al descubierto una zona bélica de seda y muerte. Cuando intento erguirme, para confirmar que el trabajo ha sido ejecutado a cabalidad, una mano me derriba otra vez.

Yo digo lo que debo, desempeño el papel que me corresponde en todo esto.

—Lo siento… las luces… no puedo…

Arriba, las lámparas parpadean de nuevo.

Cal apenas me oye, pero cae de rodillas junto a mí.

—¿Dónde recibiste el impacto? —pregunta, mientras me revisa como sé que le enseñaron a hacerlo.

Sus dedos bajan por mis brazos y mis piernas, buscan una herida, la fuente de tanta sangre.

Mi voz suena extraña. Ronca. Quebrada.

—Estoy bien —digo, pero él continúa sin oírme—. ¡Estoy bien, Cal!

Se muestra aliviado al fin, y por un segundo pienso que podría volver a besarme. Pero recupera el sentido más pronto que yo.

—¿Estás segura?

Alzo con cautela una manga manchada de plata.

—¿Cómo podría ser mío esto?

Mi sangre no es de ese color. Y tú lo sabes.

Él inclina ligeramente la cabeza.

—¡Claro! —susurra—. Pero es que... te vi en el suelo, y pensé... —sus palabras se apagan reemplazadas por una terrible tristeza en sus ojos, convertida pronto en determinación—. ¡Lucas! ¡Sácala de aquí!

Mi guardia personal avanza entre el caos, arma en mano. Aunque parece el mismo de siempre, con sus botas y su uniforme, no es el Lucas que yo conozco. Sus ojos negros, *ojos de Samos,* son oscuros como la noche.

—¡La llevaré con los demás! —gruñe, mientras me levanta.

Aunque sé mejor que nadie que el peligro ya pasó, no puedo menos que extender la mano hacia Cal.

—¿Y tú?

Él se libra de mis dedos con una facilidad asombrosa.

—Yo me quedo aquí.

Se vuelve entonces a la cabeza de un grupo de centinelas. Pasa sobre los cadáveres, mirando al techo. Un centinela le arroja un revólver y él lo atrapa hábilmente, y pone un dedo en el gatillo. Su otra mano cobra vida de modo centellante, crepita con una flama mortífera y oscura. Perfilado contra los centinelas y los cadáveres que yacen en el suelo, Cal parece otra persona.

—¡Tras ellos! —ruge y carga escaleras arriba.

Centinelas y agentes de seguridad corren tras él, como una nube de humo rojo y negro de su flama. A sus espaldas dejan un salón salpicado de sangre, hundido en una confusión de gritos y polvo.

En el centro de todo esto se tiende Belicos Lerolan, perforado no por una bala, sino por una lanza argentina. Una raída banda escarlata cuelga del asta, y apenas se mueve en medio de la vorágine. Hay un símbolo estampado en ella: el sol dividido.

El salón de baile se desdibuja entonces, devorado por las oscuras paredes de un corredor de servicio. El suelo retumba bajo nuestros pies y Lucas me lanza hacia el muro para protegerme. Justo en ese instante, un estrépito reverbera como un trueno y el techo se sacude; caen pedazos de piedras. La puerta que está detrás de nosotros estalla, destruida por las llamas. Más allá, el salón es puro humo. *Una explosión.*

—¡Cal...! —exclamo, queriendo escapar de Lucas para volver sobre mis pasos, pero él me sujeta—. ¡Tenemos que ayudarle, Lucas!

—Créame, *milady*: una bomba no le hará daño al príncipe —rezonga él, sin detener la marcha.

—¿Una bomba? *—esto no formaba parte del plan—*. ¿Eso fue una bomba?

Lucas se aparta de mí, está temblando de furia.

—¡Usted misma vio la pañoleta roja ensangrentada! Se trata de la Guardia Escarlata, y *eso* —apunta al salón, aún oscuro y en llamas— es lo que ella hace.

—No tiene sentido... —murmuro para mí, mientras intento recordar cada aspecto del plan.

Maven jamás me habló de una bomba. *Nunca.* Y Kilorn no me habría permitido hacer lo que hice de haber sabido que yo correría peligro. *Ellos no me harían esto.*

Lucas enfunda la pistola y convierte su voz en una queja:

—A los criminales no les hace falta que las cosas tengan sentido.

No puedo respirar. ¿Cuántas personas había ahí todavía? ¿Cuántos niños, cuántas muertes innecesarias?

Lucas interpreta mi silencio como terror, pero se equivoca. Lo que siento es cólera.

Todo el mundo puede traicionar a cualquiera.

Lucas me conduce al sótano a través de no menos de tres puertas, cada una de acero y treinta centímetros de grosor. No tienen cerrojos pero él las abre con un movimiento de la mano. Esto me recuerda el día que lo conocí, cuando abrió los barrotes de mi celda con un simple ademán.

Oigo a los demás antes de verlos, pues su voz rebota en las paredes metálicas. El rey está despotricando y sus palabras me hacen temblar. Su presencia parece llenar el búnker al tiempo que él camina desesperado de un lado a otro, seguido por las ondulaciones de su capa.

—¡Quiero que los encuentren! Los quiero frente a mí con una espada detrás, ¡y que canten como las aves cobardes que son! —habla con una centinela, una mujer enmascarada que no se mueve siquiera—. ¡Quiero saber qué *está pasando*!

Elara ocupa una silla, y tiene una mano en el corazón mientras que con la otra aprieta la de Maven.

Él se sobresalta tan pronto como me ve llegar.

—¿Estás bien? —pregunta, y me da un abrazo apresurado.

—Sí, sólo un poco agitada —logro responder. Intento transmitir la mayor cantidad posible de información, pero Elara está tan cerca que apenas puedo permitirme pensar, y menos aún hablar—. Hubo una explosión después de los disparos. Una bomba.

Maven frunce el ceño, confundido, pero lo disimula pronto con un gesto de rabia.

—¡Bastardos!

—¡Salvajes! —silba el rey Tiberias entre sus dientes apretados—. ¿Y mi hijo?

Arrastro la mirada hasta Maven antes de percatarme de que el rey no se refiere a él. Maven se lo toma con calma; ya está acostumbrado a que lo pasen por alto.

—Cal fue a perseguir a los que dispararon. Se llevó con él a un grupo de centinelas —recordar a Cal sombrío y furioso como una llama no hace sino asustarme—. Luego, algo explotó en el salón. No sé cuántas personas estaban ahí... todavía.

—¿Algo más, querida? —pregunta Elara, y viniendo de ella el término cariñoso me produce la sensación de una descarga eléctrica. La reina luce más pálida que nunca y respira de manera entrecortada. *Tiene miedo*—. ¿Alguna otra cosa que recuerdes?

—Un estandarte amarrado a una lanza. Esto fue obra de la Guardia Escarlata.

—¿De veras? —pregunta ella, alzando una ceja.

Yo refreno el impulso de retroceder, de alejarme corriendo de la reina y sus susurros. Supongo que de un momento a otro la sentiré deslizarse dentro de mi cabeza, a fin de arrancarme la verdad.

En cambio, Elara aparta la vista y se vuelve hacia el rey.

—¿Ves lo que has hecho?

Los labios se enrollan sobre sus dientes. Bajo la luz, parecen colmillos fulgurantes.

—¿Yo? ¡*Tú* fuiste la que dijo que la Guardia era débil y poco numerosa, y la que le mintió a nuestro pueblo! —se defiende Tiberias—. Son tus acciones, no las mías, las que nos han vuelto más vulnerables al peligro.

—Y si tú te hubieras hecho cargo de este asunto cuando tuviste la oportunidad de hacerlo, cuando ellos *eran* débiles y poco numerosos, ¡esto no habría sucedido!

Se atacan el uno al otro como perros hambrientos, y cada cual trata de morder mejor a su enemigo.

—En ese entonces no eran terroristas, Elara. Yo no podía sacrificar a mis soldados y oficiales poniéndolos a perseguir a un par de Rojos que escribían panfletos y no hacían ningún daño.

Elara apunta lentamente al techo.

—¿Te parece que eso es no hacer ningún daño? —Tiberias no tiene respuesta para esta interrogante y ella sonríe, feliz de haber ganado la controversia—. Un día los hombres aprenderán a prestar atención, y el mundo temblará. La Guardia es una epidemia, y tú permitiste que se propagara. Ya es hora de acabar con ella de raíz —la reina se levanta de su silla, una vez que ha recuperado la calma—. Sus miembros son demonios rojos y sin duda tienen aliados dentro de nuestras paredes —yo hago lo posible por no alterarme, fijo los ojos en el suelo—. Creo que cruzaré un par de *palabras* con los sirvientes. Oficial Samos, si es usted tan amable…

Lucas se yergue en posición de firmes y le abre la puerta del sótano. Con dos centinelas a remolque, ella sale de modo majestuoso, como un huracán enfurecido. Lucas la acompaña, y va abriendo sucesivamente las pesadas puertas, cada cual más lejana. No quiero saber qué va a hacerles la reina a los sirvientes, pero sé que será doloroso y que no descubrirá nada. De acuerdo con nuestro plan, Walsh y Holland huyeron con Farley. Sabían que sería muy peligroso que permanecieran aquí después del baile, y tenían razón.

El grueso metal se cierra unos momentos sólo para volver a abrirse. Así lo decide otro magnetrón: *Evangeline*. Tiene un aspecto horrible con su vestido de fiesta, sus joyas hechas pedazos y ella totalmente enfurecida. Lo peor son sus ojos: salvajes, húmedos y con el rímel corrido. *Ptolemus. Llora a su hermano muerto.* Aunque me digo que eso no me importa, tengo que resistir el impulso de acercarme a consolarla. Pero este deseo se disipa en cuanto su compañero entra en el búnker detrás de ella.

Hay humo y hollín en la piel de Cal, que también ensucian su uniforme, antes impecable. Normalmente, a mí me preocuparía su desorbitada mirada de odio, pero lo que me infunde temor es otra cosa: su uniforme negro está manchado de sangre, y no es sangre plateada. *Es roja. Esa sangre es roja.*

—Mare —me dice, sin el menor asomo de gentileza—, ven conmigo. Ahora mismo.

Sus palabras están dirigidas a mí, pero lo seguimos todos; nos abrimos paso por los corredores mientras él nos guía hacia las celdas. Mi corazón late fuertemente en mi pecho, y amenaza con explotar. *Que no sea Kilorn. Cualquiera menos él.* Maven pone una mano en mi hombro para tenerme cerca. Al principio creo que trata de consolarme, pero después tira de mí: quiere evitar que salga corriendo.

—¡Debiste haberlo matado ahí mismo! —le dice Evangeline a Cal, raspando su camisa para quitarle la sangre roja adherida—. Yo no habría dejado vivo a ese demonio Rojo.

Se trata de un hombre. Yo me muerdo los labios para no correr el riesgo de abrir la boca y decir una tontería. La mano de Maven se tensa como una garra en mi hombro y puedo sentir que el pulso se le acelera. Por lo que sabemos hasta el momento, éste bien podría ser el fin de nuestro juego. Elara regresará y hurgará en el maltrecho cerebro de mis amigos para descubrir qué tan lejos llega su conspiración.

Los peldaños hasta las celdas son los mismos de siempre, pero parecen más largos, y se sumergen en las entrañas más recónditas de la Mansión. Llegamos a los calabozos en los que hacen guardia nada menos que seis centinelas. Un escalofrío me cala los huesos pero no tiemblo. Apenas consigo moverme.

Cuatro figuras ocupan una celda, todas heridas y ensangrentadas. Pese a la escasa luz, las reconozco a todas. Walsh tiene un ojo inflamado, pero no tiene mal aspecto. No como Tristan, quien se recarga contra la pared como para aliviar el dolor que le causa una pierna empapada de sangre. Un vendaje rápido cubre su herida, aparentemente arrancado de la camisa de Kilorn. Para mi gran alivio, éste parece ileso. Sostiene con un brazo a Farley, parada contra él. Ella tiene una clavícula dislocada y un brazo le cuelga en un extraño ángulo. Pero esto no le impide mirarnos con desdén. Hasta nos escupe a través de las rejas, una mezcla de sangre y saliva que cae a los pies de Evangeline.

—¡Quítale la lengua por esto! —protesta ella, y se precipita sobre los barrotes.

Pero se para en seco, y azota una mano contra el metal. Aunque podría arrancarlo con sólo quererlo, destruyendo así la celda y a todos sus ocupantes, se refrena.

Farley le sostiene la mirada, sin apenas parpadear frente a su arrebato. Si éste es para ella el final, es obvio que llegará a ese punto con la frente en alto.

—Un poco violenta para ser princesa.

Antes de que Evangeline pueda perder los estribos, Cal la retira de los barrotes, para después alzar lentamente una mano y apuntar.

—Tú.

Con una sacudida horrenda, descubro que señala a Kilorn. Un músculo tiembla en la mejilla del chico, pero él no deja de mirar al suelo.

Cal lo recuerda. De la noche en que me llevó a casa.

—Explica esto, Mare.

Yo abro la boca con la esperanza de que de ella salga una mentira prodigiosa, pero no sucede así.

La mirada de Cal se ensombrece.

—Es amigo tuyo. *Explica esto.*

Evangeline lanza una exclamación y vuelve su ira contra mí.

—¡Tú lo trajiste! —chilla, y se me acerca de un salto—. ¡¿Tú hiciste esto?!

—Yo no hice nada —balbuceo, siento sobre mí los ojos de todos los presentes—. Es decir, le conseguí un trabajo aquí. Él estaba en las madererías, que es un trabajo duro, devastador… —las mentiras se suceden una tras otra, cada cual más rápida que la anterior—. Él es… era mi amigo, allá en la aldea. Yo sólo quise cerciorarme de que estuviera bien. Le conseguí un empleo como sirviente, igual que como… —arrastro los ojos hasta Cal; ambos recordamos la noche en que nos conocimos, y el día que le siguió—. Mi única intención era ayudarlo.

Maven da un paso hacia la celda, mira a nuestros amigos como si fuese la primera vez que lo hiciera. Señala en dirección a sus uniformes rojos.

—Parecen simples sirvientes.

—Lo mismo diría yo, salvo que los encontramos intentando escapar por las cañerías —lo corta Cal—. Tardamos mucho tiempo en sacarlos.

—¿Estos son todos? —pregunta el rey Tiberias, al asomarse por las rejas de la mazmorra.

Cal sacude la cabeza.

—Había otros más adelante, pero llegaron al río. No sé cuántos eran.

—Bueno, indaguémoslo —dice Evangeline, alzando las cejas—. ¡Hagan venir a la reina! Y mientras tanto… —mira al rey.

Bajo su barba, él esboza una sonrisa y asiente.

No tengo que preguntar para saber en qué están pensando. *Tortura.*

Los cuatro prisioneros se mantienen firmes, sin moverse siquiera. El maxilar de Maven trabaja afanosamente en busca de una salida, pero sabe bien que no hay ninguna. En el mejor de los casos, esto podría resultar menos grave de lo que cabría esperar. Si acaso ellos se las ingeniaran para mentir. *Pero, ¿cómo podríamos pedírselo? ¿Cómo podríamos verlos gritar sin hacer nada?*

Kilorn parece tener una respuesta para mí. Aun en este sitio espantoso, sus ojos verdes son capaces de brillar. *Mentiré por ti.*

—Te cedo el honor, Cal —dice el rey, y apoya una mano en el hombro de su hijo.

Lo único que yo puedo hacer es mirar, suplicar con los ojos bien abiertos, le ruego a Cal que no haga lo que su padre le pide.

Él me mira una vez, como si eso valiera como una disculpa, y luego voltea hacia una centinela de estatura más baja que los demás. Detrás de su máscara, los ojos de ella emiten chispas de un blanco grisáceo.

—Centinela Gliacon, necesito un poco de hielo, por favor.

Ignoro qué significa eso, pero Evangeline se echa a reír.

—¡Buena decisión!

—No es necesario que veas esto —me dice Maven al oído, mientras intenta alejarme de ahí.

Pero yo no puedo abandonar a Kilorn. Ahora no. Así que me zafo enojada, sin retirar la vista de mi amigo.

—¡Que se quede! —grazna Evangeline, complacida con mi malestar—. Esto le enseñará a tratar a los Rojos como amigos —agrega, se vuelve hacia la celda y abre los barrotes con un movimiento de su mano. Apunta entonces con un dedo blanco—. Empieza con ella. Hay que hacer que se rinda.

La centinela asiente y toma a Farley por la muñeca, hasta sacarla del calabozo. Las rejas vuelven a su sitio detrás de ella, y mantienen dentro al resto. Walsh y Kilorn corren hasta los barrotes, convertidos en la imagen misma del miedo.

La centinela obliga a Farley a arrodillarse y espera una nueva orden.

—¿Señor?

Cal se coloca frente a ella, resoplando. Titubea antes de hablar, pero por fin lo hace con voz enérgica.

—¿Cuántos hay, además de ustedes?

Farley no mueve un ápice la quijada ni separa los dientes. Morirá antes que hablar.

—Comience por el brazo.

La centinela no es amable y tira del brazo herido de Farley. Ésta aúlla de dolor, pero no dice nada. Yo tengo que hacer acopio de todas mis fuerzas para no lanzarme a golpes sobre la torturadora.

—Y ustedes nos llaman salvajes a nosotros… —espeta Kilorn con la frente apoyada en las rejas.

La centinela sube poco a poco la manga ensangrentada de Farley y pone sus manos pálidas y crueles sobre su piel. Farley grita al sentirlas, aunque yo no sé por qué.

—¿Dónde están los demás? —pregunta Cal, arrodillándose para mirarla a los ojos.

Ella guarda silencio un momento, con la respiración entrecortada. Él se inclina y espera pacientemente a que se dé por vencida.

En vez de eso, Farley se precipita al frente y le da un cabezazo a Cal con todas sus fuerzas.

—Estamos en todas partes —contesta ella entre risas, aunque vuelve a gemir cuando la centinela reanuda la tortura.

Cal se recupera sin dificultad, se lleva una mano a la nariz rota. Cualquier otro devolvería el golpe, pero él no lo hace.

Entonces aparecen unos pinchazos rojos en el brazo de Farley, en torno a la mano de la centinela. Se multiplican a cada segundo, precisos y brillantes, directamente emergidos de una piel ya azulada. *Centinela Gliacon. Casa de Gliacon.* Mi mente vuela hasta el protocolo, a las lecciones sobre las casas. *Escalofríos.*

Con una sacudida comprendo qué sucede y tengo que desviar la mirada.

—¡Eso es sangre! —musito, incapaz de voltear—. Le está congelando la sangre.

Maven se limita a asentir, con ojos agobiados y llenos de pesar.

Detrás de nosotros, la centinela continúa con su labor, ascendiendo por el brazo de Farley. Carámbanos rojos, afilados como navajas, perforan su carne y rebanan cada nervio con un dolor que no puedo siquiera imaginar. Farley respira con un silbido entre sus dientes apretados. Aún no dice nada. Mi corazón se acelera a medida que pasa el tiempo y me pregunto cuándo regresará la reina, cuándo terminará nuestro juego.

Al fin, Cal se pone de pie de un salto.

—¡Basta!

Otro centinela, un sanador de la piel de la Casa de Skonos, se agacha a un costado de Farley. Ella parece a punto de colapsarse, mientras contempla con mirada atónita su brazo, ahora tajado por cuchillos de sangre congelada. El nuevo centinela la cura pronto, moviendo las manos de manera estudiada.

Farley ríe de modo misterioso mientras su brazo se calienta de nuevo.

—Todo para poder volver a hacerlo, ¿eh?

Cal se lleva los brazos a la espalda, y al cruzar una mirada con su padre, éste asiente.

—Así es —dice el príncipe suspirando y voltea hacia la escalofrío.

Pero la centinela no tiene oportunidad de proseguir.

—¿DÓNDE ESTÁ ELLA? —brama una voz horripilante, cuyo eco desciende hasta nosotros por los peldaños.

Evangeline se vuelve al oír el estruendo y corre al pie de la escalera.

—¡Aquí estoy! —grita a su vez.

Cuando Ptolemus Samos baja hasta los calabozos para abrazar a su hermana, yo tengo que clavarme las uñas en la palma para no mostrar ninguna reacción. Ahí está él, vivo y palpitante, y muy encolerizado. Tendida en el suelo, Farley se maldice a sí misma.

Un instante después, Ptolemus hace a un lado a Evangeline con los ojos llenos de una furia aterradora. Su armadura está deshecha en el hombro, pulverizada por una bala, pero la piel parece intacta, *curada*. Él se acerca a la celda flexionando las manos. Las rejas metálicas tiemblan en sus goznes, rechinan contra el concreto.

—¡Todavía no, Ptolemus…! —ruge Cal y trata de sujetarlo, pero aquél se libra del príncipe con un empujón.

Pese a su fuerza y tamaño, Cal retrocede a tropezones.

Evangeline corre hasta su hermano y lo toma de la mano.

—¡No, Ptolemus! ¡Tenemos que hacer que hablen!

Con sólo una sacudida, él se zafa de ella; ni siquiera Evangeline puede detenerlo.

Los barrotes restallan, chirrian por el poder de Ptolemus, al tiempo que la celda se abre ante él. Tampoco los centinelas pueden pararlo mientras avanza a zancadas, desplazándose con movimientos rápidos y estudiados. Kilorn y Walsh reaccionan en el acto, dando un salto atrás contra las paredes de piedra, pero Ptolemus es un depredador, y los depredadores atacan a los débiles. Con la pierna herida y casi sin poderse mover, Tristan no tiene ninguna opción.

—¡Nunca volverás a amenazar a mi hermana! —ruge Ptolemus, y le lanza las rejas metálicas de la celda. Una de ellas atraviesa el pecho de Tristan. Éste jadea, mientras se ahoga con su propia sangre, *agonizando*. Y Ptolemus sonríe.

Cuando se vuelve hacia Kilorn, para también matarlo, yo entro en acción.

Las chispas cobran vida en mi piel. Cuando mi mano se cierra sobre el musculoso cuello de Ptolemus, libero esas chispas que se le meten en el cuerpo como un rayo que bailara en sus venas, y acaba cediendo a mi tacto. El metal de su uniforme vibra y humea, al punto casi de cocerlo vivo, y entonces cae al piso de concreto, aún sacudido por las chispas.

—¡Ptolemus! —vocifera Evangeline. Corre a su lado y trata de tocar su rostro. Una descarga eléctrica salta a los dedos de la hermana, y la obliga a caer con el ceño fruncido. Ella me dirige entonces una llamarada de furor—. ¡Cómo te *atreves*…!

—Él va a estar bien —no le di tan duro para lastimarlo de verdad—. Como tú misma dijiste, necesitamos que ellos hablen. Y no podrán hacerlo si están muertos.

Los demás me miran con una extraña mezcla de emociones, con los ojos bien abiertos… y con miedo. Cal, el chico al que besé, el soldado, el bruto, no puede sostenerme la mirada. Reconozco su expresión: vergüenza. Pero no sé si por haber herido a Farley o por no haber podido hacerla hablar. Al menos Maven tiene el sentido común de parecer triste, sin dejar de mirar el cuerpo aún sangrante de Tristan.

—Mi madre podrá ocuparse de los prisioneros más tarde —Maven se dirige al rey—. Pero allá arriba, la gente quiere ver a su monarca y saber que está a salvo. Hubo muchos muertos. Deberías consolar a las familias, padre. Y tú también, Cal.

Está ganando tiempo. El brillante Maven intenta obtener una oportunidad para nosotros.

Aunque se me pone la piel de gallina, alargo la mano para tocar a Cal en el hombro. Él me besó una vez. Puede que me quiera escuchar ahora.

—Maven tiene razón, Cal. Esto puede esperar.

Todavía en el suelo, Evangeline enseña los dientes.

—¡Lo que la corte quiere son respuestas, no abrazos! Esto debe hacerse ahora, su majestad, ¡arránqueles la verdad...!

Pero hasta Tiberias ve la prudencia que hay en las palabras de Maven.

—Se quedarán aquí —confirma—. Y la verdad se sabrá mañana.

Yo aprieto el brazo de Cal, y siento sus músculos tensos. Mi contacto lo relaja, como si le quitara un gran peso de encima.

Los centinelas se cuadran y devuelven a Farley a la destrozada celda. Ella no me quita los ojos de encima, preguntándose qué diablos tengo en mente. *Ojalá yo lo supiera.*

Evangeline saca casi a rastras a Ptolemus, y permite que las rejas vuelvan a juntarse a sus espaldas.

—Eres débil, mi príncipe —le dice a Cal al oído.

Yo reprimo el deseo de voltear hacia Kilorn, porque sus palabras aún resuenan en mi cabeza: *Deja de tratar de protegerme.*

No lo haré.

La sangre que gotea de mi manga deja un rastro de plata a mi paso mientras marchamos a la sala del trono. Centinelas y agentes de seguridad protegen la inmensa puerta con las armas preparadas y apuntadas al corredor. No se mueven cuando pasamos, congelados en su sitio. Tienen la orden de matar si es necesario. Más allá, el espléndido recinto retumba de ira y dolor. Yo quiero sentir un mínimo vestigio de victoria, pero el recuerdo de Kilorn tras las rejas ahoga toda la felicidad que pudiera tener. Incluso la mirada vidriosa de la coronela me persigue.

Me pongo a un lado de Cal. Apenas lo nota, mira el suelo con ojos abrasadores.

—¿Cuántos han muerto?

—Once, hasta ahora —bisbisea—. Tres en el tiroteo y ocho en la explosión. Hay quince heridos —parecería que está confeccionando una lista de productos, no de personas—. Pero todos se curarán.

Sacude el pulgar y señala a los sanadores que corren entre los lesionados. Yo cuento a dos niños entre ellos. Y más allá de los heridos se encuentran los cuerpos de los muertos, tendidos ante el trono del rey. Los gemelos de Belicos Lerolan se hallan junto a él, en tanto que su desconsolada madre vela los cadáveres.

Yo tengo que llevarme una mano a la boca para no gritar. *Jamás quise esto.*

Las manos calientes de Maven toman las mías para hacerme pasar pronto por esa escena truculenta y llevarme hasta nuestro lugar junto al trono. Cal se coloca cerca; trata en vano de quitarse la sangre roja que mancha sus manos.

—¡Es tiempo ya de que enjuguemos nuestras lágrimas —brama Tiberias, con los puños a sus costados. Sollozos y gimoteos se extinguen de modo simultáneo en la sala—. Honremos a los muertos, curemos a los heridos y *venguemos a nuestros caídos*. ¡Yo soy el rey! No olvido. No perdono. He sido indulgente en el pasado, he concedido a nuestros hermanos Rojos una buena vida, llena de prosperidad y dignidad. Pero ellos nos escupen, rechazan nuestra compasión y se han buscado la peor de las condenas.

Emitiendo un gruñido, tira al suelo la lanza plateada con el paño rojo, que suena en el piso como un toque de difuntos. El sol dividido nos mira a todos.

—Esos idiotas, esos terroristas y *asesinos*, serán llevados ante la justicia. Y morirán. ¡Juro por mi corona, por mi trono, por mis hijos que *morirán*!

Un creciente rumor atraviesa la sala, conforme cada Plateado se reanima. Heridos o no, son uno. El olor metálico de la sangre resulta casi insoportable.

—¡Fuerza! —proclama la corte—. ¡Poder! *¡Muerte!*

Maven me mira, con los ojos muy abiertos y asustados. Sé qué es lo que piensa, porque yo estoy pensando lo mismo.

¿Qué hemos hecho?

VEINTIUNO

De regreso en mi habitación, me arranco el arruinado vestido y lo dejo caer al suelo. Las palabras del rey se repiten en mi cabeza, salpicadas de destellos de esta noche terrible. Los ojos de Kilorn resaltan en medio de todo, un fuego verde que me quema. *Debo protegerlo, pero ¿de qué forma?* ¡Si pudiera cambiarme por él otra vez, mi libertad por la suya! ¡Si las cosas siguieran siendo así de simples! Las lecciones de Julian jamás las había visto tan claras en mi mente: *el pasado es mucho más grandioso que este futuro.*

Julian. *Julian.*

Los pasillos de la residencia hierven de centinelas y agentes de seguridad, todos ellos con los nervios de punta. Pero desde hace mucho tiempo yo he perfeccionado el arte de escurrirme sin ser vista, y la puerta de Julian no está lejos. Pese a lo avanzado de la hora, él está despierto, estudiando sus libros. Todo tiene el mismo aspecto, como si no hubiera pasado nada. Quizás él no lo sepa. Pero entonces veo que la botella de licor marrón en la mesa ocupa un lugar que suele reservarse al té. *Por supuesto que lo sabe.*

—A la luz de los recientes acontecimientos, supongo que nuestras lecciones se han cancelado, al menos por ahora

—dice él, por encima de las páginas de un libro. Aun así, lo cierra de golpe y me presta toda su atención—. Por no hablar de que es bastante tarde.

—Te necesito, Julian.

—¿Esto tiene algo que ver con la Masacre del Sol? Sí, ya le hallaron un nombre ingenioso —informa, y apunta a la oscura pantalla de video que reposa en una esquina—. Llevan horas hablando de ello en las noticias. El rey dirigirá mañana un mensaje a la nación.

Recuerdo entonces a la locutora rubia y regordeta que hace más de un mes informó sobre el atentado en la capital. Aunque entonces hubo pocos heridos, estallaron disturbios en el mercado. ¿Qué harán ahora? ¿Cuántos Rojos inocentes pagarán los platos rotos?

—¿O tiene que ver con los cuatro terroristas encerrados en las celdas de esta estructura? —continúa Julian, midiendo mi respuesta—. Perdón, quería decir tres. Ptolemus Samos tiene bien ganada su fama.

—No son terroristas —replico tranquilamente, trato de controlarme.

—¿Tengo que enseñarte la definición de terrorismo, Mare? —pregunta él con tono punzante—. La causa de esas personas podría ser justa, pero sus métodos… Además, lo que *tú* digas no importa —vuelve a señalar la pantalla de video—. Ellos tienen su propia versión de la verdad y ésa es la única que habrá de conocerse.

Aprieto tanto los dientes que casi me duelen.

—¿Me vas a ayudar o no?

—Aparte de maestro, soy una especie de marginado, por si no te habías dado cuenta. No estoy en condiciones de hacer nada.

—¡Por favor, Julian…! —siento que mi última oportunidad se me escapa de las manos—. Eres un arrullador, puedes decirles a los guardias… obligarlos a *hacer* lo que tú quieras. Puedes poner en libertad a esos prisioneros.

Pero él sigue inmóvil, sorbiendo serenamente su bebida. No gesticula, como la mayoría de los hombres cuando beben. Ya está familiarizado con el alcohol.

—Mañana los interrogarán. Y por fuertes que sean, por mucho que resistan, la verdad quedará al descubierto.

Yo lo tomo lentamente de la mano, sostengo esos dedos que el papel ha vuelto ásperos.

—El plan fue mío. Yo soy una de ellos.

No hace falta contarle a Julian acerca de Maven. Esto no haría sino enojarlo más.

La verdad a medias surte efecto. Puedo verlo en sus ojos.

—*¿Tú?* ¿Tú hiciste eso? —balbucea él—. ¿El tiroteo, el bombazo…?

—La bomba fue… inesperada.

La bomba fue un horror.

Julian entrecierra los ojos y yo puedo ver los engranajes girando en su mente. Entonces reacciona.

—¡Te dije que no te metieras en dificultades! —exclama, mientras da un puñetazo en la mesa; nunca lo había visto tan enojado—. ¿Y ahora —me mira con tanta pesadumbre que me hace estremecer— debo ver cómo te ahogas?

—Si ellos se fugaran…

Él consume de un solo trago el resto de su bebida y arroja la copa al piso, lo cual me hace dar un salto.

—¿Y yo qué? Aun si eliminara las cámaras, los recuerdos de los guardias, cualquier cosa que pudiera incriminarnos a ambos, la reina se enterará —suspira, y sacude la cabeza—. Me sacará los ojos por esto.

Siendo así, Julian no podrá volver a leer nunca más. ¿Cómo podría pedirle esto?

—Entonces déjame morir —le digo, y las palabras se me atoran en la garganta—. Lo merezco tanto como ellos.

Él no puede permitir que yo muera. No lo hará. Soy la niña relámpago, y cambiaré el mundo.

Julian vuelve a hablar, aunque con voz apagada.

—Ellos dijeron que mi hermana se suicidó —pasa lentamente los dedos por su muñeca, hasta detenerse en un recuerdo distante—. Era mentira y yo lo sabía. Ella era una persona inclinada a la melancolía pero jamás habría hecho algo así. Tenía a Cal y a Tibe. La mataron y yo no dije nada. Tenía miedo y la dejé morir hundida en la vergüenza. Desde ese día he buscado la forma de remediar eso, aguardando en las sombras de este mundo monstruoso, a la espera del momento de vengarla —alza sus ojos hacía mí, destellantes de lágrimas—. Supongo que éste es un buen punto de partida.

Julian no tarda mucho en idear un plan. Todo lo que necesitamos es un magnetrón y algunas cámaras ciegas y, por suerte, yo puedo proporcionar ambas cosas.

Lucas toca a mi puerta menos de dos minutos después de que lo he hecho venir.

—¿En qué puedo servirte, Mare? —pregunta, más alterado que de costumbre. Sé que seguramente no la pasó bien supervisando el interrogatorio al que la reina sometió a los sirvientes. Al menos está demasiado distraído para notar que estoy temblando.

—Tengo hambre —explico, dejando escapar las palabras ensayadas más fácilmente de lo que deberían—. Como bien sabes, no hubo cena, así que me preguntaba...

—¿Acaso parezco un cocinero? Deberías haber llamado a las cocineras, ése es su trabajo.

—No creo que sea un buen momento para que los sirvientes anden dando vueltas. La gente está muy nerviosa todavía, y yo no quisiera que alguien saliera lastimado por el solo hecho de que no cené. Tú no tendrías más que escoltarme, eso es todo. Y hasta podrías acabar ganando una galletita...

Tras suspirar como un adolescente fastidiado, él me tiende un brazo. Mientras yo me agarro de él, dirijo la mirada a las cámaras que hay en el pasillo, haciendo que se apaguen. *Allá vamos.*

Debería sentirme mal por utilizar a Lucas, sabiendo qué se siente cuando juegan con tu mente, pero hago esto por la vida de Kilorn. Lucas continúa parloteando cuando damos la vuelta a una esquina y chocamos con Julian.

—Lord Jacos... —comienza el agente, procediendo a inclinar la cabeza, pero Julian lo toma de la barbilla más rápido de lo que lo creía capaz.

Antes siquiera de que Lucas pueda reaccionar, Julian lo mira a los ojos, y el forcejeo termina antes siquiera de empezar. Las melosas palabras de Julian, blandas como la mantequilla, fuertes como el hierro, caen en oídos abiertos.

—Llévanos a las celdas. Usa los corredores de servicio. No te acerques a las patrullas. No recordarás esto.

Usualmente, Lucas que es todo bromas y sonrisas, cae en un extraño estado de semihipnosis. Sus ojos se opacan y él no repara en que Julian se inclina para tomar su arma. El agente echa a andar como si nada, nos guía por el laberinto de la Mansión. En cada vuelta, yo espero a que se presente la sensación de ojos eléctricos y desconecto todo a nuestro paso. Julian hace lo mismo con los guardias: los obliga a no recordar que pasamos por ahí. Somos un equipo invencible y no transcurre mucho tiempo antes de que nos encontremos en lo alto de las escaleras del calabozo. Habrá centinelas abajo, demasiados para que Julian se haga cargo de ellos por sí solo.

—No digas nada —sisea Julian a Lucas, quien asiente para indicarle que ha comprendido.

Ahora me toca guiar a mí. Doy por supuesto que tendré miedo, pero la luz débil y lo avanzado de la hora, me son familiares. Esto es lo mío, escabullirme, mentir, robar.

—¿Quién anda ahí? ¡Diga su nombre y qué hace por aquí! —nos grita uno de los centinelas.

Reconozco su voz: Gliacon, la escalofrío que torturó a Farley. *Tal vez pueda convencer a Julian de que la induzca a lanzarse a un precipicio.*

Me enderezo cuan larga soy, aunque lo que importa es mi voz y mi tono.

—Soy Lady Mareena Titanos, la prometida del príncipe Maven —respondo irritada, bajando los escalones con la mayor elegancia posible. Mi voz es fría y cortante, a imagen de la de Elara y Evangeline. *También yo tengo fuerza y poder*—. Y no informo de mis asuntos a los centinelas.

Al verme, los cuatro guardianes intercambian miradas interrogativas. Uno, un hombre corpulento con ojos de marrano, me mira incluso de arriba abajo, en forma grosera. Tras las rejas, Kilorn y Walsh se incorporan. Farley no se mueve en su esquina, con las rodillas rodeadas por sus brazos. Por un segundo pienso que está dormida, hasta que se mueve y la luz se refleja en sus ojos azules.

—Debe informarme, *milady* —asegura Gliacon, como si se disculpara, tras lo cual señala a Julian y a Lucas a mis espaldas, con una inclinación de cabeza—. Y eso también vale para ustedes dos.

—Me gustaría tener una conversación privada con estas... criaturas —imprimo en mi voz tanta repugnancia como me es posible, a lo cual contribuye la cercanía del centinela de ojos de marrano—. Tenemos preguntas por hacer y agravios por reparar, ¿no es así, Julian? —éste adopta un aire despectivo, montando un buen espectáculo—. Será fácil hacerlos cantar.

—No es posible, *milady* —gruñe Ojos de Marrano, con acento tosco y marcado de Harbor Bay—. Se nos ordenó permanecer aquí toda la noche y no nos moveremos por orden de nadie.

Una vez, un chico en Los Pilotes me dijo que yo era una coqueta de lo peor por haberlo convencido de regalarme un buen par de botas.

—Sabe usted quién soy yo, ¿verdad? Pronto seré princesa, y el favor de una princesa es *sumamente* valioso. Además, hay que dar una lección a estas ratas rojas, una lección ejemplar.

Ojos de Marrano parpadea despacio frente a mí mientras piensa. Julian ronda sobre mi hombro, listo con sus dulces palabras por si las necesito. Pasan dos segundos antes de que Ojos de Marrano asienta y le haga señas a los demás.

—Podemos darles cinco minutos.

Yo exhibo una sonrisa tan larga que hasta me duele la cara, pero no me importa.

—Muchas gracias. Estoy en deuda con usted, con todos ustedes.

Ellos se forman en fila, haciendo sonar sus botas. Tan pronto como llegan al rellano superior, yo me permito albergar esperanzas. *Cinco minutos serán más que suficientes.*

Kilorn se acerca casi saltando a los barrotes, ansioso de ser liberado de su celda, y Walsh ayuda a Farley a ponerse en pie. Pero yo no me muevo. No pienso soltarlos, al menos todavía no.

—Mare... —susurra Kilorn, confundido por mi vacilación, pero yo lo hago callar con la mirada.

—La bomba —el humo y el fuego nublan mi pensamiento, y me hacen volver al instante en que el salón de baile hizo explosión—. Háblenme de la bomba.

Yo supongo que se desharán en disculpas y suplicarán mi perdón, pero, en lugar de eso, intercambian miradas de perplejidad. Farley se deja caer en las rejas con los ojos encendidos.

—No sé de qué hablas —sisea, con una voz apenas audible—. Yo no autoricé eso. Se supone que sería algo organizado, con objetivos especiales. Nosotros no matamos al azar, sin propósito alguno.

—¿La capital, los otros atentados...?

—Tú sabes que esos edificios estaban vacíos. Nadie murió en ellos, no por causa nuestra —dice ella, sin alterarse—. Te lo juro, Mare, nosotros no hicimos eso.

—¿De veras crees que habríamos puesto en peligro nuestra mayor esperanza? —añade Kilorn.

No necesito preguntar para saber que se refiere a mí.

Por encima del hombro, hago por fin una señal a Julian.

—Abre la celda. En silencio —murmura él, y aproxima las manos a la cara de Lucas.

El magnetrón obedece, abriendo las rejas en una O lo bastante amplia para poder pasar por ella. Walsh es la primera en salir con ojos de asombro. Le sigue Kilorn, quien ayuda a Farley a sortear los barrotes. El brazo de ella cuelga inútil aún, pues el sanador omitió ese punto.

Yo les indico con un gesto que se peguen a la pared y ellos se mueven sin hacer ruido, apenas un poco más del que haría un ratón caminando por encima de una piedra. Los ojos de Walsh se demoran en el cuerpo de Tristan, sin vida en la celda, pero ella no se separa de Farley. Julian empuja a Lucas hasta ellos antes de ocupar su lugar al pie de la escalera, frente a los prisioneros liberados.

Yo me sitúo al otro lado, y me aprieto junto a Kilorn. Aunque ha pasado la noche en las celdas con un muerto por compañía, sigue oliendo a casa.

—Sabía que vendrías —me dice al oído—. Lo sabía.

Pero no hay tiempo para cumplidos ni celebraciones. Al menos no hasta que ellos estén lejos y a salvo.

Al otro lado del cubo de la escalera, Julian inclina la cabeza. Está listo.

—Centinela Gliacon, ¿puedo hablar con usted? —grito por el cubo, tendiendo el anzuelo de nuestra siguiente trampa. El arrastrar de pies me hace saber que ella ha caído.

—¿Qué ocurre, *milady*?

Cuando llega abajo, ve en seguida la celda abierta y lanza una exclamación detrás de su máscara. Pero Julian es demasiado rápido, hasta para un centinela.

—Saliste a dar una vuelta, cuando regresaste, hallaste esto. No nos recuerdas. Haz bajar a *uno* de los otros —murmura él, convirtiendo su voz en un sonsonete terrible.

—Centinela Tyros, se le requiere aquí —dice ella en forma terminante.

—Ahora duerme.

Gliacon está a punto de caer dormida antes siquiera de que esa última palabra deje los labios de Julian, pero éste la toma por la cintura y la acuesta delicadamente a sus espaldas. Kilorn exhala de sorpresa, impresionado por Julian, quien se permite esbozar una sonrisa de complacencia.

Tyros es el siguiente en bajar la escalera, confundido pero ansioso por servir. Julian repite su acto, entonando en segundos sus órdenes. Yo no sabía que los centinelas fueran tan tontos, pero tiene sentido; entrenados desde la infancia en el arte del combate, la lógica y la inteligencia no son sus principales prioridades.

Pero los dos últimos, Ojos de Marrano y el sanador, no son tan crédulos. Cuando Tyros ordena bajar al centinela sanador de la piel, ellos cuchichean entre sí.

—¿Lista para marcharse, Lady Titanos? —pregunta Ojos de Marrano, con tono de desconfianza.

Yo pienso rápido y grito en respuesta:

—¡Sí, ya estamos listos! Sus compañeros han vuelto a sus puestos, y yo sólo quiero confirmar que ustedes hagan lo mismo.

—¿Ellos lo hicieron ya? ¿Es así, Tyros?

Con una celeridad admirable, Julian se arrodilla junto al desvanecido Tyros, a quien le abre los ojos y le sostiene los párpados.

—Di que volviste a tu puesto y que la señorita ya está lista.

—Volví a mi puesto —dice Tyros, con voz monótona. Es de esperar que el largo cubo de la escalera y las paredes de piedra distorsionen su voz—. La señorita está lista.

Ojos de Marrano gruñe para sí.

—Muy bien.

Se oyen las firmes pisadas en los peldaños, las cuales revelan que ambos están bajando juntos. *Dos centinelas. Julian solo no puede manejar a los dos.* Siento que Kilorn se tensa en mi espalda, apretando el puño al tiempo que se prepara para lo que sea. Con una mano lo empujo contra la pared mientras la otra se pone blanca a causa de las chispas.

Las pisadas se interrumpen, justo más allá del hueco de la escalera. Ni Julian ni yo conseguimos ver a los guardias, pero Ojos de Marrano respira como un perro. También el sanador está ahí, a la espera, justo fuera de nuestro alcance. En completo silencio, es difícil no oír el chasquido de un arma.

Los ojos de Julian se ensanchan pero no cede, empuñando el arma que antes robó. Yo no quiero ni respirar, considerando el trance en que nos encontramos. Las paredes parecen encogerse, hasta encerrarnos en un ataúd de piedra sin escapatoria posible.

Me siento muy tranquila cuando me deslizo frente a la escalera, con la mano chispeante a mi espalda. Doy por sentado que sentiré las balas en cualquier momento, pero el dolor no aparece. Ellos no me dispararán mientras yo no les dé motivo de hacerlo.

—¿Hay algún problema, centinelas? —pregunto con sorna y alzando exageradamente una ceja, tal y como le he visto hacerlo a Evangeline cientos de veces. Poco a poco subo un escalón para poder verlos a ambos. Se hallan codo a codo, rascando el gatillo con un dedo—. Preferiría que no me apuntaran con sus armas.

Ojos de Marrano me fulmina con la mirada, pero no consigue amedrentarme. *Eres una dama. Actúa como tal.* Actúa por tu vida.

—¿Dónde está su amigo?

—Ahí viene. Una de las presas habla de más. Necesitaba un poco de atención *extra.*

La mentira sale fácilmente de mi boca. ¡La práctica hace al maestro!

Sonriendo, Ojos de Marrano baja un poco su revólver.

—¿La arpía marcada con la cicatriz? Yo le daría con gusto un par de puñetazos —dice, riendo.

Yo río con él, imaginando lo que mi rayo podría hacer con sus ojos saltones y descoloridos.

Mientras me acerco, el sanador de la piel pone una mano en el barandal metálico para impedirme el paso. Yo hago lo mismo. Siento en la mano frialdad y solidez. *Hazlo fácil,* me digo, dotando a mis chispas de la energía justa. No tanto como para quemar, ni para dejar marcas, pero sí para hacerme cargo de este par. Es como enhebrar una aguja y por una vez yo soy la costurera experta.

Por encima de mí, el sanador no ríe con su amigo. Sus ojos son de plata reluciente y, con la máscara y la capa llameante, él parece un demonio salido de una pesadilla.

—¿Qué esconde tras su espalda? —sisea él a través de la máscara.

Yo levanto los hombros, lo cual me permite subir un peldaño más.

—Nada, centinela Skonos.

Él suelta entonces una palabra áspera:

—¡Miente!

Reaccionamos al mismo tiempo, entrando todos en acción. La bala impacta en mi vientre, pero mi rayo asciende por el barandal, y de ahí por la piel del sanador hasta su cerebro. Ojos de Marrano lanza un grito, disparando su propia arma. La bala se incrusta en la pared, a pocos centímetros de mí. Pero yo no fallo, fustigándolo con la bola de chispas a mi espalda. Ellos caen a mi lado, inconscientes ambos, temblando todavía por el efecto de las descargas eléctricas.

Entonces soy yo quien cae.

Me pregunto brevemente si el suelo de piedra me destrozará el cráneo. Supongo que esto sería preferible a morir desangrada. Pero en ese momento, unos largos brazos me sujetan.

—Vas a estar bien, Mare —masculla Kilorn y cubre mi vientre con su mano, en un intento por detener la hemorragia. Sus ojos son verdes como la hierba. Destacan en un mundo que se va oscureciendo poco a poco—. No es nada.

—¡Pónganse eso! —ordena Julian a los demás. Farley y Walsh pasan corriendo junto a mí para vestirse con las capas y las máscaras de color rojo fuego—. ¡También tú!

Arranca a Kilorn de mi lado y casi lo lanza al otro extremo del pasillo en medio de su precipitación.

—Julian... —suelto yo, tratando de sujetarlo. *Tengo que darle las gracias.*

Pero él ya está fuera de mi alcance, arrodillándose junto al sanador, a quien le abre de golpe los párpados para ordenarle, canturreando, que despierte. Cuando me doy cuenta de lo que ocurre, el sanador ya me está mirando, y tiene las manos puestas sobre mi herida. Transcurre apenas un segundo antes de que el mundo vuelva a la normalidad. En la esquina, Kilorn emite un suspiro de alivio y se mete una capa por la cabeza.

—Ella también —digo, apuntando a Farley.

Julian asiente y manda que el sanador la atienda. Con un estallido seco, el hombro de Farley regresa de golpe a su sitio.

—Muchas gracias —dice ella, y se pone la máscara.

Walsh se coloca frente a nosotros con máscara en la mano. Mira boquiabierta a los centinelas caídos.

—¿Están muertos? —pregunta entre dientes como una niña asustada.

A un lado de Ojos de Marrano, al que acaba de arrullar, Julian voltea.

—¡Claro que no! Despertarán dentro de unas horas y, con suerte, hasta entonces nadie sabrá que ustedes desaparecieron.

—Con unas horas me basta —dice Farley, y chasquea los dedos ante Walsh para hacerla volver a la realidad—. ¡Despabílate, niña! Tenemos mucho que hacer esta noche.

En poco tiempo hacemos que se escabullan por los últimos pasillos. Mi miedo aumenta a cada instante, hasta que vamos a parar al taller de Cal. Embobado, Lucas abre un agujero en la puerta metálica como si rasgara el papel, y deja ver más allá la noche.

Walsh me abraza, tomándome por sorpresa.

—No sé cómo —balbucea—, pero espero que un día seas reina. ¡Imagina lo que podrías hacer entonces! La reina Roja.

Esa idea inverosímil no puede menos que hacerme sonreír.

—Vete antes de que me contagies con tus tonterías.

Farley no es afecta a los abrazos, pero me palmea el hombro.

—Volveremos a vernos, pronto.

—Espero que así no.

Su rostro se divide en una sonrisa rara que le hace mostrar los dientes. Pese a su cicatriz, me doy cuenta de que es muy bonita.

—No, así no —repite ella, antes de salir a la noche en compañía de Walsh.

—Sé que no puedo pedirte que vengas conmigo —masculla Kilorn, disponiéndose a seguirlas.

Se mira los dedos, examinando las cicatrices que yo conozco mejor que las líneas de mi mano. *Mírame, idiota.*

Tras lanzar un suspiro, me obligo a empujarlo a la libertad.

—La causa me necesita aquí. Tú también me necesitas aquí.

—Lo que yo necesito y lo que yo quiero son dos cosas muy diferentes —a mí me gustaría reír, pero no tengo fuerzas para hacerlo—. Lo nuestro no termina aquí, Mare —murmura él, y me abraza. Ríe para sí y el ruido vibra en su pecho—. La reina Roja. No suena nada mal.

—Vete ya, tonto.

Yo no había sonreído nunca tan radiantemente y sintiéndome tan triste al mismo tiempo.

Él me dedica una última mirada e inclina la cabeza en dirección a Julian antes de salir a la oscuridad. El metal vuelve a cerrarse detrás de él, con lo que pierdo de vista a mis amigos. No quiero saber adónde se dirigen.

Julian tiene que apartarme de ahí, aunque no me reprende por mi larga despedida. Creo que está más preocupado por Lucas, quien, en medio de su aturdimiento, ha empezado a babear.

VEINTIDÓS

Esa noche sueño que mi hermano Shade viene a visitarme en la oscuridad. Él huele a pólvora. Pero cuando parpadeo, desaparece, y mi mente me grita lo que ya sé. *Shade está muerto.*

Al llegar la mañana, me despierta una serie de portazos y zapateos, y me incorporo en la cama. Supongo que me encontraré con centinelas, con Cal o con un feroz Ptolemus listo para hacerme pedazos por lo que hice, pero son sólo mis doncellas que están hurgando en mi armario. Parecen más atribuladas que de costumbre y descuelgan mi ropa con premura.

—¿Qué ocurre?

Se paralizan en el armario. Hacen una reverencia, con las manos llenas de seda y lino. Cuando me acerco, veo que llenan varios baúles de cuero.

—¿Vamos a algún sitio?

—Son órdenes, *milady* —responde una de ellas, y baja la mirada—. No sabemos más.

—Claro... Bueno, voy a vestirme.

Tiendo la mano para tomar el traje más próximo, queriendo por una vez hacer algo por mí misma, pero ellas se me adelantan.

Cinco minutos más tarde, me han pintado y arreglado con unos extraños pantalones de piel y una blusa con holanes. Más que cualquier otra cosa, yo preferiría mil veces mi uniforme, pero evidentemente no es "apropiado" usarlo fuera de las sesiones de entrenamiento.

—¿Lucas? —pregunto en el pasillo vacío, casi a la espera de que mi guardia personal emerja de un recoveco.

Pero él no aparece por ningún lado, así que me dirijo al protocolo, confiada en que se cruzará en mi camino. Esto no sucede, así que me recorre un temblorcillo de temor. Julian hizo olvidar a Lucas la noche de ayer, pero quizá se filtró algo entre las grietas. Puede ser que en este momento lo estén interrogando y castigando por la noche que él no es capaz de recordar, y por lo que le obligamos a hacer.

Pero no estoy sola mucho tiempo. Maven me sale al paso con una sonrisa pícara entre los labios.

—Te levantaste temprano, sobre todo si tomamos en cuenta que te desvelaste anoche.

—No sé de qué hablas —le digo, con un tono fingido de inocencia.

—Los prisioneros se esfumaron. Los tres.

Acerco una mano al corazón para parecer alarmada frente a las cámaras.

—¡Por mis colores! ¿Unos Rojos escapando de nosotros? ¡Parece imposible!

—Así es —confirma Maven sin dejar de sonreír, aunque la mirada se le ensombrece un poco—. Pero eso lo vuelve todo sospechoso: los apagones y las fallas del sistema de seguridad, por no hablar del escuadrón de centinelas con lagunas en su memoria.

Me contempla dirtectamente, y yo le devuelvo la mirada, para permitirle ver mi intranquilidad.

—¿Tu madre… los interrogó?

—Sí.

—¿Y hablará con... —elijo cuidadosamente mis palabras— alguien más sobre la fuga? ¿Agentes, guardias...?

Sacude la cabeza.

—Quien lo haya hecho, lo hizo bien. Yo ayudé a mi madre con el interrogatorio y la guié en dirección a todos los sospechosos *—la guió, para alejarla de mí.* Lanzo un suspiro de alivio y aprieto el brazo de Maven, para agradecer su protección—. Además, tal vez nunca sepamos quién lo hizo. La gente no cesa de huir desde anoche. Cree que la Mansión ha dejado de ser segura.

—Después de lo de anoche, quizá tenga razón —le digo, agarrándolo del brazo para aproximarme a él—. ¿Qué descubrió tu madre sobre la bomba?

Maven baja la voz:

—No hubo bomba alguna *—¿qué?—*. Fue una explosión, sí, pero por accidente. Una bala perforó una línea de gas en el piso, y cuando el fuego de Cal la alcanzó... —Maven calla, y deja que sus manos hablen por él— fue idea de mi madre usar eso en nuestro favor.

Nosotros no matamos sin propósito.

—Está convirtiendo a los miembros de la Guardia en monstruos.

Maven asiente gravemente.

—Nadie querrá apoyarlos. Ni siquiera los Rojos.

Siento que me hierve la sangre. *Más mentiras*. La reina nos está derrotando sin disparar un solo tiro ni sacar la espada. Lo único que necesita son palabras. Y a partir de ahora, yo estaré más hondamente sumergida en su mundo, en Arcón.

Nunca volverás a ver a tu familia. Gisa crecerá hasta hacerse irreconocible para ti. Bree y Tramy se casarán, tendrán hijos y me olvidarán. Papá morirá poco a poco, agobiado por sus heridas, y cuando se marche, también mamá se eclipsará.

Maven me deja pensar con ojos indulgentes, mientras ve surgir las emociones en mi rostro. Siempre me deja pensar. A veces, su silencio es mejor que las palabras de cualquiera.

—¿Cuándo partiremos?

—Esta tarde. Casi toda la corte se irá antes pero nosotros tenemos que abordar el barco. Mantener algunas tradiciones en medio de esta locura.

Cuando yo era niña, me sentaba en el zaguán a ver pasar los bellos navíos en dirección a la capital, río abajo. Shade se reía de que yo quisiera ver al rey. Entonces no me daba cuenta de que era un mero boato; un alarde más, como las peleas en la plaza, para hacernos ver lo bajo que estábamos en el gran esquema del mundo. Ahora participaré de nuevo en eso, aunque esta vez en el bando contrario.

—Al menos podrás volver a ver tu casa, así sea sólo un momento —añade él, tratando de ser amable.

Sí, Maven, eso es precisamente lo que quiero: ver pasar mi casa y mi antigua vida.

Pero éste es el precio que debo pagar. Liberar a Kilorn y a los demás significa perder mis últimos días en el valle, un trueque que hago con gusto.

Un estruendo procedente de un pasillo aledaño nos interrumpe, el que conduce al cuarto de Cal. Maven es el primero en reaccionar, y se desplaza al extremo del corredor antes de que yo pueda hacerlo, como si quisiera protegerme de algo.

—¿No dormiste bien, hermano? —pregunta, inquieto por lo que ve.

En respuesta, Cal sale al corredor, apretando los puños como si quisiera controlar sus manos. El uniforme con manchas de sangre ha sido reemplazado por lo que parece una armadura de Ptolemus, aunque ésta es de un tono rojizo.

A mí me dan ganas de abofetearlo, arañarle la cara y gritarle por lo que les hizo a Farley, Tristan, Kilorn y Walsh. Las chispas danzan en mi interior, y me ruegan que las libere. Sin embargo, después de todo, ¿qué podía esperar yo? Sé lo que es y en qué cree: que los Rojos no merecen protección. Así, le hablo lo más cortésmente posible.

—¿Te marcharás con tu legión?

A juzgar por la ira incontenible en sus ojos, sé que no lo hará. Alguna vez temí que Cal se marchara, y ahora me gustaría que lo hiciera. *No puedo creer que me haya importado salvarlo. No puedo creer que alguna vez haya pensado eso.*

Él emite un suspiro.

—La Legión Sombra no irá a ningún lado. Mi padre no lo permitirá. Por ahora no. El peligro es extremo y yo soy demasiado *valioso.*

—Papá tiene razón, y tú lo sabes —le dice Maven, y pone una mano en su hombro para tranquilizarlo. Recuerdo haber visto a Cal hacer lo mismo con él, pero ahora la corona está en otra cabeza—. Eres el heredero. No puede permitirse perderte a ti también.

—Soy un soldado —espeta Cal, y se libra del contacto de su hermano—. No puedo quedarme sin hacer nada mientras otros pelean por mí. No lo haré.

Parece un niño reclamando un juguete; ha de gustarle mucho matar. Me pone enferma. Pero yo guardo silencio, y dejo que el diplomático Maven hable por mí. Siempre sabe qué decir.

—Búscate otra causa, Cal. Construye otra motocicleta, duplica tus horas de entrenamiento, ejercita a tus soldados, *prepárate* para cuando pase el peligro. ¡Puedes hacer mil cosas sin acabar muerto en una emboscada! —exclama Maven, mirando a su hermano. Luego sonríe, trata de aligerar el ambiente—. Nunca cambiarás, Cal. Simple y sencillamente, eres incapaz de quedarte quieto.

Tras un momento de silencio, Cal esboza una sonrisa.

—Nunca cambiaré, en efecto.

Me mira un instante, pero yo jamás volveré a caer presa de su mirada broncínea.

Fingiendo que examino un cuadro en la pared, me volteo.

—Bonita armadura —digo con sorna—. Le vendrá bien a tu colección.

Cal me mira asombrado, incluso confundido, pero se recupera pronto. En lugar de sonreír, ahora entrecierra los ojos y aprieta la quijada. Da un par de golpecitos en su armadura, que suenan como garras sobre una roca.

—Fue un regalo de Ptolemus. Al parecer, tengo una causa común con el hermano de mi prometida.

Mi prometida. Lo dice como si eso debiera ponerme celosa o algo así.

Maven mira la armadura con recelo.

—¿A qué te refieres?

—Ptolemus comanda a los agentes de la capital. Junto con él, mi legión y yo podríamos hacer algo útil, aunque permaneciéramos en la ciudad.

Un temor frío vuelve a colarse en mi corazón, y disipa toda felicidad y esperanza que el éxito de anoche me haya podido procurar.

—¿Y qué sería eso exactamente? —me oigo inquirir.

—Yo soy bueno para cazar. Ptolemus es bueno para matar.

Él retrocede, se distancia de nosotros.

Puedo sentir que se desliza no sólo por el corredor, sino también por un camino oscuro y retorcido. Esto me hace temer por el chico que me enseñó a bailar. *No, no por él. Temerle a él.* Y eso es peor que todos mis demás terrores y pesadillas.

—Juntos erradicaremos a la Guardia Escarlata. Terminaremos con esta rebelión de una vez por todas.

No hay horario para el día de hoy, ya que todos están demasiado ocupados con la partida como para dar clases o entrenar. Aunque más que partida, *huida* sería una palabra mejor, porque eso es lo que parece desde mi atalaya en el vestíbulo. Antes creía que los Plateados eran dioses intocables que nunca se sentían amenazados ni asustados. Ahora sé que lo cierto es lo contrario. Han pasado tanto tiempo en la cúspide, protegidos y aislados, que olvidaron que podían caer. Su fuerza se ha convertido en su debilidad.

Alguna vez temí estas paredes, amedrentada por tanta belleza. Pero ahora veo sus grietas. Es como el día del atentado, cuando me percaté de que los Plateados no eran invencibles. Entonces se trataba de una explosión; ahora, unas cuantas balas han hecho añicos el cristal de diamante y han dejado al descubierto el temor y la paranoia debajo de él. Los Plateados huyen de los Rojos; los leones son perseguidos por los ratones. El rey y la reina se oponen entre sí, la corte tiene sus propias alianzas y Cal, el príncipe perfecto, el buen soldado, es un enemigo terrible y torturador. *Todo el mundo puede traicionar a cualquiera.*

Cal y Maven se despiden de todos, cumpliendo con su deber pese al ordenado caos. Las aeronaves no aguardan lejos; el runrún de sus motores puede oírse paredes adentro. Quisiera ver de cerca esas máquinas grandiosas, pero moverme significaría enfrentar a la corte, y yo no podría soportar las miradas de los dolientes. En total, hubo doce muertos anoche, pero me niego a conocer sus nombres. No puedo tener sobre mí ese cargo de conciencia justo cuando necesito de mi ingenio más que nunca.

Incapaz de seguir observando, mis pies me llevan donde quieren, vagando por pasillos que ya me son familiares. Las habitaciones se cierran a mi paso, canceladas hasta la temporada próxima, cuando regrese la corte. *Yo no lo haré,* estoy segura. Los sirvientes tienden sábanas blancas sobre muebles, cuadros y estatuas, hasta que el lugar entero parece habitado por fantasmas.

No pasa mucho tiempo antes de verme en la entrada del viejo salón de Julian, y lo que contemplo me espanta: los libreros, el escritorio y hasta los mapas han desaparecido. El cuarto parece ahora más grande, pero siento como si fuera más pequeño. Alguna vez contuvo mundos enteros, pero ahora sólo guarda polvo y papeles arrugados. Mis ojos se entretienen en la pared donde antes estaba el mapa grande. Hubo un tiempo en que yo no lo entendía; ahora lo recuerdo como a un viejo amigo.

Norta, la comarca de los Lagos, las Tierras Bajas, la Pradera, Tiraxes, Montfort, Ciron y los territorios intermedios en disputa. Otras naciones, otros pueblos, divididos todos ellos por líneas de sangre, exactamente como nosotros. Si cambiáramos, ¿lo harían también ellos? ¿O tratarían igualmente de destruirnos?

—Espero que recuerdes tus lecciones —la voz de Julian interrumpe mis pensamientos y me regresa al cuarto vacío. Él está detrás de mí y sigue mi vista sobre la pared del mapa—. Lamento no haber podido enseñarte más cosas.

—En Arcón tendremos mucho tiempo para nuestras lecciones.

La sonrisa de Julian es agridulce y mirarla resulta casi doloroso. Con una sacudida, yo descubro que, por primera vez, las cámaras nos vigilan aquí.

—¿Julian?

—Los archivistas de Delphie me ofrecieron un puesto para restaurar unos textos antiguos —la mentira es tan obvia como la nariz en su rostro—. Parece que han hecho excavaciones en el Wash y encontraron unos búnkers de depósito. Aparentemente, tendré montañas para revisar.

—Eso te gustará mucho —le digo, aunque la voz se me atora en la garganta. *Tú sabías que tendría que irse. Lo obligaste a eso anoche, cuando pusiste su vida en peligro por la de Kilorn*—. ¿Me visitarás cuando puedas?

—Desde luego —responde, pero yo sé que es otra mentira. Elara deducirá dentro de poco el papel de Julian en todo esto, y él tendría que huir. Es lógico que desee adelantarse—. Tengo algo para ti.

Yo lo preferiría a él por encima de cualquier regalo, pero trato de parecer agradecida de todas formas.

—¿Es un buen consejo?

Julian sacude la cabeza, sonriendo:

—Lo verás cuando llegues a la capital —dice, y me tiende los brazos, haciéndome señas para que me acerque—. Tengo que irme, así que despídete de mí como se debe.

Abrazar a Julian es como abrazar a mi padre o a mis hermanos, a quienes nunca volveré a ver. No quiero que se marche, pero sería muy peligroso que se quedara, y ambos lo sabemos.

—Gracias, Mare —me dice al oído—. Me recuerdas mucho a ella... —no necesito preguntarle para saber que se refiere a Coriane, la hermana que hace tanto perdió—. Te extrañaré, niña relámpago.

En este momento, el sobrenombre no me suena tan mal.

No estoy de ánimo para maravillarme del barco real, propulsado sobre el agua por motores eléctricos. Banderas negras, plateadas y rojas ondean en todos los mástiles, e identifican la nave del rey. De niña, me preguntaba por qué el soberano reclamaba como suyo nuestro color; tal cosa no era digna de él. Ahora sé que sus banderas son rojas como su flama, como la destrucción —y la gente— que él controla.

—Los centinelas de anoche fueron *reasignados* —farfulla Maven, mientras recorremos una de las cubiertas.

Reasignados es una bonita palabra para no decir castigados. Al recordar a Ojos de Marrano y la forma en que me miró, no lo lamento en absoluto.

—¿Adónde los mandaron?

—Al frente, por supuesto. Se les adscribirá a un grupo cualquiera, a un capitán lesionado o inepto o a soldados de mal genio. Éstos son a los que se envía por delante en una ofensiva de trincheras.

Por las sombras en el fondo de sus ojos, comprendo que él lo sabe por experiencia propia.

—Los primeros en morir.

Maven asiente con solemnidad.

—¿Y Lucas? No lo he visto desde ayer…

—Él está bien. Viajando con la Casa de Samos para reunirse con su familia. El tiroteo los puso a correr a todos, hasta las grandes Casas.

Me siento aliviada, pero también triste. Ya extraño a Lucas, aunque es bueno saber que se encuentra a salvo y lejos de la intromisión de Elara.

Maven se muerde el labio y parece afligido.

—Pero esto no se prolongará mucho tiempo. La verdad no tardará en salir a la luz.

—¿Qué quieres decir?

—Hallaron sangre en las celdas. Sangre roja.

Ya no hay ningún indicio de mi herida de bala, pero el recuerdo del dolor no se ha disipado todavía.

—¿Y eso qué?

—Que la identidad de aquél de tus amigos que, por desgracia, fue herido, no estará en secreto mucho tiempo si la base de datos de sangre cumple su función.

—¿La base de datos de sangre?

—Sí, la base de datos de sangre. De todos los Rojos nacidos al menos a ciento cincuenta kilómetros de la civilización se obtiene una muestra de sangre. Este proyecto se inició para saber cuál es exactamente la diferencia entre nosotros, pero terminó como un modo más de ponerle un grillete a tu pueblo. En las grandes ciudades, los Rojos no usan tarjetas de identidad, sino etiquetas de sangre. Se les revisa en cada puerta, al entrar y al salir, y son rastreados como animales.

Pienso brevemente en los viejos documentos que el rey me lanzó aquel día en la sala del trono. Ahí estaban ni nombre, mi fotografía y una mancha de sangre.

Mi sangre. Ellos tienen mi sangre.

—¿Y… pueden saber de quién es la sangre así sin más?

—Tardan una semana en hacerlo, pero sí, así es como se supone que funciona esa base de datos —sus ojos caen sobre mis manos temblorosas, que él cubre con las suyas, permitiendo que su calor se introduzca en mi piel, repentinamente fría—. ¿Mare?

—Él me disparó —digo entre dientes—. El centinela me disparó. La sangre que encontraron es mía.

Sus manos se ponen ahora tan frías como las mías.

Pese a sus muchas e inteligentes ideas, Maven no tiene nada que decir al respecto. Sólo mira, jadeando. Yo conozco esa mirada; es la misma que pongo cada vez que tengo que despedirme de alguien.

—Es una lástima que no hayamos podido quedarnos más tiempo —murmuro, mirando el río—. Me habría gustado morir cerca de casa.

Otra ráfaga de viento hace que un mechón me cubra la cara, pero Maven me lo quita y me acerca a él con inusitada ferocidad.

¡Oh!

Su beso no se parece en nada al de Cal. El de Maven es más desesperado, para sorpresa suya tanto como mía. Él sabe que me hundo rápidamente, igual que una piedra que cae al agua. *Y quiere ahogarse conmigo.*

—Yo resolveré eso —murmura, apretando mis labios. Sus ojos no me habían parecido nunca tan vivaces y brillantes—. No permitiré que te lastimen. Tienes mi palabra.

Una parte de mí quisiera creerle.

—Es imposible que lo resuelvas todo, Maven.

—Tienes razón, quizá *yo* no pueda hacerlo —replica, con tono incisivo—. Pero puedo convencer a alguien más poderoso que yo.

—¿A quién?

Cuando la temperatura en torno nuestro aumenta, Maven retrocede, apretando la quijada. Por la chispa en sus ojos, casi estoy segura de que atacará a quien nos ha interrumpido. Yo no volteo, sobre todo porque no siento las piernas. Estoy entumecida, aunque mis labios aún vibran con el recuerdo. No sé qué significa esto. Apenas puedo comprender lo que siento.

—La reina solicita tu presencia en la cubierta principal —la voz de Cal resulta insoportable. Parece que está enojado, aunque sus broncíneos ojos parecen tristes, e incluso abatidos por la frustración—. Estamos pasando por Los Pilotes, Mare.

Sí, esta ribera ya me es familiar. Reconozco ese árbol destrozado, aquel tramo de la orilla y el eco de las sierras y de los árboles al caer es inconfundible. *Éste es mi hogar*. Con inmensa pena, me obligo a alejarme del pasamanos para enfrentarme a Cal, quien parece sostener con su hermano una muda conversación.

—Gracias, Cal —murmuro; todavía estoy tratando de asimilar el beso de Maven y, desde luego, mi inminente desgracia.

Cal se retira con la espalda encorvada, que por lo general mantiene erguida. Cada una de sus pisadas me hace sentir remordimientos, y me recuerda nuestro baile y nuestro beso. *Yo lastimo a todos, en especial a mí misma.*

Maven ve alejarse a su hermano.

—No le gusta perder —dice. Y bajando la voz, tan cerca de mí que puedo ver sus ojos salpicados de plata, agrega—: Y a mí tampoco. No voy a perderte, Mare. *No lo haré.*

—No me perderás nunca.

Es otra mentira, y los dos lo sabemos.

La cubierta principal domina la parte delantera del barco, revestida de cristal de un extremo a otro. Figuras pardas cobran forma en la ribera, y la vieja colina del ruedo aparece entre los árboles. Estamos demasiado lejos de la orilla para distinguir a nadie, aunque reconozco mi casa en seguida. La antigua bandera se sigue agitando en el zaguán, bordada aún con tres estrellas rojas. Una de ellas está atravesada por una cinta negra, en honor a Shade. *Shade fue ejectuado. Después de eso, se supone que hay que arrancar una estrella.* Pero ellos no lo hicieron. La conservaron, a modo de modesta rebelión.

Quiero indicar a Maven cuál es mi casa, contarle acerca de la aldea. Yo he visto su vida y ahora quiero mostrarle la mía. Pero la cubierta principal está sumida en el silencio; todos miramos la aldea a medida que nos acercamos a ella. *No les importas a los lugareños, quisiera gritar. Habría que ser tonto para detenerse a mirar. Habría que ser tonto para perder un momento en ti.*

Mientras el barco prosigue su marcha, pienso que la aldea entera podría estar formada por tontos. Todos sus habitantes, los dos mil, parecen apiñarse en la orilla. Algunos están hundidos en el agua hasta los tobillos. A esta distancia, todos parecen iguales. Con el cabello desteñido, la ropa raída, la piel manchada, cansados, hambrientos: exactamente como yo estaba antes.

Y también parecen *enojados*. Aun desde el navío, siento su enojo. No nos aclaman ni gritan nuestros nombres. Nadie saluda. Nadie sonríe siquiera.

—¿Qué ocurre? —exhalo, dando por supuesto que nadie responderá.

Pero la reina lo hace con enorme deleite.

—Habría sido un desperdicio desfilar río abajo sin que nadie nos viera. Parece que lo resolvimos.

Algo me dice que éste es otro evento obligatorio, como las peleas, como los programas de televisión. Los agentes sacaron a ancianos enfermos de sus camas y a trabajadores exhaustos de sus talleres, sólo para obligarlos a vernos.

Un látigo *restalla* en la orilla, seguido del grito de una mujer.

—¡No rompan filas! —se deja oír entre la multitud.

Sus ojos no se mueven, están fijos mirando al frente, tan inmóviles que no puedo saber dónde ocurrió el percance. *¿Qué los ha vuelto tan complacientes? ¿Qué les han hecho ya?*

Me dan ganas de llorar mientras sigo mirando. Hay más chasquidos y bebés que chillan, pero nadie en la ribera protesta. De repente, yo estoy en el borde de la cubierta, queriendo romper el cristal con todas mis fuerzas.

—¿Vas a algún lado, Mareena? —susurra Elara sentada junto al rey, mientras sorbe plácidamente una bebida y me examina desde el borde de su copa.

—¿Por qué hacen esto?

Con los brazos cruzados sobre un magnífico vestido, Evangeline me mira con desdén.

—¿A ti qué te importa?

Pero sus palabras caen en oídos sordos.

—Ellos saben qué sucedió en la Mansión e incluso podrían aprobarlo, así que deben entender que no estamos vencidos —murmura Cal con la vista fija en la ribera. El cobarde no puede ni mirarme—. Y que ni siquiera sangramos.

Otro látigo chasquea y yo me estremezco, sintiendo la fusta casi en mi piel.

—¿Ordenaste también que los azotaran?

Cal ignora mi desafío apretando la quijada. Pero cuando otro lugareño lanza un grito protestando contra los agentes, él permite que sus ojos se cierren.

—¡Retroceda, Lady Titanos! —la voz del rey resuena como un trueno lejano, una orden implacable. Casi puedo sentir su sonrisa petulante cuando me aparto y vuelvo junto a Maven—. Ésta es una aldea Roja, y usted lo sabe mejor que nadie. Una aldea que da refugio a esos terroristas, que los alimenta y los protege, se *convierte* en ellos. Son hijos que se han portado mal. Y deben ser aleccionados.

Yo abro la boca para disentir pero la reina enseña los dientes.

—Quizá tú sepas de algunos que merezcan un castigo ejemplar —dice tranquilamente, señalando la ribera.

Las palabras se extinguen en mi cuello, ahuyentadas por su amenaza.

—No, su majestad, no.

—Retrocede entonces y guarda silencio —dice, sonriendo—. Ya te llegará el momento de hablar.

Por esta razón me necesitan. Para cuando haya un momento así en el que la balanza pueda inclinarse a su favor. Pero yo no tengo la opción protestar. Lo único que puedo hacer es obedecer y ver mi casa perderse de vista. Para siempre.

Cuanto más nos acercamos a la capital, más grandes son las aldeas. El paisaje pasa pronto de comunidades madereras y agrícolas a ciudades propiamente dichas. Éstas se yerguen alrededor de grandes fábricas, con casas de ladrillo y residencias para alojar a los trabajadores Rojos. Como en los demás poblados, sus habitantes ocupan las calles para vernos pasar. Los agentes dan órdenes, los látigos restallan y yo no termino de acostumbrarme a esto. Me encojo cada vez que sucede.

Las ciudades son reemplazadas más tarde por fincas y mansiones inmensas y de formas caprichosas, palacios como la Mansión. De piedra, cristal y mármol en volutas, cada una de ellas parece más majestuosa que la anterior. Sus jardines descienden en pendiente hacia el río, decorados con verdes prados y fuentes hermosas. Las casas parecen obras de dioses, cada cual de un tipo de belleza diferente. Pero las ventanas son oscuras y las puertas están cerradas. Mientras que las aldeas y ciudades estaban llenas de gente, estos lugares parecen sin vida. Sólo las banderas que ondean en lo alto, una sobre cada estructura, indican que alguien vive ahí. Azul para la Casa de Osanos, plateada para Samos, café para Rhambos, y así sucesivamente. Ya me sé de memoria los colores, los que dan rostro a cada Casa silenciosa. *Yo maté incluso a los dueños de algunas de ellas.*

—El río Row —explica Maven—. Éstas son las casas de campo, por si una dama o un caballero quiere huir de la gran urbe.

Mi mirada se detiene en la Casa de Iral, una maravilla con columnas de mármol negro. Panteras de piedra guardan el porche, y parecen gruñir al cielo. Hasta las estatuas me hacen temblar, pues me recuerdan a Ara Iral y sus insistentes preguntas.

—No hay nadie ahí.

—Estas casas están vacías casi todo el año, y nadie se atrevería ahora a salir de la ciudad con este asunto de la Guardia —Maven esboza una sonrisa amarga—. Prefieren esconderse detrás de sus paredes de diamante y permitir que mi hermano libre su batalla por ellos.

—Ojalá nadie tuviera que librarla.

Él sacude la cabeza.

—No es bueno soñar.

Miramos en silencio mientras el río Row queda atrás y otro bosque se levanta en la orilla. Sus árboles son extraños, muy altos, de corteza negra y hojas de un color rojo oscuro. Lo invade un silencio sepulcral, impropio de un bosque. Ni siquiera el canto de las aves rompe el silencio y, arriba, el cielo luce oscuro, aunque no a causa de la menguante luz del atardecer. Un cúmulo de nubes negras se cierne sobre aquellos árboles como un grueso manto.

—¿Y eso qué es?

Incluso mi voz suena apagada, y de repente me alegra que la cubierta disponga de un revestimiento de cristal. Para mi sorpresa, los demás ya se han marchado, dejándonos avistar solos el descenso paulatino de la oscuridad.

Maven contempla el bosque con cara de disgusto.

—La barrera de árboles. Impiden que la contaminación se extienda río arriba. Los verdosos de la Casa de Welle la hicieron hace años.

Olas de un color café disparejo rompen contra la nave, y dejan una película de mugre negra en el reluciente casco de acero. El mundo adquiere un matiz extraño, como si se viera a través de un vidrio turbio. Las nubes bajas no son tales, sino el humo que emerge de un millar de chimeneas que opacan el cielo. Aquí no hay árboles ni praderas; éstas son las tierras de la ceniza y la putrefacción.

—Gray Town —murmura Maven.

Las fábricas se extienden hasta donde alcanza la vista: sucias e inmensas, y generan un zumbido de electricidad. Yo siento como si recibiera el impacto de un puñetazo capaz de dar conmigo en el suelo. Mi corazón intenta seguir el pulso de otro mundo, y tengo que sentarme cuando percibo que la sangre se me acelera.

Pensaba que mi mundo estaba mal, que mi vida era injusta. Pero nunca habría soñado siquiera un lugar como Gray Town.

Las centrales eléctricas brillan en la penumbra, surten de azul eléctrico y verde pálido la telaraña de alambres que cuelga en el aire. Los vehículos cargados al tope circulan por caminos elevados, transportan bienes de una fábrica a otra. Berrean entre sí, en un ruidoso caos de congestionamiento de tráfico, se mueven como una indolente sangre oscura que corre por venas grises. Lo peor de todo es que cada fábrica está circundada por pequeñas casas que conforman un cuadro ordenado, una sobre otra, con calles estrechas en medio. *Barriadas.*

Bajo un cielo tan grisáceo, dudo que los trabajadores vean alguna vez la luz del día. Se desplazan entre las fábricas y las casas, inundan las calles durante el cambio de turno. No hay agentes, ni látigos restallantes, ni miradas atónitas. No se obliga a nadie a vernos pasar. *El rey no necesita lucirse aquí,* comprendo. *Esta gente ya nace hecha pedazos.*

—Son los tecnos —susurro con voz ronca, al recordar el nombre que los Plateados les dan despreocupadamente—. Ellos hacen las lámparas, las cámaras, las pantallas de video…

—…las armas, las balas, las bombas, las naves, los transportes —agrega Maven—. Mantienen la electricidad en movimiento. Conservan limpia nuestra agua. Lo hacen todo por nosotros.

Y a cambio no reciben más que humo.

—¿Por qué no se van de aquí?

Él se limita a encogerse de hombros.

—No conocen otra vida. La mayoría de ellos no sale nunca de su callejón. Ni siquiera pueden alistarse.

Ni siquiera pueden alistarse. Su vida es tan terrible que, si estuviera a su alcance, la guerra sería una mejor opción.

Como todo lo demás en este río, las fábricas se difuminan a lo lejos, pero la imagen permanece en mí. Algo me dice que *no debo olvidar esto. No debo olvidarlos a ellos.*

Las estrellas nos esperan más allá de otro bosque de barrera de árboles, y bajo ellos: Arcón. Al principio no veo la capital, y confundo sus luces con estrellas titilantes. Pero a medida que nos acercamos a ella, la contemplo embobada.

Un puente de tres niveles atraviesa el ancho río, y une los dos sectores de la ciudad. Tiene miles de metros de largo, y bulle de luz, electricidad y vida. Cuenta con tiendas y plazas comerciales integradas a su estructura, a una treintena de metros sobre el río. Imagino a los Plateados ahí, bebiendo, comiendo y mirando el mundo desde las alturas. Los transportes corren deprisa por el nivel inferior, con faros que atraviesan la noche como cometas rojos y blancos.

Ambos extremos del puente tienen puertas y cada sector está amurallado. En la margen oriental, varias torres metálicas fabulosas se alzan al ras como espadas que traspasaran el cielo, todas ellas coronadas con gigantescas y fulgurantes aves de presa. Más vehículos y personas ocupan las calles pavimentadas que ascienden desde las empinadas riberas, en donde se unen los edificios con el puente y las puertas exteriores.

Las paredes son de cristal de diamante, como la Mansión, pero intercaladas con torres de metal iluminadas y otras estructuras. Hay patrullas en las murallas, pero sus uniformes no son del rojo llameante de los centinelas ni del ébano negro de los agentes de seguridad. Visten uniformes de un color blanco y plata mate que casi se funden con el paisaje urbano. *Son soldados, y no de los que bailan con las damas. Esto es una fortaleza.*

Arcón fue construida para sobrevivir a la guerra, no a la paz.

En la margen occidental, reconozco el Tribunal del Reino y el Arca del Tesoro por las noticias sobre el atentado. Ambos son de mármol blanco refulgente y están totalmente remozados, aunque sufrieron ataques hace poco más de un mes. *Parece toda una vida*. Esas construcciones flanquean el Palacio del Fuego Blanco, edificio que hasta yo conozco de vista. Mi vieja maestra decía que se talló en la ladera de la colina y que es una muestra viviente de la piedra blanca. Llamas de oro y perlas centellean en lo alto de las paredes circundantes.

Intento abarcarlo todo, llevo mis ojos a ambos extremos del puente, pero mi cabeza no puede concebir este sitio. Arriba, las aeronaves cruzan lentamente el cielo estrellado, en tanto que los aviones a reacción vuelan más alto, rápidos como estrellas fugaces. Creía que la Mansión del Sol era una maravilla; al parecer, desconocía el significado de esta palabra.

Pero nada me resulta bello aquí, con esas fábricas ahumadas y oscuras a apenas unos kilómetros de distancia. El contraste entre la ciudad Plateada y la barriada Roja me pone los pelos de punta. Éste es el mundo que deseo echar abajo, el mundo que quiere acabar conmigo y todo lo que me importa. Ahora sé con qué lucho y lo difícil, lo imposible, que será ganar. Nunca me había sentido tan pequeña con ese espléndido puente elevándose por encima de nosotros. Parece dispuesto a tragarme de un bocado.

Pero tengo que hacer el intento. Aunque sólo sea por Gray Town, por aquéllos que nunca han visto el sol.

VEINTITRÉS

Cuando el navío atraca en la margen occidental y desembarcamos, ya ha caído la noche. En casa, esto significaba apagar la luz e ir a acostarse, pero en Arcón no. La ciudad parece resplandecer mientras el resto del mundo se oscurece. Los fuegos artificiales crepitan en las alturas, dejan caer sobre el puente una lluvia de luz, mientras que en la cúspide del Fuego Blanco se iza una bandera negra y roja. *El rey está de vuelta en su trono.*

Por fortuna, no hay más desfiles que padecer; varios transportes blindados nos reciben en el puerto. Para mi deleite, Maven y yo tenemos un vehículo para nosotros solos, acompañados por dos centinelas. Él me señala monumentos históricos al pasar, y me explica al detalle cada estatua y cada esquina. Menciona incluso su pastelería preferida, aunque se halla al otro lado del río.

—El puente y Arcón oriental son para los civiles, los Plateados comunes, aunque muchos de ellos son más ricos que algunos nobles.

—¿Plateados *comunes*? —contengo apenas una carcajada—. ¿De veras los hay?

Maven se encoge de hombros.

—Por supuesto que sí. Son comerciantes, hombres de negocios, soldados, oficiales, tenderos, políticos, terratenientes, artistas e intelectuales. Algunos contraen matrimonio con las grandes Casas, y otros superan los límites de su categoría, pero ni éstos ni aquéllos tienen sangre noble, y sus habilidades no son… bueno… *tan efectivas*.

No todos son especiales. Lucas me lo dijo una vez. Yo no sabía que se refería también a los Plateados.

—Por su parte, Arcón occidental es para la corte del rey —continúa Maven mientras cruzamos una calle flanqueada por encantadoras casas de piedra y árboles podados y en flor—. Todas las grandes Casas tienen residencias ahí, para estar cerca del rey y del gobierno. De hecho, si fuera necesario, todo el país podría controlarse desde ese risco.

Esto explica su ubicación. La margen occidental es muy empinada, y el palacio y otros edificios de gobierno se sitúan en la cumbre de una colina que da al puente. Otra muralla rodea esa cumbre y cerca el corazón del país. Yo trato de no parecer atónita cuando atravesamos la puerta y vamos a dar a una plaza embaldosada del tamaño de un ruedo. Maven la llama la *Plaza del César*, en memoria del primer rey de su dinastía. En su momento, Julian mencionó al rey César, aunque sólo fugazmente; nuestras lecciones nunca llegaron más allá de la Primera División, cuando el Rojo y el Plateado pasaron a ser mucho más que simples colores.

El Palacio del Fuego Blanco ocupa el costado sur de la plaza, en tanto que los tribunales, el tesoro y los centros administrativos se distribuyen el resto. Hay incluso un cuartel del ejército, a juzgar por los soldados que se ejercitan en un patio amurallado. Se trata de la Legión Sombra de Cal, que viajó a la urbe antes que nosotros. *Una comodidad para los no-*

bles, la llamó Maven. Soldados paredes adentro, para que nos protejan en caso de que sobrevenga otro ataque.

Pese a la hora, la plaza bulle de actividad, pues la gente se precipita hacia una estructura de apariencia adusta junto al cuartel. Banderas rojas y negras, decoradas con una espada que es el símbolo del ejército, cuelgan de sus columnas. Yo sólo alcanzo a ver un pequeño templete montado frente al edificio, con un podio rodeado de reflectores brillantes y una multitud cada vez más numerosa.

De pronto siento la mirada de las cámaras, más fuerte que de costumbre, que viene a dar hasta nuestro vehículo y nos siguen mientras la fila de transportes pasa junto al templete. Por fortuna, nosotros seguimos de frente pasando por un arco que desemboca en un patio reducido, donde nos detenemos.

—¿Qué sucede? —me aprieto contra Maven.

Hasta ahora he mantenido el miedo bajo control, pero entre las luces, las cámaras y la muchedumbre, mi muro de protección comienza a desmoronarse.

Maven lanza un profundo suspiro, más de fastidio que de cualquier otra cosa.

—Seguro mi padre está dando un discurso. Un poco de bravuconería, para tener contentas a las masas. Nada le gusta más a la gente que un líder que promete la victoria.

Baja del transporte y me lleva consigo. Pese a mi ropa y mi maquillaje, de repente me siento desnuda. *Esto se hace para la televisión. Miles, millones de personas lo verán.*

—No te preocupes, sólo tenemos que aparecer y lucir serios —me dice Maven al oído.

—Parece que Cal ya cubre ese requisito —señalo con la cabeza al príncipe meditabundo, como siempre pegado a las faldas de Evangeline.

Maven ríe entre dientes.

—Él cree que los discursos son tiempo perdido. Le gusta la acción, no las palabras.

Ya somos dos, pero me resisto a admitir que tengo algo en común con el hermano mayor de Maven. Quizás alguna vez lo creí así, pero ahora no. Nunca más.

Un agitado secretario nos hace señas. Viste de azul y gris, los colores de la Casa de Macanthos. Quizá conoció a la coronela, tal vez sea su hermano, su primo. *No, Mare. Éste es el último lugar en el que puedes acobardarte.* Él ni siquiera nos mira mientras nos conduce hasta nuestro sitio, detrás de Cal y Evangeline, con los reyes a la cabeza. Curiosamente, Evangeline ha perdido su serenidad de costumbre; noto que le tiemblan las manos. *Tiene miedo. Ella quería ser el centro de atención, quería ser la prometida de Cal, pero todo esto le asusta. ¿Cómo es posible?*

Luego nos ponemos en marcha y entramos a un edificio con incontables centinelas y asistentes. Dentro, la estructura es un torbellino de actividad con mapas, oficinas y salas de juntas en vez de cuadros o salones. Individuos de uniforme gris van de un lado a otro en el vestíbulo, aunque se detienen para cedernos el paso. Casi todas las puertas están cerradas, pero yo alcanzo a ver lo que esconden algunas de ellas. Oficiales y soldados estudian mapas del frente, discuten sobre el emplazamiento de las legiones. Otro cuarto rebosante de energía parece contener un centenar de pantallas, cada una operada por un soldado con uniforme de combate. Éstos hablan por auriculares, desde donde dan órdenes a personas y áreas remotas. Las palabras difieren, pero el significado es el mismo: *"Defiendan el frente".*

Cal se detiene ante la puerta de la sala de video, y estira el cuello para ver mejor, pero de repente se la cierran en las narices. Aunque se enfada, no protesta, y vuelve junto a Evangeline. Ella le murmura algo, pero para mi deleite, él se la quita de encima.

Sin embargo, mi sonrisa se desvanece cuando aparecemos frente a las deslumbrantes luces en la escalera de acceso a la estructura. Una placa de bronce junto a la puerta dice *Comandancia de Guerra*. Este sitio es el centro de las fuerzas armadas; cada soldado, cada ejército, cada arma es controlado desde aquí. Se me revuelve el estómago ante el poder de este lugar, pero no puedo amilanarme, no frente a tantas personas. Las luces de las cámaras fotográficas me ciegan. Cuando me sacudo, oigo una voz dentro de mi cabeza.

El secretario pone una hoja en mi mano. Me basta con verla para sentir ganas de gritar. Ahora sé para qué me salvaron la vida.

Gánate tu sustento, silba la voz de Elara en mi cabeza. Ella me mira junto a Maven, hace lo posible por no sonreír.

Maven sigue su pérfida mirada y ve la hoja en mi mano trémula. Poco a poco, envuelve mis dedos entre los suyos, como si de este modo me pudiera transmitir su fuerza. Yo no quiero más que romper la hoja en pedazos, pero él me ayuda a serenarme.

—Debes hacerlo —es todo lo que dice, con una voz tan baja que apenas consigo oírlo —. Debes hacerlo.

"Mi corazón se aflige por las vidas perdidas, pero han de saber que estas vidas no se perdieron en vano. La sangre de nuestros muertos acendrará nuestra resolución y nos hará vencer las dificultades que nos aguardan. Somos una nación en guerra, lo hemos sido durante el último siglo, y no ignoramos los obstáculos que nos esperan en el camino a la victoria. Esas personas serán halladas, esas personas serán castigadas y esta enfermedad que ellos llaman rebelión, jamás arraigará en mi país".

La pantalla de mi nuevo cuarto es casi tan útil como un barco averiado, y repite hasta la náusea el discurso que el rey pronunció anoche. A estas alturas, ya puedo recitarlo palabra por palabra, pero no logro quitar los ojos del monitor. Porque sé quién viene a continuación.

Mi rostro tiene un aspecto raro en la pantalla, demasiado pálido y frío. Sigo sin poder creer que yo haya tolerado leer esas palabras. Cuando subo al podio, para ocupar el lugar del rey, ni siquiera tiemblo.

"Fui educada por los Rojos. Creí ser uno de ellos. Y conocí de cerca la gracia de su majestad, el rey; las justas maneras de nuestros amos Plateados, y el gran privilegio que nos concedieron: el derecho a trabajar, a servir a nuestra nación, a vivir, y a vivir bien". En la pantalla, Maven pone entonces una mano sobre mi brazo, para acompañar mi discurso con inclinaciones afirmativas. "Ahora sé que soy Plateada de nacimiento, una dama de la Casa de Titanos y, algún día, una princesa de Norta. Me han abierto los ojos. Existe un mundo con el que nunca soñé, y es invencible. También es compasivo. Y esos terroristas, asesinos de la peor especie, quieren destruir los cimientos de nuestra nación. ¡Esto es algo que no podemos permitir!"

En la seguridad de mi cuarto, respiro entrecortadamente. Ahora viene lo peor.

"En su sabiduría, el rey Tiberias ha decretado las Medidas para erradicar el mal de la rebelión y proteger a los buenos ciudadanos de nuestro país. Son las siguientes: a partir de hoy, todos los Rojos quedarán sujetos a toque de queda al anochecer. Se redoblará la seguridad en las aldeas y ciudades

Rojas. Se construirán nuevos puestos de control en los caminos dotados del personal necesario. Todos los delitos cometidos por Rojos, entre ellos la violación del toque de queda, se castigarán con la ejecución. Y...", mi voz se quiebra por primera vez en ese instante, "... la edad de reclutamiento se *reducirá* a los quince años. Quien dé información que permita capturar a agentes de la Guardia Escarlata o a prevenir acciones de la Guardia Escarlata, será premiado con exenciones de reclutamiento en beneficio de hasta cinco miembros de su familia".

Ésta es una maniobra brillante y terrible. Los Rojos se destrozarán unos a otros por esas exenciones.

"Las Medidas se cumplirán rigurosamente hasta que el mal conocido como la Guardia Escarlata sea aniquilado". Yo miro mi expresión en la pantalla, veo cómo evito asfixiarme con mi discurso. Abro bien los ojos, confío en que mi pueblo entienda lo que quiero decirle. *Las palabras pueden mentir.* "¡Viva el rey!"

Me invade la cólera y la pantalla se funde, hasta reemplazar mi rostro por un negro vacío. Pero en mi mente sigo viendo cada nueva orden. Más agentes patrullando, más cuerpos colgados en la horca y más madres llorando a los hijos que les fueron arrebatados. *Nosotros matamos a una docena de los suyos y ellos matan a un millar de los nuestros.* Una parte de mí sabe que estos golpes inclinarán a algunos Rojos a favor de la Guardia, pero muchos más se inclinarán por el rey. Por su vida, por sus *hijos,* renunciarán a la poca libertad que les quedaba.

Yo creía que ser su títere sería fácil en comparación con lo demás. Estaba equivocada. Pero no puedo darme por vencida, ahora no. Ni siquiera cuando mi propia condena asoma en el horizonte. Debo hacer todo lo que pueda hasta que mi sangre sea identificada y mi juego llegue a su fin. Hasta que me lleven a rastras y me maten ante las cámaras.

Al menos mi ventana da al río, y por lo tanto al sur, al mar. Cuando miro el agua consigo ignorar mi tenebroso futuro. Mis ojos van de la corriente agitada al oscuro manchón en el horizonte. Aunque el resto del cielo está despejado, hay nubes oscuras que se ciernen en el sur, sin alejarse nunca de la franja prohibida en la costa. *La Ciudad en Ruinas*. La radiación y el fuego la consumieron una vez, y no la abandonaron jamás. Hoy es apenas un negro fantasma justo fuera de nuestro alcance, una reliquia del mundo antiguo.

Una parte de mí querría que Lucas tocara a mi puerta y me obligara a ajustarme a un nuevo horario, pero él no ha regresado todavía. Supongo que se encuentra mejor sin que yo ponga en riesgo su vida.

El regalo de Julian reposa contra la pared, firme recordatorio de otro amigo perdido. Es un fragmento del mapa grande, enmarcado y reluciente tras un cristal. Cuando lo levanto, algo cae al suelo, desde el dorso del marco.

Lo sabía.

Mi corazón se acelera, late con fuerza mientras me pongo de rodillas, con la ilusión de hallar una nota secreta de Julian. Pero se trata simplemente de un libro.

Pese a mi decepción, no puedo menos que sonreír. Era de esperar que Julian fuera a dejarme una historia más, otra colección de palabras para que me consolaran cuando él ya no pudiera hacerlo.

Abro el libro suponiendo encontrar nuevas historias, pero las palabras manuscritas me miran desde la portadilla: *Roja y Plateada*. Están trazadas con los inconfundibles garabatos de Julian.

El campo visual de las cámaras que hay en mi cuarto topa con mi espalda, recordándome que no estoy sola. Julian también sabía esto. *Brillante.*

El libro parece normal, un aburrido estudio sobre reliquias descubiertas en Delphie, pero oculto entre sus palabras, con igual tipografía, está un secreto digno de ser revelado. Tardo muchos minutos en dar con cada línea añadida, y agradezco en silencio haberme despertado tan temprano. Por fin las reúno todas, aunque parecería que me hubiera olvidado de respirar.

Dane Davidson, soldado Rojo, Legión Tormenta, muerto en patrullaje de rutina, cadáver nunca recuperado. Agosto 1º, 296 NE. Jane Barbaro, soldada Roja, Legión Tormenta, muerta por fuego amigo, cuerpo cremado. Noviembre 19, 297 NE. Pace Gardner, soldado Rojo, Legión Tormenta, ejecutado por insubordinación, cadáver con destino incierto. Junio 4, 300 NE. Hay más nombres que cubren los últimos veinte años, todos ellos cremados, perdidos o "con destino incierto". Cómo puede alguien ignorar el paradero de un hombre ejecutado, no lo sé. El nombre al final de la lista humedece mis ojos. *Shade Barrow, soldado Rojo, Legión Tormenta, ejecutado por deserción, cuerpo cremado. Julio 27, 319 NE.*

Julian escribió algo de su puño y letra debajo del nombre de mi hermano, y siento como si él estuviera otra vez junto a mí, impartiendo lenta y tranquilamente su lección.

De acuerdo con la ley militar, todos los soldados Rojos deben ser sepultados en los cementerios del Choke. A los ejecutados no se les sepulta; se depositan en fosas comunes. La cremación no es frecuente. Los cuerpos con destino incierto están desaparecidos. Sin embargo, yo encontré veintisiete nombres, veintisiete soldados, tu hermano incluido, que padecieron esa suerte.

Todos murieron en patrullaje, o a manos de lacustres o de sus propias unidades, si no es que fueron ejecutados en base a acusaciones infundadas. Todos fueron transferidos a la Legión Tormenta semanas antes de su muerte. Y en todos los casos, su cadáver fue destruido o perdido de alguna manera. ¿Por qué? La Legión Tormenta no es un escuadrón de la muerte; cientos de Rojos sirven bajo las órdenes del general Eagrie sin morir en circunstancias misteriosas. ¿Por qué murieron entonces esos veintisiete?

Por una vez, me alegré de la existencia de la base de datos sangre. Aunque esos soldados "murieron" hace mucho, aún se dispone de sus muestras de sangre. Y aquí tengo que disculparme, Mare, por no haber sido del todo honesto contigo. Tú confiaste en que yo te educaría, te ayudaría, y así lo hice, pero también me ayudé a mí mismo. Soy un hombre curioso y tú eres lo más raro que yo haya visto jamás. No pude evitarlo. Comparé tu muestra de sangre con las de esos soldados, y en todas ellas encontré un indicador idéntico que las diferencia de las demás.

No me sorprende que nadie lo haya notado antes, porque nadie lo había buscado. Pero ahora que yo lo sabía, fue fácil hallarlo. Tu sangre es roja, pero no es la misma sangre roja de todos. Hay algo nuevo en ti, algo nunca visto anteriormente. Y también estaba en los otros veintisiete. Una mutación, un cambio, que podría ser la clave de todo lo que tú eres.

No eres la única, Mare. No estás sola. Eres simplemente la primera en haber sido protegida por los ojos de mil personas, la primera que ellos no pudieron matar y esconder. Como los demás, eres Roja y Plateada, y más fuerte que ambos.

Pienso que eres el futuro. Pienso que eres el nuevo amanecer.

Y si ya hubo otros veintisiete, debe haber otros más. Debe haber otros más.

Yo me siento paralizada, me siento aturdida, siento todo y nada. *Otros como yo.*

Usando las mutaciones en tu sangre, examiné el resto de la base de datos en busca de lo mismo en otras muestras. Las he incluido todas aquí para que transmitas esta información.

Sé que no es necesario insistir en la importancia de esta lista, en lo que podría significar para ti y el resto de este mundo. Dásela a alguien de tu confianza, busca a los demás, protégelos y prepáralos, porque es sólo cuestión de tiempo antes de que alguien menos amigable que yo descubra lo que yo descubrí, y los persiga.

Sus palabras terminan ahí, seguidas de una lista que hace temblar mis dedos. Hay nombres y lugares, son muchos, y todos esperan a ser encontrados. Todos esperan para empezar a luchar.

Siento mi mente en llamas. *Otros. Más.* Las palabras de Julian flotan ante mis ojos, cauterizando mi espíritu.

Más fuerte que ambos.

El librito cabe perfectamente en mi saco, guardado junto a mi corazón. Pero antes de poder acudir a Maven para enseñarle el descubrimiento de Julian, Cal da conmigo. Me acorrala en un salón muy parecido a aquél en el que bailamos, aunque la luna y la música se han esfumado hace mucho. Yo quise alguna vez todo lo que él pudiera darme, y ahora el estómago se me revuelve de sólo verlo. Por más que yo intente esconderla, él nota esa repugnancia en mi cara.

—Estás enojada conmigo —dice. No es una pregunta.

—No.

—No mientas —rezonga, con ojos súbitamente ardientes. *No he dejado de mentir desde el día que nos conocimos*—. Hace dos días me besaste, y ahora no puedes ni verme.

—Estoy comprometida con tu hermano —me aparto.

Él descarta ese argumento sacudiendo la mano.

—Eso no te detuvo antes. ¿Qué cambió?

He visto quién eres de verdad, quiero gritar. No eres el guerrero gentil, el príncipe perfecto, y ni siquiera el chico confundido que pretendes ser. Por más que quieras evitarlo, eres igual que todos ellos.

—¿Tiene que ver con los terroristas?

Aprieto tanto los dientes que me duelen.

—Rebeldes.

—Ellos mataron a personas, a niños, a *inocentes*. Lo que yo hice, lo que le ordené al centinela, fue por ellos, por hacer justicia.

—¿Y qué obtuviste con la tortura? ¿Ya conoces sus nombres, cuántos son, qué *quieren*? ¿Alguna vez te has tomado la molestia de escuchar?

Él suspira, trata de poner a salvo la conversación.

—Sé que tienes razones para… para *compadecerlos*, pero sus métodos no pueden ser…

—Sus métodos son culpa de ustedes. Ustedes nos obligan a trabajar, ustedes nos obligan a desangrarnos, ustedes nos hacen morir en sus guerras y sus fábricas, y por las pequeñas comodidades que no notan siquiera, todo porque somos *diferentes*. ¿Cómo pueden esperar que permitamos que esto siga ocurriendo?

Cal se altera y un músculo le tiembla en la mejilla. No tiene respuesta para eso.

—La única razón de que yo no esté muerta en una trinchera, en algún lado, es que tú te apiadaste de mí. Y la única razón de que tú me estés escuchando ahora es que, por un milagro inexplicable, da la casualidad de que yo soy algo distinto.

Mis chispas se elevan perezosamente en mis manos. No puedo imaginar volver a vivir como vivía antes de que mi cuerpo zumbara de energía, pero es indudable que soy capaz de recordarlo.

—Tú puedes detener esto, Cal. Serás rey y puedes detener esta guerra, puedes salvar a miles, a *millones de personas* de una esclavitud glorificada por generaciones. Sólo tienes que decir *basta*.

Algo cede en él, y sofoca el fuego que tanto se esfuerza en ocultar. Se acerca a la ventana con las manos unidas en la espalda. Con el sol naciente en su rostro y la sombra detrás de él, parece dividido entre dos mundos. En el fondo de mi corazón, sé que lo está. La pequeña parte de mí que sigue interesándose en él quiere cerrar la brecha entre nosotros, pero no soy tan tonta como para hacerlo. No soy una niña perdidamente enamorada.

—Una vez pensé eso —sisea—. Pero tal cosa llevaría a la rebelión en ambos bandos, y *no* seré yo el rey que arruine a este país. Éste es mi legado, el legado de mi padre, y tengo una obligación que cumplir con él —el tenue calor que brota de su cuerpo empaña el cristal de la ventana—. ¿Cambiarías un millón de muertos por lo que ellos quieren?

Un millón de muertos. Recuerdo el cadáver de Belicos Lerolan con sus hijos muertos a su lado. Y luego otros rostros se unen a los difuntos: Shade, el padre de Kilorn, cada soldado Rojo muerto por la guerra de los Plateados.

—La Guardia no se va a detener —digo en voz baja, pero sé que Cal ya casi no me escucha—. Y aunque es indudable que ella merece ser culpada, ustedes también. Hay sangre en tus manos, príncipe.

Y en las de Maven. Y en las mías.

Lo dejo ahí de pie, confío en haberlo hecho cambiar, aunque sé que, en el mejor de los casos, esa posibilidad es muy remota. Cal es hijo de su padre.

—Julian desapareció, ¿verdad? —me grita, me obliga a parar en seco.

Yo volteo despacio, en lo que pienso qué decir.

—¿Desapareció? —decido hacerme la tonta.

—La huida dejó lagunas en la memoria de muchos centinelas, así como en las bitácoras de video. Mi tío no usa sus habilidades con frecuencia, pero conozco las señales.

—¿Crees que él los ayudó a escapar?

—Sí —contesta él penosamente, mientras se mira las manos—. Por eso le di tiempo suficiente para escabullirse.

—¿Qué hiciste qué?

No puedo creer lo que oyen mis oídos. ¿Cal, el soldado, el que siempre sigue las órdenes, rompiendo las reglas por su tío?

—Es mi tío, hice lo que pude por él. ¿Qué tan cruel crees que soy? —sonríe tristemente sin esperar respuesta, lo cual me hace sentir un dolor hondo—. Aplacé el arresto lo más que pude, pero todos dejan huellas, y la reina lo encontrará —dice suspirando y apoya una mano en el vidrio—. Será ejecutado.

—¿Le harías eso a tu tío?

No me molesto en tapar mi repugnancia, ni el miedo debajo de ella. *Si Cal matara a Julian, aun después de haberlo dejado marcharse, ¿qué me hará a mí cuando me descubran?*

Sus hombros se tensan al erguirse, vuelve a ser el soldado. Él no oirá nada más acerca de Julian ni de la Guardia Escarlata.

—Maven tiene una propuesta interesante…

Esto sí que no me lo esperaba.

—¿Qué?

Cal asiente, curiosamente incómodo al pensar en su hermano.

—Mavey siempre ha sido rápido para pensar. Lo heredó de su madre.

—¿Y se supone que esto debe asustarme? —sé mejor que nadie que Maven no se parece en nada a su madre, ni a ningún otro maldito Plateado—. ¿Qué quieres decir, Cal?

—Ya eres un personaje público —suelta él—. Tras tu discurso, todo el país conoce tu nombre y tu cara. Así que más personas se preguntarán quién y qué eres.

Yo sólo consigo fruncir el ceño y alzarme de hombros.

—Tal vez deberías haber pensado en eso antes de hacerme leer ese asqueroso discurso.

—Soy un soldado, no un político. Tú sabes que no tuve nada que ver con las Medidas.

—Pero las seguirás. Las seguirás sin rechistar.

Él no discute eso. Pese a todos sus defectos, Cal no me mentirá. Ahora no.

—Todos los documentos relativos a ti han sido eliminados. Agentes, archivistas, *nadie* encontrará jamás pruebas de que naciste Roja —murmura, mirando al suelo—. Ésta fue la propuesta de Maven.

A pesar de mi enojo, no puedo reprimir una exclamación. *La base de datos de sangre. Los documentos.*

—¿Qué significa eso?

Apenas tengo fuerzas para evitar que me tiemble la voz.

—Que tus documentos escolares, tu acta de nacimiento, las pruebas de sangre y hasta tu tarjeta de identidad han sido destruidos.

Casi no puedo escucharlo de lo fuerte que me late el corazón.

Antes, yo habría abrazado a Cal en el acto. Pero ahora tengo que contenerme. Él no debe saber que ha vuelto a salvarme. *No, Cal no.* Esto fue obra de Maven. Fue la sombra controlando a la flama.

—Parece que eso era lo correcto —trato de mostrarme indiferente.

Pero mi actuación no puede durar mucho. Tras una rígida inclinación hacia Cal, salgo corriendo de la sala, oculto una sonrisa de oreja a oreja.

VEINTICUATRO

Fuego Blanco es más antigua que la Mansión, con sus paredes de piedra y madera tallada más que de cristal de diamante. Dudo que algún día llegue a conocer la distribución completa de este sitio, pues alberga no sólo la residencia real, sino también numerosas oficinas y cámaras administrativas, salones de baile, una cancha completa de entrenamiento y otras cosas que escapan a mi comprensión. Supongo que a eso se debe que el secretario parlanchín tarde cerca de media hora en encontrarme, mientras vago por una galería de estatuas. Pero ya no me quedará más tiempo para explorar. Tengo deberes que cumplir.

Deberes, conforme al parlanchín secretario del rey, que se aplican a toda una gama de males más allá de la simple lectura de las Medidas. Como futura princesa, tengo que conocer a la gente en salidas concertadas, pronunciar discursos, estrechar manos y mostrarme al lado de Maven. Esta última parte no me molesta, pero ser exhibida como una cabra en una subasta no me resulta precisamente emocionante.

Me sumo a Maven en un vehículo con destino a nuestra primera aparición. Me muero de ganas de contarle sobre la lista y darle las gracias por lo de la base de datos de sangre, pero hay demasiados ojos y oídos en torno nuestro.

La mayor parte del día se va volando en medio de una indefinida masa de ruido y color mientras visitamos varios lugares de la capital. El Mercado del Puente me recuerda al Gran Huerto, pese a que es tres veces mayor. Durante la hora que dedicamos a saludar a niños y comerciantes, veo a algunos Plateados agredir o exasperar a docenas de sirvientes Rojos que no hacen sino tratar de cumplir su trabajo. Los agentes de seguridad les impiden abusar en extremo, pero las palabras que les arrojan son hirientes. *Infanticidas, animales, demonios.* Maven no me suelta de la mano, y la aprieta cada vez que un Rojo es arrojado al suelo. Cuando llegamos a nuestra siguiente escala, una galería de arte, me alegra verme libre de la mirada pública, hasta que miro los cuadros. El artista, un Plateado, usa dos colores, rojo y plata, en una colección horripilante que me enferma. Cada cuadro es peor que el anterior, y describe en cada trazo la fuerza Plateada y la debilidad Roja. El último de ellos representa una figura gris y argentina parecida a un fantasma, de cuya corona manan gotas de sangre carmesí. Me dan ganas de darme de bruces contra la pared.

La plaza que hay frente a la galería es ruidosa, bullente de vida urbana. Muchos nos miran embobados mientras nos dirigimos a nuestro vehículo. Maven saluda con sonrisa estudiada, lo cual impulsa a la multitud a aclamar su nombre. Él es bueno para esto; después de todo, esta gente es suya por derecho natural. Cuando se agacha para platicar con unos niños, su sonrisa encandila. *Puede que Cal haya nacido para gobernar, pero Maven está hecho para esto. Además, está dispuesto a cambiar el mundo a favor de nosotros, los Rojos, a los que le enseñaron a despreciar.*

Yo toco subrepticiamente la lista que guardo en mi bolsillo, pensando en aquéllos que podrían ayudarnos a Maven y a mí a cambiar el mundo. ¿Son ellos como yo, o tan diversos como los Plateados? *Shade era como tú. Supieron de él y tuvieron que matarlo, como no pudieron hacerlo contigo. Siento una pena enorme por mi hermano caído, por las conversaciones que habríamos podido tener. Por el futuro que habríamos podido forjar.*

Pero Shade está muerto y hay otros que precisan de mi ayuda.

—Debemos buscar a Farley —le digo a Maven al oído, con una voz apenas audible para mí. Pero él me escucha, y alza una ceja en calidad de muda pregunta—. Tengo que darle algo.

—Sin duda la encontraremos —murmura él en respuesta—, si no es que nos está vigilando ya.

—¿Cómo...?

¿Farley, espiándonos a *nosotros*? ¿En una ciudad que querría hacerla pedazos? ¡Parece imposible! Pero entonces me fijo en la muchedumbre Plateada que se apretuja a nuestro derredor, y en los sirvientes Rojos detrás. Algunos de ellos se detienen a mirarnos, con una cinta roja en el brazo. Cualquiera de esos chicos podría trabajar para Farley. *Todos ellos podrían hacerlo.* Aun entre centinelas y agentes de seguridad, Farley está a nuestro lado.

La cuestión es ahora encontrar al Rojo *correcto*, decir lo *indicado*, hallar el lugar *preciso* y hacerlo todo sin que nadie repare en que el príncipe y su futura princesa están en comunicación con una joven buscada por terrorista.

Este gentío no es como el de la aldea, entre el que yo me movía fácilmente. Ahora destaco, una futura princesa rodeada de centinelas con una rebelión en sus espaldas. *Y quizás algo más importante aún*, pienso, al recordar la lista de nombres en mi saco.

Cuando la gente se aglomera, estirando el cuello para vernos, yo aprovecho para escabullirme. Los guardias se amontonan alrededor de Maven, sin estar acostumbrados todavía a protegerme a mí también, y tras un par de vueltas rápidas, estoy fuera del círculo de espectadores y centinelas. Ellos siguen recorriendo la plaza sin mí; si Maven notara mi ausencia, no los detendrá.

Los sirvientes Rojos no me reconocen, con la cabeza gacha mientras trabajan entre las tiendas. No se aventuran más allá de las sombras y los callejones, en su intento por pasar inadvertidos. Yo estoy tan ocupada examinando las caras rojas que no me percato de la que aparece a mi lado.

—*Milady,* se le cayó esto —me dice un niño. Tiene apenas diez años, y una cinta roja en el brazo—. *¿Milady*?

Veo entonces el fragmento que me tiende. No es nada, tan sólo un papelito arrugado que no recuerdo haber traído entre mis cosas. Aun así, sonrío al chico y tomo la hojita.

—Muchas gracias.

Él me sonríe a su vez, como sólo un niño puede hacerlo, antes de retirarse dando saltos por la calle. Rebota con cada paso que da. La vida no lo ha aplastado todavía.

—Por aquí, Lady Titanos —dice un centinela junto a mí, me mira con ojos apagados.

Adiós a mi plan. Dejo que él me lleve de vuelta al vehículo; de pronto me siento abatida. Ya ni siquiera puedo escabullirme como antes. *Me estoy ablandando.*

—¿Qué pasó? —pregunta Maven cuando subo al vehículo.

—Nada —respondo suspirando, y lanzo la vista por la ventana mientras nos alejamos de la plaza—. Creí ver a alguien.

Estamos otra vez en medio del ruido ensordecedor de la calle antes de que se me ocurra mirar el papelito. Lo desdoblo en mi regazo, escondido entre los pliegues de mi manga. Está cruzado de un lado a otro por palabras garabateadas, tan pequeñas que apenas consigo leerlas.

Teatro Hexaprin. Función de la tarde. Los mejores asientos.

Tardo un momento en descubrir que sólo entiendo la mitad de esas palabras, pero no me importa. Sonriendo, aprieto el mensaje en la mano de Maven.

Basta con que el príncipe lo pida para que seamos recibidos en el teatro. Es pequeño pero muy elegante, con un techo abovedado de color verde coronado por un cisne negro. Se trata de un lugar de entretenimiento, donde se representan obras de teatro, conciertos y hasta películas de archivo en ocasiones especiales. Una obra de teatro, me explica Maven, es cuando ciertas personas, llamadas *actores*, representan una historia en un escenario. En casa apenas teníamos tiempo para escuchar cuentos de hadas antes de dormir, ya no digamos para escenarios, actores y vestuario.

Antes de darme cuenta, ya estamos sentados en un palco cerrado arriba del escenario. Los asientos que se extienden a nuestros pies son un hervidero de individuos, muchos de ellos niños, pero todos Plateados. Unos cuantos Rojos recorren las filas y los pasillos, sirviendo bebidas o recogiendo boletos, pero ninguno se sienta. Eso es un lujo que ellos no pueden permitirse. Mientras tanto, nosotros ocupamos unas butacas de terciopelo con la mejor de las vistas, y el secretario y los centinelas nos aguardan justo al otro lado de una puerta con cortinas.

Cuando el teatro se sume en la oscuridad, Maven rodea mis hombros con su brazo, y me acerca tanto a él que puedo sentir sus latidos. Sonríe a Marcus, quien justo en este momento nos mira por entre las cortinas.

—¡Que nadie nos moleste! —ordena, y acerca mi cara a la suya.

La puerta se cierra a nuestras espaldas, y nosotros continuamos abrazados. Un minuto o una hora más tarde, no sé, las voces en el escenario me devuelven a la realidad.

—Perdón —le digo a Maven entre dientes, y dejo mi asiento para poner cierta distancia entre nosotros.

No hay tiempo para besos ahora, por más que yo quiera. Él no hace sino ofrecerme una sonrisa, y me mira a mí en vez prestarle atención el escenario. Yo hago lo posible por mirar a otra parte, pero algo obliga a mis ojos a mirarlo otra vez.

—¿Y ahora qué hacemos?

Maven ríe para sí, con un destello malicioso en la mirada.

—No me refería a eso —replico, aunque no puedo evitar sonreír con él—. Cal me acorraló hace unos días.

Maven frunce los labios de sólo pensarlo.

—¿Y qué?

—Parece que estoy a salvo ya.

Su consecuente sonrisa podría iluminar el mundo entero, y a mí me embarga el deseo de besarlo otra vez.

—Te dije que lo iba a conseguir —dice, con una voz extrañamente ronca.

Cuando su mano se vuelve más atrevida, la acepto sin protestar.

Pero antes de que podamos seguir, el panel del techo se desliza hacia un extremo. Maven se levanta de un salto, más sorprendido que yo, e intenta mirar por el espacio negro que hay sobre nosotros. No percibimos ni siquiera un murmullo, pero yo sé qué hacer. El entrenamiento me ha vuelto más vigorosa, y me elevo fácilmente, desapareciendo en esa fría oscuridad. No veo nada ni a nadie, pero no tengo miedo. La emoción me domina ahora y, con una sonrisa, le tiendo una mano a Maven para ayudarle. Él sube con dificultad a las tinieblas, tratando de orientarse. Antes de que nuestros ojos se adapten a la oscuridad, el panel del techo vuelve a su sitio, para cubrir la luz, la obra y el público.

—Muévanse y no hagan ruido. Yo los sacaré de aquí.

No es la voz lo que reconozco, sino el olor: una mezcla apabullante de té, fragancias antiguas y una familiar vela azul.

—¿Will? —pregunto, y casi se me quiebra la voz—. ¿Will Whistle?

Lenta pero infaliblemente, la oscuridad se vuelve manejable. La barba blanca de Will, enmarañada como siempre, se deja ver con más claridad, hasta resultar inconfundible.

—No hay tiempo para agasajos, pequeña Barrow —dice él—. Tenemos mucho que hacer.

No sé cómo vino a dar Will aquí, cómo siguió todo el trayecto desde Los Pilotes, pero su íntimo conocimiento de este teatro es más peculiar todavía. Nos conduce por el tejado, nos hace bajar peldaños y escaleras y nos introduce por estrechas escotillas, en tanto la obra teatral resuena en las alturas. No pasa mucho tiempo antes de que estemos bajo tierra, con soportes de ladrillo y vigas de metal muy arriba de nuestras cabezas.

—¡Vaya si les gusta el dramatismo! —farfulla Maven, mirando la penumbra que nos rodea.

Parece una cripta, húmeda y oscura, donde cada sombra depara un horror.

Will ríe suavemente mientras empuja con el hombro una puerta de metal.

—Esperen un momento.

Recorremos el angosto pasadizo, que baja más todavía. Huele ligeramente a aguas residuales. Para mi sorpresa, el pasaje termina en una pequeña plataforma, iluminada a medias por una antorcha. Ésta proyecta sombras extrañas en una pared derruida con azulejos rotos. Hay marcas negras en ellos, letras, aunque no del idioma antiguo que ya he visto.

Antes de que pueda preguntar por ellas, un chirrido ensordecedor sacude las paredes en torno nuestro. Procede de un agujero redondo en la pared, sumido en una oscuridad más densa aún. Maven me toma de la mano, asustado por el ruido, aunque yo estoy casi tan espantada como él. El metal raspa con el metal, y produce un sonido estridente. De pronto, luces brillantes salen del túnel a raudales, y yo siento que algo se acerca, algo grande, eléctrico y poderoso.

Aparece entonces una lombriz metálica que se desliza hasta parar frente a nosotros. Sus costados son de metal sin pulir, soldado y atornillado, con rendijas en lugar de ventanas. Al abrirse una puerta corrediza entre rechinidos, se derrama un tibio resplandor sobre la plataforma.

Farley nos sonríe desde un asiento adentro. Agita una mano, nos hace señas para que la acompañemos. "Todos a bordo".

—Los tecnos lo llaman el tren subterráneo —dice mientras tomamos asiento con paso tembloroso—. Es rapidísimo y corre por las antiguas vías que los Plateados no se molestaron en recuperar.

Will cierra la puerta detrás de nosotros, y quedamos envueltos en lo que parecería una larga lata de metal. Si a mí no me preocupara tanto que nos estrellásemos, este tren no sé qué, me impresionaría. En cambio, me agarro bien fuerte del asiento bajo mis piernas.

—¿Dónde hicieron esto? —pregunta Maven, mientras pasea la mirada por esta jaula espantosa—. Gray Town está controlado, los tecnos trabajan para…

—Tenemos tecnos y ciudades tecnológicas propios, principito —contesta Farley, muy orgullosa de sí misma—. Con lo que los Plateados saben sobre la Guardia, no llenarían ni una taza de té.

El tren se tambalea debajo de nosotros, y casi me tira de mi asiento, pero nadie parpadea siquiera. La lombriz se desliza hasta alcanzar una velocidad que hace que el estómago se me pegue a la columna. Los demás continúan conversando, principalmente acerca de las preguntas que hace Maven sobre el tren subterráneo y la Guardia. Yo celebro que nadie me pida hablar, porque, si me moviera, vomitaría o caería desmayada. Pero Maven no. A él no lo vence nada.

El príncipe se asoma por la rendija y nota algo en la roca borrosa que ve al pasar.

—Vamos al sur.

Farley se recuesta en su asiento y confirma:

—Sí.

—En el sur hay radiación —protesta él.

Ella apenas se alza de hombros.

—¿Adónde nos llevas? —pregunto yo en un murmullo, cuando por fin recupero el habla.

Maven no pierde el tiempo y se acerca a la puerta cerrada. Nadie lo detiene porque él no puede ir a ninguna parte. *No hay manera de salir de aquí.*

—¿Sabes qué efecto tiene eso? ¿La radiación? —inquiere, muy asustado al parecer.

Farley se pone a contar los síntomas con los dedos y con una exasperante sonrisa en el rostro:

—Náusea, vómito, dolor de cabeza, ataques, enfermedades cancerosas y, ¡ah, claro!, muerte. Una muerte muy desagradable.

De repente me siento mareada.

—¿Por qué haces esto? Estamos aquí para ayudarte.

—¡Mare, para el tren, tú puedes parar el tren! —exclama Maven, mientras cae frente a mí y me toma de los hombros—. ¡Para el tren!

Justo en ese instante, y para mi sorpresa, la lata chilla a nuestro alrededor hasta detenerse súbita y bruscamente. Maven y yo caemos al suelo, con nuestras piernas enredadas entre sí y dándonos un golpe seco y fuerte contra el duro piso de metal. Las luces caen de lleno sobre nosotros al abrirse la puerta, y muestran otra plataforma iluminada por antorchas. Ésta es mucho más grande y se pierde de vista en la lejanía.

Farley pasa sobre nosotros casi sin mirarnos y baja trotando a la plataforma.

—¿No vienen?

—No te muevas, Mare. ¡Este lugar acabará con nosotros!

Algo silba en mis oídos, hasta casi ahogar la risa helada de Maven. Cuando me incorporo, veo que Farley nos espera pacientemente.

—¿Cómo *sabes* que en el sur, en las Ruinas, todavía hay radiación? —pone una sonrisa tonta.

Maven tropieza con las palabras.

—Tenemos máquinas, detectores, que nos dicen…

Farley asiente.

—¿Y quién *hizo* esas máquinas?

—Los tecnos —grazna él—, Rojos —al fin entiende lo que ella quiere decir—. Los detectores mienten.

Ella lo confirma, sonriendo, y le ofrece una mano para ayudarlo a bajar. Maven no deja de mirarla, desconfiado aún, pero le permite guiarnos por la plataforma hasta una escalera de hierro. El sol entra con fuerza desde arriba, y sentimos cómo el aire fresco baja en remolinos para mezclarse con los vapores turbios del subsuelo.

En un abrir y cerrar de ojos, estamos al aire libre, rodeados por una niebla de baja altura. Las paredes se elevan en derredor, sostienen un techo que ya no existe, aunque de él sobreviven pequeños fragmentos de aguamarina y oro. Cuando mi vista se adapta a la luz, advierto altas sombras en el cielo, cuyas puntas desaparecen en la bruma. Las calles, anchos y negros ríos de asfalto, están llenas de grietas, de las cuales brota una maleza gris y centenaria. Los árboles y los arbustos crecen sobre el concreto, y reclaman para sí pequeños reductos y esquinas, aunque se cuentan en más todavía los que han sido retirados. Los trozos de vidrio crujen bajo mis pies y las nubes de polvo vagan en el viento, pero por alguna razón este lugar, siendo la imagen misma del descuido, no parece abandonado. Yo lo conozco por las historias, los libros y los mapas viejos.

Farley rodea mis hombros con su brazo y exhibe una sonrisa blanca y ancha.

—¡Bienvenida a la Ciudad de las Ruinas, Naercey! —dice, usando el nombre antiguo, olvidado hace mucho.

La isla en ruinas contiene marcadores especiales a su alrededor a fin de engañar a los detectores de radiación que usan los Plateados para examinar los antiguos campos de batalla. Así es como se protege este sitio, sede de la Guardia Escarlata. *En Norta, al menos*. Eso fue lo que dijo Farley, con lo que insinuó la existencia de más bases en toda la región. Además, pronto será el santuario de todos los refugiados Rojos que huyan de los nuevos castigos del rey.

Cada edificio por el que pasamos parece en mal estado, cubierto de ceniza y maleza, pero, tras de una inspección más detenida, es posible descubrir otras cosas: huellas en el suelo, una luz en una ventana, olor a comida que sale de una alcantarilla. Ciertas personas, *Rojas* todas, tienen aquí una ciudad propia, imperceptible a primera vista. La electricidad escasea, pero las sonrisas no.

El edificio semiderruido al que Farley nos lleva debe haber sido antes una especie de cafetería, a juzgar por las mesas oxidadas y los gabinetes con los asientos rotos. Las ventanas desaparecieron hace mucho, pero el piso está limpio. Una mujer lo barre, y saca por la puerta todo el polvo que acumula en ordenados montoncitos sobre la maltrecha acera. A mí me desalentaría esta labor, sabiendo que queda tanto por barrer, pero ella la ejecuta con una sonrisa, mientras tararea para sí.

A una señal de Farley, la afanadora se retira deprisa, y nos deja en paz. Para mi regocijo, el gabinete más cercano ofrece una cara conocida.

Kilorn, sano y salvo. Y lo bastante audaz para guiñarme un ojo.

—¡Cuánto tiempo sin vernos!

—No es momento para coquetear —refunfuña Farley. Se sienta junto a él y nos indica que la sigamos, por lo que resbalamos en el rechinante gabinete—. Supongo que vieron las aldeas en su crucero por el río.

Mi sonrisa se desvanece en seguida, igual que la de Kilorn.

—Sí.

—¿Y las nuevas leyes? Sé que tú estás muy al tanto de ellas.

Endurece la mirada, como si fuera culpa mía que me hayan obligado a leer las Medidas.

—Eso es lo que ocurre cuando amenazas a una fiera —murmura Haven, apresurándose a defenderme.

—Pero ahora ellos saben nuestro nombre.

—¡Los están *persiguiendo*! —suelta Maven, mientras da un puñetazo sobre la mesa, con lo que la fina capa de polvo se convierte en nubes flotantes—. Ustedes agitaron un paño rojo frente a un toro, aunque no hicieron mucho más que asestarle un golpe.

—Pero ellos están asustados —intervengo—. Han aprendido a temerle a la Guardia. Esto tiene que servir de algo.

—No sirve de nada si la Guardia regresa sigilosamente a su ciudad secreta y permite que ellos se reagrupen. Le están dando tiempo al rey y su ejército. Mi hermano ya les está siguiendo la pista, y no pasará mucho tiempo antes de que dé con ustedes —Maven se mira las manos, inusualmente molesto—. Pronto, ir un paso por delante no será suficiente. Ni posible.

Los ojos de Farley titilan bajo la luz en tanto nos inspecciona a ambos, pensando. Kilorn se contenta con trazar círculos en el polvo, al parecer impasible. Yo contengo el impulso de darle una patada bajo la mesa para que ponga atención.

—Lo que menos me importa es mi seguridad, príncipe —dice Farley—. Lo que me preocupa es la gente de las aldeas, los trabajadores y los soldados. Ellos son los que están recibiendo el castigo ahora, un castigo severo.

Mi mente vuela hasta mi familia y Los Pilotes, y recuerdo la mirada sin brillo en los miles de ojos a nuestro paso.

—¿Qué han sabido, por cierto?

—Nada bueno.

Kilorn eleva de repente la mirada, aunque sin dejar de hacer girar sus dedos sobre la mesa.

—Doble turno de trabajo, horca los domingos, fosas comunes. Nada grato para los que no pueden seguir el ritmo —él recuerda nuestra aldea, como yo—. Los nuestros en el frente dicen que allá no es distinto. Ahora se forman legiones de chicos de quince y dieciséis años que no llegarán a fin de mes.

Sus dedos dibujan una X en el polvo, para expresar con ira lo que siente.

—Tal vez yo pueda parar eso —dice Maven, como si pensara en voz alta—, si logro convencer al consejo de guerra de que retenga a los más jóvenes para darles instrucción adicional.

—Eso no basta —digo yo con un hilo de voz, aunque con firmeza. La lista parece arder contra mi piel, implorando ser liberada. Me vuelvo hacia Farley—. Tienes gente en todas partes, ¿no es así?

No paso por alto el dejo de satisfacción que cruza su rostro.

—Sí.

—Entonces dale estos nombres —extraigo de mi saco el libro de Julian, que abro justo donde comienza la lista—. Y búsquenlos.

Maven toma el libro con cuidado para echarle un vistazo.

—Debe haber cientos —susurra, sin levantar la mirada—. ¿Qué es esto?

—Gente como yo. Rojos y Plateados, y más fuertes que ambos —es mi turno de ponerme arrogante. Hasta Maven se queda boquiabierto. Farley chasquea los dedos y le da el libro sin pensar y sin dejar de mirar ese librito que esconde un secreto tan poderoso—. Pero no pasará mucho tiempo antes de que la persona equivocada comprenda esto —agrego—. ¡Tú *debes* encontrarlos antes, Farley!

Kilorn lanza una mirada fulminante sobre los nombres, como si fueran una ofensa para él.

—Esto podría tardar meses, *años*.

Maven sacude la cabeza.

—No tenemos tanto tiempo.

—¡Exacto! —coincide Kilorn—. Debemos actuar *ya*.

Yo agito la cabeza. Las revoluciones no pueden apresurarse.

—Pero si ustedes esperan, si buscan al mayor número posible... podrían tener un ejército.

De pronto, Maven da un manotazo en la mesa, que nos hace dar un salto a todos.

—Pero no lo tenemos.

—Yo tengo a muchos a mi mando aquí, pero no a tantos —alega Farley, mirando a Maven como si se hubiera vuelto loco.

Él sonríe, vivificado de súbito por un fuego oculto.

—Si yo pudiera conseguir un ejército, una legión en Arcón, ¿qué podrían hacer ustedes?

Farley se limita a encoger los hombros.

—Muy poco, en realidad. Las otras legiones nos aplastarían en el campo de batalla.

Como si de repente me cayera un rayo, por fin entiendo lo que Maven quiere decir.

—Pero ustedes no pelearían en un campo de batalla —dejo escapar. Maven se vuelve hacia mí, sonriendo como un demente—. Tú estás hablando de dar un golpe.

Farley frunce el ceño.

—¿Un qué?

—Un golpe, un golpe de Estado. Es una cosa de la historia, una cosa de antes —trato de disipar su confusión—. Es cuando un grupo pequeño derriba rápidamente a un gobierno grande. ¿Te suena?

Farley y Kilorn intercambian miradas, entrecerrando los ojos.

—Sigue —dice ella.

—Tú sabes cómo está diseñada Arcón: el puente, el lado oeste y el lado este —mis dedos siguen el curso de mis palabras, trazan en el polvo un tosco mapa de la ciudad—. El lado oeste alberga el palacio, la comandancia, el tesoro, los tribunales, todo el *gobierno*. Y si de alguna forma pudiéramos entrar ahí, aislarlo, llegar hasta el rey y *obligarlo* a aceptar nuestras condiciones... se acabaría. Tú mismo lo dijiste, Maven: es posible dirigir todo el país desde la Plaza del César. Lo único que tenemos que hacer es tomarla.

Bajo la mesa, Maven me da palmaditas en la rodilla. Derrocha orgullo. La habitual mirada de sospecha de Farley se ha evaporado, reemplazada por una esperanza genuina. Ella se pasa una mano por los labios, exhala palabras para sí mientras mira el plan dibujado en el polvo.

—Tal vez sólo sea cosa mía —Kilorn recupera su tono insidioso de siempre—, pero no entiendo cómo piensan conseguir ustedes ahí Rojos suficientes para combatir a los Plateados. Se necesitan diez de nosotros para derribar a uno de ellos, sin mencionar que hay cinco mil soldados *Plateados* leales a tu *hermano* —mira a Maven—, todos ellos entrenados para matar, todos queriendo atraparnos para hacernos hablar.

Me recuesto en el asiento desanimada.

—Sí, eso podría ser difícil.

Imposible.

Maven pasa una mano por mi mapa en el polvo, y borra de un plumazo Arcón occidental.

—Las legiones son leales a sus generales. Y, casualmente, yo conozco a una mujer que conoce muy bien a un general.

Cuando sus ojos se encuentran con los míos, todo su fuego se ha extinguido, reemplazado por un frío glacial. Sonríe forzadamente.

—Te refieres a Cal.

El soldado. El general. El príncipe. El hijo de su padre. Pienso otra vez en Julian, el tío al que Cal mataría a causa de su retorcida versión de la justicia. *Cal no traicionaría nunca a su país, por nada del mundo.*

Cuando Maven contesta, lo hace en forma desapasionada.

—Lo pondremos ante una decisión difícil.

Siento los ojos de Kilorn en mi cara, sopesando mi reacción. Es demasiada presión para soportarla.

—Cal jamás le dará la espalda a su corona, a tu padre.

—Conozco a mi hermano. Si todo se reduce a eso, a salvar tu vida o su corona, tú y yo sabemos qué escogerá —dispara Maven en respuesta.

—Él *nunca* me escogería a mí.

Mi piel arde bajo su mirada con el recuerdo de un beso robado. Fue Cal quien me salvó de Evangeline. Quien me salvó de huir y atraerme más desgracias. Quien me salvó del reclutamiento. He estado tan ocupada tratando de salvar a otros que no he visto cuánto me ha salvado Cal a mí. Cuánto me *ama*.

De repente se hace muy difícil respirar.

Maven sacude la cabeza.

—Siempre te escogerá a ti.

Farley ríe.

—¿Ustedes quieren que yo haga depender toda mi operación, la *revolución* entera, de una historia de amor adolescente? ¡No me lo puedo creer!

Al otro lado de la mesa, una mirada extraña atraviesa la cara de Kilorn. Cuando Farley se vuelve hacia él como para buscar apoyo, no encuentra ninguno.

—Yo sí —susurra Kilorn, sin dejar de mirarme.

VEINTICINCO

Cuando Maven y yo cruzamos el Puente de regreso al palacio tras un largo día de apretones de manos y planes secretos, yo quisiera que amaneciera esta noche en lugar de mañana. Tomo plena conciencia del estruendo que hay a nuestro alrededor mientras atravesamos la ciudad. Todo vibra de energía, desde los transportes en las calles hasta las luces intercaladas en el acero y el concreto. Esto me recuerda al ya remoto episodio en el Gran Huerto, cuando vi a los ninfos jugar en una fuente o a los verdosos cuidar de sus flores. En ese instante, su mundo me pareció bello. Ahora sé por qué quieren conservarlo, mantener su dominio sobre el resto, aunque esto no quiere decir que yo vaya a permitírselos.

Suele darse un banquete para celebrar el retorno del rey a su ciudad, pero, a la luz de los recientes acontecimientos, la Plaza del César está mucho más tranquila de lo que debería. Maven pretende lamentar la falta de entretenimiento, así sea sólo para llenar el silencio con algo.

—El salón de banquetes es dos veces más grande que el de la Mansión —dice mientras cruzamos las grandes puertas. Yo veo marchar en el cuartel a una parte de la legión de Cal, un millar de soldados llevando el paso. Sus pisadas resuenan como un tambor—. Antes bailábamos hasta el amanecer, o al menos Cal. A mí casi no me invitaban a bailar, a menos que él lo tramara.

—Yo te invitaría a bailar —murmuro en respuesta, sin dejar de mirar el cuartel.

¿Mañana será nuestro?

Maven no reacciona, se revuelve en su asiento justo cuando nos detenemos. *Él siempre te escogerá a ti.*

—No siento nada por Cal —le digo al oído mientras bajamos del vehículo.

Él sonríe, me toma de la mano y yo me digo que no es mentira.

Cuando las puertas del palacio se abren para nosotros, un grito horrendo se extiende por los largos pasillos de mármol. Maven y yo intercambiamos las miradas, sorprendidos. Nuestros guardias se alarman, y llevan la mano al revólver, pero no son suficientes para impedir que yo salga disparada. Maven echa a correr detrás de mí, tratando de alcanzarme. El grito se deja oír otra vez, acompañado de una docena de pasos acompasados y el conocido ruido metálico de las armaduras.

Acelero la marcha, seguida muy de cerca por Maven. Juntos irrumpimos en un recinto redondo, una sala de juntas de mármol pulido y madera oscura. Ya hay mucha gente reunida ahí, y yo casi choco con Lord Samos, aunque mis pies se detienen justo a tiempo. Maven se estrella en mi espalda, tan fuertemente que ambos estamos a punto de caer.

Samos nos mira en forma desdeñosa, con ojos negros, duros y fríos.

—*Milady*, príncipe Maven… —dice, apenas inclinando la cabeza—. ¿Vinieron a ver el espectáculo?

El espectáculo. Nos rodean otras damas y caballeros, además de los reyes, todos los cuales miran al frente. Yo me abro paso entre ellos, sin saber qué hallaré al otro lado, aunque estoy convencida de que no será nada bueno. Maven me sigue sin soltar mi codo. Cuando llegamos adelante, agradezco su cálida mano, un consuelo que me hace conservar la calma... y que me contiene.

No menos de dieciséis soldados ocupan el centro del recinto, y ensucian con sus botas el gran sello de la corona. Todos visten armaduras idénticas, de metal negro con escamas, salvo uno que emite destellos rojizos: *Cal*.

Evangeline está a su lado con el cabello recogido en una trenza. Pese a su respiración entrecortada, parece orgullosa de sí misma. *Y allá donde está Evangeline, su hermano no puede andar lejos.*

Ptolemus aparece al fondo del grupo, arrastrando del cabello a un cuerpo vociferante. Cal voltea y fija sus ojos en los míos justo cuando reconozco a esa mujer. Puedo ver el pesar en ellos, pero no hace nada por rescatarla.

Ptolemus tira a Walsh sobre el piso pulido, y la cara de ella golpea contra la roca. Apenas me dirige una mirada antes de volver al rey sus ojos afligidos. Yo recuerdo a la ayudante sonriente y bromista que me introdujo a este mundo; esa persona ya no existe.

—Las ratas se han refugiado en los viejos túneles —gruñe Ptolemus, mientras voltea a Walsh con el pie. Ella huye de su contacto, asombrosamente rápida a pesar de sus muchas heridas—. Hallamos a ésta siguiendo *nuestro* rastro cerca de los agujeros que dan al río.

¿Siguiendo su rastro? ¿Cómo pudo ser tan tonta? Pero Walsh no es idiota. *No, eso debió ser una orden,* comprendo con creciente horror. Vigilaba los túneles del tren para confirmar que hubiera paso libre durante nuestro regreso de Naercey. Nosotros llegamos a salvo; ella no.

Maven me aprieta el brazo y me acerca a su cuerpo hasta pegar su pecho en mi espalda. Sabe que quiero correr junto a Walsh, salvarla, ayudarla. *Y yo sé que no podemos hacer nada por ella.*

—Llegamos tan lejos como nos lo permitieron los detectores de radiación —añade Cal. Hace lo posible por ignorar que Walsh está tosiendo sangre—. El sistema de túneles es enorme, mucho mayor de lo que creímos en un principio. Debe haber docenas de kilómetros en el área, y la Guardia Escarlata los conoce mejor que cualquiera de nosotros.

El rey Tiberias pone mala cara bajo su barba. Con la mano, le indica a Walsh que se acerque. Cal la agarra del brazo y la arrastra hacia el rey. Un millar de torturas inundan mi cabeza, cada cual peor que la anterior: fuego, metal, agua y hasta mi propio rayo podrían usarse para hacerla hablar.

—¡No cometeré dos veces el mismo error! —le espeta el rey en las narices—. Elara, hazla cantar. ¡Ahora!

—Con todo gusto —contesta la reina, y saca las manos de entre sus mangas colgantes.

Esto se está poniendo cada vez peor. Walsh hablará, nos implicará a todos, será nuestra condena. *Y entonces ellos la matarán poco a poco. Nos matarán a todos poco a poco.*

Un Eagrie que hay entre los soldados, un ojo con la habilidad de la adivinación, da de súbito un salto al frente.

—¡Deténganla! ¡Sujeten sus brazos!

Pero Walsh es más veloz que la visión del Eagrie.

—¡Por Tristan! —dice ella, antes de llevarse una mano a la boca. Mastica algo y lo traga echando la cabeza atrás.

—¡Un sanador! —exclama Cal, tomando a Walsh por la garganta, para detenerla. Pero la boca de la ayudante ya expulsa espuma blanca y sus miembros se retuercen; se está asfixiando—. ¡Un sanador, pronto!

Ella se sacude con violencia, y se suelta de Cal con las pocas fuerzas que le quedan. Cuando cae al suelo, tiene los ojos muy abiertos, pero ya no ven. *Está muerta.*

Por Tristan.

Yo ni siquiera puedo llorar por ella.

—Una píldora suicida —la voz de Cal es dulce, como si se lo explicara a un niño. Pero supongo que yo soy una niña cuando se trata de guerra y muerte—. Se la damos a los oficiales en el frente y a nuestros espías. Si los capturan…

—No hablarán —suelto yo, completando la frase por él.

Cuidado, me advierto. Por más que la presencia de Cal me ponga los pelos de punta, debo soportarlo. Después de todo, dejé que me encontrara aquí, en el balcón. *Tengo que darle esperanzas. Hacerle creer que tiene posibilidades conmigo.* Esta parte fue idea de Maven, pese a que le dolió decirlo. En cuanto a mí, me es difícil definir la estrecha línea entre la verdad y la mentira, especialmente con Cal. Lo odio, lo sé, pero hay algo en sus ojos y en su voz que me recuerda que mis sentimientos no son tan simples.

Él mantiene sus reservas, guardando una prudente distancia ante mí.

—Fue una muerte mejor que la que ella habría recibido de nosotros.

—¿La habrías congelado, o quemado, para variar?

—No —sacude la cabeza—. Estaba destinada a ir al Cuenco de los Huesos —él deja de mirar al cuartel para contemplar el otro lado del río. En la lejanía, enclavada entre las altas torres, se alza una inmensa plaza ovalada con picos en torno al ruedo que forman una corona violenta: *El Cuenco de los Huesos*—. Su ejecución iba a transmitirse por televisión, como un mensaje para los demás.

—Creía que ya no hacían eso. No he visto algo así en más de una década —ya casi ni recuerdo tales programas en mi infancia, hace años.

—Puede haber excepciones. Las peleas en el ruedo no han impedido que la Guardia se propague; tal vez otra cosa podría hacerlo.

—Tú la conocías —digo en voz baja, tratando de encontrar un vestigio de pesar en él—. Me la enviaste después de que nos conociéramos.

Él cruza los brazos, como si eso pudiera protegerlo del recuerdo.

—Sabía que ella era de tu aldea. Pensé que eso te ayudaría a adaptarte.

—Sigo sin saber por qué te involucraste. Ni siquiera sabías que yo era diferente.

Transcurre un momento de silencio, sólo roto por las órdenes de los tenientes a lo lejos que aún hacen marchar a sus soldados mientras el sol se pone.

—Fuiste diferente para mí —murmura al fin.

—Me pregunto qué pudo haber sido de nosotros si todo esto —señalo el palacio y la plaza que se vislumbra más allá— no hubiera existido.

Déjalo digerir eso.

Él apoya una mano en mi brazo, y yo siento sus dedos calientes a través de la tela de mi manga.

—Pero eso no podrá ser nunca, Cal.

Vierto en mis ojos la mayor añoranza posible, me valgo del recuerdo de mi familia, de Maven, de Kilorn y de todo lo que queremos hacer. Tal vez Cal confunda mis sentimientos.

Dale esperanzas donde no debe haberlas. Esto es lo más cruel que yo podría hacer, pero lo haré por la causa, por mis amigos, por mi vida.

—Mare —exhala él, e inclina hacia mí su cabeza.

Yo me vuelvo, lo dejo en el balcón para que piense en mis palabras, con la esperanza de que se ahogue en ellas.

—Ojalá las cosas no fueran así —susurra, aunque yo alcanzo a oírlo.

Esas palabras me devuelven a mi hogar y a mi padre, quien dijo lo mismo hace mucho. Pensar que Cal y mi padre, un Rojo destrozado, puedan compartir las mismas ideas me fuerza a hacer una pausa. No puedo menos que voltear atrás para ver el sol ocultarse más allá de la silueta de Cal. Él mira a los soldados en instrucción antes de voltear a verme, dividido entre su deber y lo que siente por la niña relámpago.

—Julian dice que eres como ella —afirma tranquilamente con ojos tersos—. Como era ella.

Coriane. Su madre. Pensar en la difunta reina a la que no conocí, me entristece en cierto modo. Les fue arrebatada a los suyos demasiado rápido y dejó un vacío que ellos quieren hacerme llenar.

Y aunque me cueste admitirlo, no puedo culpar a Cal de que se sienta atrapado entre dos mundos. Después de todo, yo también lo estoy.

Antes del baile yo era otra, un manojo de nervios a causa de la noche inminente. Ahora no puedo esperar a que amanezca. Si ganamos en la mañana, el sol se pondrá en un mundo nuevo. El rey habrá abdicado y dejado el poder en mis manos, y en las de Maven y Farley. El cambio será incruento, una transición pacífica a un nuevo gobierno. Si fracasamos, lo único que puedo esperar es el Cuenco de los Huesos. Pero no fracasaremos. Cal no me dejará morir, tampoco Maven. Ellos son mi escudo.

Cuando me acuesto, me descubro mirando el mapa de Julian. Es un vejestorio inservible, pero me procura consuelo. *Es la prueba de que el mundo puede cambiar*.

Con esa idea en mi mente, caigo en una somnolencia agitada y ligera. Mi hermano me visita en sueños. Está junto a la ventana y mira la ciudad con una extraña congoja antes de volverse hacia mí.

—Hay más —dice—. Tienes que encontrarlos.

—Lo haré —murmuro en respuesta, con voz adormilada.

De repente son las cuatro de la mañana y ya no hay tiempo para soñar.

Las cámaras caen como árboles bajo el impacto del hacha cuando las desconecto de camino al cuarto de Maven. Cada sombra me hace dar un salto, con el miedo de que un agente o centinela salga al corredor, pero no hay nadie. Ellos protegen a Cal y al rey, no a mí, no al segundo príncipe. Nosotros no importamos. *Pero importaremos.*

Maven abre su puerta casi tan pronto como hago girar la manija, con su rostro pálido en la penumbra. Hay círculos oscuros bajo sus ojos, como si no hubiera dormido nada, aunque parece tan despierto como siempre. Yo supongo que me tomará del brazo y me envolverá en su calor, pero de él sólo sale frío: *tiene miedo*.

Después de unos minutos angustiosos, caminamos bajo las sombras a espaldas de la Comandancia de Guerra para esperar en nuestro puesto entre esta estructura y la muralla. Nuestra ubicación es perfecta, ya que nos permite ver la Plaza y el Puente, mientras que el techo dorado de la Comandancia de Guerra nos cubre de las patrullas. No necesito reloj para saber que hemos llegado a la hora indicada.

Sobre nosotros, la noche se retira y da paso a un azul oscuro. *El amanecer está cerca*.

A esta hora, la ciudad está más tranquila de lo que había creído posible. Hasta los guardias de patrulla parecen amodorrados, y se desplazan con lentitud de un puesto a otro. La emoción me hace vibrar y temblar a mis piernas. No sé cómo Maven consigue estarse quieto, apenas parpadea. Él mira por la pared de cristal de diamante, siempre alerta al Puente. Su concentración es impresionante.

—Llegarán tarde —balbucea, sin moverse.

—Yo no.

De ignorar que no es así, pensaría que Farley es una sombra capaz de ser visible e invisible. Ella parece emerger de la semioscuridad, como saliendo de una coladera.

Le ofrezco la mano, pero ella se incorpora sola.

—¿Y los demás?

—A la espera —señala abajo.

Si entrecierro los ojos, puedo verlos apiñados en el sistema de drenaje, aguardando el momento de volver a la superficie. Yo quisiera bajar al túnel con ellos, estar con Kilorn y los míos, pero mi lugar está aquí, junto a Maven,

—¿Están armados? —pregunta él, casi sin separar los labios—. ¿Listos para pelear?

Farley asiente.

—¡Claro! Pero no los llamaré hasta que ustedes estén seguros de que la plaza es nuestra. No confío mucho en los encantos de Lady Barrow.

Yo tampoco, pero no puedo decirlo. *Él siempre te escogerá a ti*. Nunca antes había querido que algo fuera cierto y falso al mismo tiempo.

—Kilorn me pidió que te diera esto —añade ella, tendiéndome una mano. Es una piedrita verde, del color de los ojos de mi amigo: *un arete*—. Dijo que sabrías lo que significa.

Se me hace un nudo en la garganta de la emoción. Asintiendo, tomo el arete y lo pongo junto a los otros. *Bree, Tramy, Shade*: conozco cada piedra y lo que significa. *Kilorn ya es un guerrero. Y quiere que lo recuerde como fue*. Riendo, haciéndome bromas, olfateando por doquier como un perrito extraviado. Jamás olvidaré nada de eso.

Cuando ensarto la punta metálica, me sale sangre. Al retirar la mano de mi oreja, veo la mancha carmesí entre mis dedos. *Esto es lo que eres*.

Me asomo de nuevo al túnel, con la esperanza de ver esos ojos verdes, pero la oscuridad parece haberse tragado el agujero, y oculta a Kilorn y a los demás.

—¿Están listos para esto? —pregunta Farley, mientras nos mira alternadamente.

Maven contesta por mí, con voz firme:

—Sí.

Pero ella no se da por satisfecha.

—¿Mare?

—Sí, estoy lista.

La revolucionaria respira hondo para serenarse antes de golpear con el pie en la alcantarilla. Una, dos, tres veces. Juntos volteamos hacia el puente, a esperar que el mundo cambie.

No hay tráfico a esta hora, ni siquiera el rumor del tráfico. Las tiendas están cerradas, las plazas vacías. Con un poco de suerte, esta noche las únicas pérdidas se contarán en concreto y acero. La última sección del Puente que une Arcón occidental con el resto de la urbe, parece tranquila.

En brillantes penachos naranjas y rojos, explota entonces un sol que resquebraja la oscuridad plateada. El calor aumenta, pero no a causa de las bombas; es *Maven*. La explosión prende algo en él, enciende su llama.

El estruendo arrecia, hasta casi tirarme al suelo, y, abajo, el río se agita al desplomarse la última sección del puente. Ésta ruge y se estremece como una bestia agónica, que se desmorona al desprenderse de la orilla y del resto de la estructura. Los pilares de concreto y los cables de acero se parten y rajan, para terminar cayendo al agua o en la orilla. Al elevarse una nube de humo y polvo, el resto de Arcón se pierde de vista. Antes siquiera de que el puente toque el agua, las alarmas resuenan en la Plaza entera.

Por encima de nosotros, las patrullas corren por la muralla, ansiosas de conseguir una buena panorámica de la destrucción. Se gritan entre sí sin saber qué hacer. La mayoría sólo puede mirar. En el cuartel se encienden las luces y los cinco mil soldados se levantan saltando de la cama. *Son los soldados de Cal. La legión de Cal.* Y con algo de suerte, la nuestra.

Yo no puedo apartar la mirada de las llamas y el humo, pero Maven lo hace por mí.

—Ahí está él —apunta a unas figuras borrosas que salen y corre del palacio.

Cal tiene sus propios guardias, pero los aventaja a todos, y corre velozmente al cuartel. Aún está en ropa de noche, pero nunca había lucido tan imponente. Al tiempo que los soldados y los oficiales llegan en tropel a la plaza, él da órdenes, se hace oír de algún modo sobre la creciente multitud.

—¡Armas a las puertas! ¡Pongan ninfos del otro lado para que el fuego no se extienda!

Los soldados cumplen sus órdenes con toda celeridad, saltando a cada palabra. *Las legiones obedecen a sus generales.*

Detrás de nosotros, Farley se pega a la pared, y se acerca poco a poco a su alcantarilla. Dará la vuelta y saldrá corriendo al primer indicio de dificultades, desaparecerá para combatir en otra ocasión. *Pero eso no pasará. Esto dará resultado.*

Maven se prepara para ser el primero en hacerle señales a su hermano, pero me le adelanto.

—Soy yo quien tiene que hacer esto —siento que se apodera de mí una calma extraña.

Él siempre te escogerá a ti.

Paso el punto de no retorno cuando llego a la Plaza, a plena vista de la legión, las patrullas y Cal. Los reflectores se encienden en lo alto de la muralla, algunos apuntan al puente y otros abajo, hacia nosotros. Uno parece darme directamente en la cara, así que tengo que alzar una mano para taparme los ojos.

—¡Cal! —grito, por encima el estrépito ensordecedor de cinco mil soldados.

No sé cómo, pero él me oye y vuelve abruptamente la cabeza en mi dirección. Nos miramos entre el alud de soldados que toma su sitio en sus líneas y regimientos.

Cuando echa a andar hacia mí, abriéndose paso entre la muchedumbre, creo que podría desmayarme. De pronto, lo único que escucho es el pálpito en mis oídos, ahogando las alarmas y los gritos. Tengo miedo. Mucho miedo. *Tan sólo es Cal,* me digo. *El chico amante de la música y las motos. No el soldado, no el general, no el príncipe. El muchacho. Él siempre te escogerá a ti.*

—¡Deberías estar adentro! —él se eleva sobre mí, y usa esa voz grave y majestuosa que podría subyugar a una montaña—. ¡No es seguro, Mare...!

Con una fuerza que yo ignoraba tener, lo agarro del cuello de la camisa, y eso lo aquieta.

—¿Y si ése fuera el costo que habría que pagar? —pregunto y lanzo la mirada al puente roto, ahora envuelto en humo y cenizas—. Sólo unas cuantas toneladas de concreto. ¿Y si yo te dijera que justo aquí y ahora, tú podrías remediarlo todo? ¡Que tú podrías salvarnos!

Por la forma en que parpadea, sé que me está prestando atención.

—No —protesta Cal débilmente, mientras toma mi mano. Hay temor en sus ojos, más del que he visto nunca en ellos.

—Una vez dijiste que creías en nosotros, en la libertad, en la igualdad. Con una sola palabra podrías hacer realidad eso. No habrá guerra. No morirá nadie —él parece inmovilizado por mis palabras, sin atreverse siquiera a respirar. No sé en qué piensa, pero insisto. *Debo hacerlo entender*—. Tú tienes el poder en este momento. Este ejército es tuyo, puedes tomar este lugar… ¡y liberarlo! Marcha al palacio, somete a tu padre y haz lo que sabes que es lo correcto. ¡*Por favor*, Cal!

Puedo sentirlo bajo mis manos jadeando, y jamás había sentido nada tan real y tan importante. Sé en qué está pensando ahora: en su reino, en su deber y en su padre. Y en que yo, la niña relámpago, le estoy pidiendo dejar todo eso. Algo en mi corazón me dice que lo hará.

Temblando, imprimo un beso en sus labios. *Él me escogerá*. Siento su fría piel bajo la mía, como un cadáver.

—Escógeme a mí —suspiro contra su boca—. Escoge un mundo nuevo. Haz un mundo mejor. Los soldados te obedecerán. Tu *padre* te obedecerá —mi corazón se encoge y cada músculo de mí se tensa, mientras aguardo su respuesta. El reflector que está sobre nosotros titila bajo mi control, se enciende y se apaga con cada latido—. La sangre de las celdas era mía. Yo ayudé a escapar a la Guardia. Pronto todos lo sabrán… y me matarán. ¡No lo permitas, Cal! *Sálvame*.

Estas palabras lo sacuden y aprieta el puño en torno a mi muñeca.

—Siempre fuiste tú.

Él siempre te escogerá a ti.

—¡Da la bienvenida al nuevo amanecer, Cal! Conmigo. Con *nosotros*.

Sus ojos se dirigen a Maven, quien camina ahora en nuestra dirección. Los hermanos se miran, hablan en una forma que yo no entiendo. *Él nos escogerá.*

—Siempre fuiste tú —dice de nuevo, esta vez abatido y desilusionado. Su voz contiene el dolor de mil muertes, de mil traiciones. *Todo el mundo puede traicionar a cualquiera*, recuerdo yo—. La huida, el tiroteo, los apagones. Todo empezó contigo.

Yo intento explicárselo, trato de zafarme, pero él no tiene la intención de soltarme.

—¿Cuántas personas han matado ustedes con su amanecer? ¿Cuántos niños, cuántos inocentes? —la mano se le calienta tanto que podría quemar—. ¿A cuántos han traicionado?

Mis rodillas ceden y siento que me derrumbo, pero Cal no me suelta. Oigo gritar levemente a Maven, el príncipe al ataque para rescatar a su princesa. *Pero yo no soy una princesa. No soy la elegida que es salvada.* Mientras el fuego aumenta en Cal, ardiendo en el fondo de sus ojos, el rayo se enciende en mí, incitado por la rabia. Estalla entre nosotros, y me separa bruscamente de él. Mi mente zumba, nublada por la congoja, la cólera y la electricidad.

Maven grita detrás de mí. Cuando me vuelvo, veo que le grita a Farley, haciendo señas desesperadas.

—¡Corran! *¡Corran!*

Cal se yergue más rápido que yo, vociferando algo a sus soldados. Sus ojos siguen el grito de Maven, y él une los puntos como sólo puede hacerlo un general.

—¡Las alcantarillas! —ruge, sin dejar de mirarme—. ¡Están en las alcantarillas!

La sombra de Farley desaparece, trata de escapar a los disparos. Los soldados se precipitan sobre la plaza, destrozan rejillas, coladeras y tubos, y exponen el sistema que hay abajo. Se filtran en los túneles como una inundación terrible. Yo quisiera taparme los oídos para borrar los gritos, las balas y la sangre.

Kilorn. Su nombre flota débilmente en mi cabeza como un ligero rumor. No puedo pensar mucho en él; Cal sigue a mi lado, temblando. Pero no me asusta. Nada puede asustarme ahora. *Lo peor ya pasó. Perdimos.*

—¿Cuántos? —le grito cuando encuentro fuerzas para enfrentarme a él—. ¿Cuántos muertos por hambre? ¿Cuántos asesinados? ¿Cuántos hijos arrebatados para caminar hacia su muerte? ¿Cuántos, *mi príncipe*?

Creía que ya conocía el odio. *Estaba equivocada. Respecto a mí, a Cal y a todo.* El dolor hace que la cabeza me dé vueltas, pero por alguna razón me mantengo en pie, por alguna razón no caigo. *Él nunca me escogerá a mí.*

—¡Mi hermano, el padre de Kilorn, Tristan, Walsh! —un centenar de nombres explota en mí, recito los de todos los caídos.

Ellos no significan nada para Cal, pero sí para mí. Y yo sé que hay miles, millones más. Un millón de agravios olvidados.

Cal no responde y yo espero ver reflejada en sus ojos la furia que siento. Pero lo único que veo es tristeza. Él murmura de nuevo las palabras que me hacen querer caer y no levantarme nunca más.

—Ojalá las cosas no fueran así.

Espero las chispas, espero el rayo, pero no se presenta nada. Cuando siento unas manos frías en el cuello y los grilletes metálicos en las muñecas, sé por qué es. El instructor Arven, el silencio, aquél que puede volvernos humanos, está a mis espaldas y reduce mi fuerza hasta que no soy más que una niña sollozante otra vez. Él se lo ha llevado todo, todo el poder y toda la fuerza que creía tener. *Perdí.* Cuando mis rodillas ceden en esta ocasión, no hay nadie que me sostenga. Apenas oigo gritar a Maven antes de que él también sea tirado por tierra.

—¡Hermano! —ruge e intenta hacerle ver a Cal lo que hace—. ¡La van a matar! ¡Y también a *mí*!

Pero Cal no escucha ya. Habla con uno de sus capitanes y yo no me tomo la molestia de oírlo. No podría, aunque quisiera.

El suelo parece estremecerse a mis pies con cada ronda de disparos que suena más abajo. ¿Cuánta sangre manchará los túneles esta noche?

Con la cabeza demasiado aturdida y el cuerpo demasiado débil, me dejo caer sobre el piso embaldosado. Lo siento frío bajo mi mejilla, liso y relajante. Maven se arroja al frente, y su cabeza aterriza junto a mí. *Recuerdo un momento igual a éste.* El grito de Gisa y la fractura de sus huesos resuenan como un rumor apagado en mi cabeza, como un ruido fantasmal.

—Llévenlos ante el rey. Él los juzgara a ambos.

Ya no reconozco la voz de Cal. Yo lo convertí en un monstruo. Forcé su mano. Lo obligué a elegir. Fui ansiosa y estúpida. Me tomé la libertad de albergar esperanzas.

Soy una tonta.

El sol comienza a salir más allá de la cabeza de Cal, y lo enmarca contra el amanecer. Es demasiado brillante, demasiado intenso, demasiado prematuro. Y yo tengo que cerrar los ojos.

VEINTISÉIS

Aunque apenas logro mantener el paso, el soldado que tengo a mis espaldas y que sostiene mis brazos encadenados no deja de empujarme. Otro junto a mí hace lo mismo con Maven. Arven nos sigue, para cerciorarse de que no podamos escapar. Su presencia es un peso oscuro que entorpece mis sentidos. De todas formas, consigo ver el corredor que nos rodea, vacío y alejado de los indiscretos ojos de la nobleza, pero no tengo fuerzas para que eso me importe. Cal encabeza al grupo, tensa los hombros mientras resiste el deseo de voltear.

El sonido de los disparos, los gritos y la sangre en los túneles reverbera en mi mente. *Ellos están muertos. Nosotros estamos muertos. Todo ha terminado.*

Supongo que nos harán descender, bajar a la celda más tenebrosa del mundo. En cambio, Cal nos guía escaleras arriba, a una habitación sin ventanas ni centinelas. Nuestras pisadas no se oyen cuando entramos; este sitio está insonorizado. Nadie puede oírnos afuera. Y esto me espanta más que las armas, el fuego o la furia brutal que rezuma el rey.

Él ocupa el centro del salón, ataviado con su armadura dorada y tocado por su corona. Su espada ceremonial cuelga una vez más de su costado, junto con una pistola que es probable que no haya usado nunca. *Todo en beneficio del espectáculo. Al menos él cumple satisfactoriamente con su papel.*

La reina también está ahí, aguardándonos, ataviada con un vestido blanco ligero. Tan pronto como entramos, sus ojos se encuentran con los míos, y se abre paso entre mis pensamientos como un cuchillo por la carne. Suelto un alarido, trato de apretar mi cabeza entre las manos, pero las cadenas no me lo permiten.

Todo pasa volando otra vez frente a mis ojos, de principio a fin. El carromato de Will. La Guardia. Kilorn. Los disturbios, las reuniones, los mensajes secretos. El rostro de Maven gira entre los recuerdos y sobresale del caos, pero Elara lo aparta. *No quiere ver lo que recuerdo de él.* Mi cerebro se queja, víctima de tal arremetida, y salta de un pensamiento a otro hasta que mi vida entera, cada beso y cada secreto, quedan expuestos ante ella.

Cuando la reina se detiene, yo me siento muerta. Quisiera *estar* muerta. *Al menos no tendré que esperar mucho tiempo para que eso suceda.*

—¡Retírense! —dice Elara, con voz punzante y aguda.

Los soldados esperan, miran a Cal. Cuando él asiente, ellos proceden a marcharse; parten en un estruendo de botas restallantes. Pero Arven se queda, y me agobia con su influencia. Cuando el redoble de botas se disipa, el rey se permite exhalar.

—¿Hijo? —dice, mirando a Cal, y yo veo un ligero temblor en sus dedos. No sé a qué le puede temer—. Quiero oírlo de ti.

—Ellos han formado parte de esto desde hace mucho tiempo —sisea Cal, casi sin poder hablar—. Desde que ella llegó aquí.

—¿Los dos? —pregunta Tiberias, mientras desplaza la mirada de Cal a su hijo olvidado. Parece casi triste, con el rostro arrugado de dolor. Sus ojos vacilan, apenas capaces de contemplar a Maven, pero éste le sostiene la mirada. *No se amilanará*—. ¿Estabas al tanto de esto, hijo mío?

Maven asiente.

—Yo ayudé a planearlo.

Tiberias parece contrariado, como si las palabras de su hijo le hubieran asestado un golpe físico.

—¿Y los disparos?

—Yo elegí los objetivos.

Cal aprieta los ojos, como si de esa forma pudiera borrar todo esto.

Maven desliza la vista de su padre hasta ponerla sobre Elara. Ambos se sostienen la mirada, y por un momento yo creo que ella examina los pensamientos de su hijo. Con una sacudida, me percato de que no lo hará. *Ella no se puede permitir mirar eso.*

—Me dijiste que buscara una causa, padre. Y lo hice. ¿No te enorgullece?

Pero Tiberias se vuelve contra mí, y gruñe como un oso.

—¡Tú eres la culpable de todo esto! ¡Tú lo envenenaste, envenenaste a mi hijo! —cuando los ojos se le llenan de lágrimas, yo sé que al rey se le rompe el corazón, por frío o pequeño que éste sea. *Ama a Maven, a su manera. Pero ya es demasiado tarde para eso*—. ¡Me arrebataste a mi hijo!

—Lo hizo usted mismo —digo yo entre dientes—. Maven tiene sus propias ideas, y cree en un mundo diferente, como yo. En todo caso, fue su hijo quien me hizo cambiar a mí.

—¡No te creo! De algún modo tú lo engatusaste.

—Ella no miente —oír que Elara coincide conmigo, me deja sin aliento—. Nuestro hijo siempre ha anhelado el cambio

—sus ojos se detienen en Maven. La reina parece *tener miedo*—. Es apenas un muchacho, Tiberias.

Sálvalo, clamo en mi cabeza. Ella debe oírme. *Tiene que hacerlo.*

Junto a mí, Maven toma aire, a la espera de la que podría ser nuestra condena.

Tiberias se mira los pies, conocedor de las leyes como nadie, pero Cal es lo bastante fuerte para intercambiar miradas con su hermano. Noto que recuerda su vida en común con él. *La llama y la sombra. La una no puede existir sin la otra.*

Tras un prolongado y sofocante silencio, el rey pone una mano en el hombro de Cal. Sacude la cabeza de un lado a otro, y las lágrimas se deslizan por sus mejillas hasta perderse en su barba.

—Muchacho o no, Maven ha matado. Junto con esta... esta víbora —me señala con un dedo tembloroso—, ha cometido crímenes graves contra sí mismo. Contra *mí* y contra ti. Contra nuestro trono.

—¡Padre...! —reacciona Cal rápidamente, y se coloca entre nosotros y el rey—. Él es tu hijo. ¡Debe haber otra salida!

Tiberias se apacigua, deja de lado al padre para ser de nuevo el rey, y enjuga sus lágrimas.

—Cuando lleves mi corona lo entenderás.

Al entrecerrarse los ojos de la reina forman rendijas azules. *Esos ojos son iguales a los de Maven.*

—Por fortuna, eso no sucederá nunca —dice ella sin rodeos.

—¿Qué? —inquiere Tiberias volteando hacia ella, pero se detiene a medio camino, completamente paralizado.

Yo ya he visto esto antes. En el ruedo, hace mucho, cuando el susurro venció al coloso. Elara lo hizo incluso conmigo, y me convirtió en su títere. Esta vez vuelve a jalar los hilos.

—¿Qué haces, Elara? —murmura el rey entre dientes.

Ella contesta con palabras que yo no puedo oír, hablando dentro de la cabeza del monarca. A él no le gusta la respuesta.

—¡No! —proclama, pero, a fuerza de susurros, ella lo obliga a arrodillarse.

Esto enfurece a Cal, cuyos puños arden en llamas, pero, extendiendo una mano, Elara lo para en seco. *Tiene a ambos en su poder.*

Cal se resiste, aprieta los dientes, pero no consigue moverse ni un ápice. Apenas puede hablar.

—¡Elara! ¡Arven...!

Pero mi viejo instructor ni se inmuta; guarda silencio, se contenta con mirar. Todo indica que su lealtad no está con el rey, sino con la reina.

Ella nos está salvando. Nos salvará por la vida de su hijo. Nosotros apostamos a que Cal me amaba lo suficiente para cambiar el mundo; sin embargo, debíamos haber acudido a la reina. Yo quisiera reír, sonreír, pero algo en el rostro de Cal mantiene a raya mi alivio.

—¡Julian me lo advirtió! —masculla el príncipe; todavía trata aún de librarse del control de la reina—. Creía que él mentía sobre ti, sobre mi madre, sobre lo que le hiciste a ella.

De rodillas como está, el rey aúlla. Es un ruido aterrador, que no quisiera volver a oír en mi vida.

—¡Coriane! —gime él, mirando al suelo—. Julian lo sabía. Sara lo sabía. ¡Tú la castigaste por decir la verdad!

Perlas de sudor se forman en la frente de Elara. No podrá controlar al rey y al príncipe mucho tiempo más.

—Tiene que sacar a Maven de aquí, Elara —le digo yo—. No se preocupe por mí; póngalo a salvo a él.

—¡No te preocupes, niña relámpago! —dice ella con sorna—. No estoy pensando para nada en ti, aunque tu lealtad para con mi hijo es ejemplar, ¿no es así, Maven?

Mira por encima del hombro a su hijo, aún encadenado. En respuesta, él mueve los brazos y se quita las cadenas con una facilidad asombrosa. Éstas caen derretidas de sus muñecas como pegotes de hierro caliente que abren agujeros en el piso. Cuando Maven se pone de pie, supongo que va a defenderme, a salvarme, como yo trato de salvarlo a él. Descubro entonces que Arven me sigue controlando a mí, y que la conocida sensación de chispas y electricidad no ha vuelto todavía. Él sigue conteniéndome, pero ya soltó a Maven.

Cuando los ojos de Cal se encuentran con los míos, sé que él lo comprende mucho mejor que yo. *Todo el mundo puede traicionar a cualquiera* retumba en mi cabeza cada vez con más fuerza hasta ulular en mis oídos como los vientos de un huracán.

—¿Maven? —tengo que alzar la vista para ver su cara y, por un segundo, no lo reconozco. Sigue siendo el mismo chico de siempre, el que me consoló, el que me besó, el que me sostuvo en pie. Mi amigo. *Más que mi amigo.* Pero algo le pasa ahora. Algo ha cambiado en él—. Maven, ayúdame a levantarme.

Él ensancha los hombros, hace crujir sus huesos para conjurar un dolor. Sus movimientos son lentos y extraños y cuando vuelve a erguirse y se lleva las manos a la cadera, siento que lo veo por primera vez. *Así de fría es su mirada.*

—No.

—¿Qué?

Oigo mi voz como si no fuera mía. Parece la de una niña. *Sólo soy una niña.*

Él no contesta, pero me sostiene la mirada. El muchacho que conozco continúa ahí, oculto, parpadeando en el fondo de sus ojos. *Si yo pudiera llegar a él...* pero Maven actúa más rápido que yo, y me hace a un lado cuando intento acercarme.

—¡Capitán Tyros! —ruge Cal, aún capaz de hablar. Elara no le ha quitado eso todavía. Pero nadie llega. Nadie puede oírnos—. ¡Capitán Tyros! —clama de nuevo, pero ni un alma acude a su llamado—. ¡Evangeline! ¡Ptolemus! ¡Que alguien nos ayude!

Elara lo deja gritar, disfruta incluso del estrépito, pero Maven se exaspera.

—¿Tenemos que escuchar esto? —pregunta él.

—No, supongo que no —contesta ella, suspira y ladea la cabeza.

El cuerpo de Cal se mueve a merced de los pensamientos de ella, de modo que voltea hacia su padre.

Cal se alarma, abre los ojos cada vez más.

—¿Qué haces?

Por debajo de él, la cara del rey se ensombrece.

—¿No es obvio?

Yo no entiendo nada. No soy de aquí. Julian tenía razón: éste es un juego que no comprendo, que no sé cómo jugar. Ojalá él estuviera aquí en este momento, para explicarme, ayudarme, salvarme. Pero nadie sale en mi auxilio.

—¡Por favor, Maven! —suplico, trato de hacer que me mire.

Pero él me da la espalda, se concentra en su madre y su sangre traicionada. *Es hijo de su madre.*

A ella no le importó que él apareciera en mis recuerdos. No le importó que formara parte de todo esto. Ni siquiera pareció sorprendida. La respuesta es aterradoramente simple. *Ya lo sabía. Él es su hijo. Este plan fue suyo desde el comienzo.* Esta idea punza como navajas que corrieran sobre la piel, pero el dolor la vuelve más real.

—Me usaste.

Por fin, Maven condesciende a mirarme.

—¿Ya te diste cuenta?

—Tú elegiste a los objetivos. La coronela, Reynald, Belicos, incluso Ptolemus; ellos no eran enemigos de la Guardia, sino tuyos.

Quisiera destruirlo, con un rayo o sin él. Quería hacerlo sufrir.

Al fin estoy aprendiendo mi lección. *Todo el mundo puede traicionar a cualquiera.*

—Y esto, esto fue sencillamente otro ardid. Me empujaste a hacerlo pese a que era imposible, ¡pese a que sabías que Cal jamás traicionaría a su padre! Me obligaste a creer. Nos obligaste a todos a creer.

—No es culpa mía que hayas sido tan tonta para seguirme el juego —replica Maven—. La Guardia está acabada.

¡Qué humillación!

—Ellos eran tus amigos. *Confiaron* en ti.

—Eran una amenaza para mi reino y se dejaron engañar —contraataca él. Luego se encorva, y se inclina a mi lado con su sonrisa torcida—. *Ésa es la verdad* —Elara ríe de su broma cruel—. Fue muy fácil infiltrarte entre ellos. Sólo hizo falta un ayudante sentimental. Cómo llegaron esos tontos a representar un peligro, nunca lo sabré.

—Tú me hiciste creer otra cosa —susurro de nuevo, mientras recuerdo cada mentira que me dijo—. Pensé que querías ayudarnos.

Esto me sale como un quejido. Por una fracción de segundo, las pálidas facciones de Maven se ablandan. Pero es una reacción efímera.

—¡Tonta! —dice Elara—. Tu idiotez estuvo a punto de ser nuestra ruina. Usar a tu propio guardia en la huida, causar todos esos apagones; ¿de veras creíste que yo era tan idiota para no vigilar tus pasos?

Aturdida, sacudo la cabeza.

—Usted me dejó hacerlo. Sabía todo esto.

—¡Claro que lo sabía! ¿Cómo crees, si no, que habrías llegado tan lejos? *Tuve* que ocultar tus huellas, *tuve* que protegerte de todos aquéllos con suficiente juicio para ver las señales —gruñe como una fiera—. ¡No sabes hasta dónde tuve que llegar para evitarte males! —se ruboriza de placer, disfruta de cada segundo—. Pero eres Roja, y como todos los Rojos, estabas condenada al fracaso.

Conforme mis recuerdos ocupan su sitio, me doy cuenta. Debí haber sabido que no tenía que confiar en Maven. *Era demasiado perfecto, demasiado valiente, demasiado bueno. Les volvió la espalda a los suyos para sumarse a la Guardia. Me arrojó en brazos de Cal. Me dio justo lo que yo quería y eso me cegó.*

Queriendo gritar, queriendo llorar, mis ojos se arrastran hasta Elara.

—Usted le enseñó exactamente qué decir —bisbiseo. No es preciso que ella lo confirme para saber que estoy en lo cierto—. Usted sabe quién soy, y sabía… —me llevo una mano a la cabeza, recuerdo cómo jugaba la reina con mis pensamientos— sabía exactamente cómo ganarme.

Nada me duele más que la mirada vacía de Maven.

—¿Nada fue verdad?

Cuando él sacude la cabeza, yo sé que también eso es mentira.

—¿Ni siquiera Thomas?

El chico del frente, el que murió librando una guerra que no era la suya. *Se llamaba Thomas y yo lo vi morir*.

Ese nombre atraviesa su máscara, rompe su fachada de fría indiferencia, pero no basta. Maven hace caso omiso de él y del dolor que le causa.

—Un muerto más no marca ninguna diferencia.

—Todo lo contrario —me digo a mí misma en voz baja.

—Creo que ya es hora de que te despidas, Maven —interrumpe Elara, mientras pone una mano blanca en el hombro de su hijo.

Yo llegué a estar tan cerca de su punto débil, pero ella no me dejará ir más allá.

—No tengo nadie de quién hacerlo —musita él, y se vuelve hacia su padre. Sus ojos azules vacilan, mira la corona, la espada, la armadura, todo menos la cara del rey—. Jamás me miraste. Nunca viste por mí. ¿Para qué, si lo tenías a él? —señala a Cal con la cabeza.

—Sabes que eso no es cierto, Maven. Eres mi hijo. Nada cambiará eso. Ni siquiera ella —dice Tiberias, lanzando una mirada a Elara—. Ni siquiera lo que ella está a punto de hacer.

—¡Si yo no estoy haciendo nada, queridito! —replica ella alegremente—. Pero no puedo decir lo mismo de tu amado hijo —agrega, y le da una bofetada a Cal—, el heredero perfecto —vuelve a hacerlo, con más fuerza esta vez—, el hijo de Coriane —y remata con una bofetada más que parte el labio del príncipe, y le hace derramar sangre.

Una espesa sangre plateada se derrama hasta la barbilla de Cal. Maven la contempla con atención, frunciendo ligeramente el ceño.

—Nosotros también tuvimos un hijo, Tibe —sisea Elara, con la voz descompuesta por la rabia mientras se vuelve hacia el rey—. Más allá de lo que sintieras por mí, se suponía que debías quererlo a él.

—¡Lo *quise*! —protesta él, lucha contra la atadura mental de ella—. Y lo sigo queriendo.

Yo sé qué se siente que te dejen de lado, estar a la sombra de otro. Pero esta ira, esta escena infernal, destructiva y terrible, está más allá de mi comprensión. Maven ama a su padre, a su hermano; ¿cómo puede permitir que su madre haga esto? ¿Cómo puede *querer* esto?

Mas él no cede, vigilante, y yo no soy capaz de encontrar las palabras para conmoverlo.

Nada me prepara para lo que viene después, para lo que Elara obliga a hacer a sus títeres. Las manos de Cal tiemblan y se extienden, empujadas por la voluntad de ella. Él intenta oponerse, resistiendo con todas sus fuerzas, pero es inútil. Ésta es una batalla que él no sabe cómo librar. Cuando su mano se cierra sobre la dorada espada y la saca de la funda que cuelga de la cintura de su padre, la última pieza del rompecabezas ocupa su lugar. Las lágrimas caen por el rostro del príncipe, y se evaporan sobre su ardiente piel.

—No eres tú —dice Tiberias, mientras mira el rostro desencajado de Cal. No se molesta en rogar por su vida—. Sé que no eres tú, hijo. Esto no es culpa tuya.

Nadie merece esto. *Nadie*. Dentro de mi cabeza, yo intento invocar el rayo y lo consigo. Disparo contra Maven y Elara, y salvo al príncipe y al monarca. Pero ni siquiera esta fantasía se sostiene en pie. Farley está muerta. Kilorn está muerto. La revolución está acabada. Ni siquiera en mi imaginación puedo remediar esto.

La espada se eleva en el aire, se agita entre los dedos trémulos de Cal. Es un arma ceremonial si se quiere, pero el filo fulgura, agudo como el de una navaja. El acero enrojece, calentándose bajo la mano abrasadora de Cal, y partes de la dorada empuñadura se derriten entre sus dedos. Oro, plata y hierro manan como lágrimas de sus manos.

Maven mira la espada atento, detenidamente, porque teme mirar a su padre en sus últimos momentos. *Creía que eras valiente. ¡Qué equivocada estaba!*

—¡No, por favor! —es todo lo que Cal puede decir, soltando las palabras a duras penas—. ¡No, por favor!

En los ojos de Elara no hay remordimiento ni pesar. Ha deseado este momento desde hace mucho. Cuando la espada cae como un relámpago, tras describir un arco en el aire, la carne y el hueso, ella ni siquiera parpadea.

El cadáver del rey se desploma en el suelo con un ruido sordo, mientras su cabeza rueda hasta detenerse a unos metros de mí. La sangre plateada forma en el piso un charco azogado que lame los pies de Cal. Él suelta la espada derretida y la deja chocar contra la piedra antes de caer de rodillas y ocultar la cabeza entre sus manos. La corona repica en el suelo, rueda entre la sangre hasta parar en los pies de Maven, donde sus puntas afiladas lanzan destellos de plata líquida.

Cuando Elara grita, gimiendo y retorciéndose sobre el cadáver del rey, yo estoy a punto de carcajearme por lo absurdo de todo esto. *¿Ha cambiado de opinión? ¿Ha perdido por completo el juicio?* Entonces oigo que las cámaras se encienden y vuelven a la vida. Salen de las paredes, apuntan directamente al cuerpo del rey y a lo que parece una reina llorando a su esposo caído. Maven clama junto a ella, le pone una mano en el hombro.

—¡Tú lo mataste! ¡Mataste al rey! ¡Mataste a tu padre! —le grita a Cal en la cara.

Un esbozo de sonrisa permanece y, por alguna razón, Cal se resiste a degollar a su hermano. Se encuentra en estado de choque, sin entender, sin *querer* entender. Pero, por una vez, yo sí quiero comprender.

La verdad no importa. Lo único que importa es lo que la gente crea. Julian trató de enseñarme esa lección, y ahora la entiendo. *La gente creerá esta escena, esta obra mezquina de falsedades y farsantes. Y ningún ejército, ningún país, seguirá a un hombre que asesinó a su padre en pos de su corona.*

—¡Corre, Cal! —grito yo, tratando de hacerlo reaccionar—. ¡Tienes que correr!

Arven me ha liberado ya, y el latido eléctrico retorna, subiendo por mis venas como el fuego por el hielo. No me cuesta nada sacudirme del metal, lo quemo con chispas hasta que los eslabones se desprenden de mis muñecas. Conozco esta sensación. Conozco el instinto que ahora se apodera de mí. *Corre. Corre. Corre.*

Agarro a Cal por los hombros, trato de levantarlo, pero el muy bruto no se mueve. Le asesto una ligera descarga eléctrica, justo lo suficiente para llamar su atención antes de volver a gritar:

—¡CORRE!

Eso basta para que él se ponga trabajosamente en pie, aunque casi se resbala en el charco de sangre.

Supongo que Elara intentará oponérseme para que yo me mate a mí misma o mate a Cal, pero ella no cesa de gemir, actuando para las cámaras. Maven permanece a su lado, con los brazos encendidos, listo para proteger a su madre. Ni siquiera trata de detenernos.

—¡No podrán ir a ninguna parte! —profiere, pero yo ya estoy corriendo, y arrastro a Cal detrás de mí—. ¡Son traidores y asesinos, y tendrán que enfrentar a la justicia!

Su voz, una voz que yo conocía tan bien, parece perseguirnos por las puertas y el pasillo. Y las voces que oigo dentro de mi cabeza gritan con él.

Tonta. Estúpida. Mira lo que consiguió tu esperanza.

De pronto es Cal quien me arrastra a mí, y me obliga a seguirle el paso. Lágrimas de enojo, rabia y dolor anegan mis ojos, hasta que lo único que puedo ver es mi mano en la suya. Adónde me lleva, no lo sé. Sólo puedo seguirlo.

Unos pasos retumban a nuestras espaldas, el conocido estruendo de las botas. Agentes, centinelas, soldados, todos nos persiguen, se abalanzan sobre nosotros.

El suelo que se extiende a nuestros pies pasa de la madera pulida de los corredores al mármol con volutas: el salón de banquetes. Largas mesas provistas de porcelana fina obstruyen el paso, pero Cal se deshace de ellas con una ráfaga de fuego. El humo activa una alarma y nos cae agua encima para combatir el incendio. El agua se torna vapor en la piel de Cal, y lo envuelve en una rugiente nube blanca. Parece un fantasma poseído por una vida repentinamente destruida, y yo no sé cómo consolarlo.

El mundo se detiene para mí cuando el fondo del salón de banquetes se oscurece con uniformes grises y armas negras. Ya no tengo para dónde correr. Tendré que pelear.

El rayo arde en mi piel, me suplica que lo libere.

—No —la voz de Cal suena hueca y rota. Él mismo baja las manos, deja que las llamas se apaguen—. No podemos ganar esta batalla.

Tiene razón.

Ellos nos cercan desde incontables puertas y arcos, y hasta las ventanas están llenas de uniformes. Cientos de Plateados armados hasta los dientes y dispuestos a matar. *Estamos atrapados.*

Cal examina los rostros, posa su mirada en los soldados. *Sus propios hombres*. Por la fulminante manera en que ellos lo contemplan, sé que ya vieron el horror que Elara creó. Su lealtad está deshecha, como su general. Uno de ellos, un capitán, tiembla al mirar al príncipe. Para mi sorpresa, conserva su arma en el costado mientras avanza.

—Sométase al arresto —dice, con mano trémula.

Cal intercambia miradas con su viejo amigo y asiente.

—Nos sometemos al arresto, capitán Tyros.

Corre, clama cada palmo de mi ser. Pero por una vez, no puedo hacerlo. Junto a mí, Cal parece tan afectado como yo, y sus ojos reflejan una pena que yo ni siquiera puedo imaginar. Sus heridas le llegan al alma.

También él ha aprendido su lección.

VEINTISIETE

Maven me traicionó. *No, nunca estuvo de mi parte.* Cuando mis ojos se adaptan a la oscuridad, veo unas rejas bajo la luz tenue. El techo es bajo y pesado, como el aire subterráneo. Nunca antes había estado aquí, pero lo conozco de todas formas.

—El Cuenco de los Huesos —digo en voz baja, dando por hecho que nadie me oye.

Pero alguien ríe.

La oscuridad continúa disipándose, deja ver la celda un poco mejor. Una figura borrosa está sentada contra las rejas junto a mí y se mueve al compás de cada carcajada.

—Yo tenía cuatro años la primera vez que vine a este lugar y Maven apenas dos. Se escondía entre las faldas de su madre, por miedo a la oscuridad y a las celdas vacías —dice Cal riendo, cada palabra suena afilada como un cuchillo—. Supongo que ya no le tiene miedo a la oscuridad.

—No, ya no.

Yo soy la sombra de la llama. Le creí a Maven cuando dijo estas palabras, cuando me dijo lo mucho que detestaba este mundo. Ahora sé que todo fue un truco, un truco magistral. Cada palabra, cada caricia, cada *mirada* fue una mentira. *Y yo que creía que la mentirosa era yo.*

Busco instintivamente mis poderes, persigo cualquier latido de electricidad, algo que me dé una chispa de energía. Pero no hay nada. Nada, sólo una ausencia pura y absoluta, una sensación de vacío que me hace estremecer.

—¿Está Arven cerca? —pregunto, recuerdo cómo él neutralizó mi habilidad y me obligó a mirar mientras Maven y su madre destruían a su familia—. No siento nada.

—Son las celdas —dice Cal débilmente. Sus manos dibujan figuras en el suelo: *llamas*—. Están hechas de roca silente. No me pidas que te lo explique porque no puedo, y no tengo ganas de intentarlo.

Él alza la vista, perfora con los ojos la oscuridad de la interminable fila de celdas. Yo debería tener miedo, pero ya no me queda nada que temer. Lo peor ha pasado ya.

—Antes de las peleas, cuando aún teníamos que ejecutar a los nuestros, el Cuenco de los Huesos contenía todo aquello de lo que están hechas las pesadillas. El Gran Greco, que partía en dos a los hombres y se comía su hígado. La Esposa Ponzoñosa, una animus de la casa Viper que metió serpientes a la cama de mi tío bisabuelo en su noche de bodas. Dicen que la sangre de él se convirtió en veneno de tantas veces que fue mordido —Cal nombra uno por uno a los criminales de su mundo; parecen cuentos inventados para que los niños se porten bien—. Y ahora nosotros. El Príncipe Traidor, me llamarán. "Mató a su padre para quitarle su corona. No pudo esperar".

Yo no puedo menos que proseguir el relato.

—"La arpía lo obligó a hacerlo", rumorearán entre sí —lo veo en mi cabeza, proclamado en cada esquina, desde cada pantalla—. Me culparán a mí, la niña relámpago. Yo llené tus pensamientos de veneno, te corrompí. Te obligué a hacerlo.

—Casi —mumura él en respuesta—. Esta mañana estuve a punto de elegirte.

¿Sucedió apenas esta mañana? No puede ser cierto. Me enderezo contra las barras, me separo ligeramente de Cal.

—Nos matarán.

Él asiente, riendo otra vez. Ya lo había oído reír antes, de mí, cada vez que yo intentaba bailar, pero este sonido no es el mismo. Ha perdido toda su calidez.

—El rey se encargará de hacerlo. Seremos ejecutados.

Ejecución. No me sorprende en lo más mínimo.

—¿Cómo lo harán?

Apenas recuerdo la ejecución más reciente. Sólo permanecen algunas imágenes: sangre Plateada sobre la arena, el rugido de la multitud. Y me acuerdo de la horca en casa, una soga que se mecía con el viento.

Los hombros de Cal se tensan.

—Hay muchas formas. Juntos, uno por uno, con espadas, armas, por medio de las habilidades de algún torturador o por todas ellas —dice suspirando, resignado a su destino—. Se asegurarán de que duela. Y no será rápido.

—Tal vez yo me desangre toda. Esto dará al resto del mundo algo en qué pensar —la lúgubre idea me hace sonreír. Cuando yo muera, plantaré mi propia bandera roja al salpicar la arena de la enorme plaza—. Él no podrá ocultarme entonces. Todos sabrán lo que soy realmente.

—¿Crees que servirá de algo?

Debería ser así. Farley tiene la lista, Farley encontrará a los otros... pero Farley ya está muerta. Lo único que me resta es confiar en que haya transmitido el mensaje a alguien que continúe vivo. Los demás siguen diseminados por el mundo, y hay que hallarlos. Ellos deben seguir adelante, porque yo ya no puedo hacerlo.

—Yo no lo creo —prosigue Cal, llenando el silencio con su voz—. Creo que él lo utilizará como pretexto. Habrá más reclutamientos, más leyes, más campos de trabajos forzados. Su madre inventará otra mentira fabulosa y el mundo seguirá girando, igual que siempre.

No. Nunca nada es igual.

—Él buscará a los otros como yo —pienso en voz alta.

Yo ya caí, ya perdí, ya estoy muerta. Y éste es el último clavo del ataúd. Dejo caer mi cabeza entre mis manos, sintiendo cómo mis afilados y hábiles dedos se hunden en mi cabellera.

Cal se revuelve contra las rejas y su peso transmite vibraciones al metal.

—¿Qué?

—Hay otros. Julian lo descubrió. Me dijo cómo encontrarlos y... —se me quiebra la voz, sin querer proseguir—. Y yo se lo dije a él —me dan ganas de gritar—. Él me utilizó a la perfección.

Al otro lado de las rejas, Cal se vuelve hacia mí. Aunque sus habilidades están ausentes, suprimidas por estos malditos muros, un infierno crepita en sus ojos.

—¿Qué se siente? —gruñe, casi hace chocar su nariz contra la mía—. ¿Qué se siente cuando te utilizan, Mare Barrow?

Antes, yo lo habría dado todo por oírlo decir mi verdadero nombre, pero ahora arde como una quemadura. *Creí que yo los estaba usando a ambos, a Maven y a Cal. ¡Qué tonta fui!*

—Perdón —suelto yo. Aborrezco esta palabra, pero es lo único que puedo decir—. Yo no soy Maven, Cal. No lo hice para lastimarte. Jamás quise herirte —y añado en voz más baja, apenas audible—: No todo fue mentira.

Él se golpea la cabeza contra los barrotes, tan fuertemente que sin duda le duele, pero no parece notarlo. Como yo, también Cal ha perdido su capacidad de sentir miedo o dolor. Han ocurrido demasiadas cosas.

—¿Crees que matará a mis padres?

A mi hermana, a mis hermanos. Por una vez, me da gusto que Shade esté muerto y fuera del alcance de Maven.

Siento un calor intenso que me recorre y que se cuela hasta mis débiles huesos. Cal ha vuelto a moverse, para recargarse en las rejas justo a mis espaldas. Su calor es amable, natural, no está motivado por la ira o la destreza. Es humano. Puedo sentir que Cal respira y que su corazón late. Palpita como un tambor mientras reúne las fuerzas para mentirme.

—Creo que él tiene cosas más importantes en qué pensar.

Sé que Cal siente que estoy llorando porque sacudo los hombros con cada sollozo, pero no dice nada. No hay palabras para esto. Sin embargo, él permanece a mi lado, mi último reducto de calor en un mundo que se vuelve ceniza. Lloro por todos: por Farley, Tristan, Walsh y Will. Por Bree, Tramy, Gisa, mamá y papá. *Luchadores todos ellos.* Y por Kilorn. No pude salvarlo, por más que lo intenté. Pero ni siquiera puedo salvarme a mí misma.

Al menos tengo mis aretes. Estos puntitos encajados en mi piel estarán conmigo hasta el final. *Moriré con ellos y ellos conmigo.*

Permanecemos así durante lo que deben ser horas, aunque nada cambia para indicar el paso del tiempo. Incluso me quedo dormida antes de que una voz conocida me haga despertar asustada.

—En otra vida podría sentir celos.

Las palabras de Maven me provocan escalofríos.

Cal se pone de pie más rápido de lo que yo creería posible y se arroja contra los barrotes, lo que hace silbar el metal. Pero éstos se mantienen firmes, y Maven (el astuto, repugnante, horrendo Maven) queda fuera de su alcance. Para mi deleite, retrocede de todas maneras.

—Guarda tu fuerza, hermano —hace rechinar los dientes con cada palabra—. La necesitarás pronto.

Aunque no lleva puesta la corona, Maven ya se yergue con el aire de un rey terrible. Su uniforme de gala está repleto de nuevas medallas. Alguna vez fueron de su padre; me sorprende que no estén aún cubiertas de sangre. Él parece más pálido que de costumbre, aunque sus oscuras ojeras se han desvanecido. Matar le ayuda a dormir.

—¿Serás tú quien esté en el ruedo? —pregunta Cal entre los barrotes, apretando el hierro con las manos—. ¿Lo harás tú mismo? ¿Tienes siquiera las agallas para eso?

Yo no tengo fuerzas para ponerme de pie, por más que quisiera precipitarme contra las rejas y arrancar el metal con las manos hasta sentir únicamente la garganta de Maven. Pero sólo puedo mirar.

Él ríe entre dientes por las palabras de su hermano.

—Los dos sabemos que yo no podría vencerte en destreza —le devuelve a Cal un consejo dado mucho tiempo atrás—. Así que te venceré en inteligencia, querido hermano.

Maven me dijo en una ocasión que a Cal no le gustaba perder. Ahora sé que el que jugaba a ganar era él. Cada aliento, cada palabra estaba al servicio de esta sangrienta victoria.

Cal rezonga por lo bajo.

—Mavey —dice, aunque el sobrenombre ya no trasluce cariño—, ¿cómo pudiste hacerle esto a nuestro padre? ¿A mí? ¿A ella?

—Un rey asesinado, un príncipe traidor. ¡Cuánta sangre! —dice Maven con sorna, bailando casi al alcance de Cal—. Lloran a nuestro padre en las calles. O al menos fingen hacerlo

—levanta los hombros en un gesto de desinterés—. Los lobos idiotas esperan a que yo tropiece, y los listos saben que no lo haré. La Casa de Samos, la Casa de Iral, han afilado sus garras durante años a la espera de un rey débil, un rey compasivo. ¿Sabías que babeaban al verte? Piénsalo, Cal. En unas décadas, nuestro padre habría muerto lenta y pacíficamente y tú habrías subido al trono. Te habrías casado con Evangeline, hija del acero y el cuchillo con su hermano a tu lado. Pero no habrías sobrevivido a la noche de la coronación. Ella habría hecho lo mismo que mi madre, y te habría suplantado con su hijo.

—¡No me digas que hiciste esto para proteger a una dinastía! —exclama Cal, riendo y sacudiendo la cabeza—. Lo hiciste por ti —Maven vuelve a encogerse de hombros. Sonríe para sí con una sonrisa cruel y mordaz—. ¿De veras te sorprende tanto? ¡Pobre Mavey! El príncipe segundo. La sombra de la llama de su hermano. Un apocado y un pusilánime condenado a estar al margen y de rodillas.

Maven se retira de la celda de Cal para colocarse frente a la mía. Yo sólo puedo mirarlo desde el suelo porque no creo ser capaz de moverme. *Él está tan frío que hasta huele.*

—Comprometido con una mujer que sólo tenía ojos para otro, para el hermano, el príncipe que nadie podía ignorar —sus palabras adquieren un filo salvaje, cargado de una furia desbordada. Pero son ciertas, dolorosamente ciertas, pese a lo mucho que yo he tratado de olvidar su contenido, y hacen que se me erice la piel—. Tú arrebataste todo lo que debía haber sido mío, Cal. *Todo*.

Yo me levanto de súbito, tambaleante pero firme. Él nos ha mentido desde hace mucho tiempo, pero no puedo permitir que le mienta a Cal ahora.

—¡Nunca fui tuya y tú *nunca* fuiste mío, Maven! —estallo—. Y no a causa de *él*, tampoco fue por eso. Yo creía que eras perfecto, creía que eras fuerte, valiente y *bueno*. Creía que eras *mejor que él*.

Mejor que Cal. Éstas son palabras que Maven pensó que nadie le diría nunca. Él se encoge y, por un segundo, puedo ver al muchacho que conocí, un chico que ya no existe.

Maven alarga la mano, me prende entre los barrotes. Cuando sus dedos se cierran sobre la piel desnuda de mi muñeca, lo único que siento es repulsión. Se aferra a mí como si yo fuera una cuerda de salvamento. Algo se ha quebrado en él, y deja ver a un niño desesperado, a un ser patético y perdido que intenta asirse a su juguete favorito.

—Yo puedo salvarte.

Sus palabras me paran los pelos de punta.

—Tu padre te amaba, Maven. Tú no entendiste eso, pero él te amaba.

—Mentira.

—¡Te amaba y tú lo mataste! —digo sin control, como sangre que se derrama de una vena—. Tu hermano te amaba, y tú lo convertiste en asesino. Yo... yo te amaba. Y confiaba en ti. Te necesitaba. Y ahora voy a morir por eso.

—Soy el *rey*. Vivirás si yo lo quiero. Y haré que sea así.

—¿Quieres decir, si mientes? Un día tus mentiras acabarán contigo, rey Maven. Lo único que lamento es que no viviré para verlo —y entonces llega mi turno de sujetarlo. Me impulso con todas mis fuerzas, lo hago tambalear ante los barrotes. Mis nudillos rozan su mejilla, y él aúlla como un perro apaleado—. Jamás volveré a cometer el error de amarte.

Para mi consternación, él se recupera rápidamente y se alisa el cabello.

—¿Así que lo eliges a él?

Todo se redujo a esto desde siempre. Celos. Rivalidad. Todo con tal de que la sombra pudiera vencer a la llama.

Tengo que echar la cabeza atrás para reír, mientras siento sobre mí los ojos de los dos hermanos.

—Cal me traicionó y yo a él. Y tú nos traicionaste a ambos, de mil maneras —estas palabras pesan como rocas, pero son ciertas. *Muy ciertas*—. No elijo a ninguno de los dos.

Por una vez, siento que controlo el fuego y que Maven se ha quemado con él. Se aleja de mi celda a tropezones, derrotado de algún modo por la niña sin su rayo, la presa en cadenas, el ser humano ante un dios.

—¿Qué les vas a decir cuando me desangre? —siseo detrás de él—. ¿La verdad?

Él suelta una risa ahogada. El chico desaparece, para ser reemplazado de nuevo por el rey asesino.

—La verdad es lo que yo quiero que sea. Podría prenderle fuego a este mundo y llamarle lluvia.

Y algunos lo creerán. Los tontos. Pero otros no. Rojos y Plateados, nobles y plebeyos, algunos verán la verdad.

Su voz se vuelve un gruñido, su cara la sombra de una bestia.

—Todos los que saben que te escondimos, *todos aquéllos* que lo sospechen siquiera, serán puestos en su lugar —mi mente zumba, vuela hacia todos los que supieron que había algo raro en mí. Pero Maven se me adelanta, parece disfrutar de enumerar tantas muertes—. Lady Blonos tuvo que irse, desde luego. La decapitación les va bien a los sanadores de la piel.

Ella era una bruja, una lata... pero no se merecía eso.

—Las doncellas fueron más fáciles. Niñas bonitas, hermanas procedentes de Oldshire. Mi madre se hizo cargo de ellas.

Ni siquiera supe cómo se llamaban.

Mis rodillas dan en el suelo con un golpe sordo, pero apenas lo siento.

—¡Ellas no sabían nada!

Pero mi ruego ya es inútil.

—Lucas también se irá —dice, sonriendo con sus dientes que brillan en la oscuridad—. Lo verás por ti misma.

Yo siento el impulso de vomitar.

—¡Me dijiste que él estaba a salvo, con su familia...!

Ríe con ganas.

—¿Cuándo vas a darte cuenta de que cada palabra que salía de mi boca era *mentira*?

—Nosotros lo obligamos, Julian y yo. Él no hizo nada malo —me siento horriblemente mal al tener que rogar, pero es lo único que puedo hacer—. Él es de la Casa de Samos. No puedes matar a uno de ellos.

—¿No has prestado atención, Mare? Yo puedo hacer *lo que quiera* —refunfuña—. Es una lástima que no hayamos logrado que Julian volviera a tiempo. Me habría gustado hacerlo verte morir.

Yo hago todo lo que puedo por contener el sollozo, y me llevo una mano a la boca. Junto a mí, Cal ahoga una queja pensando en su tío.

—¿Diste con él?

—¡Por supuesto! Capturamos juntos a Julian y a Sara —contesta Maven, riendo—. Me conformo con matar a Skonos primero, para terminar el trabajo que mi madre empezó. Conoces la historia, ¿no, Cal? Lo que mi madre hizo, abrirse paso a susurros por la cabeza de Coriane hasta atrofiar su cerebro —él se acerca con ojos desorbitados y aterradores—. Sara lo sabía. Y tu padre e incluso tú se negaron a creerle. Dejaron ganar a mi madre. Y tú lo has vuelto a hacer.

Cal no responde y apoya la cabeza contra los barrotes. Satisfecho de haber destruido a su hermano, Maven se vuelve hacia mí y se aproxima a mi celda.

—Haré que los demás clamen por ti, Mare, hasta el último de ellos. No sólo tus padres. No sólo tus hermanos. También todos los demás como tú. Los encontraré y morirán pensando en ti, sabiendo que ése es el destino que ganaste para ellos. Soy el rey y tú habrías podido ser mi reina Roja. Ahora no eres *nada*.

No me molesto en enjugar las lágrimas que se deslizan por mis mejillas. Ya no tiene sentido. Maven disfruta al verme destrozada y se pasa la lengua por los dientes como si quisiera saborearme.

—Adiós, Maven.

Ojalá tuviera más que decirle, pero no hay palabras para su maldad. Él sabe lo que es y, peor todavía, le gusta.

Baja la cabeza, casi se inclina junto a nosotros. Cal no se toma la molestia de mirar y, en cambio, se prende de las rejas, apretando el metal como si se tratara del cuello de Maven.

—¿Adiós, Mare? —la sonrisa se le ha esfumado y, para mi sorpresa, sus ojos están húmedos. Vacila, sin querer irse. Es como si de repente comprendiera lo que hizo, y lo que está a punto de sucedernos a todos—. Una vez te dije que ocultaras tu corazón. Debiste haberme escuchado.

¡Cómo se atreve...!

Tengo tres hermanos mayores, así que cuando le escupo, mi puntería es perfecta: le doy justo en el ojo.

Él se vuelve deprisa, casi huye de nosotros. Cal lo observa retirarse durante largo rato, incapaz de hablar. Yo sólo puedo sentarme para dejar que mi furia se disipe de nuevo. Cuando Cal se sitúa otra vez a mi lado, ya no quedan palabras que decir.

Muchas cosas nos trajeron a todos hasta este día. Un hijo olvidado, una madre vengativa, un hermano con una larga sombra, una mutación extraña. Juntas, han escrito una tragedia.

En los relatos, los viejos cuentos de hadas, aparece un héroe. Pero todos los míos se han marchado o están muertos. Nadie acudirá en mi ayuda.

Debe ser la mañana siguiente cuando los centinelas llegan, encabezados por el propio Arven. En estas sofocantes paredes, su presencia es difícil de soportar, pero me obligan a incorporarme.

—Centinela Provos, centinela Viper... —dice Cal a los guardias que abren su celda.

Ellos lo ponen bruscamente de pie. Aun ahora, ante su muerte, Cal está tranquilo.

Él aborda a cada guardia junto al que pasamos, los saluda por su nombre. Ellos le devuelven la mirada molestos, perplejos o ambas cosas. Un rey asesino no sería tan amable. Y los soldados son todavía peores. Él querría detenerse para despedirse apropiadamente de ellos, pero sus propios soldados se vuelven fríos y reservados al verlo. Yo creo que esto le duele casi tanto como lo demás. Un poco después, calla, ha perdido hasta la poca fuerza de voluntad que le quedaba. Mientras subimos y salimos de la oscuridad, el estrépito de la multitud se acerca cada vez más. Al principio es débil, pero luego se convierte en un rugido monótono justo encima de nosotros. La plaza está llena, y la gente lista para el espectáculo.

Todo comenzó cuando yo fui a dar al Jardín Espiral con un cuerpo envuelto en electricidad, y ahora termina en el Cuenco de los Huesos. Me sacarán de aquí como un cadáver.

Los empleados de la plaza, todos ellos Plateados de mirada opaca, caen sobre nosotros como una bandada de pichones. Me empujan detrás de una cortina, me preparan para lo que viene con movimientos enérgicos y manos duras. Yo apenas los siento, jalando y empujando, me enfundan en una versión barata de un uniforme de entrenamiento. Esto pretende ser un insulto, hacerme usar algo tan simple para morir, pero yo prefiero la aspereza de un paño al rumor de la seda. Pienso brevemente en mis doncellas. Ellas me maquillaban todos los días; sabían que tenía algo que esconder. Y murieron por eso. Nadie me arregla ahora y ni siquiera se molesta en sacudirme el polvo tras pasar la noche en una celda. *Más boato.* Alguna vez me engalané con seda, joyas y hermosas sonrisas, pero eso no se ajusta a la mentira de Maven. Una Roja en harapos es más fácil de entender y de matar.

Cuando me sacan otra vez, veo que han hecho lo mismo con Cal. No habrá medallas ni armadura para él. Pero lleva puesta de nuevo su pulsera forjadora de flamas. El fuego arde aún, crepita en el soldado abatido. Se ha resignado a morir, pero no sin tomar antes algo para sí.

Nos sostenemos mutuamente la mirada, sólo porque no hay otra cosa que ver.

—¿Adónde nos llevan? —pregunta Cal por fin, deja de mirarme para voltear hacia Arven.

El viejo, blanco como el papel, mira a sus antiguos alumnos sin el menor indicio de remordimiento. *¿Qué le prometieron a cambio de su ayuda?* ¡Pero si lo estoy viendo ya! La insignia sobre su corazón: la corona de azabache, diamante y rubí que alguna vez fue de Cal. No dudo que él haya recibido mucho más.

—Fuiste príncipe y general. En su sabiduría, el rey misericordioso decidió que al menos debes morir con honor —sonríe al mismo tiempo que habla, deja entrever sus dientes pequeños y afilados: *dientes de rata*—. Una muerte digna, que un traidor no merece.

—En cuanto a la Roja, la embaucadora —vuelve hacia mí su mirada temible, la reconcentra. El peso agobiante de su poder amenaza con derribarme—, no dispondrá de arma alguna, y morirá como el demonio que es.

Abro la boca para protestar, pero Arven me mira con codicia y su aliento apesta a veneno.

—Órdenes del rey.

Sin armas. Me dan ganas de gritar. *Sin el rayo.* Arven no va a liberarme, ni siquiera para morir. Las palabras de Maven resuenan repentinamente en mi cabeza. *Ahora no eres nada.* Moriré como nada. No hace falta que oculten mi sangre si pueden afirmar que mis poderes eran falsos.

En las celdas, yo casi ansiaba salir a la palestra para lanzar mis chispas al cielo y mi sangre a la tierra. Ahora tiemblo y me estremezco queriendo huir; pero mi maldito orgullo, lo único que me queda, ni siquiera me permitirá eso.

Cal toma mi mano. Tiembla como yo, también tiene miedo a morir. *Al menos él tendrá la oportunidad de luchar.*

—Te protegeré tanto como pueda —murmura.

Yo casi no lo oigo, a causa del ruido de los pasos y el patético latido de mi corazón.

—No lo merezco —musito en respuesta, pero le aprieto la mano como muestra de gratitud.

Yo lo traicioné, yo arruiné su vida, y es así como me retribuye.

El recinto siguiente es el último. Se trata de un pasillo que sube levemente hasta una puerta de acero. La luz del sol se cuela hasta ahí, se derrama sobre nosotros junto con el ruido de una plaza a reventar. Las paredes distorsionan los sonidos, y transforma los vítores y gritos en los aullidos de una pesadilla. Supongo que esto no está lejos de la verdad.

Cuando entramos ahí, vemos que no somos los únicos que esperan la muerte.

—¡Lucas!

Un guardia lo sujeta del brazo, pero él se las arregla para mirar por encima del hombro. Su cara está llena de moretones y él luce más pálido que antes, como si no hubiera visto el sol durante días. *Probablemente sea cierto.*

—Mare —la forma en que dice mi nombre me hace encogerme. Es otro a quien traicioné, lo usé como lo hice con Cal, Julian, la coronela, Kilorn, como traté de usar a Maven—. Me preguntaba cuándo volvería a verte.

—No sabes cuánto lo siento —*me dirijo a mi tumba disculpándome, y aun así no será suficiente*—. Me dijeron que estabas con tu familia, que te encontrabas a salvo o que...

—¿O qué? —pregunta él lentamente—. No soy nada para ti. Sólo algo para usar y desechar.

Su acusación corta como un cuchillo.

—Lo siento, pero así tenía que hacerse.

—La reina me hizo recordar —lo hizo recordar. Hay dolor en su voz—. No te disculpes, porque no lo hiciste con mala intención.

Quiero abrazarlo, mostrarle que esto no es lo que yo quería.

—Así es, te lo juro, Lucas.

"¡Su majestad Maven, de la Casa de Calore y la Casa de Merandus, rey de Norta, Flama del Norte!"

El clamor retumba en la plaza, llega hasta nosotros por la puerta de acero. Los vítores que lo acompañan hacen que yo me encoja y que Lucas se estremezca. Su final está próximo.

—¿Volverías a hacerlo? —pregunta, con un tono que cala hondo en mí—. ¿Volverías a ponerme en riesgo en beneficio de tus amigos terroristas? *—sí, lo haría.* No se lo digo, pero él ve la respuesta en mis ojos—. Yo guardé tu secreto.

Esto es peor que cualquier insulto que él pudiera arrojarme. Saber que Lucas me protegió aunque yo no lo merecía, me duele en el alma.

—Pero ahora sé que no eres distinta, ya no —continúa él, casi escupiendo—. Eres igual que el resto. Despiadada, fría, egoísta; igual que nosotros. Ellos te educaron bien.

Entonces se vuelve otra vez hacia la puerta. No quiere cruzar más palabras conmigo. Yo quisiera acercarme a él, explicarle, pero un guardia me retiene. No me queda más que alzar la frente y aguardar nuestro destino.

—¡Mis ciudadanos! —llega la voz de Maven por la puerta junto con la luz del sol. Suena como la de su padre, como la de Cal, pero hay algo más agudo en ella. *Apenas tiene diecisiete años y ya es un monstruo*—. ¡Mi pueblo, hijos míos!

Cal ríe junto a mí. Pero en la plaza se impone un silencio inquietante y sepulcral. Tiene a la gente en la palma de su mano.

—¡Algunos llamarían a esto crueldad! —continúa Maven. No dudo que haya memorizado un discurso conmovedor, tal vez escrito por la bruja de su madre—. El cuerpo de mi padre apenas acaba de enfriarse, su sangre mancha el suelo todavía, y yo me he visto obligado ya a ocupar su lugar, a iniciar mi reinado bajo una sombra tan violenta. No hemos ejecutado a los nuestros desde hace diez años y me apena reanudar esa horrible tradición. ¡Pero debo hacerlo por mi padre, por mi corona, por ustedes! Soy joven, pero no soy débil. Estos crímenes, esta *maldad*, serán castigados.

Por encima de nosotros, en lo alto de la plaza, suenan abucheos que piden muerte.

—¡Lucas, de la Casa de Samos, te declaro culpable de crímenes contra la corona y de conspiración con la organización terrorista conocida como la Guardia Escarlata! Te sentencio a morir. Sométete a la ejecución.

En ese instante, suben por la pendiente a Lucas, a su propia muerte. Él no me dedica ni siquiera una mirada. Y no es que yo lo merezca. Pero va a morir no sólo por lo que le obligamos a hacer, sino también por lo que yo soy. Como los demás, también él sabía que había algo extraño en mí. Y como los demás, morirá. Cuando desaparece por la lejana puerta, tengo que apartar la vista y mirar la pared. Los disparos son difíciles de ignorar. La muchedumbre ruge, complacida por el violento despliegue.

Lucas fue sólo el principio, el primer acto. Nosotros somos la función principal.

—¡Andando! —dice Arven, empujándonos.

Él nos sigue mientras iniciamos el penoso ascenso.

Yo no puedo soltar la mano de Cal, pues podría tropezar. Cada músculo suyo se tensa, listo para pelear por su vida. Yo busco mi rayo en un intento último, pero no aparece nada. No me queda un solo tremor. Arven y Maven se lo han llevado todo.

Al otro lado de la puerta, veo que sacan a rastras el cadáver de Lucas, que deja en la arena una estela de sangre plateada. Me acomete un arranque de náusea y tengo que morderme el labio.

La puerta de acero se sacude y eleva en medio de un grandioso rechinido. La luz me ciega un segundo, me paraliza en mi sitio, pero Cal me arrastra hacia la plaza.

Arena blanca, fina como el polvo, resbala bajo mis pies. Mientras mis ojos se adaptan a la luz, casi me olvido de respirar. La plaza es inmensa, una enorme boca gris de acero y mampostería, repleta de caras iracundas. La gente nos contempla en medio de un silencio ensordecedor, vacía su odio sobre mi piel. No veo un solo Rojo, pero no lo esperaba. Esto es lo que los Plateados llaman entretenimiento, otro juego durante el cual reír, y no lo compartirán con nadie.

La plaza está salpicada de pantallas y en todas veo mi imagen reflejada. Desde luego que ellos tienen que grabar esto, transmitirlo a la nación entera. Mostrarle al mundo otro Rojo que ha caído tan bajo. Lo que veo me obliga a hacer una pausa: mi aspecto es otra vez el de siempre. Cabello desgreñado y revuelto, ropa simple, polvo que cae de mí y forma nubecitas. Mi piel se enrojece con la sangre que desde hace tanto tiempo he tratado de ocultar. Si la muerte no me estuviera esperando, tal vez sonreiría.

Para mi sorpresa, las pantallas parpadean para dar paso a algo más burdo: videos de seguridad procedentes de todas las cámaras, de todos los ojos eléctricos. Respirando agitadamente, me doy cuenta de lo lejos que llegó el plan de Maven.

Las pantallas lo reproducen todo, cada momento robado. Mi salida a hurtadillas de la Mansión en compañía de Cal, el día en que bailamos juntos, nuestras conversaciones en voz baja, nuestro beso. Y luego, el asesinato del rey en todo su terrible esplendor. Considerando el conjunto, el cuento de Maven no resulta difícil creer. Todo se conecta, el relato del demonio Rojo que sedujo a un príncipe y que hizo matar a un rey. La multitud resuella y murmura, se traga la perfecta mentira. Hasta mis padres se verían en problemas para negar esto.

—¡Mare Molly Barrow!

La voz de Maven retumba detrás de mí, y nosotros nos volvemos para ver al rey idiota mirándonos. Su palco rebosa de banderas negras y rojas, lleno hasta el tope de damas y caballeros que reconozco. Todos visten de negro, han olvidado los colores de su Casa en honor del rey asesinado. Sonya, Elane y todos los demás hijos de las grandes Casas me miran con asco. Lord Samos se encuentra a la izquierda de Maven y la reina a su derecha. Elara se oculta tras un velo de luto, quizá para esconder su malévola sonrisa. Yo supongo que Evangeline estará merodeando por ahí, feliz de casarse con el nuevo rey. Después de todo, lo único que quería era la corona. Pero no aparece por ningún lado. El propio Maven semeja ser un fantasma oscuro por el contraste de su pálida piel con el brillo negro de su armadura de gala. Porta incluso la espada con la que mataron al rey, y la corona de su padre, posada en su cabellera y brillando al sol.

—¡Alguna vez creímos que eras la añorada Mareena Titanos, otra ciudadana asesinada de mi corona! Pero con la ayuda de tus hermanos Rojos, nos engañaste con trucos y tretas tecnológicas y te infiltraste en mi propia familia.

Tretas tecnológicas. Las pantallas vuelven a mostrar mi imagen en el Jardín Espiral, tensa de electricidad. En el video, esto parece forzado.

—Te dimos educación, prestigio, fuerza, poder y hasta nuestro amor. Tú nos pagaste con traición, y con tus engaños volviste a mi propio hermano contra los de su sangre.

—Ahora sabemos que eres una agente de la vencida Guardia Escarlata, directamente responsable de la pérdida de incontables vidas.

Las imágenes presentan ahora la noche de la Masacre del Sol, el salón de baile desbordando sangre y muerte. La bandera de Farley, el ondeante paño rojo y el sol dividido, destacan sobre el caos.

—Junto con mi hermano, el príncipe Tiberias VII, de la Casa de Calore y la Casa de Jacos, estás acusada de numerosos crímenes violentos y deplorables contra la corona, entre ellos: engaño, traición, terrorismo y asesinato.

Tus manos no están más limpias que las mías, Maven.

—Mataste al rey, mi padre, y embrujaste a su propio hijo para que cometiera tal acto. Eres un demonio Rojo, y tú —agrega, desliza sus ojos hacia Cal, que casi arde en cólera—, un hombre débil. Un traidor a tu corona, a tu sangre y a tus colores.

Vuelve a transmitirse la muerte del rey, para confirmar las torcidas palabras de Maven.

—¡Los declaro culpables de sus crímenes! Sométanse a la ejecución.

Una ronda incontenible de abucheos recorre la plaza. Nuestros detractores parecen cerdos que, hozando y gruñendo, exigieran sangre.

Las pantallas vuelven a mostrar las imágenes de Cal y de mí, dando por hecho que lloraremos o rogaremos por nuestra vida. Pero ninguno de los dos se mueve un ápice. *No les daremos ese placer*.

Maven mira ansioso desde su palco, espera a que uno de nosotros se desplome.

En cambio, Cal saluda, se lleva dos dedos a la frente. Esto es mejor que golpear a Maven en la cara, y éste retrocede, desconcertado. Aleja la vista de nosotros, la desvía al otro extremo de la plaza. Cuando yo volteo, espero ver a los pistoleros que mataron a Lucas, pero me encuentro con algo muy diferente.

No sé de dónde o cuándo salieron, pero cinco figuras aparecen entre el polvo.

—Esto no es tan malo como parece —murmuro, apretando la mano de Cal.

Él es un guerrero, un soldado. Aun cinco contra uno, sería justo para él.

Pero Cal arruga la frente, fija su atención en nuestros verdugos. Cuando al fin podemos verlos con claridad, el miedo se apodera de mí. Conozco sus nombres y habilidades, de algunos mucho mejor que de otros. Todos ellos vibran de fuerza y visten uniformes y armaduras hechos para luchar.

Un coloso Rhambos para destrozarme, el hijo de Haven que desaparecerá y me ahorcará como un fantasma al acecho, y Lord Osanos para apagar el fuego de Cal. Y Arven también, me recuerdo a mí misma. Él permanece junto a la puerta, sin dejar de mirar un instante mi cuerpo.

No olvides a los otros dos. Los magnetrones.

Realmente esto es casi poético. Con las mismas armaduras y los mismos ceños fruncidos, Evangeline y Ptolemus nos miran, armados los puños de largas y crueles navajas.

En mi cabeza, un reloj inicia la cuenta regresiva. No me queda mucho tiempo.

Por encima de nosotros Maven grazna:

—¡Que mueran!

VEINTIOCHO

El escudo cobra explosiva vida arriba de nosotros: una gigantesca cúpula violeta de cristal veteado como la del Jardín Espiral. No es para protegernos a nosotros, sino a la muchedumbre. Chispas de rayos palpitan a lo largo de ese techo monstruoso, y me provocan. En ausencia de Arven, el rayo sería mío y yo estaría en condiciones de pelear. Podría mostrarle a este mundo quién soy. Pero tal cosa no ocurrirá.

Cal entra en acción extendiendo un brazo. El aire ondula a su alrededor, distorsionado por las oleadas de calor que salen de su cuerpo. Él se tuerce en dirección a los demás, para protegerme.

—Quédate lo más posible detrás de mí —dice, y permite que su calor me haga retroceder. Se enciende entonces su pulsera flamígera y el fuego crepita entre sus dedos, subiendo por sus brazos. Algo en su camisa le impide quemarse y la tela no humea—. Cuando ellos atraviesen el muro, tendrás que correr. Evangeline es la más débil, pero el coloso es lento; tú puedes correr más rápido que él. Querrán prolongar esto, convertirlo en un espectáculo —y añade, bajando la voz—: No nos dejarán morir rápido.

—¿Y tú? Osanos te…

—Permíteme hacerme cargo de él.

Los verdugos avanzan a paso firme como lobos al acecho de su presa. Se distribuyen a lo ancho del ruedo, justo en el centro, cada uno de ellos listo para atacar. En algún sitio se oye un chirrido metálico y una parte del suelo se desplaza, para dejar al descubierto una borboteante poza de agua a los pies de Lord Osanos. Éste sonríe, y levanta el agua hasta él para formar un escudo amenazador. Yo recuerdo a su hija Tirana batiéndose en duelo con Maven en el entrenamiento. Ella lo destruyó.

La multitud abuchea en torno nuestro. Ptolemus ruge con ella, deja que su célebre furia se apodere de él. Al golpear su armadura, ésta repica como una campana. A su lado, Evangeline hace girar sus navajas, las desliza por sus nudillos sin dejar de sonreír un segundo.

—¡No será como antes, Roja! —grazna ella—. ¡Ningún truco podrá salvarte ahora!

Trucos. Ella conoce mis habilidades mejor que nadie y sabe que no son trucos. *Pero Evangeline cree. Prefiere ignorar la verdad a cambio de algo más fácil de entender*.

El hijo de la Casa de Haven, Stralian, sonríe para sí. Como su hermana Elane, él también es una sombra. Cuando se desvanece en medio de un parpadeo, y desaparece bajo el sol brillante, Cal se mueve más rápido de lo que yo creería posible, haciendo mecer su brazo en un extenso arco, como si fuera a lanzar un puñetazo.

Un estallido de llamas sigue a su lance, enciende la arena y nos separa de nuestros atacantes. Pero, sorpresivamente, el fuego es débil. *La arena apenas arde*.

Yo no puedo evitar volverme hacia Maven para increparlo, pero descubro que él sigue mirándome armado de una mueca insufrible. Además de quitarme mis habilidades, limita a Cal tanto como puede.

—¡Bastardo! —maldigo entre dientes—. La arena...

—¡Ya lo sé! —espeta Cal, mientras enciende más partes del piso con el solo movimiento de su mano.

Justo frente a nosotros, la barrera de llamas se separa un segundo, seguida por un agudo grito de olor. Al otro lado del mortecino fuego, Stralian vuelve a ser visible, sacudiéndose las llamas de los brazos. Osanos lo moja con un gesto perezoso, apagando el fuego con una ola de agua. Luego dirige hacia nosotros sus increíbles ojos azules, hacia el muro de Cal, y en un solo movimiento arroja agua sobre el débil fuego como una ola reptante. El agua escupe y silba, y se convierte en el acto en densas nubes de vapor. Atrapado por la cúpula de cristal, el vapor se extiende por la arena, nos cubre con una fantasmal niebla blanca. Gira y remolinea hasta envolvernos en un mundo blanco en el que cada sombra podría ser nuestra perdición.

—¡Prepárate! —vocifera Cal alargando una mano hacia mí, pero, emergiendo del vapor, Ptolemus ataca en medio de un estrépito de carne y acero.

Golpea a Cal en el abdomen, lo arroja a la arena, pero éste no permanece en el suelo el tiempo suficiente para que aquél lo traspase con sus cuchillos. Las navajas se clavan en el suelo segundos después de que Cal da un salto y pone sus manos en la armadura de Ptolemus. El acero se derrite bajo su piel y extrae un alarido del basilisco. Yo sólo puedo correr, apenas capaz de respirar mientras Cal intenta cocer a un hombre en su propia armadura.

—¡No quiero matarte, Ptolemus! —proclama Cal entre los gritos de dolor del otro. Cada cuchillo, cada pedazo de metal que Ptolemus levanta para apuñalar a Cal, se derrite por obra del intenso calor de este último—. ¡No quiero hacerlo!

Tres hojas centellantes apenas visibles cruzan el vapor, *demasiado rápido para derretirse en el aire*. Golpean a Cal en la espalda y perforan su camisa antes de ser derretidos. Grita de dolor, y pierde la concentración un segundo mientras tres puntos de sangre plateada tiñen su camisa. Las navajas eran demasiado pequeñas para hacer tajadas profundas, pero consiguen debilitarlo. Ptolemus aprovecha la oportunidad para, en un abrir y cerrar de ojos, fundir sus cuchillos en una espada monstruosa. Se lanza así al ataque, queriendo partir en dos a Cal, pero éste lo esquiva a tiempo, y sufre apenas un rasguño en el vientre.

Todavía con vida. *Aunque no por mucho tiempo*.

Evangeline aparece en medio del vapor, hace girar sus navajas en un despliegue destellante. Cal se agacha y las esquiva, suelta ráfagas de fuego para desviarlas. Se bate a duelo con ambos, alcanzando un ritmo enloquecedor que le permite neutralizar a los dos magnetrones, pese a su fuerza y poder. Pero la sangre mancha su ropa, y nuevas heridas emergen a cada segundo. El arma de Ptolemus pasa de espada a hacha y a fusta metálica afilada, mientras las dentadas estrellas de Evangeline continúan su agresiva labor. *Lo están agotando. Es una táctica lenta pero segura.*

¡Mi rayo! Pienso yo tristemente volteando hacia Arven, que se halla situado en nuestra puerta. Él sigue ahí, como una negra presencia que me persigue. Una pistola cuelga de su cintura; ni siquiera puedo hacer el intento de luchar contra él. *No puedo hacer nada*.

Cuando una inmensa masa de concreto sale disparada de entre el vapor, dirigida directamente a mí, apenas tengo tiempo de eludirla. Se hace trizas contra el lugar en la arena donde me encontraba segundos atrás, pero antes de que pueda recuperarme ya me está persiguiendo otra más, aullando en el aire. Está lloviendo literalmente concreto sobre mí. Al igual que Cal, encuentro mi ritmo, correteo por la arena como una rata, hasta que algo me para en seco.

Una mano. Una mano invisible.

El puño de Stralian se cierra sobre mi garganta, me asfixia. Lo escucho respirar en mi oreja a pesar de no verlo.

—¡Roja y muerta! —gruñe él, mientras aprieta el puño.

Tras columpiar el brazo, entierro un codo en las que supongo son sus costillas, pero él se mantiene firme. No puedo respirar, y varios puntos negros nublan mi visión, amenazan con propagarse, sin embargo sigo peleando. En medio de la bruma consigo ver acercarse al coloso Rhambos con sus ojos fijos en mí. *Me hará pedazos.*

Cal sigue luchando con los hermanos Samos, hace cuanto puede para que no lo acuchillen. Yo no podría gritarle aunque quisiera, pero por algún motivo él se las arregla para lanzar en mi dirección una bola de fuego. Rhambos tiene que retroceder de un salto, y tropieza con sus monumentales pies, lo que me concede unos segundos más. Jadeando, ahogándome, entierro las uñas en una cabeza que no puedo ver. Milagrosamente, siento la cara, y luego los ojos de mi agresor. Dando un grito ahogado, hundo los pulgares en las cuencas de sus ojos y lo ciego. Stralian ruge y se separa de mí. Cae de rodillas y vuelve a hacerse visible entre destellos intermitentes. La sangre plateada mana de sus ojos como lágrimas de azogue.

—¡Debías haber sido mío! —grita una voz, y al voltear veo a Evangeline parada junto a Cal y alzando su cuchillo. Ptolemus ha derribado a Cal, y ambos ruedan por la arena perseguidos por Evangeline, cuyas navajas acribillan el suelo en torno a Cal—. *¡Mío!*

No se me ocurre más que correr directamente contra un magnetrón podría no ser una buena idea hasta que me estampo contra ella. Caemos juntas y yo me raspo la cara con su armadura, lo cual me escuece, me punza y *me hace sangrar*, expulsando gotas rojas para que todos las vean. Aunque yo no consigo ver las pantallas, sé que cada una de ellas difunde la imagen de mi sangre a todo el país.

Evangeline emite un chillido y arremete con sus hojas danzantes. Detrás de nosotras, Cal se levanta con dificultad, y repele a Ptolemus con una lengua de fuego. El magnetrón choca con su hermana, derribándola justo antes de que sus cuchillos rebanen mi piel.

—¡Agáchate! —grita Cal, y me tira a la arena mientras otra losa de concreto pasa volando sobre nosotros hasta estamparse en una pared a lo lejos.

No podremos aguantar esto.

—Tengo una idea.

Cal escupe en la arena, y yo creo ver un par de dientes entremezclados con la sangre.

—Qué bueno, porque a mí se me acabaron hace cinco minutos.

Otro bloque de concreto pasa volando, y nos obliga a dar un salto justo a tiempo. Evangeline y Ptolemus regresan con fuerzas redobladas, y encierran a Cal en una caótica danza de cuchillos y metralla. Sus poderes hacen que el ruedo se sacuda en torno nuestro, invocando más metales desde las profundidades, lo cual fuerza a Cal a cuidar su equilibrio junto con todo lo demás. Fragmentos de tubos y cables perforan la arena, y forman una mortífera pista de obstáculos.

Uno de ellos se clava en Stralian, arrodillado y aún quejándose por la pérdida de sus ojos. El tubo lo atraviesa de un extremo a otro y le sale por la boca, acallando sus gritos para siempre. En medio de este desastre, oigo a la muchedumbre gritar y jadear ante tal espectáculo. Pese a toda su violencia, pese a todo su poder, los Plateados no dejan de ser unos cobardes.

Corro sobre la arena dando vueltas alrededor de Rhambos, a quien reto a atacarme. Cal tenía razón, *yo soy más rápida*; y aunque Rhambos es un monstruo musculoso, tropieza con sus propios pies al intentar atraparme. Él arranca tubos dentados del suelo para arrojarlos como lanzas contra mí, pero son fáciles de esquivar y ruge de frustración. *Soy Roja, no soy nada, y aun así puedo hacerte caer.*

El estruendo de un torrente de agua me devuelve a la realidad, y me hace recordar al quinto verdugo. *El ninfo.*

Justo cuando volteo, Lord Osanos abre la nube de vapor como una cortina, despejando el ruedo. Diez metros más allá, aún batiéndose afanosamente, se encuentra Cal, que expele humo y fuego para repeler a los magnetrones. Pero conforme Osanos avanza con el agua tras de sí como una capa arremolinada, las llamas de Cal ceden. He aquí al verdadero verdugo. Éste es el final de la función.

—¡Cal! —grito yo, pero no hay nada que pueda hacer por él. Nada.

Otro tubo pasa volando junto a mi mejilla, tan cerca que siento que el frío me roza, tan cerca que me hace girar y caer. La puerta está a unos cuantos metros de mí, con Arven todavía a la entrada, semicubierto por la oscuridad.

Cal dispara una ráfaga de fuego contra Osanos, pero éste la apaga rápidamente. El choque de agua y fuego produce alaridos de vapor, mas el agua se impone.

Rhambos avanza, me hace retroceder hacia la puerta. *Me acorrala. Estoy permitiendo que me acorrale.* Los metales y las rocas se estampan en la pared que hay a mis espaldas, en número suficiente para destrozar mis huesos. ¡Acude rayo! Grita mi cabeza. *¡Acude rayo!*

Pero no aparece nada. Sólo la oscura asfixia de los sentidos muertos, sofocándome.

En derredor nuestro, la turba se pone de pie de un salto, presintiendo el final. Yo oigo a Maven arriba de mí, clama con todos los demás.

—¡Acaben con ellos! —brama él.

Todavía me sorprende percibir tanta malicia en su voz. Pero cuando volteo y sus ojos se encuentran con los míos a través del escudo y el vapor, lo único que advierto es cólera, rabia y maldad.

Rhambos apunta con un largo tubo dentado en el puño. *Ha llegado la muerte.*

Por encima del alboroto, escucho un rugido de triunfo: Ptolomeus. Evangeline y él dan marcha atrás frente a una agitada esfera de agua, que atrapa en su interior una figura envuelta en nubes. *Cal.* El agua bulle y Cal se retuerce, tratando de liberarse, pero es en vano. *Se va a ahogar.*

Detrás de mí, casi en mi oído, Arven ríe entre dientes.

—¿Quién tiene la ventaja? —pregunta con sorna, repitiendo sus clásicas palabras de las sesiones de entrenamiento.

Los músculos me duelen y me tiemblan, e imploro que esto llegue a su fin. Lo único que quiero hacer es desplomarme, admitir la derrota, morir. Me llamaron mentirosa, embaucadora, y *tenían razón.*

Sin embargo, tengo un último truco bajo la manga.

Rhambos apunta, plantando los pies en la arena y yo sé lo que tengo que hacer. Arroja su lanza con tanta fuerza que la saeta parece quemar el aire. Yo me agacho, tirándome en la arena.

Un sonido escalofriante me hace saber que mi plan dio resultado y el aullido de la electricidad al volver a la vida me dice que yo podría vencer.

A mis espaldas, Arven se desploma; un tubo lo ha perforado por la mitad.

—Soy yo quien tiene la ventaja —le digo a su cadáver.

Cuando vuelvo a ponerme de pie, truenos, rayos, chispas, descargas eléctricas y todo lo que puedo controlar salen disparados de mi cuerpo. La turba vocifera con Maven sobre todos los demás:

—¡Mátenla! ¡MÁTENLA! —ruge, mientras me señala a través de la cúpula—. ¡DERRÍBENLA A TIROS!

Las balas se clavan en la cúpula, astillando y provocando chispas en el escudo eléctrico, que resiste. Supuestamente activado para proteger al público, su electricidad y sus rayos son *míos*, y ahora me protege a mí.

La gente resuella, sin poder creer lo que ve. La sangre roja gotea de mis heridas y el rayo vibra en mi piel declarando ante todos lo que soy. En lo alto, las pantallas se apagan. Pero todos me han visto ya. Nadie puede impedir lo que ya sucedió.

Rhambos retrocede tambaleándose, ahogándose. No le doy la oportunidad de volver a respirar.

Plateada y Roja, y más fuerte que ambos.

Mi rayo lo traspasa, haciendo hervir su sangre y freír sus nervios hasta que él se desploma en un trémulo amasijo de carne.

Osanos es el siguiente en caer, atropellado por mis chispas. La esfera líquida salpica por doquier al colapsarse, y Cal se derrumba en la arena, escupiendo agua y tosiendo sin control.

Pese a las púas de metal dentado salidas de la arena que intentan perforarme, yo echo a correr a toda velocidad, esquivo y salto cada obstáculo. *Ellos me entrenaron para esto. Es culpa suya. Contribuyeron a su propia perdición.*

Evangeline mueve una mano y lanza un haz de acero hacia mi cabeza. Yo me escurro debajo de él rozando la arena con las rodillas, antes de llegar a su lado, y con mis manos cargadas de rayos como dagas.

Del torbellino de metal ella convoca una espada y forja una hoja. Mi rayo choca con ésta, perforando el hierro, pero Evangeline resiste. El metal se modifica y divide en torno nuestro para combatirme. Hasta sus arañas retornan para derribarme, pero no bastan. *Ella* no basta.

Otra ráfaga de rayos despoja a Evangeline de sus navajas y da con ella en el suelo mientras trata de escapar a mi ira. *No lo logrará.*

—No es un truco —exhala, tomada por sorpresa. Sus ojos vuelan entre mis manos conforme retrocede, con trozos de metal que flotan entre nosotras como un escudo improvisado—. No es una mentira.

Yo siento el sabor de la sangre roja en mi boca: fuerte, metálico, extrañamente delicioso. Escupo para que todos la vean. Arriba, el cielo azul se oscurece más allá de la cúpula. Las nubes negras se acumulan, pesadas y cargadas de lluvia. *Se acerca la tormenta.*

—Dijiste que me matarías si alguna vez me cruzaba en tu camino —¡qué agradable devolverle a Evangeline sus palabras, aventándoselas en la cara!—. Aquí está tu oportunidad.

Su pecho sube y baja al respirar. Está cansada. Está herida. Y el acero en el fondo de sus ojos ha desaparecido casi por completo, para dar paso al temor.

Evangeline embiste y yo me dispongo a bloquear su ataque, pero éste nunca llega. En cambio, echa a *correr*. Huye de *mí*, corre a toda prisa a la primera puerta que encuentra. Yo salgo volando detrás de ella para darle caza, pero el rugido de frustración de Cal me para en seco.

Osanos ha vuelto a levantarse, se bate con fuerza renovada, mientras Ptolemus danza alrededor y busca su oportunidad. *Cal no es bueno contra los ninfos, no con su fuego*. Recuerdo lo fácil que Maven fue vencido en su entrenamiento hace mucho tiempo.

Mi mano se cierra en la muñeca del ninfo, descarga choques eléctricos sobre su piel para obligarlo a dirigir su furia contra mí. El agua parece un martillo y me derriba de espaldas en la arena. Choca una y otra vez contra mí, lo que me impide respirar. Por primera vez desde que entré a esta plaza, la mano fría del temor hace que el corazón se me encoja. Justo ahora que teníamos una oportunidad de ganar, de vivir, temo perder. Mis pulmones claman aire y yo no puedo evitar abrir la boca, permitiendo que el agua me ahogue. Me golpea como el fuego, como la muerte.

Una chispa mínima corre a través de mí y basta para atravesar el agua y llegar hasta Osanos. Él aúlla, da un salto atrás el tiempo suficiente para dejarme libre, y me permite deslizarme por la húmeda arena. El aire quema mis pulmones mientras jadeo para respirar, pero no hay tiempo para disfrutarlo. Osanos está de nuevo sobre mí, esta vez poniendo sus manos en mi cuello, y me contiene bajo el arremolinado pie de agua que tiene a su mando.

Pero yo estoy lista para hacerle frente. El idiota es lo bastante tonto para tocarme, para poner su piel sobre la mía. Cuando suelto el rayo, que traspasa carne y agua, él silba como una tetera hirviente y cae de espaldas. Al derramarse el agua, y vertirse sobre la arena, sé que él está completamente muerto.

Me levanto empapada, tiemblo de adrenalina, *fuerza* y temor, y mis ojos vuelan hasta Cal. Tajado, herido y ensangrentado, sus brazos despiden un brillante fuego rojo y Ptolemus se encoge a sus pies, alzando las manos en señal de derrota, suplica clemencia.

—¡Mátalo, Cal! —gruño yo, queriendo verlo desangrarse. Sobre nosotros, el escudo de rayos vibra otra vez, excitado por mi enojo. ¡Si acaso la postrada fuera Evangeline! ¡Si pudiera hacerlo yo misma!—. ¡Él quiso *matarnos*! ¡Mátalo!

Cal no se mueve, respirando entre sus dientes apretados. Parece trastornado, urgido de venganza, consumido por el fragor de la batalla, pero también deseoso de volver a ser el hombre sereno y atento de siempre. El hombre que ya no *puede* ser.

Mas la naturaleza de un hombre no cambia fácilmente. Él da un paso atrás y apaga sus llamas.

—No lo haré.

El silencio se vuelve opresivo, un magnífico cambio en relación con los gritos y abucheos de la muchedumbre que nos quería muertos hace unos minutos. Pero cuando volteo, me doy cuenta de que ya no nos mira. No está viendo la compasión de Cal ni mis poderes. Ya ni siquiera está ahí. La grandiosa plaza se ha vaciado, sin dejar testigo alguno de nuestra victoria. El rey ha despachado a la gente para ocultar la verdad de lo que hicimos y poder suplantarla con sus mentiras.

Desde su palco, Maven empieza a aplaudir.

—¡Bien hecho! —exclama, y se desplaza hasta la orilla del ruedo.

Nos mira a través del escudo, y su madre está a su costado, ligeramente detrás de él.

El ruido hiere más que cualquier navaja, lo cual me hace encogerme. Resuena por la estructura vacía hasta que centenares de pies en marcha, de botas sobre piedra y arena, lo ahogan.

Agentes de seguridad, centinelas y soldados se vierten en tropel a la plaza desde todas las puertas. Son cientos, miles, demasiados para enfrentarse a ellos. Demasiados para correr. Nosotros ganamos la batalla, pero perdimos la guerra.

Ptolemus se aleja deprisa, desapareciendo entre el cúmulo de soldados. Ahora Cal y yo estamos solos, en un círculo cada vez más cerrado, sin nada ni nadie junto a nosotros.

No es justo. Ganamos. Todos lo vieron. No *es justo.* Yo quiero gritar, asestar descargas eléctricas, enfurecerme y pelear, pero las balas me abatirían primero. Lágrimas de ira anegan mis ojos, pero no lloraré. No en estos últimos momentos.

—Lamento haberte hecho esto —le digo a Cal.

Más allá de lo que opine sobre su forma de pensar, él es el verdadero perdedor en este caso. Yo estaba al tanto de los riesgos, pero él era sólo un peón dividido entre los muchos participantes de un juego invisible.

Cal aprieta la quijada, moviéndola mientras busca una salida. Pero no la hay. No creo que él me perdone, y tampoco lo merezco. Pero su mano se cierra en la mía, se aferra a la única persona que le queda.

De repente, se pone a tararear y reconozco en la melodía la triste canción que escuchamos el día en que nos besamos, en una sala bañada por la luna.

Un trueno resuena entre las nubes, amenazando con estallar. Las gotas de lluvia repiquetean en la cúpula que hay sobre nosotros. Ésta se estremece y chisporrotea bajo la lluvia, que termina por convertirse en aguacero. *Hasta el cielo llora nuestra derrota.*

Maven nos mira desde el borde de su palco. El escudo chispeante distorsiona su rostro, haciéndolo parecer el monstruo que en realidad es. Las gotas de lluvia resbalan por su nariz, pero él no lo percibe. Su madre susurra algo a su oído y él se sacude, vuelve a la realidad.

—¡Adiós, niña relámpago!

Cuando alza la mano, creo verla temblar.

Como la niña que soy, cierro bien los ojos, esperando sentir el insondable dolor de cientos de balas al destrozarme. Mis pensamientos se vuelven atrás, para viajar a días muy remotos. A Kilorn, mis padres, mis hermanos, mi hermana. *¿Los veré pronto?* Mi corazón me dice que sí. Ellos me esperan, en alguna parte, de algún modo. E igual que aquel día en el Jardín Espiral, cuando creí morir, siento una aceptación fría. *Voy a morir*. Siento que la vida me abandona, y la suelto.

La tormenta explota con un trueno ensordecedor, tan fuerte que sacude el aire. El piso retumba bajo mis pies y, aun detrás de mis párpados cerrados, veo un relámpago cegador. Púrpura y blanco y fuerte, lo más fuerte que he sentido nunca. Me pregunto apenas qué pasará si me cae encima. ¿Moriré o sobreviviré? ¿Me forjará como a una espada, para convertirme en algo terrible, afilado y nuevo?

Nunca lo sabré.

Cal me toma por los hombros para empujarme junto con él al tiempo que un rayo gigantesco cae del cielo. El rayo destroza el escudo, hace caer trozos púrpura sobre nosotros, como si fuera nieve. Crepita contra mi piel en una sensación deliciosa, una vigorizante pulsación de poder que me devuelve a la vida.

A nuestro alrededor, los hombres armados se encogen, agachan o huyen, tratan de escapar a la tormenta de chispas. Cal intenta arrastrarme, pero apenas reparo en él. En cambio, mis sentidos zumban con la tormenta, sintiéndola agitarse sobre mí. *Es mía.*

Otro rayo da en la arena y los agentes de seguridad se dispersan, corriendo hacia las puertas. Pero los centinelas y soldados no se asustan tan fácil, y reaccionan rápidamente. Aunque Cal me hace a un lado, tratando de salvarnos a ambos, ellos nos persiguen hasta que un círculo de armas se cierra sobre nosotros.

Pese a la grata sensación de la tormenta, ella me consume, y sorbe mi energía. Controlar una tormenta eléctrica es demasiado. Mis rodillas se doblan y mi corazón palpita como un tambor, tan rápido que creo que podría estallar. *Un rayo más, uno más. Podríamos tener una oportunidad.*

Cuando me tambaleo al retroceder, con los talones al borde del abismo que hasta hace unos momentos contuvo el arma líquida de Osanos, yo sé que todo ha terminado. Ya no hay para dónde correr.

Cal aprieta mi mano, me aleja del borde para evitar que caiga por él. No hay sino oscuridad ahí, y el eco de aguas turbulentas al fondo. Nada sino tubos y caños y la negra nada.

El escudo se rompió, la tormenta amaina y nosotros hemos perdido. Maven puede oler mi derrota, y sonríe desde su palco, tensos los labios en una mueca terrible. Aun desde lejos, veo las puntas relucientes de su corona. Gotas de lluvia caen sobre sus ojos, pero no parpadea. No quiere perderse mi muerte.

Las armas ascienden, y esta vez no esperarán la orden de Maven.

El disparo truena como mi tormenta, llena con su estrépito la plaza vacía. Pero yo no siento nada. Cuando la primera línea de pistoleros cae, salpicados los pechos por agujeros de bala, no entiendo.

Al parpadear en dirección a mis pies, veo una fila de armas extrañas emerger del propio borde del abismo. Cada cañón humea y salta, disparando aún, segando la vida de todos los soldados frente a nosotros.

Antes de que yo pueda comprender, alguien me toma de la espalda de la blusa y me tira al suelo, en medio del negro aire. Caemos en el agua muy abajo, pero esos brazos nunca me sueltan.

El agua me sumerge en la oscuridad.

Epílogo

El negro vacío del sueño se disipa y da paso a la vida otra vez. Mi cuerpo se mece con el movimiento, y puedo sentir un motor en alguna parte. Metal chilla contra metal, raspa a toda prisa con un ruido que reconozco vagamente. *El tren subterráneo.*

El asiento bajo mi mejilla parece extrañamente suave, aunque también tenso. No es de cuero, tela ni concreto, descubro, sino de cálida *piel.* Se revuelve debajo de mí, se ajusta mientras me muevo, y mis ojos se abren. Lo que veo basta para hacerme sentir que sigo soñando.

Cal está sentado al otro lado del tren, con una postura rígida y tensa, y los puños apretados en su regazo. Mira al frente, a la persona que me acuna, y en sus ojos reposa el fuego que conozco tan bien. El tren le fascina, y él parpadea de vez en cuando, mientras mira las luces, las ventanas y los cables. Se muere de ganas de examinarlo, pero la persona junto a él le impide moverse siquiera.

Farley.

La revolucionaria, toda cicatrices y tensión, está a su lado. No sé cómo sobrevivió a la arremetida bajo la plaza. Yo quiero sonreír, llamarla, pero la debilidad me lo impide y me mantiene quieta. Recuerdo la tormenta, la batalla en la palestra y todos los horrores previos. *Maven.* Su nombre hace que se me encoja el corazón, y se retuerza de angustia y vergüenza. *Todo el mundo puede traicionar a cualquiera.*

Su arma le cruza el pecho, lista para disparar a Cal. Hay otros como ella, que lo vigilan. Están maltrechos y heridos y son muy pocos, pero aun así parecen amenazadores. Sus ojos no se apartan del príncipe caído, al que miran como al ratón el gato. Y entonces me doy cuenta de que Cal tiene las manos uncidas, encadenadas con hierro que él podría derretir fácilmente. Pero no lo hace. Sólo está ahí sentado, quieto, como si esperara algo.

Cuando siente mi mirada, sus ojos se vuelven hacia los míos. La vida se enciende en él nuevamente.

—Mare —murmura, y una parte de su candente furia se disipa. *Una parte.*

La cabeza me da vueltas cuando trato de erguirme, pero una mano reconfortante me vuelve a acostar.

—No te muevas —dice una voz, que reconozco vagamente.

—Kilorn… —balbuceo.

—Aquí estoy.

Para mi confusión, el buen pescador se abre paso entre los miembros de la Guardia detrás de Farley. Ya tiene cicatrices propias, con sucias vendas en el brazo, pero mantiene en alto la frente. Y está *vivo.* Sólo verlo me llena de alivio. Pero si él está aquí, con el resto de la Guardia, entonces…

Mi cuello gira en forma repentina, para mirar a la persona que se encuentra arriba de mí.

—¿Quién…?

El rostro es familiar, un rostro que conozco muy bien. Si no estuviera acostada ya, sin duda me caería. El impacto es demasiado fuerte para soportarlo.

—¿Estoy muerta? ¿Estamos muertos?

Él ha venido por mí. Morí en el ruedo. Esto fue una alucinación, un sueño, un deseo, un último pensamiento antes de fallecer. Todos estamos muertos.

Pero mi hermano sacude lentamente la cabeza, mirándome con sus conocidos ojos color miel. Shade fue siempre el guapo, y la muerte no ha cambiado eso.

—No estás muerta, Mare —dice, con voz tan suave como la recuerdo—. Y yo tampoco.

—¿Cómo? —es todo lo que puedo decir, mientras me siento para examinarlo detalladamente.

Se ve igual que como lo recuerdo, sin las usuales cicatrices de un soldado. Hasta su cabello está creciendo otra vez, librándose del corte militar.

Pero no es el mismo de antes. Así como tú no eres la misma de antes.

—La mutación —dejo que mi mano recorra su brazo—. Ellos te mataron por eso.

Sus ojos parecen bailar.

—Lo intentaron.

No parpadeo, el tiempo no pasa, pero él ya se ha movido a una velocidad superior a la de mi vista, superior incluso a la de un raudo. Ahora está sentado frente a mí, junto al aún encadenado Cal. Es como si se desplazara por el espacio saltando de un lugar a otro en un suspiro.

—Y fallaron —termina desde su nuevo asiento. Sonríe ampliamente ahora, divertido por mi mirada embobada—. Dijeron que me habían matado, dijeron a los capitanes que yo había muerto y me habían incinerado —una fracción de segundo después, él está sentado junto a mí de nueva cuenta, como salido del aire. *Teletransporte*—. Pero no fueron lo bastante rápidos. Nadie lo es.

Yo trato de asentir, trato de entender su habilidad, su simple existencia, pero no puedo entender mucho más que saberme rodeada por sus brazos. *Shade. Vivo e igual que yo.*

—¿Y los demás? Mamá, papá... —pero él me apacigua con una sonrisa.

—Están a salvo y esperando —dice Shade. Se le quiebra un poco la voz, vencido por la emoción—. Los veremos pronto.

Mi corazón rebosa de dicha ante esa idea. Pero como toda mi felicidad, todo mi júbilo y toda mi esperanza, no dura mucho. Mis ojos caen en la Guardia erizada de armas, en las cicatrices de Kilorn, en la cara tensa de Farley y en las manos atadas de Cal. Cal, quien ha sufrido tanto, escapando de una prisión a otra.

—Suéltenlo.

Le debo mi vida, *más* que mi vida. Seguro puedo darle un poco de consuelo aquí. Pero nadie reacciona a mis palabras, ni siquiera él mismo.

Para mi sorpresa, él responde antes que Farley.

—No lo harán. Y no deben. De hecho, quizá tú deberías vendarme los ojos, si realmente quieres protegerte.

Aunque ha sido degradado, despojado de su propia vida, Cal no puede dejar de ser quien es. El soldado sigue vivo en él.

—Calla, Cal. Tú no eres un peligro para nadie.

Él ladea la cabeza, ríe y señala al séquito de rebeldes armados.

—Ellos parecen pensar otra cosa.

—No para nosotros, quiero decir —añado, mientras me acurruco otra vez en mi asiento—. Él me salvó allá, aun después de lo que hice. Y después de lo que Maven les hizo a ustedes...

—No pronuncies su nombre.

Su gruñido es tan aterrador que me produce un escalofrío, y no paso por alto que la mano de Farley se aprieta alrededor de su arma.

Ella habla entre dientes:

—Más allá de lo que haya hecho por ti, el príncipe no está de nuestra parte. Y yo no arriesgaré lo que queda de nosotros por tu pequeño romance.

Romance. Él y yo nos encogemos ante esta palabra. *Ya no hay tal cosa entre nosotros. No después de lo que nos hicimos uno a otro, y de lo que nos hicieron. Por más que lo queramos.*

—Seguiremos luchando, Mare, pero los Plateados ya nos han traicionado otras veces. No volveremos a confiar en ellos —las palabras de Kilorn son más suaves, un bálsamo para ayudarme a entender. Pero sus ojos le lanzan chispas a Cal. Es obvio que recuerda la tortura en las celdas y la terrible visión de la sangre congelada—. Él podría ser un prisionero valioso.

Ellos no lo conocen como yo. No saben que podría destruirlos a todos, que podría escapar en un suspiro si lo quisiera. ¿Por qué entonces no se mueve? Cuando sus ojos se encuentran con los míos, en cierto modo contesta mi pregunta sin hablar. El dolor que irradia es suficiente para romperme el corazón. *Está cansado. Está destrozado. Y ya no quiere pelear.*

Una parte de mí tampoco quiere. Desea someterse a las cadenas, a una vida de cautiverio y de silencio. Pero ya he vivido esa vida, en el lodo, en las sombras, en una celda, con un vestido de seda. Jamás volveré a someterme. Jamás dejaré de luchar.

Tampoco Kilorn. Ni Farley. Nunca nos detendremos.

—Los demás como nosotros —digo, con voz temblorosa, aunque nunca me he sentido tan fuerte—. Los demás como Shade y yo.

Farley asiente y da una palmadita en su bolsillo.

—Aún tengo la lista. Sé los nombres.

—Maven también —replico suavemente. Cal se retuerce al escuchar el nombre—. Usará la base de sangre para dar con ellos y atraparlos.

Aunque el tren se mece y sacude, rodando sobre vías oscuras, yo hago un esfuerzo para levantarme. Shade intenta sostenerme, pero retiro su mano. Debo valerme por mí misma.

—No los podrá hallar antes que nosotros —alzo la barbilla, siento la pulsación del tren. Esto me da fuerza—. No podrá.

Cuando Kilorn se me acerca, con una expresión resuelta y determinada, sus moretones, cicatrices y vendas parecen esfumarse. Creo ver el amanecer en sus ojos.

—No lo hará.

Me invade un calor extraño, un calor como el del sol, aunque estamos bajo tierra. Me es tan conocido como mi rayo, y me envuelve en el abrazo que nosotros no podemos tener. Aunque ellos dicen que Cal es mi enemigo, aunque le temen, yo permito que su calidez abrigue mi piel y que sus ojos ardan en los míos.

Nuestros recuerdos compartidos pasan volando frente a mí, recreando cada segundo de nuestra vida juntos. Pero nuestra amistad ya no existe, ha sido reemplazada por lo único que seguimos teniendo en común.

Nuestro odio por Maven.

No necesito ser un susurro para saber que compartimos una idea.

Lo voy a matar.

Agradecimientos

Haré esto cronológicamente, para tratar de incluirlos a todos, porque estoy en deuda de gratitud con muchas personas. Primero y sobre todo, gracias a mis muy comprensivos padres, quienes me alentaron a hacer todo lo que quería. Ellos siguen siendo mis principales maestros, y les agradezco cuanto han hecho por mí, en especial, haberme dejado ver *Jurassic Park* cuando tenía tres años. A mi hermano Andrew, quien me acompañó en cada juego y cada broma, e hizo que mis mundos fantásticos fueran mucho más grandes y brillantes. A mis abuelos —George y Barbara, Mary y Frank—, quienes me dieron y siguen dando más amor y recuerdos de los que puedo comprender. A mis tías, tíos y primos, demasiados para mencionarlos a todos, para no hablar de mis amigos y vecinos, que toleraron que pasara corriendo por sus vidas y jardines. A Natalie, Lauren, Teressa, Kim, Katrina y Sam, quienes se mantuvieron a mi lado durante los difíciles años de la adolescencia y cuestionables decisiones de atuendo. Desde luego, a todos mis maestros de lengua inglesa y estudios sociales, quienes continuamente me dijeron que dejara de escribir novelas por ensayos. Y tengo que agradecer también a quienes influyeron en mí más allá de lo razonable, aunque no me conozcan. Steven Spielberg, George Lucas, Peter Jackson, J. R. R. Tolkien, J. K. Rowling, C. S. Lewis. Crecí en una ciudad pequeña, pero gracias a estas personas mi mundo nunca me pareció así.

La University of Southern California y su incomparable School of Cinematic Arts me permitieron colarme no sé cómo, y cambiaron por completo la trayectoria de mi vida. Mis profesores de guion cinematográfico, todos y cada uno de ellos, hicieron de mí la escritora que soy ahora, y me enseñaron todos los trucos que conozco. Gracias a ellos, no sólo empecé a creer que esta compulsión narrativa mía era una actividad viable, sino que también comencé a convertirme en lo que quería ser. El curso de guion es, además, la razón de que yo haya tenido la oportunidad de conseguir empleo como escritora, y nunca podré agradecerlo lo suficiente. Tuve la fortuna de hacer grandes amigos, algunos de los mejores de mi vida, en South California —Nicole, Kathryn, Shayna, Jen L., Erin, Angela, Bayan, Morgan, Jen R., Tori, los Chez, Traddies...—, quienes me volvieron envidiablemente mejor (y a veces, deliciosamente peor).

Después de la universidad, enfrenté la aterradora perspectiva de una difícil decisión profesional. Por suerte, tuve a Benderspink a mi lado, en especial a mi primer jefe, Christopher Cosmos, quien me alentó a escribir *La reina roja*. Cuando terminé el primer borrador, él la envió a New Leaf Literary, con lo que me colocó en otro sendero de los que te cambian la vida. Fui a dar de este modo con las mejores personas en el campo de la edición. Pouya Shahbazian, quien nos sigue guiando a *La reina roja* y a mí por las aguas de la industria del entretenimiento. Kathleen Ortiz, mi pasaporte al mundo y la razón de que *La reina roja* siga viajando por el globo.

Jo Volpe, nuestra temeraria capitana y excelente amiga. Danielle Barthel, Jaida Temperly, Jess Dallow y Jackie Lindert, quienes toleran mis extrañas peticiones y son absolutamente indispensables. Dave Caccavo, egresado de George Washington y entusiasta del soccer estadunidense (y, según me dicen, bueno para los números). Y ustedes disculparán, amigos, pero guardé lo mejor para el final. Suzie Townsend continúa siendo mi brújula literaria. *La reina roja* es ahora un libro de verdad gracias a muchas personas, pero en especial a ella. Suzie es el empujón, tirón y palmada en la cabeza que siempre necesitaré.

Cuando ella me llamó para decirme que teníamos una oferta para *La reina roja,* yo le dije que iba manejando y que podría estrellarme contra un árbol. No me estrellé, pero acepté la preoferta de Kari Sutherland y HarperTeen. Como mi primera editora, Kari me tomó de la mano en mi viaje al gran mundo editorial, y convirtió un manuscrito en una novela. No puedo expresar mi infinita gratitud para ella, Alice Jerman y todo el equipo de Harper. Jen Klonsky, experta en aperitivos y fantástica directora editorial. Los editores de producción Alex Alexo y Melinda Weigel. La editora de texto Stephanie Evans, quien discute mis comas como nadie más. La gerente de producción Lillian Sun. Las magas del diseño Sara Kaufman, Alison Klapthor y Barb Fitzsimmons, junto con el portadista Michael Frost. Ustedes hicieron un libro muy bello. El equipo de mercadotecnia, Christina Colangelo y Elizabeth Ward, que pusieron a *La reina roja* en el mapa. Las incomparables Gina Rizzo y Sandee Roston, el equipo de publicidad que trabaja sin descanso para correr la voz. El equipo de Epic Reads, Margot y Aubry, quienes se abrieron vibrante paso hasta mi frío corazón. Elizabeth Lynch(pin), una de las personas más trabajadoras que conozco. Y la alegría que es Kristen Pettit, quien conduce valientemente a *La reina roja* y el resto de la serie por su camino.

No diré que para hacer un libro hace falta una ciudad, porque eso ya está muy trillado (aunque es cierto, hace falta una ciudad). El resto de la mía incluye a mi equipo de entretenimiento, toda la tropa de Benderspink: los Jake, JC, Daniel, el siempre discutidor David y demasiados becarios como para poder darles las gracias a todos. Mi abogado Steve Younger, alias mi Papi de la Costa Oeste. Sara Scott y Gennifer Hutchison, las princesas guerreras que ojalá puedan llevar *La reina roja* a la pantalla grande. Y luego está la gente a la que no conozco en la vida real, que me tuitea, mailea y mensajea todo el día. La edición y el entretenimiento son mucho más vivaces en las redes sociales, y yo he conocido a personas muy inspiradoras y alentadoras, que me han aceptado en el rebaño. Cada autor, bloguero, escritor y fan es muy valioso, y les doy las gracias a todos por sus palabras y apoyo. Particularmente a Emma Theriault, mi gemela canadiense, lectora, crítica y amiga.

Soy escritora, y eso significa que trabajo sola, aunque en realidad nunca ha sido así. Muchas gracias a todos los que están a mi lado y aceptan mis rarezas: especialmente Culver, Morgan y Jen, el ocurrente Bayan, la arcana Erin y #Angela, que nunca me juzga (en voz alta). Y mis indispensables de estilo de vida, que me ayudan a pasar bien mis días: Jackson Market, el barista al que nunca le importa mi ropa hobo, Target, el follaje de otoño, Pottery Barn, librerías, pants de yoga, camisetas de mal gusto, el National Parks System, los Patriotas (tanto el equipo de futbol americano como los padres fundadores), George R. R. Martin y Wikipedia. También debo dar las gracias al estado de Montana, donde escribí el capítulo dos y decidí ir con todo en esta cosa de escribir libros.

Me disculpo por ser tan efusiva, pero ya casi termino. Una vez más a Morgan, mi mejor amigo y la patada que necesito y nunca quiero. Seguiré dejando encendida la luz del hall. Y una vez más a mis padres, Heather y Louis. Ellos me dejaron cambiarme de casa y concentrarme en escribir un libro, lo cual es una locura. Me ayudaron a ir a una imponente y muy cara universidad lejana, lo cual es una locura. Me educaron, siendo yo un bicho raro, para convertirme en una especie de humano funcional, lo cual es una locura. Y siguen apoyándome, amándome, sacrificándose y bajándome los humos, usualmente todo al mismo tiempo. Ellos me trajeron hasta donde estoy, y permitieron que este libro, este futuro y esta vida sucedieran. Lo cual es una locura.

[illegible] estado de [illegible] tendencias [illegible] los [illegible] en esta obra [illegible] libro.

Tal hecho [illegible] pero ya [illegible] terminó [illegible] [illegible]

[illegible]

VICTORIA AVEYARD es la autora de las exitosas series de fantasía *La reina Roja* y *Destructora de destinos*. Actualmente se encuentra trabajando en la redacción de un nuevo proyecto literario que verá la luz en el 2026. Victoria vive en Los Ángeles, donde trabaja como autora y guionista.

www.victoriaaveyard.com

@VictoriaAveyard